Megan Goldin
The Wrong Girl – Die perfekte Täuschung

PIPER

Megan Goldin

THE WRONG GIRL

Die perfekte Täuschung

Thriller

Aus dem australischen Englisch von
Elvira Willems

PIPER

Mehr über unsere Autoren und Bücher:
www.piper.de

Das Zitat auf Seite 7 stammt aus: Oscar Wilde: Aphorismen, herausgegeben von Frank Thissen, Insel Verlag 1987.

FSC
www.fsc.org
MIX
Papier aus verantwortungsvollen Quellen
FSC® C083411

Deutsche Erstausgabe
ISBN 978-3-492-31368-1
Februar 2019

Titel der australischen Originalausgabe:
»The Girl in Kellers Way«, first published by
Penguin Random House Australia Pty Ltd, Australia 2017.
This edition published by arrangement with
Penguin Random House Australia Pty Ltd.

Umschlaggestaltung: zero-media.net, München
Umschlagabbildung: Susan Fox/Trevillion Images; FinePic®, München
Satz: Satz für Satz, Wangen im Allgäu
Gesetzt aus der Scala
Druck und Bindung: CPI books GmbH, Leck
Printed in the EU

Für meine Söhne, deren grenzenlose Begeisterung
für meine skurrilen Gutenachtgeschichten mir
Mut machte, mich ins Reich der Fantasie zu wagen

Die Wahrheit ist selten rein und niemals einfach.
Oscar Wilde

JULIE

1

Nach dem Kalender haben wir schon Frühling. Doch der Winter mit seiner anhaltenden Kälte zögert noch. Es heißt, es wäre der kälteste Winter seit Jahren gewesen. Ganz ehrlich? Ich erinnere mich kaum daran. Die letzten Monate sind in einem dumpfen Pillendunst an mir vorübergezogen.

Ich wage nicht, darüber nachzudenken, was aus mir geworden wäre, wenn ich nicht in einem Schuhkarton ganz hinten im Schrank zufällig auf meine Joggingschuhe gestoßen wäre. Sie haben mich daran erinnert, dass in mir noch etwas anderes steckt, dass ich eine Überlebenskünstlerin bin. Ich habe sie angezogen und bin zum ersten Mal seit Langem wieder joggen gegangen. Danach war ich jeden Tag laufen.

Selbst heute Morgen habe ich mich aufgerafft, obwohl ich müde bin und es nieselt. Laufen ist die einzige Möglichkeit, um gegen das Grauen anzukommen, das mich quält, seit Matt und ich gestern Abend gestritten haben. Es war ein hässlicher Streit, der mir das Gefühl gab, unsere Ehe wäre in Gefahr. Als ich endlich einschlief, wurde ich von seltsamen, beunruhigenden Träumen überfallen, durchsetzt von peitschendem Wind und dem Prasseln des Regens auf den Schieferplatten unserer Einfahrt. Beim Aufwachen fühlte ich mich merkwürdig beraubt.

In dem Augenblick, als ich die Augen aufschlug, begann die morgendliche Routine. Es war hektisch wie immer. Alice hatte einen kleinen Tobsuchtsanfall, weil ihre Lieblingsfrühstücksflocken leer waren, und Matt machte ihr, um sie zu besänftigen, rasch Rührei mit Toast. Ich flocht ihre dunklen Haare, während sie aufgedreht vor dem Flurspiegel herumzappelte. Alice sollte einen Gegenstand mit in die Schule bringen und ein kurzes Referat darüber halten. Auf der Suche nach der Muschel, die sie dafür ausgewählt hatte, stellten wir zusammen das ganze Haus auf den Kopf. Trotz des Chaos war die Atmosphäre eisig. Matt und ich wechselten kein einziges Wort.

Als ich Alice endlich ins Auto verfrachtet hatte, um sie zur Schule zu fahren, kehrte der nächtliche Sturm zurück. Unablässig schlug der Regen gegen die Windschutzscheibe, und während ich an unserer örtlichen Ladenzeile mit ihren Cafés und Geschäften voller nutzlosem Schnickschnack vorbei die vertraute Strecke fuhr, kam es mir so vor, als verhöhnte er mich. Durch die Schlieren, die die Scheibenwischer auf ihrem Weg über die Scheibe hinterließen, sah ich den Spielzeugladen vorbeiziehen und dachte bei mir: Wenn die Makel meines Lebens doch auch so leicht verwischt werden könnten. Ich schaltete das Radio ein. Die Musik half nicht. Meine Gedanken wanderten unablässig zurück zu unserem nächtlichen Streit.

Es fing beim Abendessen an. Matt erklärte mir in demselben ausdruckslosen Tonfall, mit dem er mich auch bitten würde, ihm das Salz zu reichen, dass ich nicht zum Gedenkdinner für Laura eingeladen bin. Er versuchte, es mir schmackhaft zu machen, indem er es so darstellte, als täte er mir damit einen Gefallen. Es wäre sicher langweilig, dazusitzen und den einschläfernden Reden zuzuhören. Es würde ein sehr langer Abend werden, und meine Medikamente würden mich ohnehin müde machen. Und dann zog er die Alice-Karte. »Schatz«, sagte er, »jemand muss bei Alice bleiben. Mit der neuen Babysitterin fühlt sie sich noch nicht so richtig wohl.«

Ich konnte es nicht fassen. Ich kann's noch immer nicht fassen. Hält er mich für so dumm, dass er glaubt, ich wüsste nicht, warum ich dort nicht erwünscht bin? Denn das weiß ich ganz genau. Matt kann wohl kaum den trauernden Witwer spielen, wenn ich neben ihm am Ehrentisch sitze und höflich klatsche, weil im Namen seiner ersten Frau Stipendien vergeben werden. Der lieben Laura, die in seinem Bett und in seinem Herzen stets den ersten Platz eingenommen hat. Und bis in alle Ewigkeit wird. Laura wird nie altern, nie dick werden, nie Falten bekommen, ihn nie so enttäuschen, wie ich ihn enttäuscht habe. Alle sprechen nur in den höchsten Tönen von ihr, auch nach all den Jahren. Mich nehmen sie kaum zur Kenntnis.

»Das ist fantastisch, Matt«, sagte ich, in dem Versuch, einen Witz darüber zu machen. »Mir war gar nicht klar, dass ich die Leiche in deinem Keller bin. Die lästige zweite Frau. Vor der Öffentlichkeit versteckt.«

»Jetzt übertreib nicht, Julie«, schoss er zurück. »Du hasst solche Veranstaltungen. Wenn ich dich gebeten hätte, mich zu begleiten, hättest du dich unter einem Vorwand davor gedrückt. So läuft es doch, oder? Ein Vorwand nach dem nächsten?«

»Du hättest fragen können, bevor du für mich entscheidest. Ich habe doch wohl das Recht, meine eigenen Entscheidungen zu treffen.« Ich lief hoch in unser Schlafzimmer und weinte in die Steppdecke auf unserem Bett. Tief in mir drin wusste ich, dass Matt recht hatte. Ich wäre nicht mitgekommen. Ich gehe kaum noch unter Leute.

Es heißt, Laufen ist ein Sport für Einzelgänger. Ich bin sowohl vom Körperbau als auch vom Temperament her eine Langstreckenläuferin. Am glücklichsten bin ich, wenn ich allein laufe und der Wind in meinen Ohren braust und alles andere überdeckt.

Der Kellers Way mit seinen steilen Anstiegen und seiner tiefen Stille ist meine Lieblingslaufstrecke. Egal, was andere sagen, kein Fitnessgerät kann das Gefühl von Freiheit vermitteln, das man beim Laufen im Wald hat. Nicht einmal das Hightech-Laufband, das Matt mir vor zwei Jahren zum Geburtstag geschenkt hat. Es steht unten im Gästezimmer und staubt ein. Ich habe das Laufband zweimal benutzt, aber nur, weil ein heftiger Schneesturm wütete und wir das Haus nicht verlassen konnten.

Matt mag es nicht, wenn ich draußen laufe. Er sagt nicht, warum, aber das weiß ich auch so. Wir leben im Schatten von Lauras Tragödie. Er will, dass ich zu Hause trainiere oder die Platinmitgliedschaft nutze, die er im Fitnessstudio für mich abgeschlossen hat.

Warum begreift er nicht, dass das alles Schwindel ist? Die quirlige Step-Aerobic-Lehrerin, die unmöglich so glücklich sein kann; der Personal Trainer, der schamlos mit seinen Kundinnen flirtet, damit er mehr Trinkgeld bekommt; die Vollzeitmütter, die heimlich während des Trainings die Lücke zwischen ihren Oberschenkeln messen. Diese Frauen verurteilen und beneiden einander gleichzeitig. Nach dem Kurs schlürfen sie dann an der Bar des Fitnessclubs mit durchsichtigen Strohhalmen Gemüsesaft und kichern dabei wie aufgeregte Schulmädchen, die sich mit selbst gemixten Cocktails betrinken. Ich kann's nicht glauben, dass ich da mitgemacht habe und meinen Vitaminshake getrunken habe wie eine, die sich um die Mitgliedschaft in einer Schwesternschaft bemüht und verzweifelt versucht dazuzugehören. Und elend scheitert.

Inzwischen laufe ich lieber allein. Der kalte Wind schlägt mir ins Gesicht, bis meine Wangen brennen, und der Regen prasselt auf mich nieder, bis ich nass bin bis auf die Knochen. Heute ist die Morgenluft so eisig, dass mein Atem in kleinen Wolken vor mir steht wie geisterhafte Erscheinungen, die sich auflösen, wenn ich hindurchlaufe.

Ich biege von der Hauptstraße ab und laufe den Kellers Way hinunter. Der Regen ist jetzt zu einem leichten Nieseln geworden. Ich laufe, bis ein ohrenbetäubendes Summen alles andere ausblendet, selbst die qualvollen Schmerzen in meinem Körper. Lange höre ich gar nichts, bis lautes Keuchen durch den Nebel der Benommenheit dringt, der mich einhüllt. Erst nach einem Augenblick begreife ich, dass ich das bin, die so keucht. Ich habe Mühe zu atmen. Unbeholfen zerre ich mein Asthmaspray aus der Tasche und inhaliere, bis die Enge in meiner Brust nachlässt.

Hinter mir knacken Zweige. Ich schieße herum. Ich bin von Bäumen umgeben, die meisten ohne Laub. Dann sehe ich es. Die sanften Augen eines Rehs schauen mich an, bis Entsetzen in ihnen aufscheint. Das Tier wirft mir noch einen beinahe vorwurfsvollen Blick zu, bevor es davonläuft.

Als ich zur Universität komme, ist Matts Vorlesung bereits in vollem Gange. Alle lauschen hingerissen. Ich habe schon immer bewundert, wie mühelos Matt einen Raum beherrscht. In dem marineblauen Hemd, dessen Ärmel bis zu den Ellbogen aufgerollt sind, und mit den kurzen dunklen Stoppeln am Kinn wirkt er eher wie ein Revolutionär, der einen Aufstand plant, als wie ein Professor der Psychologie.

Ich sitze anonym im Schatten und sehe zu, wie seine weiblichen Fans die Beine überschlagen und wieder lösen, während sie nervös auf ihren Stühlen hin und her rutschen und seiner sonoren Stimme lauschen. Ich erkenne den Hunger in ihren geschminkten Augen.

In College-Foren im Internet habe ich Kommentare über Matt gelesen, die mir die Röte ins Gesicht getrieben haben. Die Dinge, die diese jungen Frauen über meinen Mann sagen und denken. Er tut so, als bemerkte er die Phalanx pastellfarbener Slips nicht, die aufreizend unter ihren Röcken aufblitzt.

»Impuls.« Matt schreibt den Begriff mit rotem Marker auf das Whiteboard und unterstreicht ihn doppelt.

»Wir alle haben Triebe, Begierden. Einige Triebe teilen wir mit anderen Tieren. Zum Beispiel Hunger, einen der primitivsten Triebe. Andere Triebe sind höher entwickelt und ein Spiegel unseres Menschseins. Der Machttrieb. Das Bedürfnis nach Besitz oder Erfolg. Oder nach Anerkennung.« Er unterbricht sich.

»Wenn jetzt hier alle ihren Trieben nachgeben würden, würde schnell Chaos ausbrechen. Anarchie.« Er macht eine Pause, bis das verlegene Lachen sich legt. »Trieben nicht nachzugeben, Begierden widerstehen zu können unterscheidet uns von unseren Verwandten, den Primaten. Es macht uns zu Menschen. Ja, es macht uns zu zivilisierten Wesen.« Matt wartet mit verschränkten Armen, bis die Anspannung im Raum so groß ist, dass die Luft förmlich knistert. Seine Studentinnen und Studenten spitzen die Ohren, denn sie möchten seinen nächsten Satz auf keinen Fall verpassen.

»Es hat sich herausgestellt, dass es zu größerem Erfolg führt, wenn man die Fähigkeit besitzt, der Versuchung einer unmittelbaren Belohnung zu widerstehen und auf eine bessere Belohnung zu einem späteren Zeitpunkt zu warten. Mehr Punkte beim Aufnahmetest an der Uni. Bessere Berufe. Höheres Einkommen. Da stellt sich die Frage, warum Menschen, die in der Lage sind, die Befriedigung ihrer Triebe aufzuschieben, erfolgreicher sind. Nun?«

Ziemlich weit hinten hebt jemand die Hand. »Es ist ein Zeichen für Selbstbeherrschung.«

»Richtig. Selbstkontrolle. Wir üben sie unablässig aus.« Matt macht eine Pause. »Wir widerstehen jeden Augenblick unseres Lebens Begierden. Schokolade, Zigaretten, Kaffee.« Er macht eine Pause. »Sex.«

Er hält einen Moment inne und richtet den Blick direkt auf eine junge Frau mit langem schwarzem Haar. Ich schnappe nach Luft. Die Ähnlichkeit ist unheimlich. Kein Wunder, dass Matt die Augen nicht von ihr lassen kann. Von allen Studentinnen, die er dieses Semester unterrichtet, muss er ausgerechnet die ficken, die aussieht wie Laura.

MEL 2

Im Winter ist die Zahl der Mordfälle meist niedrig, bevor sie mit Beginn des Frühjahrs plötzlich sprunghaft ansteigt und dann langsam immer weiter zunimmt, bis sie im Hochsommer, wenn die Hitze am drückendsten ist, den Höhepunkt erreicht.

Manche meinen, der jährliche Anstieg an Tötungsdelikten im Frühling werde durch die Veränderung des Schlafrhythmus beim Wechsel auf die Sommerzeit ausgelöst. Die Wahrheit ist viel banaler. Die Schneeschmelze fördert Geheimnisse zutage, die über den Winter verborgen waren. Hauptsächlich alte Knochen. Bleich und brüchig. Sie stoßen durch die feuchte Erde und werden von Wanderern gefunden, die zwangsläufig davon ausgehen, dass es menschliche Überreste sind. Ab und zu haben sie recht. Meistens aber sind es Tierknochen, oft von überfahrenen Tieren, zur Seite gefegt und unter Schnee begraben. Im Frühling verwenden wir verdammt viel Zeit darauf, alten Knochen nachzujagen.

Das Opfer im Kellers Way wäre nie gefunden worden, wenn wir nicht die schlimmsten Frühjahrsstürme seit zwei Jahrzehnten gehabt hätten. Drei Tage lang hat es so stark geregnet, dass es in den Niederungen der Stadt zu Überschwemmungen gekommen ist. Mehrere Straßen, die durch die Wälder führen, wurden gesperrt, weil die Gefahr bestand, dass Bäume umfallen könnten. Eine dieser Straßen war der Kellers Way.

»Du musst rüber in den Nationalpark, Mel.« Die Stimme des Kollegen in der Leitstelle hallte vom Lautsprecher meines Handys durch die Küche und übertönte das Brutzeln der Eier, die ich für meine Kinder briet, bevor sie in die Schule gingen. »Auf einer Lichtung in der Nähe der Straße wurde eine Leiche gefunden.«

An der Abzweigung zum Kellers Way lenkte ich meinen Wagen um ein Schild mit der Aufschrift »Straße gesperrt« herum. Loser Kies knirschte, als ich einer Reihe von Haarnadelkurven zu den aufblitzenden Lichtern von Einsatzfahrzeugen irgendwo weiter vorn folgte.

Die Spurensicherung war mir zuvorgekommen. Carls allzu vertrauter grauer Schopf beugte sich über den mit gelbem Band abgesperrten Fundort. Dahinter steckte eine Schaufel in einem ordentlichen Haufen Erde. Das Loch im Boden direkt daneben hatte Carl mit Plastikplanen ausgelegt.

»Hey, Carl.« Meine Stimme drang durch die Stille. Carls Kopf schoss hoch.

»Tut mir leid«, sagte er und stand auf. »Ich hab ohne dich angefangen.« Sein silberner Schnurrbart hing herab, als äffte er den freudlosen Zug seiner Lippen nach.

»Was hast du gefunden?«

»Pack dich ein, dann zeig ich's dir.« Er warf mir ein Set Schutzkleidung zu und wartete mit verschränkten Armen, bis ich in den weißen Overall gestiegen war, Schutzüberzüge über die Schuhe gestreift und die Hände in blaue Gummihandschuhe gezwängt hatte.

Der süßliche Geruch des Todes wehte mir entgegen. Ich setzte die Atemmaske auf und zog die weiße Kapuze über den Kopf, bis ich nur noch ein blasses Gesicht in weißem Plastik war. Dann bückte ich mich unter der Absperrung durch.

Ich trat in die Fußspuren von Carl, der sich langsam auf die Leiche zubewegte. Es gibt nichts Schlimmeres, als Dutzende von Fußspuren von Polizisten und Sanitätern ausschließen zu müssen, die einen Tatort verunreinigt haben, indem sie kreuz und quer darübergelaufen sind, als wäre es ein Familienpicknick.

Der Strahl von Carls Taschenlampe traf auf die Leiche, die unter einem Baum lag, zum Teil mit Erde bedeckt. Ich betrachtete die knorrigen Äste und den eindrucksvollen Stamm und dachte: Wenn Bäume doch nur reden könnten.

»Die Waldarbeiter haben die vom Sturm beschädigten Bäume entlang der Straße gefällt. Dabei ist ein abgesägter Ast hier in der Nähe gelandet. Als sie herkamen, um ihn wegzuschaffen, haben sie das Bein des Opfers entdeckt, das der Regen zum Teil freigelegt hatte.«

»Was hast du bisher?« Ich hockte mich neben Carl.

»Das Opfer ist aller Wahrscheinlichkeit nach eine erwachsene Frau«, sagte er. »Wer sie vergraben hat, ist davon ausgegangen, dass sie nicht gefunden wird.«

Ich ließ den Strahl der Taschenlampe über die Rinde des mächtigen Stamms wandern und schaute nach Initialen oder anderen Zeichen, die der Mörder womöglich hineingeritzt hatte.

»Carl, ich will Fotos von diesem Baum. Der Mörder hat vielleicht etwas in die Rinde geschnitzt, um die Stelle zu markieren.«

Ich richtete meine Aufmerksamkeit wieder auf die Leiche. Stofffetzen deuteten darauf hin, dass das Opfer eine schwarze Hose getragen hatte. An dem freigelegten Fuß steckte ein schwerer schwarzer Lederstiefel.

»Sieh dir das an«, sagte Carl und fegte mit einer Bürste Erde weg, bis eine Hand mit manikürten Nägeln zum Vorschein kam. Ein exquisiter Farbton, eher klassisch. Kein aufdringlicher Nagellack, wie ihn Huren und Stripperinnen auflegen. Am Handgelenk eine Uhr mit elegantem, hauchdünnem Ziffernblatt. Es war beschlagen, aber ich konnte trotzdem erkennen, dass die Uhr um 2:44 Uhr stehen geblieben war.

Das Opfer hatte Geld und Geschmack gehabt. Das eine geht nicht immer mit dem anderen Hand in Hand. Dies war weder eine Ausreißerin noch ein Callgirl, dessen Verschwinden der Polizei nicht gemeldet worden war. Das Opfer war eine Frau, deren Abwesenheit sicher bald bemerkt worden war.

»Wie lange dauert es noch, bis wir die Leiche hier rausholen und mit der Identifizierung anfangen können?«, fragte ich.

Carl zuckte die Achseln. »Bei Einbruch der Dunkelheit haben wir sie bestimmt raus. Sonst holen wir Scheinwerfer und arbeiten bis in die Nacht weiter. Wenn dafür heute keine Zeit mehr bleibt, kommen wir morgen wieder, um den Mutterboden ums Grab herum zu bergen und ins Labor zu bringen.«

Das war in einem solchen Fall üblich. Immerhin war es möglich, dass der Mörder etwas fallen gelassen hatte, während er das Opfer begrub.

Als ich noch oben in New York arbeitete, fanden wir einmal neben einer Leiche, die in einem Müllcontainer entdeckt worden war, einen Hotelzimmerschlüssel. Er führte uns direkt zum Täter, der in seinem Hotelbett tief und fest schlief, ohne zu ahnen, dass er am Tatort seine Ersatzschlüsselkarte verloren hatte.

»Sag mir Bescheid, sobald sie im Leichenschauhaus ist«, sagte ich zu Carl und bückte mich wieder unter dem Absperrband durch. »Bis zur Obduktion kann ich nicht viel tun.«

So war das mit Obduktionen. Sie konnten einen Fall voranbringen oder vollkommen ausbremsen. Als ich vor vier Jahren gerade hierhergezogen war, wurde ich an einen Tatort in einem Haus am Stadtrand gerufen. Das Opfer, eine Frau, lag mit eingeschlagenem Schädel im Hinterhof unter der Wäscheleine auf dem Boden. Ein weißes Bettlaken, das sie gerade aufhängte, als sie umgebracht wurde, war voller Blutflecken. Wir dachten, der Exmann wäre es gewesen. Er hatte an dem Abend, an dem sie starb, gesoffen und hatte nicht die geringste Erinnerung daran, wo er gewesen war und was er gemacht hatte.

Dann kamen die Laborergebnisse. Es stellte sich heraus, dass mikroskopisch kleine Fasern aus der Wunde des Opfers von den Klauenfedern eines Uhus stammten. Das Opfer war zwar durch stumpfe Gewalteinwirkung umgekommen, aber nicht von der Art, wie wir gedacht hatten. Ein Uhu hatte sich von hinten auf die Frau gestürzt und sie zu Boden geworfen, wo sie an einer Gehirnblutung gestorben war. Der Uhu hatte wahrscheinlich seine Jungen beschützt, wie die Tiere das im Frühling eben machen.

Der Fall wäre allenfalls als Anekdote für Dinnerpartys gut gewesen und ansonsten in Vergessenheit geraten, hätte er uns nicht eine Lektion fürs Leben erteilt. Der kristallene Briefbeschwerer in Form einer Eule, der jeden Morgen, wenn ich die Dienststelle betrat, auf meinem Schreibtisch aufblitzte, war eine Erinnerung an die Lektion, die kein Polizist je vergessen sollte: Manchmal muss man hinter das Offensichtliche schauen, um zur Wahrheit zu gelangen.

Das hatte nie mehr Gültigkeit als im Fall der Leiche aus dem Kellers Way.

JULIE

3

Egal wie viel Mühe ich mir gebe, ich kann nicht aufhören, an den selbstgefälligen Ausdruck im makellosen Gesicht dieses Flittchens zu denken, als Matt während der Vorlesung mit ihr flirtete. Die Erinnerung daran zieht mir in sämtlichen Einzelheiten in einer Endlosschleife durch den Kopf: wie sie kokett ihr dunkles Haar nach hinten warf, als Matt in ihre Richtung sah, das heimliche, selbstzufriedene Lächeln auf ihren hübschen Lippen, während sie sich Notizen machte, die leichte Röte auf ihren frischen, jungen Wangen, als sie nach der Vorlesung an ihm vorbeiging. Vor allem aber erinnere ich mich an die kaum verhüllte Begierde in Matts Augen, während er ihr hinterhersah. Diesen Blick kenne ich sehr gut. Früher galt er mir.

Wie um Salz in meine Wunden zu reiben, ist er gestern Abend spät nach Hause gekommen. Ohne Erklärung. Ich war im Bett und hatte bereits das Licht gelöscht, als er sich neben mich legte. Ich hätte schwören können, dass er ganz leicht nach einer anderen Frau roch. Ich tat, als würde ich schlafen. Er zog mich an sich, strich über meine Brüste und schob mir dann die Hand zwischen die Beine. Ich hielt so lange still, wie ich konnte. Ich habe es satt, ihn mit anderen zu teilen. Doch Matt kann sehr hartnäckig sein, wenn er etwas will. Ich hörte also auf, so zu tun, als schliefe ich, und drehte mich zu ihm um.

Ich wische mir eine Träne fort, als ich den Hügel hinunterlaufe, und ziehe die Kapuze meiner Jacke über mein dunkelblondes Haar. Das entfernte Dröhnen eines Rasenmähers ist der einzige Hinweis darauf, dass ich nicht allein bin in unserer protzigen Straße, wo man nicht einmal weiß, wie die Nachbarn heißen. Wo jeden Morgen die Tore zu den Einfahrten verschlossen und Alarmanlagen eingeschaltet werden und gelangweilte, vernachlässigte Hunde sich über die Zäune der Gärten hinter den Häusern anbellen. Wo Kinder nach der Schule die Straße auf und ab radeln in dem verzweifelten Bemühen, ihrem reglementierten Vorstadtleben zu entfliehen.

Ich lebe seit fast fünf Jahren in diesem grünen Viertel mit prächtigen Anwesen und gepflegten Rasenflächen, und ich kann mit Fug und Recht behaupten, dass das alles bloß Zuckerwatte ist. Aus der Ferne scheint es perfekt. Wenn man es endlich schmeckt, ist es widerlich und unbefriedigend.

Ich biege um eine Ecke in eine Durchgangsstraße. Autos zischen vorüber, verwischte Schatten ausgewaschener Metallicfarben. Ihr Motorenlärm ist tröstlich und beängstigend zugleich. Ich zähle im Geiste vor mich hin, während ich um die nächste Ecke biege. Bei zwanzig fange ich wieder von vorn an. Ich konzentriere mich auf meine Atmung, meine Schritte, das Pumpen meiner Arme. Ich atme hörbar ein und aus.

Zwei Blocks später hält direkt vor mir ein Lieferwagen am Straßenrand. Der Fahrer springt heraus und drückt die Schiebetür auf. Ich laufe an ihm vorbei. Ein Stück weiter bewegt sich eine Frau mit drei kläffenden Mischlingshunden wie in Zeitlupe. Sie lächelt, ich nicke. Und dann ist sie fort.

Als ich die Häuser hinter mir lasse und den Waldrand erreiche, biege ich in den Kellers Way. Auf dieser engen, hügeligen Straße sind selten Autos unterwegs. Es gibt schnellere Strecken. Bequemere Routen. Wie es der Zufall will, fährt heute auf der Straße aber doch ein Auto an mir vorbei. Die Reifen knirschen auf dem Asphalt. Der Motor jault, während es mich überholt.

Ich sprinte, bis mein Hals brennt und meine Beine sich anfühlen, als wollten sie mir jeden Moment den Dienst versagen. Am Fuß der steilsten Steigung trinke ich an meinem üblichen Haltepunkt unter den Ästen einer Pappel aus meiner Wasserflasche. Es ist die einzige Pappel in diesem Teil des Waldes.

Ich knote die Schnürsenkel meiner Laufschuhe fester, und meine Finger sind steif von der Kälte. Ich will gerade den letzten Hügel zu der Straße hochlaufen, die zur Universität führt, da höre ich ein Rumpeln. Wie Donnerdröhnen. So laut, dass ein Schwarm Blauhäher erschrocken von einem Baum auffliegt. Ich blicke nach oben und sehe, wie die Vögel hektisch mit den Flügeln flattern.

Ein Auto schießt um die Kurve. Es fährt viel zu schnell für eine so enge Straße. Ich warte darauf, dass es bremst. Doch es verlangsamt nicht. Es beschleunigt und hält auf mich zu.

Fühlt es sich so an, tot zu sein? Ich liege auf dem Boden und sehe zu, wie die Sonnenstrahlen hinter den Wolken hervorkriechen wie ein gottloser Heiligenschein. Vage erinnere ich mich an das Knacken meines Schädels, nachdem ich einen Hechtsprung die Böschung runtergemacht hatte, um dem auf mich zurasenden Auto auszuweichen.

Als ich aufstehe, tut mir alles weh. Mein Kopf pocht. Doch die Schmerzen sind mir egal. Adrenalin schießt durch meinen Körper, während ich den matschigen Hang hochklettere und mich dabei an Wurzeln hochziehe. Ich rieche die Trümmer, bevor ich die Rauchwolke sehe, die unter der verbeulten Motorhaube aufsteigt. Die Windschutzscheibe ist geborsten, ein Spinnennetz aus Rissen.

Mit zitternder Hand ziehe ich die Beifahrertür auf. Der Fahrer ist über dem Lenkrad zusammengesunken. Er stöhnt leise wie ein verletztes Tier vor dem Todesschuss. Blut tropft ihm aus einer klaffenden Stirnwunde über das Kinn aufs Hemd.

Mein Hals ist wie zugeschnürt vor Angst. Ich versuche zu sprechen. Es kommt kein Wort heraus. Ich schlucke und probiere es noch einmal. »Geht es Ihnen gut?«

Die einzige Reaktion ist eine so minimale Bewegung, dass ich sie mir auch eingebildet haben kann.

»Es wird alles gut«, versichere ich ihm. Ich versuche, überzeugend zu klingen, doch es gelingt mir nicht.

Plötzlich schlägt er die Augen auf. Beim Anblick seiner hellen Iris regt sich in den tiefsten Tiefen meiner Erinnerung etwas. Sein Haar ist gewellt und kastanienbraun meliert.

»Julie?«, sagt er mit brüchiger Stimme. »Mein Gott. Ich hab ja nicht gewusst …« Sein Satz bleibt unvollendet, als ihn starke Schmerzen übermannen.

»Was haben Sie nicht gewusst? Wer sind Sie?«, frage ich unter Tränen. Er ist ein gesichtsloser Mann mit stoppeligem Bart und voller Blut. Er hätte mich beinahe umgebracht. Warum weine ich?

»Ich hätte es niemals getan, wenn ich gewusst hätte, dass du es bist.« Seine Worte sind kaum mehr als ein Flüstern.

»Was getan?«

Er antwortet nicht. Seine Wunde blutet stark. Ich sage ihm, dass ich weiterlaufe, um Hilfe zu holen. Dass es nicht lange dauert, bis der Krankenwagen kommt. Dass alles gut wird.

»Nein«, krächzt er und hustet Blut. Es spritzt über das Armaturenbrett. »Es tut mir leid.« Er drückt meinen Arm, sodass mein Ärmel voller Blut ist.

»Es ist nicht Ihre Schuld. Es war ein Unfall«, erkläre ich ihm. »Wahrscheinlich haben die Bremsen versagt.«

»Nein.« Er schüttelt den Kopf. »Du täuschst dich. Es war kein Unfall.«

Er flüstert etwas. Ich verstehe ihn nicht. Die Verwirrung steht mir wohl ins Gesicht geschrieben, denn er hebt den Kopf und flüstert, indem er alle Kraft zusammennimmt: »Du bist nicht sicher, Julie. Du musst hier weg.«

Diese Worte hallen noch in mir nach, als ich eine halbe Stunde später in Matts unverschlossenes Büro humpele. Mich quälen rasende Kopfschmerzen, und ich habe mir bei dem Sturz wohl die Schulter geprellt. Ich begreife noch immer nicht ganz, was passiert ist. Er starb so schnell, dieser Mann in dem zerbeulten Wagen. Seine Atmung wurde flach. Und dann setzte sie abrupt aus, und sein Kopf fiel mit einem dumpfen Geräusch gegen das Fenster.

»Du musst hier weg«, hat er gesagt, bevor er starb. Also rannte ich. Ich lief durch den Wald, im Slalom um Bäume herum, den Hügel hinauf, durch dichtes Unterholz zum Unicampus. Ich bin direkt hierhergekommen, um Matt zu suchen. Er weiß sicher, was zu tun ist. Doch er ist nicht in seinem Büro. Ich stehe an seinem Bürofenster und sehe zu, wie Studierende wie Ameisen über den rechteckigen Rasen zwischen den Fakultätsgebäuden ziehen. Lehrveranstaltungen sind gerade zu Ende gegangen. Matt müsste bald kommen.

Ich will das Blut aus meinen Kleidern reiben, doch es ist tief ins Gewebe eingedrungen. Ein bleibender Fleck. Das letzte Mal, als ich so viel Blut gesehen habe, war in der Nacht, als ich mit dem Gefühl aufwachte, dass irgendetwas nicht stimmte. Ich ging ins Bad, eigentlich um zur Toilette zu gehen, und sah stattdessen mit morbider Faszination zu, wie der weiße Satin meiner Schlafanzughose sich knallrot färbte.

Matt rief einen Krankenwagen. Die Sanitäter haben mich auf einer Trage festgeschnallt und mir Riesenbinden zwischen die Beine geschoben. Bis wir in der Notaufnahme ankamen, waren sie zweimal durchgeweicht. Inzwischen war ich halb bewusstlos, aber ich wusste, dass es sehr schlimm um mich stand. Selbst eine Ausschabung reichte nicht, um die Blutung zu stoppen. Der Chirurg musste mir die Gebärmutter herausnehmen. Matt gab, als nächster Verwandter, sein Einverständnis. Ich hatte nichts zu melden. Ich war bewusstlos.

Verdammt, Julie. Hör auf, an die Blutung zu denken.

Ich schiebe einen Stapel Bücher auf der Couch in Matts Büro zur Seite und lege den Kopf auf ein Samtkissen. Ich bin vollkommen fertig. Das Klicken der Pfennigabsätze einer Frau im Flur lullt mich in den Schlaf.

Als ich Matts charakteristischen Zitrusduft wahrnehme, wache ich auf. Er beugt sich über mich, Besorgnis tief ins Gesicht gegraben.

»Schatz«, sagt er leise. »Was ist passiert? Julie, du bist verletzt.«

»Es hat einen Unfall gegeben. Ich bin gestürzt und mit dem Kopf aufgeschlagen.«

Er sieht sich meinen Schädel an. Als er mit dem Daumen über die Beule streicht, zucke ich zusammen.

»Du hast vielleicht eine Gehirnerschütterung. Ich muss dich zum Arzt bringen.«

»Nein, mir geht's gut«, protestiere ich. »Matt, ein Mann hätte mich beinahe mit dem Auto überfahren. Er hat etwas Komisches gesagt von wegen, ich wäre in Gefahr. Und dann ist er gestorben. Matt, er ist wirklich gestorben.« Ich breche in Tränen aus, die ganze angestaute Angst und der Schock lösen sich in lauten, würgenden Schluchzern. Matt zieht mich an sich, um mich zu trösten. »Wir müssen zur Polizei und denen sagen, was passiert ist«, erkläre ich ihm, den Kopf an seiner Brust, erleichtert, dass ich in Sicherheit bin.

»Julie.« Matt drückt mir einen Kuss auf den Scheitel und streicht mir zärtlich übers Haar. Er spricht geduldig mit mir, als wäre ich ein Kind. »Du bist gestürzt. Wahrscheinlich hast du eine leichte Gehirnerschütterung, so etwas kann schnell zu Verwirrung führen. Ich bringe dich jetzt erst einmal nach Hause und kümmere mich um dich. Danach spreche ich mit der Polizei.«

Zu Hause lässt Matt eine heiße Badewanne einlaufen und zieht mich derweil vorsichtig aus. Dann setzt er sich auf den Rand der Wanne und seift meine Haare mit Shampoo ein. Seine Finger reiben sanft über meine Kopfhaut. Er fährt mit dem Seifenstück über meine Schürfwunden und die blauen Flecken, die meine Schulter und meinen Oberschenkel entstellen.

Keiner von uns spricht, während er mich mit der Brause abspült und in ein Handtuch wickelt. Im Schlafzimmer zieht er mir einen frischen Schlafanzug an und hilft mir ins Bett.

»Das habe ich ganz vergessen. Ich muss Alice von der Schule abholen.« Hektisch setze ich mich auf.

»Ich hole Alice heute ab«, versichert er mir. »Ich habe mir den Nachmittag freigenommen, um nach dir zu schauen.«

»Mir geht's gut«, sage ich. »Es ist nur eine Beule.«

»Es ist mehr als eine Beule, Julie, Schatz«, sagt er. »Du hast womöglich eine Gehirnerschütterung von dem Sturz. Und du hast schlimme Prellungen. Du solltest dich untersuchen lassen.«

Matt geht nach unten. Er spricht leise am Telefon. Sicher mit der Polizei. Ich bin erleichtert. Die Treppe knarrt, als er wieder hochkommt. Er setzt sich zu mir aufs Bett, in den Händen ein Glas Orangensaft und zwei Kapseln.

»Gegen die Kopfschmerzen und damit du schlafen kannst«, sagt er entschieden. Mir wird schwer ums Herz.

Ich nehme seit Wochen keine Medikamente mehr. Ich will sie nicht mehr. Das würde ich Matt gern sagen, doch ich habe keine Kraft, mich zu wehren, als er das Glas an meine Lippen hebt. Er schiebt mir die Kapseln in den Mund, eine nach der anderen, als wäre ich krank. Ich muss nur noch schlucken.

»Es wird alles gut.« Matt nimmt das Glas weg und drückt mich sanft aufs Kissen. »Es wird alles wieder gut.« Er wiederholt die Worte wie ein Mantra, bis mein Körper dahintreibt und mein Geist sich von mir löst.

MEL

4

Man sollte eine Stadt nicht nach der Größe ihres Leichenschauhauses beurteilen. Unser Leichenschauhaus war riesig. Es hatte zwei Dutzend Kühlfächer. Ich wüsste nicht, dass es je auch nur annähernd an die Grenzen seiner Kapazität gekommen wäre.

Doch man sollte auch niemals nie sagen. Im Laufe des letzten Jahres gab es einen deutlichen Anstieg von Tötungsdelikten durch Methamphetamin und chemische Cocktails mit ähnlich unaussprechlichen Namen. Es war so schlimm, dass unsere Abteilung die Einstellung zwei weiterer Detectives beantragen musste. Es ist kein gutes Zeichen für eine Stadt, wenn sie die Mordkommission aufstocken muss.

Das Leichenschauhaus lag in einem weißen Gebäude mit vorkragenden Fenstern aus schwarzem Rauchglas. Ein gescheiterter Entwurf aus den Achtzigern, der eher an ein abgewracktes Kasino erinnerte als ein öffentliches Gebäude, in dem das Institut für Rechtsmedizin untergebracht war.

Ich zog meine Zugangskarte durch das Lesegerät und tippte auf einem Zahlenfeld neben der gepanzerten Tür an den Parkplätzen hinter dem Gebäude einen Zugangscode ein. Die Tür sprang mit einem Klicken auf, und ich folgte einem leeren, gefliesten Flur, in dem es nach Desinfektionsmitteln roch.

Den Vormittag hatte ich hauptsächlich damit zugebracht, mit dem stellvertretenden Staatsanwalt den Fall Wilson durchzugehen. Er erklärte, er wolle eine außergerichtliche Einigung erreichen, um die Sache rasch vom Tisch zu haben. Er deutete an, dass er keine Kapazitäten hatte, den Fall vor Gericht zu bringen, und zeigte auf einen Aktenstapel auf dem Boden, der so hoch war, dass er jeden Augenblick ins Rutschen zu geraten drohte.

Mary Wilson war in einem Trailerpark von ihrem Freund zusammengeschlagen worden. Sie war zwanzig gewesen, als sie starb, Mutter dreier Kinder von zwei verschiedenen Vätern, von denen einer sie bei einem Streit über die Fernbedienung mit dem Kopf durch die Schlafzimmerwand gestoßen hatte. Drei Tage später war sie an einem Blutgerinnsel gestorben, das laut rechtsmedizinischem Gutachten vermutlich eine Folge der Kopfverletzung war.

Der stellvertretende Staatsanwalt erklärte mir, der Anwalt des Angeklagten könne behaupten, dass das Gerinnsel in keinerlei Zusammenhang mit der Kopfverletzung stünde. Dass sie so oder so gestorben wäre. Was die medizinische Seite betraf, konnte ich ihm nichts entgegensetzen, doch ich hatte ausreichend Material zusammengetragen, um zu beweisen, dass Mary Wilsons Freund sie über Monate geschlagen hatte. Und dass er mehr als einmal gedroht hatte, sie umzubringen.

Wenn es nach mir ginge, würde der Typ erst wieder frei herumlaufen, wenn er so alt war, dass er einen Gehstock brauchte. Das sagte ich auch dem Staatsanwalt. Ich sah, dass er hin- und hergerissen war zwischen dem, was richtig, und dem, was machbar war. Ich hoffte bei Gott, dass ich ihn überzeugt hatte, über die volle Distanz zu gehen.

Als wir fast fertig waren, bekam ich eine SMS vom Chef

der Rechtsmedizin, dass sie bald mit der Obduktion der Leiche aus dem Kellers Way beginnen würden. Er hatte am Freitag eine erste Untersuchung vorgenommen, nachdem die Leiche am späten Abend ins Leichenschauhaus gebracht worden war. Dabei war es hauptsächlich darum gegangen, Gewebeproben zu entnehmen und Maden und andere Insekten einzusammeln, anhand derer der forensische Entomologe den Todeszeitpunkt bestimmen und herausfinden konnte, ob an der Stelle, wo sie vergraben gewesen war, etwas verändert worden war.

Die Leiche war nicht am Wochenende eilig obduziert worden, denn ich hatte nicht darum gebeten. Ich war mir, um ehrlich zu sein, nicht sicher, ob diese Überstunden genehmigt worden wären, wenn ich sie beantragt hätte. Es war ohnehin nicht besonders dringend. Das Opfer war schon eine Weile tot.

Im Vorraum zum Sektionssaal legte ich Schutzkleidung an. Ich setzte eine Einmalkappe auf, zog mir Maske und Gummihandschuhe über und tunkte die Finger in ein Gläschen mit extrastarker Mentholsalbe, das ich immer in der Handtasche hatte, weil die Salbe den Obduktionsgeruch überlagerte. Der Tod riecht übel, und verweste Leichen sind am schlimmsten.

Seit wir vor ein paar Jahren einen an sich wasserdichten Mordfall verloren haben, achten wir penibel darauf, dass auch nicht der geringste Verdacht einer Kontamination aufkommt. Der Verteidiger, ein teurer Anwalt aus Charlotte, hatte behauptet, dass forensische Beweismittel – die so belastend waren, dass sein Mandant unter normalen Umständen, nein, verdammt, unter *allen* Umständen schuldig gesprochen worden wäre – kontaminiert seien.

Sein Mandant war sympathisch. Weiß. Pfarrer. Er hatte

eine hübsche Frau mit einem herzförmigen Gesicht und vier blonde, leicht hyperaktive Söhne, die während des Plädoyers im Gerichtssaal hinter ihm saßen. Sie trugen alle cremefarbene Anzüge und hellblaue Krawatten, die zu ihren blauen Augen passten.

Als der Staatsanwalt sprach, hörte ich einen Jungen den anderen flüsternd fragen: »Was ist Vergewaltigung?« Es war vollkommen unangebracht, dass sie im Saal waren. Doch Kinder zu beschützen war nicht die Aufgabe der Verteidigung. Diese Kinder waren Requisiten. Sie waren da, damit die Geschworenen in ihre altklugen blauen Augen blicken konnten, bevor sie ins Geschworenenzimmer gingen, um über das Schicksal ihres Vaters zu entscheiden.

Ihr Daddy, der Pfarrer, hatte eine junge Prostituierte vergewaltigt und sie dann erwürgt. Wir hatten Spuren seines Spermas auf ihrer Kleidung gefunden. Er hatte ein Kondom benutzt, doch ein paar Tropfen waren danebengegangen. Wir hatten Glück, seine DNA fand sich von einem Vergewaltigungsfall aus seiner Zeit auf dem College, der nie vor Gericht gekommen war, in den Akten. Diese Information war nicht für die Geschworenen bestimmt, doch sie half uns, ihn zu finden.

Er hatte einen guten Anwalt, der tat, was ein guter Strafverteidiger tut: Er streute allen Sand in die Augen. Er besorgte sich die Unterlagen aus dem rechtsmedizinischen Institut und stellte fest, dass an dem Nachmittag, als in zwei verschiedenen Laboren im selben Gebäude die Spuren vom Opfer und vom Beschuldigten untersucht worden waren, ein Mitarbeiter in beiden Laboren gewesen war.

Er besaß die Dreistigkeit, eine Kontamination des Beweismaterials als Argument vorzubringen. Die Geschworenen hatten förmlich einen Vorwand gesucht, ihn freisprechen zu können. Und der Verteidiger servierte ihnen diesen auf dem Silbertablett: berechtigter Zweifel. Er wusste, dass die Geschworenen lieber den Unschuldsbeteuerungen seines Mandanten glauben würden, als vier flachsköpfigen Jungen ihren Daddy wegzunehmen und sich der Tatsache zu stellen, dass selbst Pfarrer zu bestialischen Taten fähig waren.

Ich habe Staatsanwälte sagen hören, dass Geschworene forensischen Beweisen zu viel Gewicht beimessen, weil Fernsehserien sie glauben lassen, die Forensik besäße eine nahezu gottgleiche Macht. Dieser Prozess war so ein typischer Fall. Obwohl es sogar einen Zeugen gab, einen Tankwart, der das Opfer am Abend ihres Verschwindens im Auto des Pfarrers gesehen hatte. Der Verteidiger zerriss die Zeugenaussage des Mannes in der Luft, indem er auf dessen Vergangenheit als Drogensüchtiger herumritt. Eigentlich war der Fall eine todsichere Sache. Und doch war der Angeklagte – trotz der ausführlichen Aussage eines Zeugen und trotz erdrückender DNA-Beweise – als freier Mann aus dem Gerichtsgebäude spaziert.

Die internen Ermittlungen im Anschluss an den Prozess hatten ein sehr strenges Protokoll für den Umgang mit Spuren zur Folge gehabt. Keiner von uns wollte wegen einer beschissenen Verteidigungsstrategie noch einen Fall verlieren. Deswegen steckte ich von Kopf bis Fuß in Schutzkleidung aus Plastik, als ich den Sektionssaal betrat, in dem unter einem weißen Laken die Tote aus dem Kellers Way auf einem Tisch lag.

Um anzuzeigen, dass er meine Ankunft bemerkt hatte, blickte Mike kurz vom Computerbildschirm auf, wo er sich gerade Röntgenbilder ansah. Mike und ich arbeiteten schon lange zusammen, und ich wusste, dass er seinen Gedankengang nicht unterbrechen wollte.

Ich nutzte die Zeit, um mir die Sachen des Opfers anzusehen, die in einer langen Reihe von Asservatenbeuteln auf der Arbeitsfläche lagen. Auf jeder Plastiktüte stand mit Permanentmarker eine Nummer und die Beschreibung des Inhalts.

Im ersten Beutel war ein schwarzer linker Stiefel mit geschlossenem Reißverschluss von der Art, die bis knapp unters Knie reichen. Der rechte Stiefel befand sich in einem anderen Beutel daneben. Beide Schuhe waren zum Teil mit Matsch bedeckt, doch es war so viel von dem Leder zu erkennen, dass man ihre außergewöhnliche Qualität ausmachen konnte, vielleicht waren sie sogar handgenäht. Solche Stiefel waren nicht billig. Die Absätze waren dick. Stabil. Keine Stilettos. Dies waren keine modischen Stiefel.

In einem weiteren Asservatenbeutel befand sich eine Garnitur schwarzer Damenunterwäsche. Nichts Ausgefallenes. Ich hielt den Beutel unter das Licht einer der Leuchtstoffröhren an der Decke, um mir die Unterwäsche genauer anzusehen.

»Die Wäsche ist nicht vorsätzlich zerrissen worden«, sagte Mike, ohne den Blick vom Computerbildschirm zu lösen. »Wir überprüfen sie im Labor auf Spermaspuren.«

Der BH war eher maulwurfsgrau und voller Schmutzflecken. Eine weiße Bluse sah durch das Plastik der Tüte grau aus. In einem weiteren Beutel steckte eine rote Jacke, ein Einreiher mit Messingknöpfen am Revers und, soweit ich es erkennen konnte, ohne Etikett. Sie sah nicht aus, als wäre sie von der Stange. Ich schätzte, dass sie maßgeschneidert war.

Zwei goldene Ohrstecker mit Diamanteinsätzen waren

ebenfalls in einen kleinen Asservatenbeutel gesteckt worden, und in einem weiteren befand sich eine goldene Halskette mit einem Halbedelsteinanhänger. Auch die Armbanduhr, die ich am Tatort gesehen hatte, war da, elegant und modisch. Ich machte mir Notizen, um die Besitztümer des Opfers mit den Vermisstenlisten abzugleichen.

»Keine Geldbörse, nehme ich an. Kein Ausweis?« Ich wandte mich an Mike. Die Frage war überflüssig. Er hätte mich sofort angerufen, wenn er etwas gefunden hätte, anhand dessen wir sie hätten identifizieren können. Er schüttelte den Kopf.

»Hast du den Zahnstatus überprüft?«

»Klar«, sagte er. »Viel hat der Zahnarzt da nicht gemacht, außer eine Zahnspange als Kind. Zwei kleine Füllungen. Die Weisheitszähne wurden ihr als Jugendliche gezogen. Bring mir die Zahnarztunterlagen potenzieller Opfer, dann können wir ihre Identität bestätigen.«

Das war das Problem mit dem Zahnstatus. Er nützte nur etwas, wenn man die Zahnarztunterlagen potenzieller Opfer zum Abgleichen hatte. Umgekehrt funktionierte es nicht so gut.

»Irgendwelche besonderen Merkmale am Körper?«

»Nichts Auffälliges.« Mike stand auf und schob seinen Hocker nach hinten. »Angesichts der Zeit, die nach unserer Schätzung verstrichen ist, ist noch überraschend viel Körpergewebe vorhanden. Aber wir haben nichts gefunden, was für ihre Identifizierung hilfreich wäre. Keine Tätowierungen oder Ähnliches. Im Laufe der Woche machen wir uns an die Gesichtserkennung.«

Er rollte, während er sprach, seine Werkzeugrolle aus und reihte seine Instrumente fein säuberlich neben der Leiche auf.

»Was ist mit der Kleidung? Gibt es da etwas, womit wir sie identifizieren könnten?«

»Die Etiketten waren zu verblasst, um sie noch zu lesen«, sagte er. »Dennis untersucht sie im Labor. Die goldenen Ohrringe haben übrigens achtzehn Karat.«

»Trug sie einen Ehering?«, fragte ich.

»Keine Ringe«, antwortete er, ohne aufzublicken. »Das Labor siebt diese Woche die Erde durch. Sie müssen vierunddreißig Säcke Erde durchsuchen. Sind noch Kollegen am Tatort?«

Ich nickte. Wir hatten über das Wochenende und an diesem Morgen Leichenspürhunde draußen. Die Spurensicherung suchte mit Metalldetektoren und Bodensonden einen größeren Bereich um den Leichenfundort ab, für den Fall, dass sich dort weitere Spuren oder womöglich gar Leichen fanden.

»Irgendeine Idee, wann sie gestorben ist?«

»Ich habe noch keinen endgültigen Zeitrahmen«, antwortete Mike. »Ich bezweifle, dass es weniger als fünf Jahre her ist. Es ist unwahrscheinlich, dass es mehr als zehn Jahre sind. Damit hast du ein Fenster von fünf Jahren, mit dem du vorerst arbeiten kannst. Konkreteres kann ich sagen, sobald wir die Testergebnisse haben.«

»Und ihr Alter?«

»Ihr Alter«, wiederholte er, als würde er zum ersten Mal darüber nachdenken. »Den Zähnen nach zu urteilen, würde ich Mitte dreißig schätzen. Vielleicht Anfang vierzig. Sie ist weiß, eventuell auch Hispanoamerikanerin.«

»Hast du schon eine Idee von der Todesursache, Mike?« Ich stellte die Frage, obwohl ich die Antwort bereits kannte.

»Es gibt nichts Offensichtliches.« Er zuckte die Achseln. »Sobald ich mit der Obduktion fertig bin und mir die Röntgenbilder gründlich angesehen habe, bekommst du eine Arbeitshypothese.« Das war die Standardantwort.

»Verdammt«, sagte ich leise.

»Tut mir leid, Mel«, sagte Mike, ohne aufzublicken. »Bei einer Leiche, die so stark verwest ist, würde ich nur im Dunkeln stochern, wenn ich dir etwas anderes sagen würde.«

Mike hob das Laken an. Das Opfer hatte die Beine an die Brust gezogen. Die rechte Hand der Frau lag über ihrem Gesicht.

»Die Körperhaltung deutet darauf hin, dass sie versucht hat, sich zu schützen, als sie umgebracht wurde«, sagte Mike.

Wer auch immer die Frau war, sie hatte gewusst, dass sie sterben würde.

JULIE

5

Es ist kurz vor sechs Uhr, als Matts Wagen in die Einfahrt biegt und sich das schmiedeeiserne Tor automatisch hinter ihm schließt. Er kommt eine Stunde zu spät. Die Wirkung des Gin Tonic, mit dem ich mir Mut angetrunken habe, ist schon wieder verflogen. Fast wünsche ich mir, ich könnte mir noch einen einschenken, doch dann wäre ich dem bevorstehenden Abend nicht gewachsen.

Durch die Vorhänge des Schlafzimmers im ersten Stock beobachte ich, wie Matt auf die Haustür zukommt, in der Hand seine lederne Aktentasche. Sie beult sich, vermutlich vor lauter Seminararbeiten, die er übers Wochenende bewerten muss. Er sieht besorgt aus. Ich binde meinen Satinmorgenmantel so locker, dass er vorn aufsteht, und mache mir einen Haarknoten oben auf dem Kopf, wie Matt es mag.

Als wir uns das erste Mal trafen, fuhr Matt mit dem Daumen über meine Wangenknochen und erklärte mir, er würde mein Gesicht gern in Bronze gießen lassen, damit meine Schönheit für immer erhalten bliebe. Er sagte, mein Gesicht sei die Verkörperung antiker griechischer Schönheit – perfekte Symmetrie und so zarte Züge, dass er fürchte, sie zu zerdrücken. Wenn ich heute in den Spiegel blicke, sehe ich in meinen Augenwinkeln die ersten Spuren des

Alters, Vorzeichen des unausweichlichen Zerfalls, die auch Matt nicht entgehen.

Ich habe mir viel Mühe gegeben, doch Matt wirft nicht einmal einen Blick in meine Richtung, als ich in meinem halb offenen Morgenmantel die Treppe hinuntergehe. Er schaut lieber mit übertriebener Faszination den Poststapel auf dem Tisch im Flur durch, obwohl er doch, ohne hinzusehen, weiß, dass es hauptsächlich Werbung von Autohändlern und dergleichen ist. Meine Wangen brennen vor Scham, weil ich mich benehme wie eine läufige Hündin. Weil ich meinen eigenen Ehemann verführen möchte. Und weil ich jämmerlich scheitere.

Seit meinem Sturz behandelt er mich wie zerbrechliches Glas. Er redet mit mir wie mit einem Kind. Er berührt mich nicht einmal. Wir sind wie Figuren in einem spießigen Film aus den Fünfzigern, schlafen auf verschiedenen Seiten des Betts und geben uns platonische Küsse auf die Schläfe, bevor wir uns hinlegen. Wenn das so weitergeht, verliere ich ihn.

Endlich gibt Matt zu erkennen, dass er mich wahrnimmt. Er murmelt eine Begrüßung und beugt sich geistesabwesend vor, um mir mechanisch einen Kuss auf die Stirn zu drücken. Das geht schon die ganze Woche so. Er benimmt sich mir gegenüber, als wäre ich ein unerwünschter Hausgast, den er widerwillig duldet, weil er so gut erzogen ist.

Zum Teufel damit. Ich bewege in letzter Sekunde den Kopf, sodass sein Kuss auf meinen Lippen landet. Ich intensiviere den Kuss, lege ihm die Arme um den Hals. Ich drücke mich an ihn, bis ich mir ganz sicher bin, dass er mich will.

»Wo ist Alice?«, fragt er heiser.

»Schläft bei einer Freundin«, murmele ich. »Wir sind ganz allein.«

Es dauert nicht lang, und wir huschen eng umschlungen die Treppe hoch. Ich knöpfe sein Hemd auf. Er streicht mit den Fingern über meine Oberschenkel und packt den elastischen Rand meines Spitzenslips. Bis wir den oberen Treppenabsatz erreichen, hängt mein Slip über dem Geländer, Matts Hosenreißverschluss ist offen, und sein Hemd liegt irgendwo im Flur.

Als wir später zusammen duschen, berührt Matt die blauen Flecken an meiner Schulter.

»Tut es noch weh?«

»Ein bisschen.« Ich tue so, als wäre es mir egal, doch in meinen Augen steigen Tränen auf.

»Was ist los, Julie?«, fragt er, als er mir aus der Dusche hilft und mich in ein weiches Handtuch wickelt. Er hebt mein nasses Haar von den Schultern und küsst mich auf den Nacken. »Du bist in letzter Zeit ziemlich niedergeschlagen.«

»Ich muss andauernd an den Mann in dem Auto denken. Ich hätte ihm irgendwie helfen sollen.« Ich wische eine verirrte Träne fort.

»Julie.« Matt seufzt. Seine Miene ist ernst. »Woran erinnerst du dich denn überhaupt noch von dem Tag?«

Ich zucke die Achseln. »An ein paar Bruchstücke. Nicht sehr viel.«

»Ich bin mit dir ins Krankenhaus gefahren. Sie haben eine schwere Gehirnerschütterung festgestellt. Zu den Symptomen gehören Verwirrung und Erinnerungslücken.« Er spricht langsam mit mir, um sicherzugehen, dass ich verstehe, was er mir sagt. »Ich weiß, dass das schwer zu schlucken ist, aber den Vorfall mit dem Auto bildest du dir ein. Es hat keinen Unfall gegeben. Du bist beim Laufen gestürzt und mit dem Kopf aufgeschlagen. Als du zu dir gekommen bist, bist du zur Universität gelaufen. Das war angesichts deiner Gehirnerschütterung nicht besonders klug, aber du hattest dein Handy zu Hause gelassen und hast Panik bekommen.«

»Das bilde ich mir doch nicht ein«, fahre ich auf. »Der Fahrer war blutüberströmt. Ich hatte Blut an meinen Kleidern. Daran erinnere ich mich ganz genau. Bevor er starb, sagte er etwas, was mich erschreckt hat. Er sagte, ich wäre in Gefahr.«

»Wenn das der Fall ist«, erwidert Matt und blickt mich unverwandt an, »warum gibt es dann keinen Bericht über einen Autounfall?«

»Keinen Bericht?« Meine Stimme bricht vor Überraschung.

»Nichts«, sagt Matt bestimmt. »Ich habe mit der Polizei gesprochen, sobald wir an dem Tag zu Hause waren. Sie haben einen Streifenwagen hingeschickt und mich später zurückgerufen, um Bescheid zu sagen, dass es dort in der Gegend weit und breit keinen Autounfall gegeben hat.«

»Wie kann das sein?«, sage ich wie zu mir selbst. »Das verstehe ich nicht.«

»Es ist eine falsche Erinnerung«, erklärt Matt mir geduldig, als wäre ich eine seiner Studentinnen. »Du hast das Trauma deines Sturzes im Kellers Way mit Erinnerungen an Roxys Tod überlagert«, sagt Matt. »Du erinnerst dich nicht an einen toten Mann in einem Auto, du erinnerst dich an Roxy. Du warst mit ihrem Blut besudelt, nachdem sie von dem Auto überfahren worden war. Du hast sie in den Armen gehalten, bis sie starb. Dieser Phantomfahrer ist ein Ersatz für Roxy. Ein Bewältigungsmechanismus.«

Es hatte mir das Herz gebrochen, als unsere alte Labradorhündin Roxy eine Woche vor Weihnachten überfahren worden war. Roxy sprang an ihrer Leine voraus und wurde von einem Auto erfasst, das aus dem Nichts gekommen war. Der Fahrer hatte nicht mal angehalten, um zu helfen. Roxy war in meinen Armen gestorben. Danach ging es mir nicht gut. Meine Medikamentendosis wurde erhöht. Wenn ich ehrlich bin, kann ich mich an die Wochen danach kaum erinnern.

»Es kam mir so real vor, Matt. Das Auto, der Qualm. Ich kann beinahe das Blut riechen. Ich war voll davon. Erinnerst du nicht daran, dass meine Kleider voller Blut waren, als ich in dein Büro kam?«

»Julie, da war kein Autofahrer. Da war kein Autounfall. Da war kein Blut«, sagt Matt. »Deine Laufsachen sind noch in der Wäsche. Sieh sie dir an.« Matt geht runter und kommt mit meinen Laufklamotten wieder hoch. Ich drücke das Gesicht hinein. Sie riechen nach Schweiß. Sie sind schmutzig. Aber selbst bei genauerem Hinsehen kann ich keinen einzigen Blutfleck entdecken. Nicht einmal einen Spritzer.

»Je eher du akzeptierst, dass dieser Autounfall nie passiert ist, desto schneller kannst du die Episode hinter dir lassen, Schatz«, sagt er und hebt mein Kinn. »Ich will nicht, dass du wieder dahin zurückfällst, wo du nach Roxys Tod warst. Du musst akzeptieren, was wirklich passiert ist. Du bist beim Joggen ausgerutscht und gestürzt. Das ist alles. Hör auf, dich zu quälen!«

Der Tag meines Sturzes ist verschwommen und unwirklich. Traumata spielen dem Erinnerungsvermögen übel mit. Matt hat Artikel für psychologische Fachzeitschriften über dieses Thema verfasst. Er zieht mich an seine Brust und streicht mir beruhigend über den Rücken. Seine Freundlichkeit überwältigt mich und lässt mich für einen Sekundenbruchteil denken, es könnte vielleicht doch noch alles gut werden.

»Du hättest mich heute Morgen daran erinnern sollen, dass Alice heute Abend nicht da ist«, neckt er mich. »Dann wäre ich früher heimgekommen.«

»Ich habe Lucys Mutter gefragt, ob Alice bei ihr übernachten kann, weil wir mit Stephen und Chelsea zum Essen verabredet sind«, erinnere ich ihn.

»Lass uns absagen.« Er drückt mir einen Kuss in den Nacken. »Wir können im Bett bleiben und uns was zu essen kommen lassen. Da haben wir garantiert mehr Spaß als beim Fachsimpeln mit Stephen.«

»Du weißt, dass das nicht geht.« Zögernd mache ich mich aus seinem Griff frei. »Außerdem ist es zu spät zum Absagen.« Ich schaue auf meine Uhr. »O Gott, Matt, wir müssen in vierzig Minuten dort sein. Die Marshals sind Pünktlichkeitsfanatiker.«

In Spitzenhöschen und BH stehe ich im Bad vor dem Spiegel und trage Lippenstift auf, während Matt ein frisches Hemd anzieht. Ich sehe sein Spiegelbild. Weder Lust noch Zärtlichkeit liegt in seinem Blick, als er meinen halb nackten Körper streift. Die Art, wie er mich betrachtet, hat etwas Klinisches, das mich nervös macht.

MEL 6

Die Zeit deckt viele Sünden zu. Vor allem Mord. Bevor das schwirrende Kreischen der elektrischen Knochensäge einsetzte, verließ ich das Leichenschauhaus, in der sicheren Gewissheit, dass ich den Mörder vom Kellers Way niemals finden würde.

Je mehr Zeit verstreicht, je mehr der Leichnam des Opfers verwest, desto schlechter stehen die Chancen, den Mörder zu fassen. Fälle mit verwesten Leichen trotzen dem obersten Gesetz von Mordermittlungen: Wenn man die Identität des Opfers kennt, findet man in neun von zehn Fällen auch den Mörder. Ich wusste nichts über mein Opfer. Die Chancen standen schlecht.

An gedrungenen Bürogebäuden mit Fassaden aus makellosem Spiegelglas vorbei ging ich zurück aufs Polizeirevier, um die spärlichen Informationen, die ich hatte, in die Vermisstendatenbank einzugeben. Ich musste der Frau, die auf dem Sektionstisch im Leichenschauhaus lag, einen Namen geben. Wenn ich erst einmal ihren Namen hatte, würde sich der Rest ergeben.

In der kopfsteingepflasterten Fußgängerzone zwischen den ehemaligen Tabaklagern tummelten sich Büroangestellte, die ihre Mittagspause nutzten, um in der frühen Nachmittagssonne draußen vor den Cafés rasch etwas zu essen. Im Vorbeigehen überlegte ich, welche kleinen Geheimnisse sie wohl hüteten, während sie ihre Burger und Fritten aßen. Welche Laster, Leidenschaften und Lügen waren unter der Oberfläche ihrer scheinbar profanen Leben versteckt? Die meisten Geheimnisse sterben mit den Menschen. Doch bei einer Mordermittlung ist kein Geheimnis sicher. Jedes Vergehen wird durchleuchtet und in den Notizbüchern der ermittelnden Polizisten, in Fallakten und Gerichtsprotokollen festgehalten.

Wenn ich mit einem Fall fertig bin, weiß ich mehr über das Opfer als seine nächsten Angehörigen; eine Vorliebe für Fetischpornos, die Neigung, Hotelbademäntel mitgehen zu lassen, eine Abhängigkeit von Vicodin oder Spielautomaten, eine Vorliebe für Transvestismus oder Callgirls. Ich weiß, was das Opfer als Letztes gegessen hat, welche Kleidung es als Letztes getragen hat und wonach es als Letztes im Internet gesucht hat. Ich bin eingeweiht in die intimsten Details des Sexlebens, egal wie profan oder spleenig es war – was, wann und vor allem mit wem. Welche Geheimnisse die junge Frau aus dem Kellers Way wohl gehütet hatte, bevor sie starb?

Mit meinem Mittagessen in einer braunen Papiertüte in der Hand und einem XXL-Kaffeebecher aus Pappe, an dem ich schlürfte, betrat ich die leere Dienststelle. Ich schaltete meinen Computer ein und trank den Rest meines Kaffees, während ich über eine Suchstrategie nachdachte.

In den Vereinigten Staaten sind 80 000 bis 90 000 Menschen als vermisst gemeldet. 50 000 davon sind Erwachsene. Und davon wiederum etwa die Hälfte sind Frauen. Ich musste also in der Vermisstendatenbank einen Pool von 25 000 potenziellen Opfern durchsuchen.

Das Problem bei so einer Suche liegt darin, dass man das Risiko eingeht, das Opfer auszuschließen, wenn man die

Suche zu sehr eingrenzt. Wenn man sie aber zu breit anlegt, bekommt man eine lange, unübersichtliche Liste, mit der man auch nichts anfangen kann.

Ich entschied mich, mit einer breiten Suche anzufangen und sie von Runde zu Runde weiter einzugrenzen. Ich gab das Geschlecht – weiblich – sowie eine Altersspanne von dreißig bis fünfundvierzig ein. Dann schränkte ich die Suche ein, indem ich mich auf die Frauen konzentrierte, die seit fünf bis zehn Jahren vermisst wurden. Ich bekam 7376 Profile angezeigt. Die meisten dieser Frauen waren aus eigenem Antrieb verschwunden und wollten aus irgendwelchen Gründen nicht gefunden werden: um einem gewalttätigen Partner zu entkommen, Schuldeneintreibern, psychischen Problemen. Es gab sehr viele Gründe, warum Menschen verschwanden und eine neue Identität annahmen. Weniger als fünf Prozent wurden vermisst, weil sie tot waren.

Ich packte mein Käse-Gurken-Sandwich aus und nahm einen Bissen. Ich musste eine Möglichkeit finden, die Ergebnisse weiter einzuschränken. Dazu grenzte ich die Suche auf vermisste Frauen aus sechs Staaten ein. Jetzt hatte ich 4131 potenzielle Opfer. Um die alle durchzugehen, würde ich eine Woche brauchen. In eine neue Suchmaske gab ich die Beschreibung der roten Jacke und anderer Kleidungsstücke sowie des Schmucks der Toten ein. Null Treffer.

Ich zog das Telefon zu mir heran und rief das kriminaltechnische Labor an. Dennis nahm nach dem zweiten Klingeln ab.

»Hier ist Mel. Ich ackere mich gerade durch die Vermisstendatenbank. Hast du die Schuhgröße des Opfers? Und eine Vorstellung davon, wie groß sie war?«

»Lass mich schauen«, sagte Dennis und legte klappernd den Hörer ab. Ich biss noch einmal ins Sandwich, während ich wartete.

»Ich habe gerade den Stiefel des Opfers gemessen. Ich würde sagen, ihre Schuhgröße ist vierzig oder einundvierzig«, sagte Dennis zwei Minuten später. »Bei so großen Füßen ist es unwahrscheinlich, dass das Opfer kleiner war als ein Meter fünfundsechzig.«

»Hast du etwas, womit wir die Suche weiter eingrenzen könnten?«

»Vielleicht.« Ich hörte Papier rascheln, als Dennis in der Akte blätterte. »Der Anhänger, den sie getragen hat«, sagte er schließlich.

»Was ist damit?«

»Wir glauben, dass es ein Morganit ist.«

»Das ist ein Halbedelstein. Ziemlich häufig, oder?«

»Aber dieser ist alles andere als gewöhnlich. Er ist tiefrosenrot, diese Farbe findet man nur auf Madagaskar«, antwortete Dennis. »Man nennt solche Steine auch Zambezia-Morganit. Sie sind selten und teuer. Zuweilen werden sie auch rosa Smaragde genannt.«

»Danke«, sagte ich zu niemand anderem als zu mir selbst, denn Dennis hatte schon aufgelegt.

Kaum hatte ich die Mindestkörpergröße und die Schuhgröße eingegeben, schrumpfte die Liste potenzieller Opfer sofort auf 291. Ein dicker Stapel Profile von vermissten Frauen, die ich durchgehen musste. Bettlektüre. Meine größte Sorge war, dass eine Datenbank nur so gut ist wie die Informationen, mit denen sie gefüttert wurde. Deswegen verlasse ich mich nur ungern auf Computer.

Ich blickte auf und sah Casey zur Spätschicht in die Dienststelle kommen. Er trug dieselben gammeligen Klamotten wie seine dealende Klientel: zerrissene Jeans, langärmeliges T-Shirt, darüber ein bunt kariertes Hemd. Casey hatte über Jahre immer wieder mit meinem Partner Will zusammen an Mordfällen gearbeitet, bevor ich hergezogen war. Dann war er zum Drogendezernat versetzt worden.

»Hey, Casey. Du kommst mir gerade recht.«

»Was gibt's, Mel? Vermisst du Will schon?«, foppte er mich. Will war auf Hochzeitsreise und hatte mir in der hektischsten Zeit des Jahres die Leitung der Mordkommission überlassen.

»Will ist einfach der Einzige hier, der einen anständigen Kaffee kochen kann«, witzelte ich. »Nein, ich habe einen neuen Fall von vor meiner Zeit hier. Erinnerst du dich an eine Vermisste, eine Frau Mitte dreißig, die eine rote Jacke und teuren Schmuck trug, als sie verschwand? Vor ungefähr fünf oder zehn Jahren?«

»Nein, da klingelt nichts.« Er strich über seinen dünnen Schnurrbart, der ihm das ausgemergelte Aussehen eines Süchtigen verlieh. »Aber das muss nichts heißen. Seit das Baby da ist, kriege ich nur drei Stunden Schlaf pro Nacht. Die meiste Zeit kann ich mich kaum an meinen eigenen Namen erinnern. Wenn jemand was weiß, dann Lenny. Mit dem solltest du sprechen.«

»Lenny? Ich dachte, der wäre nach Florida gezogen.«

»Ist er auch. Ob du's glaubst oder nicht, es gefällt ihm hier besser. Kurz nach Weihnachten ist er zurückgekommen.«

Lenny Miller hatte sämtliche Vermisstenfälle in diesem Teil des Staates bearbeitet, bis er vor vier Jahren, kurz bevor ich hier angefangen hatte, in Pension gegangen war. Lenny war besser als jede Datenbank. Er gehörte zur alten Schule. Er hatte jeden einzelnen Fall im Kopf.

»Lenny ist verrückt nach Golf«, sagte Casey und schrieb eine Telefonnummer auf die Rückseite eines Briefumschlags. »Wenn du ihn auf dem Handy nicht erreichst, möchte ich wetten, dass er in Twin Lakes ist.«

Als ich anrief, ging niemand ran. Ich hinterließ eine Nachricht auf seiner Voicemail. Dann rief ich den Twin Lakes Golfclub direkt an.

»Ja, Lenny ist hier. Er ist am vierzehnten Loch, Sie beeilen sich besser. Er hat einen Glückstag«, erklärte ein Typ namens Dave in schleppendem Tonfall, bevor die Leitung tot war.

JULIE

7

Es war Matts Idee gewesen, mit den Marshals essen zu gehen. Er meinte, er müsse sich mit Stephen gutstellen, denn der war gerade in den Forschungsfinanzierungsausschuss berufen worden. Dabei hat Matt es gar nicht nötig, Stephen in den Arsch zu kriechen, um Forschungsgelder zu bekommen. Sie sind alte Kumpel. Sie spielen jede Woche zusammen Racquetball, verdammt noch mal. Bei diesem Essen geht es um Stephens Frau Chelsea. Und um mich.

Wir nehmen Matts Wagen. Das ist mir recht, denn mit hohen Absätzen kann ich nicht gut fahren. Das Auto füllt sich mit der dröhnenden Stimme eines Sportreporters, der einen Ausblick auf die Baseballspiele am Wochenende gibt.

Matt ist verrückt nach Baseball. Als wir frisch verheiratet waren, sind wir die ganze Zeit zu Spielen gegangen, und zwar, wie es sich gehört, mit Hotdogs, geschälten Erdnüssen und Cracker Jack. Das volle Programm. Ich finde Baseball langweilig, aber ich habe es nie durchblicken lassen. Kein einziges Mal.

Als wir das Restaurant betreten, sind wir zehn Minuten zu spät dran. Das ist hauptsächlich meine Schuld. Ich konnte die Diamantkette meiner Großmutter nicht finden. Mein türkisfarbenes Wickelkleid sieht unvollständig aus ohne etwas um den Hals. Chelsea ist immer makellos gestylt. Niemals ein Haar am falschen Platz. Auf gar keinen Fall wollte ich, wenn ich da auftauche, aussehen wie eine arme Verwandte aus bescheidenen Verhältnissen. Ich schäme mich nicht für meine Herkunft, aber ich muss sie auch nicht auf die Stirn tätowiert vor mir hertragen.

Matt nimmt die Schuld auf sich. Das war mir klar. »Tut mir leid, dass wir zu spät sind«, sagt er, als wir an den Tisch treten. Chelsea und Stephen trinken Wein und müssen sich sehr beherrschen, nicht ostentativ auf ihre Armbanduhren zu blicken. »Es ist meine Schuld. Ich bin von einer Studentin aufgehalten worden, die wegen ihrer Abschlussarbeit eine Krise hatte. Julie war stocksauer, weil wir deswegen zu spät kommen.«

Er greift nach meiner Hand und drückt sie. Als Chelseas Blick über unsere verschränkten Hände und Matts feuchtes Haar streift, spannt sich ihr Kiefer an. Sie weiß genau, warum wir zu spät sind.

Wir haben uns in einem neuen Restaurant verabredet, das überschwängliche Kritiken bekommen hat. Ich hätte es nicht ausgesucht. Ich bin Vegetarierin. Nicht weil mir Fleisch nicht schmeckt, sondern aus ideologischen Gründen. Ich liebe den Geschmack, ich ertrage nur den Gedanken nicht, was alles geschieht, bis das Stück Fleisch auf meinem Teller landet.

Es macht mich verrückt, in einem Restaurant zu sitzen, durch das der Duft von gebratenem Fleisch zieht, und mir Grünzeug reinzuschaufeln. Ich bestelle gegrillte Gemüsespieße und Halloumi, dazu einen griechischen Salat. Alle anderen bestellen Steak. Tief in meinem Inneren hasse ich sie dafür, besonders als der Kellner drei medium gebratene Steaks serviert, die auf Warmhalteplatten brutzeln.

»Du siehst gut aus, Julie.« Chelseas angespanntes Lächeln ist voller Unaufrichtigkeit. »Trainierst du?« Ich bin über zehn Jahre jünger als sie. Es ist offensichtlich, dass ihr das stinkt ohne Ende.

»Ich gehe ab und zu joggen«, antworte ich und hoffe, dass jemand das Thema wechselt.

»Sei nicht so bescheiden. Ich hab gehört, du könntest einen Marathon laufen, ohne in Schweiß auszubrechen«, sagt Stephen. Diese Bemerkung ärgert seine Frau, auch wenn sie es geschickt überspielt.

»Ich wusste gar nicht, dass du Wettkämpfe läufst«, wirft Chelsea ein.

»Es ist nur ein Hobby.« Ich spiele es herunter. Ich hasse so viel Aufmerksamkeit.

»Wo läufst du?«, fragt Chelsea.

»Bei uns in der Gegend. Ich laufe gern bergauf, das ist gut fürs Herz.«

»Du bist mutig. Ich bin eher eine fürs Laufband«, sagt Chelsea. »Die Straßen hier sind mir zu still. Da mache ich mir immer Sorgen, es könnte etwas passieren. Es gibt so viele Verrückte auf der Welt.« Matt wird blass, und Stephen gibt ihr unter dem Tisch einen behutsamen Tritt.

Peinliches Schweigen. Chelsea schluckt, als sie ihren Fauxpas bemerkt. »Wenn du willst, kann ich dir einen Besucherausweis für unser Fitnessstudio besorgen. Ich habe einen fantastischen Personal Trainer. Er heißt Emilio. Es ist schwer, einen Termin bei ihm zu kriegen, aber ich könnte ein paar Beziehungen spielen lassen.« Volle Punktzahl für Chelsea für den tapferen Versuch, sich wieder aus diesem Loch rauszubuddeln.

»Sehr gern«, sage ich genauso unaufrichtig, wie sie ihr Angebot gemacht hat.

Chelsea konnte mich von Anfang an nicht leiden. Sie

ist auf ihre forsche, übereifrige Art immer höflich, sogar freundlich. Aber wir sind nie Freundinnen geworden. Uns trennt ein Jahrzehnt. Ihre Kinder sind Teenager. Eines geht nächstes Jahr aufs College. Wir haben nicht viel gemein.

Sie lehnt mich ab. Verstehen Sie mich nicht falsch, ihr ist nie ein einziges unfreundliches Wort über die Lippen gekommen. Trotzdem. So etwas spürt man.

Zwischen uns ist eine breite Kluft, die weit über den Altersunterschied hinausgeht. Chelsea und Laura waren beste Freundinnen. Nach allem, was man hört, waren die beiden Paare unzertrennlich. Sie haben zusammen Wochenenden im Strandhaus der Marshals verbracht, sind in den Skiurlaub gefahren, haben gemeinsam Dinnerpartys veranstaltet und im gemischten Doppel Tennis gespielt. Sie haben *alles* zusammen gemacht.

Wir sitzen bei diesem Essen, bei dem sich niemand wohlfühlt, um die Bindung zu erneuern. Außer dass statt Laura ich hier bin. Und ich bring's einfach nicht.

Matt ist Psychologe, er bemerkt also Dinge, die der tendenziell eher abgestumpfte Durchschnittsmann nicht mitkriegt. In großen Gruppen komme ich nicht gut klar. Es ist mir nahezu unmöglich, mit Menschen zu harmonieren, mit denen ich nichts gemein habe. Seit der Blutung ist es schlimmer geworden.

Ich gebe mir alle Mühe, mit Matts sozialem Umfeld mitzuhalten. Selbst wenn ich auf einem Tiefpunkt bin, nehme ich an Cocktailpartys und Fakultätsveranstaltungen teil. Ich mache mich schick, lächele und beteilige mich am Small Talk. Am Ende so eines Abends bin ich vollkommen ausgelaugt und fühle mich, als hätte ich etwas Ungehöriges getan oder mich unerträglich taktlos verhalten.

Chelsea fügt sich mühelos in Matts Umfeld ein. Sie ist

ungefähr in seinem Alter. Vielleicht ein oder zwei Jahre jünger, mit einer ähnlichen Herkunft. Als Teenager haben sie sich in denselben Kreisen bewegt. Sie sind beide mit mehr Geld aufgewachsen, als sie ausgeben konnten. Ihre Mutter spielt Bridge mit meiner Schwiegermutter. Ich bin mir durchaus bewusst, dass bei ihrem nächsten Spiel in allen Einzelheiten über diesen Abend berichtet werden wird.

Matts Freunde bilden einen engen Kreis. Äußerlich passe ich perfekt hinein. Ich tue weiß Gott genug, um entsprechend auszusehen und mich zu kleiden und jegliche Zweifel in dieser Hinsicht zu entkräften. Meine schäbige Trailerpark-Herkunft ist tief begraben. Aber ich bin die Erste, die zugibt, dass ich in anderer Hinsicht eher schlecht wegkomme. Ich lese genug, um einigermaßen intelligent zu erscheinen, doch das ist nur eine hauchdünne Schicht. Als ob sie das nicht wüssten. Ich höre förmlich, wie sie sich fragen, warum Matt mich ausgewählt hat, nachdem er mit der munteren, brillanten Laura verheiratet war, summa cum laude in allem. Selbst heute noch, all die Jahre nach ihrem Tod, sprechen Menschen, die Laura kannten, mit ehrlicher Zuneigung und Bewunderung von ihr.

Die schöne Laura, die mit ihrem Lächeln und ihrem scharfen Verstand einen Raum erstrahlen ließ. So wurde sie in einem Nachruf beschrieben, den ich unter Matts Papieren gefunden habe.

Warum sitze ich dann hier, wo Lauras beste Freundin über mich urteilt und mich mangelhaft findet? Weil Chelsea an der Spitze der Nahrungspyramide der Fakultätsfrauen steht. Dieses Essen findet statt, damit ich endlich von ihrer Clique akzeptiert werde. Nach all den Jahren bin ich immer noch die Außenseiterin.

Ich lernte die Fakultätsfrauen auf einer Weihnachtsfeier an der Universität kennen, wo Matt und ich zum ersten Mal öffentlich als Paar auftraten. Seit diesem Abend hat sich nichts verändert. Die winterliche Zugluft in dem Raum damals war nichts im Vergleich zu dem frostigen Empfang, den mir die Freundinnen seiner Frau bereiteten. Kaltes Händeschütteln. Augen wie Eispickel, die mich heimlich mit einem Hauch von Belustigung musterten. Kurzer Small Talk, und schon zogen die Fakultätsfrauen sich taktvoll zurück, um ihr Gespräch fortzuführen, und ließen mich stehen wie einen Welpen, den keiner will.

Matt hatte sich abgewandt, um mit einem Kollegen zu sprechen, der vor Kurzem von einem Sabbatical in England zurückgekehrt war. Er lehnte mit einem Glas Rotwein in der Hand an einer Säule und bekam nichts von der vergifteten Atmosphäre mit. Und ich stand, viel zu feierlich gekleidet, mitten in einem Raum voll Menschen, die ich nicht kannte und die mich mit Blicken durchbohrten. Beobachteten. Abschätzten. Mit Laura verglichen. Und mich als elende Versagerin abstempelten.

Zur Hölle mit ihnen. Ich setzte ein selbstbewusstes Lächeln auf und ging zur Bar, um mir etwas zu trinken zu holen. Ich würde mich nicht kleinkriegen lassen. Im Zweifelsfall gilt: Tu so, als ob.

Ich war beim zweiten Glas, als Matt mich fand.

»Da bist du ja, Schatz«, sagte er, nahm mein leeres Weinglas und stellte es auf die Bar. Er küsste mich – ein langer, zärtlicher Kuss, um allen zu zeigen, dass ich kein unüberlegter Flirt war. Er war verliebt. In mich. Eine Frau, die mehr als zehn Jahre jünger war. Das war ein weiterer Grund, warum sie mich nicht mochten. Sie mochten mich nicht, weil Matt die Finger nicht von mir lassen konnte. Sie mochten mich nicht, weil ich die Erinnerung an Laura beschmutzte. Sie mochten mich nicht, weil ich ein unwürdiger Ersatz war.

Manchmal denke ich, Matt hat mich gewählt in einem allerletzten Versuch, so etwas wie Normalität zu erreichen. Matt ist es peinlich, dass seine Familie so reich ist. Außerhalb der Familie fällt das kaum jemandem auf, aber ich sehe es. Seine Mutter Anne sieht es auch. Und es ärgert sie ohne Ende. Sie findet, seine Ehe mit mir ist ein weiteres Beispiel dafür, dass Matt unter seinen Verhältnissen lebt.

Matt tut gern so, als würde er ein normales Mittelschichtsleben führen. Nehmen wir sein Auto: Er fährt einen Lincoln. Das ist immerhin ein Wagen der Oberklasse, doch der Rest seiner Familie würde nie im Leben etwas anderes fahren als Audi, BMW oder Porsche.

Matts jüngerer Bruder Stuart ist Investmentbanker und schlägt genau in die entgegengesetzte Richtung. Er prahlt gern mit seinem Wohlstand. Anne fragt sich sicher, warum ihre Söhne zu solchen Extremen neigen. Ein Sohn lebt relativ bescheiden und versucht, mit seiner Umgebung, einer Mittelschichts-Collegestadt, zu verschmelzen, der andere protzt bis zur Geschmacklosigkeit und hat ein aufdringliches platinblondes Exmodel geheiratet. Allerdings nicht von der Sorte Model, mit der Anne bei ihrem wöchentlichen Bridgespiel prahlen könnte. Haute Couture wäre akzeptabel gewesen. Fotos in kitschigen Illustrierten sind etwas ganz anderes.

Kelly appelliert eindeutig an Stuarts fleischliche Instinkte; ihr Brustumfang entspricht wahrscheinlich ihrem IQ. Das ist nicht gehässig von mir. Das denken alle. Dabei kapiert niemand, dass Kelly viel klüger ist, als man ihr zutraut. Nicht von der Art Klugheit, die man an der Uni lernt.

Eher auf der Straße. Kelly ist einer der gewieftesten Menschen, die mir je begegnet sind. Immerhin hat sie sich Stuart geschnappt und ihn um ihren manikürten kleinen Finger gewickelt.

Und dann ist da Matt, der sich für eine akademische Karriere entschieden hat, wo ihm doch die ganze Welt offenstand. Die Worte seiner Mutter, nicht meine.

Er ist führend auf seinem Feld. Kürzlich hat er Forschungsergebnisse veröffentlicht, die als gewaltiger Durchbruch in der kognitiven Psychologie bezeichnet und begeistert aufgenommen wurden. Bei allem, was Matt erreicht hat, hat seine Mutter bis heute nicht begriffen, warum er den Akademiker spielen will, wo er doch mit seinem Leben etwas »Sinnvolles« anfangen könnte. Sie ist die Tochter eines Senators – etwas »Sinnvolles« heißt für sie also Politik. Bei dem Gedanken schaudert es Matt. Genauso entsetzt war seine Mutter darüber, dass er mich geheiratet hat.

Mit eiserner Entschlossenheit schiebt Chelsea ihr Essen auf dem Teller hin und her. Ihre verkniffenen Lippen sind zu einem Lächeln arrangiert, das die Härte in ihren Augen nicht zu mildern vermag. Auch sie missbilligt mich. Meine Ehe. Sie kratzt mit dem Besteck über den Teller, als sie einen Bissen von ihrem Steak abschneidet. Mir fällt auf, dass sie bis jetzt noch nichts gegessen hat.

Es ist offensichtlich, dass sie nur hier ist, weil Stephen sie darum gebeten hat. Sie verbirgt es kaum. Du verlogenes Luder, würde ich am liebsten zu ihr sagen. Ich tu's nicht. Stattdessen trinke ich einen Schluck von Matts Wein. Ein anständiger französischer Burgunder. Matt stupst mich unter dem Tisch an. Alkohol verträgt sich nicht mit meinen Medikamenten.

Scheiß drauf, denke ich und trinke das Glas leer. Ich

lasse Stephen nachschenken. Als ich noch einen großzügigen Schluck nehme, sehe ich das gereizte Flackern in Matts Augen. Oder ist es Sorge? Keine Angst, Matt. Ich gebe dir, was du willst. Tue ich das nicht immer?

Der Wein wärmt mich. Ich schließe für einen kurzen Moment die Augen und öffne sie dann wieder, um meine Aufmerksamkeit ganz auf Chelsea zu richten. Mein Gott, ich kann charmant sein, wenn ich will. Tausend Watt Charme, um Chelseas Permafrost zu schmelzen.

»Chelsea, ich wollte dir die ganze Zeit schon sagen, wie sehr ich den Wohltätigkeitsbrunch vor zwei Wochen genossen habe.« Eine fette Lüge. Es war spießig und quälend langweilig. Ich habe jede einzelne Sekunde gehasst. Begeistert schwadroniere ich weiter: über das Catering, die Blumen, die inspirierenden Reden.

Mein speichelleckerisches Gefasel weicht ihre zurückhaltende Miene auf. Ihr Lächeln wird breiter. Diese Frau giert nach Anerkennung für das, was sie für ihre persönliche Höchstleistung hält. Am Ende des Abends spazieren Chelsea und ich Arm in Arm unter beschwipstem Kichern zum Auto, während Matt und Stephen ein wenig verwirrt hinter uns hertrotten. Als wir einsteigen, geben wir uns Küsschen auf die Wange und lösen unsere Arme nur zögernd voneinander, wie beste Collegefreundinnen, die sich für die Sommerferien trennen.

»Dann sehen wir uns am Montagnachmittag.« Ich lege einen sehnsüchtigen Ton in meine Stimme.

Matt öffnet die Wagentür. Ich steige ein und schnalle mich an.

»Es ist Zeit, deine Medikamente zu nehmen«, sagt Matt mit einem Blick auf seine Armbanduhr. Er gibt mir die Kapseln und reicht mir eine Flasche Mineralwasser. Ich würde die Kapseln gern unterm Sitz verschwinden lassen, während Matt fährt, doch er wartet, bevor er den Motor anmacht, geduldig, bis ich sie geschluckt habe.

»Der Abend ist gut gelaufen, was?«, sagt Matt, während wir durch die Stadt fahren. Er ist zufrieden. Ein Gefühl der Freude überkommt mich angesichts seines Lobs. Wir verfallen in ein entspanntes Schweigen. Es fühlt sich an wie früher.

»Was machst du am Montag mit Chelsea?«, drängt sich Matts Stimme in meine Gedanken.

»Lunch im Country-Club. Und dann eine Runde Golf, bevor wir die Kinder von der Schule abholen.«

»Ich dachte, du magst Golf nicht?«

»Mag ich ja auch nicht. Aber für dich tue ich alles, Schatz. Alles, was dir hilft, Forschungsgelder zu kriegen oder was du dir von dem Essen heute Abend versprochen hast.« Meine Stimme ist ausdruckslos. Meine Hochstimmung verflogen. Die Medikamente fangen an zu wirken.

Mein Tonfall ist so verändert, dass Matt zusammenzuckt. Wir schweigen eine ganze Weile. Als er den Wagen in unsere Straße lenkt, ziehe ich seinen Hosenreißverschluss auf und beuge mich über seinen Schoß.

MEL

8

Die Fahrt zu dem von Bäumen gesäumten Golfclub nordwestlich der Stadt dauerte zwanzig Minuten. Das Clubhaus war ein typisches altes Südstaatenhaus mit einer langen Veranda, auf der man im Sommer Eistee trinken konnte, während man den Golfern beim Abschlag zusah. Nicht dass ich Zeit für so etwas hatte. Ein vornehmes Clubhaus war nicht unbedingt der Ort, an den man am Wochenende mit zwei Jungs im Teenageralter ging. Außerdem hatte ich außerhalb von Arbeit und Familie wenig soziale Kontakte.

Ich fand Lenny auf der vorderen Veranda, wo er auf einem mit cremefarbenem Sackleinen bezogenen Sessel saß und aus einem Glas, das ganz mit Kondenswasser beschlagen war, ein kaltes Bier trank.

»Detective«, sagte er, erhob sich und reichte mir eine gebräunte, von Altersflecken gesprenkelte Hand. »Ich habe gerade Ihre Nachricht gehört. Ich schalte das Handy immer auf stumm, wenn ich spiele.« Er bedachte mich, während er mir die Hand schüttelte, mit einem entschuldigenden Lächeln. »Was ist so wichtig, dass eine Ermittlerin der Mordkommission hier rauskommt?«

Ich zog einen Sessel näher und setzte mich dicht neben ihn. Ich wollte nicht belauscht werden. Der Fall kursierte im Augenblick noch nicht in den Medien, und das war mir gerade recht. »Wir haben in einem Wald kurz außerhalb der Stadt die Leiche einer Frau gefunden. Im Kellers Way. Ich finde in der Vermisstendatenbank niemanden, dessen Beschreibung dem Opfer entspricht. Ich dachte mir, wenn sie von hier war, erinnern Sie sich womöglich an den Fall.«

»Es gab im Laufe der Jahre viele Fälle«, versetzte Lenny sachlich.

»Dessen bin ich mir bewusst«, pflichtete ich ihm bei. »Doch bei dieser Frau vermute ich, dass ihr Verschwinden nicht unbemerkt geblieben ist. Dass Sie sich an sie erinnern.«

»Was haben Sie?«, fragte er nach einem Schluck Bier.

»Sie war vermutlich Mitte dreißig. Dunkles Haar, glauben wir, aber wir warten noch auf die Haaranalyse, falls sie sie gefärbt hat. Sie trug, als sie gefunden wurde, eine rote Jacke mit Messingknöpfen. Schwarze Stiefel und schwarze Hose. Goldohrringe mit Diamanten, achtzehn Karat. Und eine goldene Halskette mit einem Halbedelstein. Der Stein ist selten. Offensichtlich aus Madagaskar. Oh, und eine Damenarmbanduhr. Sieht teuer aus. Alle persönlichen Besitztümer sind geschmackvoll, elegant, die Jacke könnte sogar maßgeschneidert sein. Ihr Nagellack ... also, ich bin mir sicher, dass er von der Sorte ist, die vierzig Dollar das Fläschchen kostet.«

Mit ernster Miene hörte Lenny zu, den Blick auf einen Golfer gerichtet, der einen Drive schlug.

»Das sind die Vermisstenfälle, die ich bis jetzt raussortiert habe.« Ich reichte ihm einen braunen Umschlag mit Fotos, die ich auf dem Revier ausgedruckt hatte.

Lenny studierte jedes einzelne Bild, als versuchte er, sie im Geiste den entsprechenden Fällen zuzuordnen. Er brauchte gut zehn Minuten, um alle durchzugehen. Wortlos legte er die Fotos auf einen Stapel und schob sie zurück in den Umschlag. Er schwieg, schürzte nur die Lippen und blickte über den Rasen.

»Wissen Sie«, unterbrach er die Stille, »auf eins hatte ich gehofft, wenn ich alt werde – ich bin jetzt fast siebzig –, nämlich zu vergessen. Das Problem ist, dass ich mich die halbe Zeit nicht daran erinnern kann, wo ich den Autoschlüssel hingelegt habe, mich aber immer noch an diese Gesichter erinnere, die Gesichter der Vermissten.«

»Es tut mir leid, Lenny«, sagte ich. »Ich hätte nicht herkommen sollen.«

»Machen Sie sich darum keine Sorgen«, sagte er mit einem Kopfschütteln. »Sie haben Schmuck erwähnt. Haben Sie Fotos der Gegenstände, die Sie beim Opfer gefunden haben?«

»Ja.« Ich reichte ihm Fotos der Halskette, der Ohrringe und der Uhr. »Kommt Ihnen etwas davon bekannt vor?«

»Ich bin mir nicht sicher.« Er zuckte die Achseln, kniff die Augen zusammen und hielt die Bilder weiter vom Gesicht weg. Mir fiel auf, dass er immer wieder zu dem Foto des Anhängers zurückkehrte.

»Vor ungefähr fünf oder sechs Jahren wurde eine Frau vermisst.« Er trank einen Schluck Bier. »Sie trug am Tag ihres Verschwindens teuren Goldschmuck, darunter auch einen Anhänger. Wir dachten, das Motiv wäre Raub. Ich habe persönlich die Pfandleiher abgeklappert, um nach den Stücken zu suchen, denn wir sind davon ausgegangen, dass der Mörder sie verkaufen würde.«

»Das ist seltsam«, sagte ich. »Ich habe im ganzen Staat keine einzige Vermisste gefunden, die das letzte Mal, als sie gesehen wurde, Schmuck getragen hat, der auch nur annähernd den Stücken entsprach, die wir bei dem Opfer im Kellers Way gefunden haben.«

»Das liegt daran, dass es kein Vermisstenfall ist«, sagte Lenny. »Er ist nicht mehr in der Datenbank. Der Fall ist abgeschlossen. Wir haben den Mörder gefunden.«

»Tut mir leid, Lenny, aber das verstehe ich nicht.«

Er beugte sich vor und schrieb einen Namen auf eine Broschüre des Golfclubs.

»Mit dem müssen Sie sprechen.« Er reichte mir die Broschüre. »Ich schlage vor, Sie gehen persönlich hin, denn er wird mauern, wenn Sie es ihm zu leicht machen. Seine ganze Karriere baut auf diesem Fall auf.«

Ich steckte die Broschüre in meine Tasche. Darum würde ich mich am nächsten Tag kümmern. Jetzt ging es erst einmal quer durch die Stadt zu einem Eltern-Lehrer-Gespräch in Joes Junior Highschool. Das gefiel mir am Leben in einer Stadt dieser Größe: Egal wo man hinwollte, man brauchte nie lange.

Unsere Stadt ist relativ klein, doch die Bewohner sind eine bunte Mischung aus Ortsansässigen und Zugezogenen. Wir haben drei Universitäten und ziemlich viele Intellektuelle und Wissenschaftler, die den Lebensstil der Mittelklasse genießen, ohne dafür den Stress einer Großstadt in Kauf nehmen zu müssen.

Sobald man die wohlhabenden Viertel auf den Hügeln verlässt, gelangt man zu langen Häuserreihen an den Rändern der Stadt, in denen die Arbeiter wohnen. Menschen, die sich über ihr mageres Stück vom amerikanischen Traum ärgern, der für sie starb, als die Tabakindustrie in den Neunzigern zusammenbrach. Sie leben in abgewirtschafteten Vierteln, die einst großes Potenzial hatten, und Trailer-Parks, die mit benutzten Spritzen zugemüllt sind.

Ein paar entkommen, doch die sind eher die Ausnahme. Mit fünfundzwanzig ist aus den meisten auch der letzte Tropfen Hoffnung rausgequetscht worden.

Ich hätte nie gedacht, dass ich einmal an einem solchen Ort landen würde, nachdem ich mein ganzes erwachsenes Leben in der Großstadt gelebt habe. Wir sind vor vier Jahren nach einer langen Fahrt in strömendem Regen hier angekommen, im Schlepptau einen Hänger mit unseren sämtlichen Besitztümern, zusammengewürfelt wie ein dreidimensionales Puzzle. Irgendwo in Virginia waren die Jungs eingeschlafen, und sie wachten erst wieder auf, als ich in die Einfahrt des Hauses bog, das ich übers Internet gemietet hatte.

Selbst durch die beschlagene Windschutzscheibe war klar, dass die Fotos, die ich vor der Unterzeichnung des Mietvertrags gesehen hatte, stark mit Photoshop bearbeitet gewesen waren. Ich hatte plötzlich das dringende Bedürfnis, eine 360-Grad-Wende zu machen und nach Hause zu fahren, doch ich hatte mir geschworen, der Sache drei Monate Zeit zu geben.

Ich bin hierhergekommen, weil sich mein Vater nach seinem Ausscheiden aus dem Militär hier niedergelassen hatte. Ich suchte wohl einen sicheren Ort, wo ich mich nach Dannys Tod verstecken konnte. Und welcher Ort war dazu besser geeignet als dieser hier in der Nähe des Colonels? Als Mädchen war mir mein Vater unbesiegbar erschienen. Seither hatte sich vieles verändert.

Mein Vater hat eine frühe Form von Alzheimer. Er baut schnell ab und verbringt seine Tage damit, mit leerem Blick durch die schmuddeligen Fenster eines Altenheims am Stadtrand zu schauen. Ich besuche ihn zweimal die Woche. Nie länger als zwanzig Minuten. Länger halte ich es an diesem Ort mit dem sauren Geruch nach Inkontinenz und Austrocknung nicht aus. Selbst unter dem Joch der Demenz scheint mein Vater mein Unbehagen zu genießen.

Joe war zehn und Sammy gerade mal acht, als wir hierher nach North Carolina zogen. In eine Kleinstadt umzusiedeln schien mir die einzige Möglichkeit zu sein, als alleinerziehende Mutter klarzukommen. Ihr Vater war bei einer Schießerei in der Nähe von Clinton Hill in Brooklyn ums Leben gekommen. Danny und ich waren unser ganzes erwachsenes Leben zusammen gewesen. Ich hatte mir nie eine Zukunft ohne ihn vorgestellt. Wir hatten keinen Plan B. Irgendwie dumm, schätze ich mal, immerhin waren wir beide bei der Polizei und überhaupt.

Ein Gangmitglied schoss Danny während einer routinemäßigen Verhaftung wegen Drogenmissbrauchs in den Kopf. Er hatte keine Chance. Zwei Tage lag er im Koma, bis ich den Ärzten die Erlaubnis erteilte, die Maschinen abzustellen. Ich bereue es nicht, dass ich Dannys Herz-Lungen-Maschine ausschalten ließ; was mich fertigmacht, ist, dass ich diese Entscheidung überhaupt treffen musste.

Nach Dannys Tod tat ich das Unvorstellbare. Ich gab meine Polizeimarke zurück und wurde Vollzeitmutter. Ich ging davon aus, dass ich mir, wenn die Jungs mal älter wären, einen Bürojob suchen würde. Meine Söhne sollten nicht auch noch ihre Mutter verlieren.

Ich dachte, das Geld von der Lebensversicherung würde außerhalb von New York City länger reichen. Doch dann kollabierten aus heiterem Himmel die Finanzmärkte, und unsere Ersparnisse halbierten sich. Um es kurz zu machen, mein Ausscheiden war nicht von langer Dauer. Ich hörte, dass bei der Mordkommission eine Stelle frei würde, und bewarb mich. Seither bin ich hier in der Gegend für Tötungsdelikte zuständig.

Die Bezahlung ist anständig, und ich komme die meiste Zeit pünktlich nach Hause, um mit meinen Kindern zu Abend zu essen. Das gibt es in der Großstadt nicht. Als Alleinerziehende muss ich andauernd mit Arbeit, Kindern und dem Besuch von schulischen Veranstaltungen wie diesem Eltern-Lehrer-Gespräch jonglieren, das ich vorher schon zweimal absagen musste.

Als ich zur Schule kam, wo ich mit Joes Lehrer verabredet war, war noch jemand beim ihm im Klassenzimmer, und ein Vater wartete auf einem Plastikschalenstuhl im Gang. Ich ging den leeren, von graubraunen Schließfächern gesäumten Flur auf und ab. Ein Hausmeister wischte den Boden.

In der Mädchentoilette wusch ich mir gründlich wie ein Chirurg vor der OP die Hände. Der blumige Duft der Flüssigseife war so künstlich, dass mir die Lunge davon brannte. Ich richtete mein widerspenstiges kastanienbraunes Haar mit den Fingern und schob es hinter die Ohren. Mein Make-up war im Laufe des Tages verblasst, meine Sommersprossen schimmerten durch. Damit sah ich viel jünger aus als eine Mutter von zwei Jungs, die schneller wuchsen, als mir lieb war. Nicht mehr lange, und sie hatten mich eingeholt. Nicht dass ich besonders groß bin. Ich bin ein Meter fünfundsechzig und von schlanker Statur, hauptsächlich deswegen, weil ich unendlich viel Energie verbrenne, um Vollzeitjob und Haushalt am Laufen zu halten.

Als ich zurückkam, stand die Tür zum Klassenzimmer offen, und der Lehrer wartete drinnen. Das letzte Mal, als ich Mr Stratton getroffen hatte, war er glatt rasiert gewesen. In den vergangenen Monaten hatte er sich einen dichten Bart wachsen lassen, der zu einem Mann, der in einer Zeit aufgewachsen war, in der die einzigen Bartträger unsere Großväter gewesen waren, nicht recht zu passen schien.

»Danke, dass Sie gekommen sind.« Während ich mich setzte, blätterte er in seinen Unterlagen. »Es gibt da in Bezug auf Joe einiges, worüber ich gern mit Ihnen reden würde.«

»Haben seine Leistungen nachgelassen?«, fragte ich verdutzt. Ich hatte gedacht, dieses Treffen wäre eine reine Formalität. Er würde mir sagen, wie gut Joe sich macht. Ich würde mich für seinen Rat und seine ermutigenden Worte bedanken. So ist es bei Joe immer gelaufen. Seit dem ersten Schultag war er immer einer der Besten gewesen. Ich hatte mir nie Sorgen um seine Noten machen müssen. Um ehrlich zu sein, hatte ich fast gehofft, er würde ein Stipendium fürs College kriegen. Seit der Vorschule hatte er immer einen Einserschnitt.

»Also.« Er räusperte sich. »Ich muss Ihnen nicht sagen, dass Joe ein kluger Kopf ist. Er kommt ohne große Mühe recht gut klar. Wenn er sich ein bisschen anstrengen würde, stünde er ohne Zweifel auf der Liste der besten Schüler. Darauf können wir hinarbeiten.«

»Aber?« So wie sein Blick unbehaglich hin und her wanderte, war offensichtlich, dass ein Aber folgen würde.

»Er schwänzt den Nachmittagsunterricht. Eine Lehrerin hat ihn an ihrem freien Tag im Einkaufszentrum gesehen, als er eigentlich im Unterricht hätte sitzen müssen. Er hing mit einer Gruppe älterer Jugendlicher rum. Bekannte Unruhestifter. Wir haben Ihnen einen Brief geschrieben. Haben Sie den nicht bekommen?«

Meine Handtasche lag schwer auf meinem Schoß. Vor

zwei Tagen hatte ich einen Stapel Briefe hineingeschoben in der festen Absicht, sie in der Mittagspause zu öffnen. Doch dann hatte ich keine Zeit gehabt für eine Mittagspause und vollkommen vergessen, dass die Briefe noch darin waren.

JULIE

9

Es ist kurz nach acht am Sonntagmorgen, als Matt leise das Bett verlässt. Ich sehe zu, wie er im Bad verschwindet, und lasse mich vom Plätschern der Dusche wieder in den Schlaf lullen. Der laute, endgültige Rums, mit dem die Haustür ins Schloss fällt, weckt mich.

Vom Schlafzimmerfenster aus sehe ich zu, wie Matt den Wagen in der Einfahrt zurücksetzt. Dass er plötzlich die Routine ändert, ohne ein Wort darüber zu verlieren, verunsichert mich. Den Sonntag verbringen wir sonst immer zusammen.

In meinem Satinpyjama, den ich hasse und nur trage, um Matt glücklich zu machen, sehe ich hilflos zu, wie sein Wagen verschwindet. Der Pyjama war ein Geschenk von seiner Mutter, die passenderweise vergaß, das Discounter-Preisschild abzuschneiden. Ich wette, Anne hat ihn nur aus einem einzigen Grund gekauft: Um eine weitere subtile Botschaft zu übermitteln. Diese Frau genießt es, mich in die Schranken zu weisen.

Matt hat mir auf dem Nachttisch eine Nachricht hinterlassen. Er hat an der Uni eine dringende Arbeit zu erledigen und ist rechtzeitig zum Lunch wieder da. Sagt er. Matt geht nie, ich meine, wirklich nie, am Sonntag zur Arbeit.

Unter der Nachricht steht sein Name und direkt darüber

die Worte »Lieb dich«. Wie um mich zu beruhigen. Bei genauerem Hinsehen erkenne ich, dass er die Worte nachträglich reingequetscht hat.

Was soll denn das für Arbeit an der Universität sein, wo er doch schon eine Aktentasche voller Aufsätze mit nach Hause gebracht hat, um sie übers Wochenende zu benoten? Außerdem hatten wir etwas vor. Wir hatten verabredet, am Vormittag zu einem Antikmarkt außerhalb der Stadt zu fahren.

Ich ziehe mich an, frisiere mich und lege Make-up auf. Es ist wichtig, so gut auszusehen wie möglich, auch an einem müßigen Sonntagvormittag. Ich bin mir absolut bewusst, dass mein Mann von Versuchungen umschwirrt wird. Vor ein paar Jahren saß eine Studentin in einer Vorlesung, die sich mit Lippenstift ein Herz in den Schritt gemalt hatte. Natürlich ohne Höschen. Er hat es mir erzählt. Damals habe ich gelacht. Heute erschreckt mich allein der Gedanke daran zu Tode.

Alice schläft in dem Prinzessinnenbett, das wir ihr gekauft haben, als sie sechs wurde. Ihr dunkles Haar fließt über das Kissen. Ich habe das Himmelbett in einem Antiquitätenladen gefunden und mit hauchzarten Vorhängen ausgestattet. Von so einem Bett habe ich als Mädchen geträumt, als ich ein winziges Schlafzimmer mit zwei wackligen Doppelstockbetten darin teilen musste. Die Betten standen so eng beieinander, dass man rüberspringen konnte, ohne in Gefahr zu kommen abzustürzen.

Unten in der Küche mache ich Pfannkuchen. Eine Familientradition am Sonntagmorgen. Deswegen bin ich so sauer über Matts Verschwinden: Er verpasst nie das Sonntagsfrühstück. Wir sitzen am Tisch und essen und kichern über dumme Witze, die Alice sich für uns ausdenkt. Es ist meine liebste Zeit in der ganzen Woche. Seine auch. Dachte ich jedenfalls.

Ich backe einen ganzen Stapel Pfannkuchen. Als ich fertig bin, wickele ich sie in Alufolie, damit sie warm bleiben, und lege sie zusammen mit einer Flasche Blaubeersoße in einen Picknickkorb. Matt mag Ahornsirup lieber. Er ist ein Purist, witzelt er immer. Sein verdammtes Problem. Er hätte heute Vormittag zu Hause bleiben sollen.

Ich wecke Alice nur sehr ungern, aber wir müssen uns auf den Weg machen.

»Hey, Schlafmütze.« Ich drücke ihr einen Kuss auf die Stirn. Sie schläft immer tief und fest, wie ihr Daddy. Alice reagiert kaum. Ich kitzele sie zärtlich unterm Kinn. Sie schlägt ihre blauen Augen auf und sieht mich an.

»Wir haben heute viel vor, Schatz«, sagte ich. »Komm, steh auf und zieh dich an.«

»Mommy.« Ihre Stimme ist heiser vom Schlaf. »Ich dachte, wir machen heute Morgen Cupcakes. Du hast es versprochen.«

»Die Cupcakes backen wir später.« Ich lege ihre Kleider aufs Bett. »Zeit, dich anzuziehen und dir die Zähne zu putzen.«

Fünf Minuten später kommt Alice mit ihrer Haarbürste und einem pastellfarbenen Haargummi nach unten. Ich kämme ihr wie jeden Morgen die Haare. Normalerweise mache ich ihr Zöpfchen. Heute haben wir es eilig, also wird's nur ein einfacher Pferdeschwanz.

»Fertig«, sage ich. »Lass uns fahren.«

»Aber, Mommy«, kreischt sie empört, »wir haben noch nicht gefrühstückt!«

»Ich habe ein Picknickfrühstück eingepackt. Wir fahren zu Daddy.«

Kurz darauf biegen wir auf den Campus ein. Er liegt da wie tot. Ein typischer Sonntagmorgen. Die meisten Studierenden schlafen ihren Kater aus. Der Fakultätsparkplatz ist leer. Genau wie Matts persönliche Parkbucht. Das verunsichert mich.

Ich entscheide im Zweifelsfall zu seinen Gunsten. Alice fährt mit ihrem Roller, als wir auf das Gebäude zuhalten, in dem sein Büro liegt. Es sieht aus wie eine Pseudo-Tudor-Kapelle mit einer Messingglocke, die jeden Tag läutet – ein leeres Ritual, das der Universität einen Anstrich von Tradition verleihen soll. Ich ziehe am Griff der Glastür zum Eingangsbereich. Sie bewegt sich nicht. Das Gebäude ist verschlossen.

»Er ist nicht hier«, sagt Alice. Es braucht eine Sechsjährige, um auszusprechen, was auf der Hand liegt.

»Versuchen wir es am Seiteneingang«, schlage ich vor. Alice folgt mir auf ihrem Roller.

»Ich hab dir doch gesagt, dass er nicht hier ist.« Auch die Seitentür lässt sich nicht öffnen, und Alice verdreht dramatisch die Augen. »Kann ich jetzt spielen, Mommy?«

»Weißt du was? Das ist eine tolle Idee.« Meine Stimme steigt zu einem fröhlichen Falsett auf, das selbst in meinen Ohren nicht überzeugend klingt. Alice sieht mich komisch an.

Sie fährt zweimal auf ihrem Roller um den viereckigen Platz. Ihre Wangen sind leicht gerötet, ihre Augen strahlen. Ich freue mich zu sehen, mit wie viel Selbstbewusstsein sie fährt. Ich lasse sie noch ein paar Runden drehen und lenke sie dann in Richtung Bibliothek.

»Komm, wir gehen uns die schönen Bücher anschauen«, flüstere ich und öffne die Tür zu der stillen Bibliothekshalle.

Das Sonnenlicht, das durch die Glaskuppel fällt, erfüllt die Rotunde mit gleißenden Morgenlicht.

»Wow, sieh dir das Dach an, Mommy.« Alice' Stimme ist voller Ehrfurcht. Sie verrenkt den Hals, um die goldverzierte Decke zu betrachten. Die Bibliothekarin dreht sich auf ihrem Stuhl und wirft uns einen aufgebrachten Blick zu.

»Mommy, regnet es durch das Loch in die Bibliothek?«

»Nein, Schatz. Über dem Loch ist eine Glasscheibe. Es regnet nicht rein«, erkläre ich ihr auf der Treppe in den ersten Stock.

Ich spähe in sämtliche Regalreihen. Keine Spur von Matt. Nicht einmal in den Nischen, wo die reservierten Bücher stehen.

Die Augen der Bibliothekarin bohren sich in meinen Rücken, als wir durch die Schwingtüren hinausgehen. Den Roller habe ich im Eingangsbereich abgestellt. Alice fährt damit noch einmal um den rechteckigen Platz. Dann kehren wir zum Auto zurück.

»Ich hab Hunger«, erklärt Alice, als sie in ihren Sitz klettert. »Machen wir jetzt Picknick? Wir können Daddy doch ein paar Pfannkuchen aufheben.«

»Gute Idee. Das machen wir«, sagte ich. »Ich muss nur noch eine Sache überprüfen.«

Ich fahre zum Fakultätsclub am Rand des Campus, wo Matt Racquetball spielt. Ich entdecke den vorderen Kotflügel eines Lincoln, der in der Nähe des Eingangs parkt. Es ist dasselbe Modell wie Matts Wagen in derselben mitternachtsblauen Farbe. Doch das Nummernschild ist ein anderes. Matt ist nicht hier.

»Mommy, ich verhungere.« Alice wird schnell gereizt, wenn sie Hunger hat. Zur Melodie von *Frère Jacques* singt sie: »Ich hab Hunger. Ich hab Hunger.« Normalerweise finde ich ihre erfundenen Lieder unglaublich süß, doch heute geht es mir auf die Nerven. Ich fahre zu einem Parkplatz in der Nähe des Campus-Sees.

»Weißt du was, Alice, Schatz? Planänderung. Heute machen wir unser ganz besonderes Picknick am Wasser. Nur du und ich.«

»Und die Enten«, fügt sie hinzu und zeigt auf eine Entenfamilie, die auf dem Wasser paddelt. »Die können auch bei unserem Picknick mitmachen.«

»Selbstverständlich.« Ich helfe ihr aus dem Auto.

Auf einer Bank, von der aus man den See überblickt, essen wir lauwarme Pfannkuchen von Plastiktellern. Als wir fertig sind, zupfe ich einen Pfannkuchen auseinander, und Alice wirft die Stücke den Enten zu. Sie lacht entzückt, als ein Entchen seine Geschwister austrickst, indem es sich das größte Stück schnappt und mit einem Happs herunterschluckt. Ich schaue auf dem Handy nach, ob Matt mir eine SMS geschickt hat. Hat er nicht. Allmählich dämmert mir, wo er sein könnte.

»Wir müssen jetzt gehen, Alice.« Mein Tonfall ist ungewollt hart, was bei meiner Tochter nie gut ankommt. Plötzlich möchte sie bleiben. »Nur noch fünf Minuten, Mommy.« Sie hebt einen Stock auf und stößt ihn ins Wasser, und ihre sauberen Glitzerschuhe werden nass. Ich nehme ihr den Stock weg und werfe ihn in den See.

Sie fängt an zu weinen, weil ihre Schuhe nass sind und sie den Stock unbedingt ihrem Daddy zeigen wollte. Ich nehme sie in die Arme und verspreche ihr, die Schuhe zu Hause sauber zu machen. Dann trage ich sie zum Auto und ziehe ihr Schuhe und Socken aus. Sie weint immer noch, und ich gebe ihr einen Schokoriegel, den ich im Handschuhfach finde.

Mit Höchstgeschwindigkeit fahre ich auf dem Highway in Richtung Süden, aus der Stadt hinaus. Ich nehme die dritte Ausfahrt. Als ich nach weiteren zehn Minuten das gesuchte Schild entdecke, biege ich von der Straße auf einen ungepflasterten Parkplatz. Dort stehen drei Autos. Matts Wagen ist nicht darunter.

Ich parke das Auto so, dass Alice, während ich weg bin, den gefleckten Kühen zusehen kann, die auf einer angrenzenden Weide grasen.

»Wo sind wir, Mommy?«

»Auf dem Land. Siehst du nicht die vielen Kühe?« Ich reiche ihr einen grünen Lutscher, den ich für Notfälle wie zum Beispiel, wenn sie im Auto warten muss oder im Einkaufszentrum einen Wutanfall kriegt, in meiner Tasche habe. Manchmal kommt das vor. Alice geht nicht gern einkaufen.

»Ich bin in einer Minute wieder da«, sage ich und überlasse ihr mein Handy, damit sie etwas zum Spielen hat.

Geräuschvoll reißt sie die Plastikverpackung des Lutschers ab. Ich steige aus dem Auto aus und verriegele die Türen.

Es sind nicht viele Leute hier. In einiger Entfernung stehen ein grauhaariger Mann und eine jüngere Frau, vermutlich seine Tochter, mit gesenkten Köpfen vor einem Grabstein. Ich gehe den Hauptweg hinunter, bis ich einen einfachen Grabstein aus weißem Marmor sehe, der nicht zu den protzigen Grabmalen links und rechts daneben passt.

Hier ist niemand. Meine Anspannung lässt nach. Ich habe mich geirrt. Ich sollte zurück zum Auto gehen. Doch ein unsichtbarer Faden zieht mich zum Grab. Die Worte »geliebte Ehefrau«, die unter Lauras Namen eingraviert sind, schimmern im Morgenlicht. Auf der Marmorplatte liegt ein frischer Strauß weißer Rosen.

Ich hebe die Rosen auf und öffne die handgeschriebene Karte. Der Text lautet »Ich vermisse dich. Ich liebe dich. Für immer«.

Die Worte sind in derselben Handschrift geschrieben wie die Nachricht, die heute Morgen auf meinem Nachttisch lag.

MEL

10

Captain Lawrence Howard stand hinter seinem Tisch auf, als ich sein Büro betrat. »Detective«, sagte er und bedeutete mir, auf der grauen, gepolsterten Couch Platz zu nehmen, von der aus man durch ein Fenster gegenüber Blick auf die Silhouette von Richmond hatte. Ein Bücherregal aus Eichenholz nahm eine Wand seines Büros ein, an der anderen Wand hingen Verdiensturkunden und gerahmte Fotografien, auf denen er Regierungsbeamten und lokalen Sportlerberühmtheiten die Hand schüttelte.

Für einen Polizisten war Captain Howard eine aalglatte Erscheinung. Er hatte das Haar mit Gel nach hinten gekämmt wie ein Börsenhändler und trug einen makellos gebügelten dunkelgrauen Anzug mit hellblauer Krawatte und Manschettenknöpfen. Es war das erste Mal, dass ich einen Polizisten sah, der auf der Arbeit Manschettenknöpfe trug.

Wenn ich ihm auf der Straße begegnet wäre, hätte ich ihn für einen Immobilienmakler gehalten oder für einen abgebrühten Handelsvertreter. Doch als ich sein Gesicht eingehender betrachtete, erkannte ich, dass es das eines typischen Polizisten war. Seine Augen waren hart, und er hatte einen zynischen Zug um die Lippen, der verriet, dass er alles gesehen hatte und ihn nichts mehr überraschte.

»Was kann ich für Sie tun?«, fragte er und zog einen

Schreibtischstuhl zu sich heran. Damit war er im Vorteil, denn er saß ein Stück höher als ich auf der weichen Couch. Das war zweifellos Absicht.

»Wir haben am Freitag eine Leiche gefunden, vergraben in einem Waldstück außerhalb der Stadt«, sagte ich, schlug die Akte auf und schob ein Foto über den Couchtisch. Es zeigte die verwesten Überreste des Opfers aus dem Kellers Way an der Stelle, wo es begraben worden war. Er studierte das Foto ausdruckslos. Er hatte im Laufe seines Berufslebens schon Schlimmeres gesehen.

»Eine Frau«, sagte ich. »Sie war teuer gekleidet. Goldschmuck und ein Anhänger. Wir kennen ihre Identität nicht. Die rechtsmedizinischen Ergebnisse stehen noch aus.«

»Wenn Sie gar nichts haben, wo Sie ansetzen können, warum sind Sie dann nach Richmond gekommen?« Captain Howard sah mich aufmerksam an. Mit einer gewissen Nervosität wartete er auf meine Reaktion, und es war klar, dass er die Antwort auf seine Frage schon kannte.

»Sie trug einen sehr ungewöhnlichen Anhänger. Und ich frage mich, ob es einen Zusammenhang mit dem Fall Edward Pitt geben könnte.« Lenny hatte mich gewarnt, vorsichtig zu Werke zu gehen.

»Edward Pitt.« Er wiederholte den Namen, als könnte er sich nicht mehr an die für seine Karriere entscheidende Festnahme erinnern. »Der Fall ist abgeschlossen. Er hat nichts mit Ihrem Opfer zu tun.« Seine Stimme war fest. Sie duldete keinen Widerspruch.

»Könnten Sie mir trotzdem von dem Fall erzählen?«, fragte ich. »Im Augenblick haben wir weder die Identität des Opfers noch sonst irgendwelche Spuren. Es ist möglich, dass es eine Verbindung zwischen den beiden Fällen gibt. Vielleicht war Edward Pitt auch bei diesem Fall der Täter? Er war aktiv zu der Zeit, als mein Opfer ums Leben kam.«

»Das bezweifle ich«, sagte er und sah auf seine Uhr. »Aber wir haben zwanzig Minuten bis zu meinem nächsten Termin, also kann ich Ihnen einen kurzen Abriss geben.« Kein Polizist – und erst recht nicht ein Typ mit einem überdimensionalen Ego wie Captain Howard – mag es, wenn Fragen nach einem abgeschlossenen Fall gestellt werden, besonders wenn sein Ruf auf diesem Fall gründet.

Er holte ein gebundenes Buch aus dem Regal und reichte es mir. Auf dem Umschlag prangte das Foto eines Mannes mit fliehendem Kinn und schütterem Haar, der mit leerem Blick in die Kamera schaute. Das Buch war eine Ablenkung. Captain Howard wollte seine Gedanken sortieren. Eine Strategie entwickeln, wie er mit mir umgehen sollte.

»Ich nehme an, Sie haben von dem Fall Edward Pitt gehört?«, fragte er.

»Nicht im Detail«, log ich und blätterte in dem Buch. Es war ein True-Crime-Bericht, verfasst von einem Journalist des *Richmond Chronicle*. Auf der Umschlaginnenseite stand eine handgeschriebene Widmung des Autors für Captain Howard von der Polizei Richmond für seine »unschätzbaren Einblicke«.

»Edward Pitt war Eisenbahningenieur.« Der Tonfall, in dem er ansetzte, ließ vermuten, dass er diese Geschichte schon oft erzählt hatte. »Dreißig Jahre lang hat er bei der Eisenbahn gearbeitet. Dann verlor er im Rahmen einer allgemeinen Entlassungswelle seinen Job und wurde Wanderarbeiter. Meistens hat er in ländlichen Gegenden gearbeitet und sich als Tagelöhner verdingt, als Mechaniker, wenn er Arbeit bekam. Gelegenheitsarbeit. Er hatte keine Vorstrafen. Nichts. Er hatte in den achtundfünfzig Jahren, die er auf dieser Erde wandelte, nicht mal ein Bußgeld wegen Geschwindigkeitsüberschreitung bekommen.« Er unterbrach sich. »Pitt war im Grunde ein vorbildlicher Bürger.«

Ich nickte wie die großäugige Kleinstadtpolizistin, für die er mich hielt, damit er auf den Punkt kam. Schnell. Ich wollte Zeit für Fragen.

»Pitt ist sein ganzes Leben lang kerngesund gewesen«, sagte er, »dann kriegt er Atemprobleme. Nächtliche Schweißausbrüche. Verliert Gewicht. Er arbeitet damals in Richmond, und er landet im hiesigen Krankenhaus, nur drei Blocks von hier.« Ich nickte resolut. Komm zur Sache, dachte ich.

»Die Ärzte eröffnen Pitt, dass er Speiseröhrenkrebs hat. Er hat noch ein Jahr zu leben, vielleicht nicht mal das. Sie sagen ihm, er soll seine Angelegenheiten regeln. Er fragt, ob es eine Behandlungsmöglichkeit gibt. Die Ärzte erklären, dass es ein neues Medikament gibt, das auf die Gefäßentwicklung des Tumors zielt und die Ausbreitung des Krebses verlangsamt. Es ist keine Heilung, betonen sie, aber es könnte ihm ein paar Jahre bringen. Das Problem ist, dass es keine Standardtherapie ist und daher sehr teuer. Pitt hat keine Krankenversicherung. Er ist rausgeflogen, als er seine Anstellung verloren hat. Und was macht Edward Pitt?« Er sah mich an, als erwartete er eine Antwort.

»Er kommt hierher in dieses Gebäude.« Captain Howard machte um der Wirkung willen eine Pause. »Und sagt, er will die Ermordung von vierzehn Frauen gestehen.«

Er forschte in meinem Gesicht nach einer Reaktion. Ich nickte knapp, damit er weiterredete.

»Also, wir hatten keine Ahnung, ob der Typ uns verarscht. Sie sind zweifellos lange genug bei der Mordkommission, um zu wissen, dass da draußen eine Menge Verrückte herumlaufen, die berühmt werden wollen, indem sie behaupten, sie wären Mörder. Also fragte ich ihn nach Einzelheiten. Und er fütterte mich mit ein paar Bröckchen, um meinen Appetit anzuheizen«, sagte Captain Howard.

»Zum Beispiel?«

»Er nannte mir zwei Namen und persönliche Details von Frauen, die ein paar Jahre vorher in dieser Gegend entführt worden waren. Ich überprüfte sie, während er in einer Zelle saß. Er wusste Sachen, die nicht an die Öffentlichkeit weitergegeben worden waren. Seine Geschichte klang glaubwürdig.« Ich bemühte mich, angemessen beeindruckt dreinzuschauen.

»Ich informiere den Staatsanwalt«, fuhr er fort. »Er denkt, es ist ein Trick von Pitt, um seine medizinische Behandlung zu bekommen. Aber bis dahin habe ich genug gegraben, um zu wissen, dass der Typ uns nicht auf den Arm nimmt. Am Ende einigen wir uns auf einen Deal. Er sagt uns, wo wir die Leichen finden, und nennt Details zu sämtlichen Opfern, und er bekommt im Gefängniskrankenhaus seine Krebsbehandlung. Wir fanden, es wäre es wert, weil die Familien dann damit abschließen könnten. Und im schlimmsten Fall würde sich sein Tumor zwar zurückbilden, aber dann würde der Staat ihn eben hinrichten, bevor ihn der Krebs erwischt.«

»Er hat Ihnen die Namen sämtlicher Opfer genannt?«

»Sicher«, sagte Captain Howard. Er trank einen Schluck Wasser. »Wir haben alle Leichen da gefunden, wo er es gesagt hat, auf einer verlassenen Farm in West Virginia, die einmal seiner Familie gehört hatte. Eine Leiche war verbrannt worden. Er behauptete, es wäre sein letztes Opfer.«

»Konnten Sie die verbrannte Leiche identifizieren?«

»Pitt hatte sie in ein Ölfass gesteckt und Brandbeschleuniger drübergeschüttet«, sagte Captain Howard. »Sie wurde in den Flammen fast gänzlich eingeäschert.«

Er schlug das Buch auf und zeigte mir das Foto einer Frau mit eckigem Gesicht und breitem Mund. Einzeln betrachtet, wirkten ihre Züge ungleichmäßig. Im Zusammenspiel jedoch waren sie perfekt. Sie war schön. Um den Hals trug sie einen Anhänger, der dem, den wir bei dem Opfer im Kellers Way gefunden hatten, erschreckend ähnlich sah. Nicht dass ich Captain Howard das erzählte.

»Pitt hat den Mord an ihr gestanden. Hat uns erzählt, dass er sie in einem Wald irgendwo bei Ihnen in der Ecke entführte, als er auf einem Jagdausflug war. Er sagte, sie habe lebendig in seinem Kofferraum gelegen, als er über die Staatsgrenze fuhr. Danach hätte er sie umgebracht. Er sagte, er hätte die Leiche verbrannt, weil ihre Entführung sehr viel Aufsehen erregte und er sich Sorgen machte, erwischt zu werden. Als er sich stellte, verlangte der Scheißkerl die Belohnung, die die Familie des Opfers für Informationen über ihr Verschwinden ausgesetzt hatte. Er wollte damit die experimentellen Krebsmedikamente bezahlen, die bei der Behandlung im Gefängniskrankenhaus nicht zum Standard gehörten. Er war ziemlich sauer, als er erfuhr, dass ein Mörder keinen Anspruch auf die Belohnung erheben kann.«

»Besteht die Chance, dass er gelogen hat, um das Geld zu bekommen?«

»Ausgeschlossen«, antwortete Howard energisch. »Er hat uns genügend Informationen geliefert, um zu belegen, dass sie das Opfer war. Selbst der Coroner war dieser Meinung.«

»Wo ist Pitt jetzt?«

»Pitt sollte sich, so der Deal, der Morde schuldig bekennen. In der Nacht vor seinem Gerichtstermin hat er sich in seiner Zelle zum Schlafen hingelegt und ist nicht mehr aufgewacht.«

»Selbstmord?«

Captain Howard schüttelte den Kopf. »Der Scheißkerl ist im Schlaf an einem Herzinfarkt gestorben.«

JULIE

11

Rechtzeitig zum Mittagessen kommt Matt nach Hause, angeblich von der Universität. Ich weiß natürlich, wo er in Wirklichkeit war. Auf dem Friedhof. Um Laura Blumen aufs Grab zu legen. Ausgerechnet an ihrem Hochzeitstag.

Ich weiß, dass ich nichts dagegen haben sollte, dass Matt Lauras Grab besucht. Ein Teil von mir – der Teil, der Mitleid mit Laura hat – sieht das ein. Doch ein anderer Teil von mir ist stocksauer darüber, besonders, wenn er es hinter meinem Rücken tut. Wenn ich ehrlich bin, bin ich eifersüchtig auf das, was sie zusammen hatten. Nichts, was wir haben, kann da je mithalten. Unsere Beziehung ist im Vergleich dazu mickrig und schwach.

Er schlägt am Tisch die Sonntagszeitung auf, als wollte er eine Barriere zwischen uns errichten. Ich räuspere mich und klappere laut mit dem Geschirr, als ich das Mittagessen auftrage. Matt versteht den Wink. Er wirft die Zeitung auf einen freien Stuhl und streicht Butter auf ein ofenwarmes Brötchen.

»Wie ist es heute Vormittag gelaufen?« Ich schlage einen möglichst normalen Tonfall an.

»Sehr produktiv«, antwortet er ausweichend und wechselt unvermittelt das Thema. »Und was haben meine schönen Mädchen heute vor?«

»Wir waren Enten füttern«, ruft Alice aufgeregt. Sie neigt dazu, erschöpfend ausführliche Berichte über alles abzugeben, was ihr im Laufe des Tages so widerfährt. »Und dann ist Mommy ...«

Ich unterbreche sie rasch. »Mommy ist mit Alice zu einem Picknickfrühstück an einen See gefahren«, vollende ich ihren Satz, »und dann hast du ein paar Runden mit dem Roller gedreht. Richtig, Schatz?« Ich bedenke Alice mit einem scharfen Blick. Während des restlichen Mittagessens ist sie auffallend schweigsam.

Danach pflanzen Matt und Alice Kräuter in die Tontöpfe, die Alice in der Schule bemalt hat. Als ich ihnen einen Teller frisch gebackener Kekse bringe, murmelt Matt etwas von wegen, er habe noch Arbeit zu erledigen, und verschwindet in seinem Arbeitszimmer.

Offensichtlich hat er Alice ausgefragt, während sie die Kräuter eingepflanzt haben. Vermutlich argwöhnt er, dass ich am Vormittag zum Campus gefahren bin, um ihn zu kontrollieren. Ich habe eine vollkommen vernünftige Erklärung, doch er fragt mich nicht. Er sitzt an seinem Mahagonitisch und denkt nach. Worüber? Über mich? Unsere Ehe? Ich kann mich nicht erinnern, dass er je dermaßen sauer auf mich war. Zum ersten Mal fürchte ich wirklich, es könnte alles den Bach runtergehen. Ich habe immer gewusst, dass es irgendwann passieren könnte. Mir war bloß nicht klar, dass es so bald sein würde.

»Wie wäre es, wenn wir in den Park gehen?«, frage ich Alice. Sie ist auf der Veranda und isst den letzten Keks.

»Okay«, antwortet sie. »Kommt Daddy mit?«

»Daddy arbeitet heute«, erkläre ich ihr und helfe ihr in Jacke und Wollmütze.

Der Himmel ist von einem wolkenlosen Blau, doch der

Wind ist so frisch, dass man sich wünscht, man wäre im Haus geblieben. Trotzdem tummeln sich auf dem Spielplatz etliche Kinder und Eltern, die herumstehen und ihnen beim Spielen zusehen. Ich bleibe bei Alice, bis sie Freundschaft mit zwei anderen Mädchen im selben Alter knüpft.

»Du kannst jetzt gehen, Mommy«, befiehlt Alice mir und verschränkt die Arme.

Ich wende mich ab und finde einen freien Platz auf einer Bank. Die Frau, die neben mir sitzt, kommt mir irgendwie bekannt vor.

»Sie sind Alice' Mutter«, sagt sie und schiebt einen Sportwagen vor und zurück, um ihr Baby in den Schlaf zu wiegen. »Unsere Töchter sind in derselben Klasse.«

»Natürlich«, sage ich, als erinnerte ich mich an sie. Wir plaudern über das Einzige, was wir gemein haben, und das ist, wenig überraschend, der Tanzunterricht der Kinder.

»Wie alt ist Ihr Baby?« Unser Gespräch über die umfangreichen Vorbereitungen für die diesjährige Tanzvorführung hat sich erschöpft, und ich suche nach einem neuen Thema.

»Fletcher ist vier Monate«, antwortet sie und zieht den Sportwagen näher, um die Decke glatt zu streichen. Das Baby nuckelt im Schlaf an seinem Schnuller und sieht aus wie ein kleiner Kugelfisch.

»Er ist süß.« Ich versuche, die Sehnsucht in meiner Stimme zu verbergen.

Wie aus dem Nichts trifft mich ein Ball am linken Knie. So fest, dass es sicher einen blauen Fleck gibt. Zwei Jungen kommen näher, beide um die zehn. In ihren amüsierten Gesichtern ist keine Spur von Reue zu erkennen; trotzig stehen sie da und warten darauf, dass ich den Ball aufhebe und ihnen zuwerfe. Ich halte den Fußball so lange fest, bis sie kapieren, dass sie ihn womöglich nicht zurückkriegen. Da löst sich ihr blödes Grinsen in Wohlgefallen auf.

»Tut mir leid«, sagt der Jüngere widerwillig. Er wirft sein rotblondes Haar mit einer Kopfbewegung zurück, die mir verrät, dass es ihm kein bisschen leidtut.

»Seid das nächste Mal vorsichtiger, ja!« Ich werfe den Ball mit solcher Wucht zurück, dass der Junge beim Auffangen das Gleichgewicht verliert. Linda, die andere Mutter, folgt diesem Wortwechsel mit unbehaglicher Miene. Ich mache einen schlechten Eindruck. Schroff. Aggressiv. Es sind schließlich nur Kinder. Ich schlage einen sanfteren Ton an. »Hier ist ein Baby«, rufe ich, als sie davongehen. »Es hätte verletzt werden können.«

Linda schaukelt hektisch den Sportwagen. Sie findet, ich habe überreagiert. Ich würde ihr gern sagen, dass sie dasselbe gemacht hätte, wenn der Ball ihr gegen das Bein gedonnert wäre. Es hat verdammt wehgetan. Ich sage nichts. Uns gehen die Gesprächsthemen aus.

»Ich geh wohl besser mal Alice suchen.« Ich stehe auf und lasse den Blick über den Spielplatz schweifen. Während des Vorfalls mit den Jungen habe ich Alice aus den Augen verloren. Der Spielplatz ist voller Mädchen, die ähnlich gekleidet sind: Jeans, pinkfarbene Jacke und Strickmütze.

Alice ist nirgendwo zu entdecken. Ich gehe die Rampe bis zum Klettergerüst hoch und schaue mich suchend um. Keine Spur von Alice. Ich gehe rüber zur Rutsche, wo ich einen Blick auf ein kleines Mädchen erhasche, das einen pinkfarbenen Parka trägt und dessen Haare, genau wie die von Alice, hinter die Ohren geschoben sind. »Alice«, rufe ich. »Alice.« Das Mädchen fährt neugierig herum und geht dann weiter. Sie ist es nicht.

»Alice!«, rufe ich in Panik. Köpfe drehen sich mitfühlend

und besorgt herum. »Alice!« Meine Stimme überschlägt sich fast.

Die Musik eines näher kommenden Eiswagens übertönt meine verzweifelten Versuche, meine Tochter zu finden. Unter aufgeregtem Kreischen laufen die Kinder zu ihren Eltern und bitten um Geld.

»Eis?«, sagt ein Vater zu seiner Tochter. »Du bist wohl verrückt. Es ist bitterkalt heute.« Zögernd holt er Geld aus seiner Brieftasche, und sie schließt sich den anderen Kindern an, die in einer ungeordneten Schlange vor dem Fenster des Eiswagens warten. Alice ist nicht unter ihnen.

Die Schar der Kinder, die auf dem Spielplatz spielen, dünnt sich weiter aus, denn immer mehr stellen sich am Eiswagen an. Die Schaukeln sind leer. Ein paar Mädchen spielen auf einem Weg Seilspringen. Sie sind älter und größer als Alice. Ich gehe zu einer Gruppe anderer Mädchen, die in der Nähe einer Hecke spielen. Als ich näher komme, taucht Alice zwischen den Zweigen auf und läuft auf mich zu.

»Schau, Mommy. Wir haben ein Café eröffnet.« Sie zeigt auf eine Lücke in der Hecke. »Soll ich dir einen Milchshake machen?«

»Du solltest in meiner Nähe bleiben«, flüstere ich ihr ins Ohr, um sie nicht vor ihren Freundinnen in Verlegenheit zu bringen.

»Tut mir leid, Mommy.« Ihr Blick ist bekümmert.

»Lass uns nach Hause gehen, Baby.« Ich schließe meine Hand um die von Alice, und wir gehen zum Auto.

Auf dem Heimweg halten wir noch beim Supermarkt. Ich kaufe Milch, Makkaroni und Käse, Alice' Lieblingsessen am Sonntagabend, da gibt es immer ein einfaches Gericht. Meistens Makkaroni mit Käse. Matt mag es auch, wahrscheinlich, weil seine Mutter ihm nie so etwas gemacht hat, als er klein war. Viel zu kleinbürgerlich für Anne. Ich glaube, sie hat keine Vorstellung davon, wie gut kohlehydratreiche Speisen für Körper und Seele sind.

Es ist später Nachmittag, als ich das Auto in die Einfahrt lenke. Alice schläft tief und fest auf der Rückbank. Sie ist mir zu schwer, um sie ins Haus zu tragen. Matts Wagen ist fort. Am Sonntagnachmittag spielt er oft Racquetball; vermutlich ist er dort.

Ich trage die Einkäufe ins Haus und packe die Tüten aus. Als ich damit fertig bin, geht mir auf, dass ich seit Stunden nichts gegessen und getrunken habe, also stecke ich eine Kapsel in die Kaffeemaschine und schäume Milch auf.

Nach dem Vorfall im Park beruhigt der Kaffee meine Nerven. Ich gehe ins Wohnzimmer, und mein Blick fällt auf unseren Flügel. Ich habe lange nicht gespielt. Bald liegen meine Finger auf den Tasten, und ich verliere mich in Chopins *Nocturnes*.

»Was zum Teufel hast du dir dabei gedacht?«, donnert Matts Stimme durch die Harmonien. Ich höre abrupt auf zu spielen und blicke benommen zu ihm auf, meine Hände auf den Tasten erstarrt.

Ich habe ein Summen in den Ohren und kann seine Worte nicht hören. Doch ich weiß, dass er sauer ist, weil sein Finger immer wieder vorwurfsvoll auf mich zeigt und sein Mund in wütenden Explosionen auf- und zugeht.

Alice schluchzt heiser in seinen Armen, den Kopf an seine Brust geschmiegt. Ich will fragen, was los ist, aber ich kann Matt und Alice nur verständnislos ansehen. Das Pochen in meinen Ohren wird so laut, dass ich sie zuhalte, um den Lärm zu ersticken.

Wie konnte ich Alice im Auto vergessen? Ich war doch

nicht lange weg. Oder? Ich sehe aus dem Fenster. Draußen ist es dunkel.

»Es tut mir leid.« Ich blicke verwirrt zu Matt hoch. »Mir war nicht klar, dass ich schon so lange hier drin bin.«

»Abgesehen davon, dass Alice schreckliche Angst hatte«, sagt Matt mit zusammengebissenen Zähnen, »hätte jeder sie sich schnappen können. Jeder.«

»Es tut mir leid«, wiederhole ich.

Es ist zu spät. Ich führe Selbstgespräche. Matt ist mit Alice in den Armen aus dem Wohnzimmer gestürmt.

An diesem Abend haben Matt und ich den schlimmsten Streit aller Zeiten. Matt ist kein lauter, dramatischer Typ. Dazu ist er viel zu gut erzogen. Selbst wenn er streitet, ist er höflich. Er ist Psychologe, also findet er, er steht über so primitiven menschlichen Gefühlen wie Wut.

Er streitet mit zusammengebissenen Zähnen, kalt und beherrscht. Niemals erhebt er die Stimme. Ganz im Gegenteil: Ich muss die Ohren spitzen, um ihn überhaupt zu hören. Er wählt seine Worte mit Bedacht. Der Psychologe in ihm stellt viele Fragen in supervernünftigem Tonfall, der mir automatisch das Gefühl gibt, im Unrecht zu sein: Warum hast du das getan? Wie kommen wir darüber hinweg? Warum empfindest du so?

Ich glaube, das nennt man passiv-aggressiv. Seine Fragen richten sich nie an ihn selbst.

Dann fragt er mich, wann ich das letzte Mal meine Medikamente genommen habe.

»Julie, du verhältst dich wirklich unverantwortlich, wenn du einfach die Tabletten weglässt. Muss ich noch eine Krankenschwester einstellen, um sicherzugehen, dass du deine Medikamente nimmst?«

Er kriegt sich gar nicht mehr ein wegen meiner Medikamente, bis ich seinen Monolog ausblende, indem ich mir vorstelle, durch einen Wald zu laufen. Ich höre meine Schritte auf dem Boden, das sanfte Ein und Aus meines Atems. Ein und aus. Hart und schnell.

»Fahr zur Hölle, Matt«, antworte ich, als ich an seinen geschürzten Lippen sehe, dass er aufgehört hat zu reden. Um meinen Worten mehr Nachdruck zu verleihen, greife ich nach einer Vase, die ich zufällig sehr mag, und schleudere sie quer durchs Zimmer. Sie knallt an die Wand und zerbirst in tausend Stücke.

Matt sagt nichts. Er schaut mich an, als sähe er mich zum allerersten Mal. Da breche ich in einer Flut aus Tränen zusammen. Ich kann auf Kommando die Hähne aufdrehen. Ein Talent aus der Kindheit, das ich über die Jahre perfektioniert habe. Doch diesmal zeigt es keine Wirkung. Seine Miene spiegelt nichts als Entrüstung wider.

Dieser schreckliche Streit am Ende des schlimmsten Tags unserer Ehe endet damit, dass Matt das Haus verlässt. Er knallt die Haustür hinter sich zu, was gar nicht seine Art ist, denn Matt findet, er steht über solchen kindischen Gesten. Mit quietschenden Reifen setzt er den Wagen rückwärts aus der Einfahrt und braust zornig davon.

Als er fort ist, höre ich Alice in ihrem Bett schluchzen. Sie hat das Gebrüll gehört und durchs Treppengeländer zugesehen, wie Matt rausgerauscht ist. Mir ist klar, dass sie sich die Schuld gibt.

Ihre Unterlippe zittert, als ich sie im Bett einkuschele. »Daddy hat mich gefragt, wo wir waren. Ich hab ihm erzählt, dass ich Roller gefahren bin und wir die Bibliothek besucht haben. Aber keine Kinderbibliothek, eine Bibliothek mit Erwachsenenbüchern und einem Loch im Dach, wo die Sonne reinscheint«, erzählt sie mir.

»Daddy ist nur müde. Er hat hart gearbeitet heute.« Ich halte sie in den Armen, bis ihre Schluchzer verebben. Wir liegen zusammen in ihrem Bett, und sie schläft in meinen Armen ein. Ich bin von den heftigen Gefühlsausbrüchen dieses Tages so erschöpft, dass auch ich schläfrig werde. Ich schließe die Augen und döse neben ihr ein, ihre Hand in meiner. Kurz vor Mitternacht wache ich wieder auf und gehe in unser Schlafzimmer.

Das Bett ist so leer und ordentlich gemacht wie heute Morgen. Matt ist nicht nach Hause gekommen. Ich steige in BH und Slip zwischen die Laken. Ich bin zu müde, um zu duschen oder mich umzuziehen.

Eine Stunde vor der Morgendämmerung taucht er auf. Er legt sich an die Bettkante, so weit wie möglich weg von mir. Seine Haut riecht nach Geißblatt. Er war wieder bei ihr. Ich bin mir sicher.

MEL 12

Während der Fahrt auf der I-85 ratterten im Kofferraum meines Wagens fünf Kartons mit Akten, die ich bei der Polizei in Richmond ausgeliehen hatte. Sie waren alle mit dem Vermerk »Fall abgeschlossen« gestempelt.

Wegen dieser Kartons war ich vier Stunden nach Richmond und zurück gefahren, statt auf dem Dienstweg einen Antrag auf Überlassung der Akten einzureichen. Ich wollte diese Akten sofort, und ich hatte keine Lust, durch bürokratische Reifen zu springen, um sie zu kriegen.

Am Ende meines Treffens mit Howard reichte ich ihm ein bereits ausgefülltes Antragsformular. Er brauchte es nur noch zu unterschreiben.

Er saß in der Zwickmühle. Er hätte mauern können. Er hätte die Sache leicht um ein oder zwei Wochen verzögern können, indem er mich auf den Dienstweg verwiesen hätte, doch am Ende hätte ich die Akten zu dem Fall Pitt bekommen. Das wusste ich. Und das wusste er auch. In unserem Leichenschauhaus lag eine Leiche, die höchstwahrscheinlich den Schmuck trug, der Pitts letztem bekanntem Opfer gehört hatte. Wie man es auch drehte und wendete, der Fall Pitt würde noch einmal unter die Lupe genommen werden. Meine Ermittlungen hinauszuzögern hätte Captain Howard nicht aus der Sache rausgeholfen.

Am Ende tat er, worauf ich gesetzt hatte, als ich mich

entschieden hatte, raus nach Richmond zu fahren. Er kam dem Problem auf wahre Politikermanier zuvor, indem er zu seiner Lösung beitrug. Captain Howard unterzeichnete mein Antragsformular und rief auf der Dienststelle an, damit man mir die Kartons schon raussuchte. Und zwischen den Zeilen machte er mir klar, dass ich ihm mächtig was schuldete.

Die Kartons hatten, wie versprochen, am Empfang des Archivs auf mich gewartet, und ich hatte sie in mein Auto geladen und war direkt nach Hause gefahren, ohne irgendwo zu halten, um zu Mittag zu essen – obwohl mein Magen laut knurrte.

Ich musste zurück ins Büro und möglichst viele Akten durcharbeiten, bevor ich Joe vom Baseballtraining abholte. Ich würde meinen aufsässigen Ältesten fest im Auge behalten, bis die Sache mit der Schule geklärt war.

Am Tag zuvor hatte ich Joe erzählt, was sein Lehrer bei unserem Treffen gesagt hatte. »Na und?«, meinte er nur achselzuckend.

»Wer sind diese Jugendlichen, mit denen du im Einkaufszentrum rumhängst?«, fragte ich. Neuerliches Achselzucken.

Dann polterte er los. Schließlich ist Angriff die beste Verteidigung, das weiß jeder Teenager. Er erklärte mir, er hasse es hier. Er wolle zurück nach New York. Er wolle seine alten Freunde wiederhaben. Die Kids hier seien Landeier. Warum ich überhaupt mit ihnen hierhergezogen sei?

Ich hatte die ganze Nacht kaum geschlafen, sondern gegrübelt. Vielleicht hatte er recht. Vielleicht sollten wir zurückgehen. Doch wonach er sich wirklich sehnte – das wusste ich ganz tief in meinem Herzen –, das war sein Vater.

Am Morgen hatte ich Joe und Sammy zur Schule gefahren, was Joe äußerst peinlich war. Normalerweise setze ich nur Sammy morgens dort ab, Joe ging lieber allein.

In Joes Alter nehmen sie den Bus, fahren mit dem Fahrrad oder gehen zu Fuß. Unter keinen Umständen werden sie von ihren Müttern vor der Schule abgesetzt. Erklärte Joe mir. »Pech gehabt«, sagte ich nur und setzte ihn nicht nur ab, sondern wartete auch hinter dem Steuer, bis er durch den Haupteingang des Schulgebäudes verschwunden war.

Ich freute mich, als ich sah, dass sich zwei Jungs ihm anschlossen, gute Kinder, die bis vor ein paar Monaten – als er angefangen hatte, sich zu beschweren, sie wären blöd – seine besten Freunde gewesen waren. Ich hätte die Zeichen damals schon erkennen müssen. Doch wenn Joe jetzt wieder mit diesen Kids zusammen war, war das sicher ein gutes Zeichen. Oder?

Auf dem Heimweg von Richmond hatte ich auf dem Highway freie Fahrt und war am frühen Nachmittag wieder im Büro. Ich musste fünfmal gehen, um die Kartons aus meinem Wagen auf meinen Schreibtisch zu verfrachten. Ich wünschte mir, Will wäre da, um mir beim Tragen zu helfen. Die Kartons waren verdammt schwer. Trotzdem schlug ich auf dem Weg vom und zum Auto alle Hilfsangebote aus, denn ich hatte es mir seit meinem ersten Tag bei der Polizei zum Prinzip gemacht, männlichen Kollegen gegenüber niemals körperliche Schwäche zu zeigen. Also trug ich jeden einzelnen Karton eigenhändig zu meinem Schreibtisch, auch wenn ich am Ende das Gefühl hatte, gleich zusammenzubrechen. Als Ersatz fürs Mittagessen zog ich mir am Verkaufsautomaten einen Schokoriegel und schenkte mir einen Kaffee ein.

Im ersten Karton lag gleich obenauf eine Akte, die mit einem Gummiband gesichert war und einen dicken Stapel Fotos von Pitts Opfern enthielt. Ich blätterte sie zügig durch. Es waren größtenteils private Aufnahmen, die die Familien der Opfer der Polizei zum Zweck der Identifikation zur Verfügung gestellt hatten. Darunter war ein Foto einer Frau mit kurzem rotblondem Haar und einem überschwänglichen Lächeln. Ihre Augen verrieten, dass sie nicht die leiseste Ahnung von dem brutalen Schicksal hatte, das sie erwartete. Das haben sie nie.

Es weckte Erinnerungen an ein Foto von Danny, das ich drei Wochen vor seiner Ermordung auf einer Wanderung mit einer alten Nikon aufgenommen hatte. Er beobachtete einen Distelfinken, der in einem Baum unweit des Wanderwegs ein Nest baute. Lange Zeit war es mir unmöglich gewesen, das Foto anzusehen. Das Staunen in Dannys Gesicht brach mir das Herz. Er hatte das Leben viel zu sehr geliebt, um seins zu verlieren.

Ich legte die Fotos zur Seite und schlug das »Mordbuch« auf. Ein schräger Name für eine Mappe, in der die wichtigsten Spuren des Falls zusammengefasst sind. Diese Akte war immer ein guter Ausgangspunkt, wenn man sich einen alten Fall ansah, denn darin waren alle Informationen, die die Ermittler zusammengetragen hatten, versammelt.

»Sieht aus, als würden Sie die Nacht durcharbeiten, Detective.« Ich blickte auf und sah Lenny auf meinen Schreibtisch zukommen. Er trug ein blaues Hawaiihemd und eine Hose mit Grasflecken, was mir verriet, dass er direkt aus dem Golfclub kam.

»Hey, Lenny, ich habe erst in einer Stunde mit Ihnen gerechnet.« Ich schloss die Akte. Er zog einen Stuhl heran und setzte sich neben meinen Schreibtisch.

»Wie ich sehe, ist es gut gelaufen in Richmond.« Er tippte auf die Akten auf meinem Tisch.

»Dank Ihres Rats, wie ich mit Howard umgehen soll. Er war zickig wie noch was, genau wie Sie gesagt haben.«

»Solche Typen brauchen es, dass man ihr Ego streichelt, sonst erreicht man bei ihnen gar nichts.«

»Also, ich weiß nicht, ob ich sein Ego genug gestreichelt habe«, erwiderte ich, »aber ich habe bekommen, was ich wollte.«

Ich reichte Lenny ein Schwarz-Weiß-Foto einer dunkelhaarigen Frau mit einem freundlichen Lächeln und rastlosen Augen. Es war das Foto, das Captain Howard mir in seinem Büro gezeigt hatte.

»An was erinnern Sie sich noch von Pitts letztem Opfer?«, fragte ich. »Der verbrannten Leiche.«

»An mehr, als mir lieb ist.« Lenny seufzte. »Das war einer meiner letzten Fälle.«

»Können Sie mir von ihrem Verschwinden erzählen? Die Fallnotizen sind, soweit ich es gesehen habe, nicht besonders detailliert.«

»Ich erzähle Ihnen, was ich noch weiß.« Lennys Stuhl knarrte, als er sich vorbeugte, um das Foto genauer zu betrachten. »Sie war Professorin an der Uni«, sagte er. »Ehemalige Fulbright-Stipendiatin. Eine Liste von Auszeichnungen, so lang wie mein Arm. Es gab mächtig Wirbel, als sie verschwand. Die Studierenden hielten Mahnwachen mit Kerzen und verteilten Handzettel in der ganzen Stadt. Hängten Plakate auf. Gingen von Tür zu Tür. Sie haben gemacht, was sie konnten«, sagte Lenny. »Sie war beliebt. Allseits respektiert.«

»Hier steht, sie ist zum Einkaufen gefahren und nicht zurückgekommen.«

»Ihr Verschwinden wurde am nächsten Tag gemeldet. Das Auto fand man ein paar Tage später, verlassen, gut dreißig Kilometer außerhalb der Stadt. Keine Blutflecken. Keine Spuren eines Kampfes. Es sah aus, als hätte sie einen platten Reifen wechseln wollen, als sie entführt wurde. Wenn Pitt nicht gestanden hätte, dass sie zu seinen Opfern gehörte, hätten wir sie wahrscheinlich nie entdeckt. Er hat uns gesagt, wo wir ihre Überreste finden, und wir haben sie gefunden. Damit war der Fall abgeschlossen.«

»Aber ihr Schmuck ist nie aufgetaucht? Hat Ihnen das kein Kopfzerbrechen bereitet?«

»Pitt hat behauptet, er hätte den Schmuck in Atlantic City verhökert, um Spielschulden zu begleichen. Ich bin hingefahren, aber ich konnte keine Spur davon finden. Die Chancen waren eh minimal. Diese Pfandleiher kaufen und verkaufen Goldschmuck sehr schnell und sind lax mit der Buchführung.«

»Konnten die Kollegen der Rechtsmedizin die Identität der verkohlten Leiche bestätigen?« Diese Frage war mir auf dem Heimweg von Richmond unablässig durch den Kopf gegangen.

»Die Leiche war praktisch eingeäschert«, antwortete er. »Pitt hatte sie mit einem leicht entzündlichen Brandbeschleuniger getränkt und in einem Ölfass verbrannt. Viel war nicht übrig. Und *was* übrig war, eignete sich nicht zur Identifikation. Das Feuer hatte die DNA zerstört. Am Ende hat der Coroner es dabei bewenden lassen.«

»Was ist mit der Familie des Opfers? Hat die keinen Widerstand dagegen geleistet, dass der Fall abgeschlossen wurde, obwohl es keine Bestätigung durch die DNA gab?« Normalerweise klammerten sich die Angehörigen von Opfern noch an das letzte Fitzelchen Hoffnung, bis sie den unstrittigen Beweis bekamen, dass ihre Liebsten nicht mehr lebten.

»Wir haben in einem ausgebrannten Ölfass die verkohlten Überreste einer Frau gefunden, genau wie Pitt gesagt hatte. Er hat den Mord gestanden«, sagte Lenny. »Der Coroner entschied, dass sie von Pitt umgebracht worden war. Das wenige, was noch übrig war, wurde der Familie zur Beisetzung übergeben. Auch sie konnte abschließen.«

»Warten Sie mal kurz«, sagte ich. »Was meinen Sie damit, dass so, wie das Auto verlassen wurde, klar war, dass sie entführt worden war?«

»Das Auto war gereinigt worden«, sagte Lenny schlicht.

»Das stand nicht in der Akte.« Ich blätterte darin. »Sie haben also nicht mal die Fingerabdrücke des Opfers im Auto gefunden?«

»Der Mörder war mit einer Flasche Reinigungsspray und einem Lappen durch das Auto gegangen. Er hatte alles abgewischt: Türgriffe, Sicherheitsgurte, Armaturenbrett. Die beste professionelle Autopflege, die ich je zu Gesicht bekommen habe. Es gab keinen Hinweis darauf, dass überhaupt jemand im Auto war.«

»Das verstehe ich nicht.« Ich stand auf und kramte in den Akten, die auf meinem Tisch verstreut waren, bis ich die Gesuchte fand. »Pitt hatte keine Vorstrafen. Er war nicht im System. Warum sollte er sich die Mühe machen, sämtliche Fingerabdrücke zu entfernen? Lenny, es ist vollkommen unlogisch, dass ein Mörder ohne Vorstrafen, nicht mal wegen eines Verkehrsdelikts, so gründlich hinter sich sauber macht.«

»Pitt hat bestimmt nicht gewusst, dass seine Fingerabdrücke nicht im System waren. Vielleicht wollte er lieber auf Nummer sicher gehen.«

Möglich war alles. Ich musste den Fall aus dem Blickwinkel der ursprünglichen Ermittlungen betrachten. Im Nachhinein hat man leicht reden.

»Also«, sagte Lenny, »Pitt starb, bevor er eine lange Liste von Fragen beantworten konnte. Es besteht kein Zweifel, dass wir vieles nie genau erfahren haben. Deswegen habe ich vorgeschlagen, dass Sie sich die Fallakten aus Richmond holen. Es gibt Ungereimtheiten. Und weil der Schmuck, den Sie mir gezeigt haben, der von dem Opfer im Kellers Way, mich an den Fall Pitt erinnert hat.«

»Was mich angeht, ist die entscheidende Frage im Augenblick, ob Pitt das Opfer aus dem Kellers Way getötet hat. Glauben Sie, dass es so war, Lenny?«

»Kann schon sein.« Er zuckte die Achseln. »Vielleicht war das Opfer aus dem Kellers Way Pitts Freundin oder eine Prostituierte, die ihm den Kopf verdreht hatte. Vielleicht hat er ihr den Schmuck geschenkt, nachdem er die Leiche der anderen Frau verbrannt hatte.«

»So etwas hätte er nicht getan.« Ich hatte wenige Gewissheiten in dem Fall, doch in diesem Punkt war ich mir absolut sicher. »Aus der Akte geht hervor, dass Pitt in einer verzweifelten finanziellen Situation war. Zwischen den Jobs aß er manchmal in der Suppenküche. Ein Mann, der keinen Cent hat und sich gelegentlich keine anständige Mahlzeit leisten kann, lässt keinen Goldschmuck an einer Toten zurück. Selbst dann nicht, wenn sie seine Exfreundin war.«

»Da könnten Sie recht haben«, räumte Lenny ein. »Ich sag nicht, dass Sie unrecht haben.«

»Und wenn ich recht habe, dann gibt es nur einen logischen Schluss, nicht wahr, Lenny?« Er sollte meine Vermutung bestätigen. Dass sie die Identifikation von Pitts letztem Opfer vermasselt hatten. Dass sie nicht die war, für die sie sie gehalten hatten.

»Wenn Sie mit Ihrer Vermutung richtigliegen, dann ist eines sicher«, antwortete Lenny. »Dass wir alle Mist gebaut haben. Ich, die Polizei von Richmond und der Coroner.«

Das beharrliche Klingeln meines Telefons unterbrach mich.

»Ja?«, meldete ich mich und sagte stumm *Tut mir leid* zu Lenny.

»Mom.« Schweigen. »Ich bin's, Joe.« Die Stimme meines Sohnes zitterte. »Mom, ich … kannst du …?« Seine unzusammenhängenden Worte wurden von Schluchzern abgelöst.

»Joe.« Ich bemühte mich um eine ruhige, feste Stimme. »Joe, wo bist du?«

»Ich bin in Nelson«, schluchzte er. In meinem Kopf herrschte Leere, während ich zu begreifen versuchte, wieso mein Sohn in einer Stadt war, die ein gutes Stück von hier entfernt lag, wo er doch in der Schule in seinem Klassenzimmer sitzen müsste.

»Hallo, Madam.« Eine andere Stimme. Schroff. Offiziell. »Ihr Sohn wurde heute Nachmittag festgenommen. Sie müssen anwesend sein, wenn wir ihn vernehmen.«

JULIE

13

Ich drücke das Gesicht in Matts weißes Hemd, und ein zarter Hauch von einem Parfüm mit Geißblatt steigt mir in die Nase. Seit unserem Streit kommt er jeden Tag spät nach Hause, Alkohol im Atem und den milchigen Duft einer fremden Seife auf der Haut. Er hat stets eine Ausrede parat: ein Racquetballspiel, das er zu erwähnen vergaß, ein Fakultätstreffen, das länger gedauert hat, ein Doktorand, der einen Nervenzusammenbruch hatte. Es gibt immer eine Erklärung. Und eine klingt so falsch wie die andere.

Hatte ich alles schon, möchte ich ihm sagen. Doch ich sage nichts, denn sobald ich das Wort Untreue in den Mund nehme, gibt es kein Zurück. Keine Möglichkeit mehr, so zu tun, als wäre es nicht passiert. Keine Möglichkeit mehr, so zu tun, als wäre unsere Ehe etwas anderes als brüchig und kaputt und voller Lügen.

Ich sprühe Fleckenentferner auf einen Hemdkragen, um verschmierten Lippenstift herauszubekommen. Nicht meinen. Ich trage Korallenrot, das passt gut zu meinem blonden Haar. Dieser Lippenstift ist von einem tiefen Rot, perfekt für eine junge Frau mit langem schwarzem Haar. Mich überkommt eine Welle der Übelkeit und noch etwas anderes. Blinde Panik.

Wütend reibe ich den Stoff, um den störrischen Fleck zu

entfernen. Bislang war ich auf einem Auge blind für Matts Affären. Doch die hier, die ist anders. Die junge Frau, die bei der Vorlesung mit ihm geflirtet hat, war das Ebenbild von Laura, als sie in diesem Alter war, in dem die beiden sich zum ersten Mal begegnet sind. Er betrachtet sie als seine zweite Chance. Und wo bleibe ich dann?

Ich werfe Matts Hemd zum Einweichen in das Becken in der Waschküche. Ich werde auf gar keinen Fall zu Hause hocken und die Hausfrau spielen. Ich muss mein Terrain abstecken.

Dreißig Minuten später bin ich auf dem Unigelände angekommen und laufe auf den Hörsaal zu, in dem Matt seine Vorlesung hält. An einem Automaten im Foyer hole ich zwei Becher Kaffee, atme vor der holzvertäfelten Tür noch einmal tief durch und trete ein, als wäre es die natürlichste Sache der Welt, unangekündigt in der Psychologievorlesung meines Mannes aufzutauchen. Niemand nimmt Notiz von mir. Sie sind ganz auf Matt konzentriert. Er geht beim Reden hin und her. Die Hände hat er in den Taschen. Das samtige Timbre seiner Stimme schlägt alle in seinen Bann.

Normalerweise setze ich mich, wenn ich mich in seine Vorlesungen schleiche, unerkannt in eine dunkle Ecke, damit mich niemand sieht. Doch diesmal soll Matt wissen, dass ich hier bin. Er soll wissen, dass ich zusehe. Und *sie* sollen es auch wissen; die ganzen schmeichlerischen jungen Frauen, die jeder Geste meines Mannes mit gierigen Blicken folgen.

Ich atme tief durch und halte auf das Pult zu. Die Absätze meiner hochhackigen Stiefel klackern laut, als ich den Raum durchquere. Es erregt Aufmerksamkeit. Vorn am Podium stelle ich Matt lächelnd den Kaffee auf den

Tisch. Dann gehe ich wieder nach hinten und setze mich auf einen freien Platz an der Tür.

Das Haar zu einem schicken Knoten geschlungen und mit dezentem Make-up sehe ich auf kühle, blonde Art gut aus. Ich trage eine maulwurfgraue Hose und eine cremefarbene Seidenbluse, um den Hals einen azurblauen Schal, genauso geknotet wie einst Grace Kelly. Es fehlt nur noch die übergroße Sonnenbrille. Ich markiere mein Terrain. Dazu bin ich hier. Pisse an einen Baum wie ein Hund. Ich bin hergekommen, um dafür zu sorgen, dass sie wissen, dass Matt mir gehört.

An dem Tag nach dem Streit haben wir uns versöhnt. Versöhnungssex. Ich saß auf ihm und habe ihn geritten, bis er erschöpft ins Kissen sank und ich auf seine Brust. Vierundzwanzig Stunden Schweigen waren genug. Ich weiß, wie ich die Dinge wieder ins richtige Fahrwasser bringe.

»Tut mir leid«, sagte ich danach zu ihm. »Das war vollkommen daneben. Ich habe die Zeit vergessen. Du weißt, wie sehr ich Alice liebe. So was kommt nie wieder vor.« Ich kuschelte mich in seine Arme und dachte, alles wäre wieder gut.

Doch am nächsten Morgen lag Überdruss in seinen Augen. Er versuchte, es zu verbergen, aber ich habe es gesehen. Er verzichtete auf das Frühstück und trank, an den Küchentresen gelehnt, nur einen Becher Kaffee. Dann murmelte er, er wäre spät dran, und eilte aus dem Haus. Ich wusste zufällig, dass seine erste Veranstaltung erst nach dem Mittagessen stattfand. Da fragte ich mich natürlich, wer an diesem Vormittag wohl noch ein bisschen freie Zeit hatte. Er küsste mich, als er ging. Ein jämmerlicher Versuch, so zu tun, als wäre zwischen uns alles normal.

Also bin ich hier in seiner Vorlesung, als menschliches

»Betreten bei Strafe verboten«-Schild. Ab und zu werfen seine weiblichen Groupies mir heimlich von der Seite einen Blick zu. Sie taxieren mich. Ich lächele gelassen. Warum sollte ein Mann, der eine so heiße Frau hat, fremdgehen wollen? Das ist die Frage, die sie sich das nächste Mal, wenn sie versuchen, seine Aufmerksamkeit zu erregen, stellen sollen.

Matt hebt in einer Dankesgeste den Kaffeebecher in meine Richtung, bevor er einen Schluck trinkt. Seine Augen sind eiskalt. Er ist stocksauer, dass ich hier bin. Ich lächele unschuldig.

Er ist ein Schauspieler. Das muss man ihm lassen. Wenn er den Schalter umlegt, erhellt er den Raum. Seine lockeren Witze führen dazu, dass auf den Gesichtern seiner Studierenden die ganze Zeit ein dämliches Lächeln klebt. Sie wenden den Blick nicht von ihm ab, nicht einmal, um ihre Handys zu checken. Er hat sie fest im Griff. Und das weiß er ganz genau.

Der Hörsaal ist fast voll. Ich habe gehört, dass es immer ein großes Gerangel um die Plätze in Matts Lehrveranstaltungen gibt, besonders unter jungen Frauen. Das siebzig-dreißig-Verhältnis der Zuhörerschaft bestätigt das.

Matt trägt einen flaschengrünen Blazer und eine dunkle Hose. Er setzt seine randlose Brille ein wie ein Schauspieler auf einer Bühne. Er nimmt sie ab, fährt damit durch die Luft, um einen Punkt zu betonen, klappt sie zusammen und steckt sie in die Brusttasche seines Hemds; dann setzt er sie wieder auf, um in seinen Notizen etwas nachzulesen. Das leise Klicken, mit dem er die Brille zusammen- und wieder auseinanderklappt, erfüllt den Hörsaal jedes Mal mit erwartungsvoller Spannung.

Dabei braucht er nicht einmal eine Lesebrille. Sie ist –

wie alles andere in seinem Leben – eine Illusion. Der liebende Vater, der zärtliche Ehemann, der empathische Therapeut.

Heute spielt er den Professor. Er ist charismatisch, amüsant, gewinnend. Er schwelgt in dieser Rolle. Deswegen will er sich auch nicht die Haare färben, auch wenn sich erstes Grau in die braunen Strähnen schleicht. In einem Spezialsalon in der Stadt, wo der Verkäufer den Ton mit einer Strähne abglich, die ich aus seiner Haarbürste gezupft hatte, habe ich ihm ein Haarfärbemittel gekauft. Er hat sich rundweg geweigert, es zu benutzen. Wissen Sie was, wenn die grauen Strähnen diese Collegemädchen von ihren Schwärmereien abbringen, sehe ich ihm das mit der Haarfarbe sogar nach.

Er bittet zwei Studierende zu einer Demonstration aufs Podium. Es geht um kognitive Funktionen. Er lässt sie Wortspielchen spielen. Die Studierenden haben Mühe, die Wochentage in alphabetischer Reihenfolge aufzuzählen, und bald ist der Raum von Gelächter erfüllt.

Ich bin Zeugin, wie Matt sich von seiner besten Seite zeigt. Er gibt sich alle Mühe, die junge Frau vom letzten Mal nicht anzusehen; die junge Frau mit dunklem Haar, deren Lippenstift den Kragen des Hemdes verschmierte, das gerade daheim im Waschbecken einweicht. Lauras Klon. Sein Blick wandert trotzdem unwillkürlich immer wieder zu ihr. Sie trägt eine hellblaue Strickjacke und darunter ein enges schwarzes Top, das den Ansatz ihres Dekolletés zeigt. Mit einstudierter Eleganz hebt sie die Hand. Sie spricht laut und selbstbewusst, auch wenn sie unter seinem aufmerksamen Blick leicht errötet.

»Gute Frage, Emily«, sagt Matt ein wenig zu enthusiastisch. Seine Studierenden mustern mich, um meine Reaktion zu sehen. Sie wissen, dass zwischen den beiden etwas läuft. Warum sollten Sie mich sonst so genau beobachten?

»Ich hatte gehofft, dass jemand diese Frage stellen würde, denn sie führt uns zu einem interessanten Thema, das ich mir bis zum Schluss aufgehoben habe«, sagt Matt. »Emily, da Sie die Frage gestellt haben, sollten Sie herunterkommen und bei der nächsten Übung mitmachen.« Ich sehe, wie ihre Blicke sich eine Millisekunde lang begegnen. In ihren Augen liegt dabei eine solche Vertrautheit, dass mich schaudert. Ich schlucke schwer und halte an meinem gelassenen Lächeln fest, als wäre es mit Sekundenkleber aufgeklebt. Alle schauen zu. Ich werde ihnen nicht die Genugtuung gewähren, meine Demütigung zu erleben.

Emily, denke ich bei mir. Jetzt kenne ich den Namen meiner Rivalin.

Emily wirft ihr Haar über die Schultern und nimmt ihren Platz bei Matt auf dem Podium ein. In der linken Wange hat Emily zwei Grübchen, die den Eindruck eines unablässigen Lächelns vermitteln. Ihre Haltung ist perfekt. Ihr Haar dunkel und glänzend.

Matt flüstert Emily eine Anweisung ins Ohr. Die Studierenden drehen die Köpfe zu mir, um meine Reaktion auf diese Zurschaustellung von Intimität zu sehen. Ich reagiere bewusst lässig.

»Wie Sie alle wissen, ist Erinnerung der Prozess des Kodierens, Lagerns und Wiedererlangens von Informationen.« Matts Stimme hallt durch den Saal. »Wenn eine dieser Funktionen gestört ist, kann das die Qualität der Erinnerungen beeinflussen. Oder die Fähigkeit, eine gelagerte Erinnerung wieder hervorzuholen. Manchmal kommt es sogar zu einer falschen Erinnerung.

Was meine ich damit? Nun, das will ich Ihnen zeigen. Ich habe Emily eine Reihe von Begriffen genannt, die sie sich einprägen soll. Damit Sie das Ganze verfolgen können, stehen die Begriffe hinter ihr auf der Tafel. Nachdem sie sich die Begriffe eingeprägt hat, habe ich Emily gebeten, sich ein kurzes Video zu einem neutralen Thema auf meinem Computer anzusehen. In diesem Fall Schmetterlinge. Ohne hinzusehen, zählt Emily jetzt so viele Begriffe auf, wie sie noch in Erinnerung hat. Bitte, Emily.«

Emily steht mit dem Rücken zum Whiteboard und leiert die Begriffe herunter, die sie sich gemerkt hat. Auf der Tafel stehen zehn. Sieben weiß sie noch.

»Jetzt«, fährt Matt fort, »nenne ich Emily dieselben Begriffe noch einmal, und danach wird sie sich ein anderes Video ansehen.«

Wir warten, während Emily sich dieselben Begriffe erneut einprägt. Sie nickt, als sie bereit ist, und Matt dreht den Computerbildschirm zu ihr und spielt ein anderes Video ab.

»Bitte, Emily«, sagt Matt, als das Video zu Ende ist. Sie nennt die Begriffe. Diesmal sind nur fünf richtig.

»Eigentlich hätte Emily sich mindestens genauso gut wie beim ersten Mal an die Begriffe erinnern müssen. Doch es ging merklich schlechter. Das liegt daran, dass sie diesmal ein traumatisierendes Video gesehen hat, nämlich von einem Bus, der auf einem Bahnübergang von einem Zug erfasst wurde. Das hat ihr Kurzzeitgedächtnis beeinträchtigt. Also, wir arbeiten hier nicht unter Laborbedingungen, aber ich glaube, Sie verstehen, worum es mir geht. Ein Trauma beeinträchtigt das Erinnerungsvermögen.«

Emily geht an ihren Platz zurück und wirft dabei wieder ihr Haar zurück. Sie sieht aus wie eine Katze, die die Sahne bis auf den letzten Tropfen ausgeschleckt hat. Ich wünschte, ich könnte ihr das selbstgefällige Lächeln aus ihrem hübschen Grübchengesicht wischen.

»Wer von Ihnen glaubt, dass man Erinnerungen manipulieren kann? Dass Erinnerungen bewusst eingepflanzt werden können, sodass wir nicht mehr in der Lage sind zu sagen, ob etwas tatsächlich passiert ist oder wir es uns nur einbilden? Ich bitte um Handzeichen.« Ungefähr die Hälfte der Anwesenden hebt die Hand.

»Es gibt ein Experiment, das nahelegt, dass Erinnerungen tatsächlich eingepflanzt werden können. Ein Forscher gab seinen Probanden Heftchen mit einer Reihe von wahren Anekdoten aus ihrer Kindheit. Darunter auch eine falsche, nämlich dass die Probanden als Kinder in einem Einkaufszentrum verloren gegangen waren. Es erwies sich, dass ein Viertel der Probanden sich nicht nur an diesen traumatischen Vorfall aus der Kindheit erinnerten, sondern die Erinnerung auch mit Einzelheiten ausschmückten. Dies ist ein heiß diskutiertes Feld der Psychologie, doch tatsächlich belegen zahlreiche Forschungsergebnisse, dass Erinnerungen durch Suggestion erzeugt werden können«, sagt Matt und schaut auf seine Armbanduhr.

»Wir greifen das nächste Woche noch einmal auf und sprechen dann ausführlicher über die Faktoren, die das Gedächtnis beeinflussen. Bitte lesen Sie dazu die Seiten 142 bis 165 im Lehrbuch. Und vergessen Sie nicht, dass in einer Woche Ihre Seminararbeiten fällig sind«, ruft er über den Lärm der Studierenden hinweg, die ihre Sachen einpacken.

Seine Groupies, darunter auch Emily, scharen sich mit Fragen um seinen Tisch. Er beantwortet sie gut gelaunt, während er seinen Laptop zuklappt und seine Vorlesungsnotizen in seine Aktentasche schiebt. Ich warte an der Tür auf ihn. Als er näher kommt, beugt er sich vor, um mir lieblos mit den Lippen über die Wange zu streichen.

»Was machst du hier, Julie?« Sein Ton ist kalt.

»Du hast deine Unterlagen vergessen.« Ich ziehe eine Mappe aus meiner Schultertasche. »Ich bin hergekommen, um sie dir zu bringen.«

»Ich dachte, ich hätte sie eingepackt«, sagt er. Das hat er auch, aber ich habe sie wieder herausgeholt.

»Ich hab sie gefunden, nachdem du weg warst«, lüge ich. »Sie lagen neben dem Garderobenständer auf dem Boden. Wahrscheinlich hat Alice sie heute Morgen aus deiner Tasche gezogen und damit gespielt.«

»Tatsächlich?« Seine Hand ist fest um meinen Arm geschlossen, als wir durch das Gedränge der Studierenden gehen. »Lass uns hochgehen. Hier ist es zu laut zum Reden.«

Es ist eher eine Drohung als eine Einladung. Ich begleite ihn durch den Strom der jungen Leute, die auf dem Weg von einer Veranstaltung zur nächsten ihre Handys checken.

Matt führt mich zum Aufzug. Er ist fast voll. Wir steigen ein und drehen uns zur Tür um. Meine Finger streichen zart über Matts Hände. Ich atme seinen Zitrusduft ein und begegne seinem Blick. Es ist, als wären wir ein einziger Organismus. Er weiß genau, was ich denke. Auf ganz elementarer, animalischer Ebene sind wir unglaublich gut aufeinander eingestimmt, auch wenn alles andere zwischen uns im Augenblick sehr kompliziert ist.

Wir steigen im zweiten Stock aus und gehen zu seinem Büro wie ungeduldige Teenager. Wegen meiner hochhackigen Stiefel habe ich Mühe, mit seinen langen Schritten mitzuhalten. Matt ist seit Tagen unnahbar. Kalt. Korrekt. Nur wenn wir Sex haben, ist alles normal.

Darauf bin ich aus, hier und jetzt, in seinem Büro. Um unserer Beziehung ein wenig Würze zu geben. Schlagen die Paartherapeuten in den Ratgeberspalten von Zeitschriften so was nicht immer vor? Wir gehen auf das Büro am Ende des Flurs zu, dessen Tür eine mit »Professor Matthew West« gravierte Tafel ziert. Matt hält mir die Tür auf. Ich will ihn schon an mich ziehen, da geht mir auf, dass wir nicht allein sind.

»Hallo, Kate«, sagt er mit einem Anflug von Überraschung. Auf seiner Couch sitzt eine Frau mit akkurat übergeschlagenen Beinen. »Ich habe Sie hoffentlich nicht warten lassen.«

»Keineswegs. Sie sind absolut pünktlich«, erwidert sie.

Ihr schwarzes Brillengestell ist überdimensioniert und steht im Kontrast zu ihrer Leinenhose und -jacke. Vermutlich ist sie Doktorandin. Vielleicht arbeitet sie auch an der Uni.

»Kate, das ist meine Frau Julie. Sie ist vorbeigekommen, um sich meine Vorlesung anzuhören«, sagt Matt, hängt die Jacke über seinen Stuhl und packt die Aktentasche aus.

Für einen Psychologen kann Matt anderen Menschen gegenüber ganz schön unsensibel sein. Ich habe immer noch keine Ahnung, wer Kate ist, alles, was ich über sie weiß, ist ihr Vorname. Was mich am meisten ärgert, ist, dass er nicht den kleinsten Versuch unternimmt, sie loszuwerden. Mit einem nichtssagenden Lächeln reiche ich ihr die Hand.

»Ich bin die neue wissenschaftliche Mitarbeiterin in Matts Abteilung«, sagt sie und lässt meine Hand los. Es ärgert mich, dass sie das Gefühl hat, sich als jemand identifizieren zu müssen, der harmlos ist. Sie ist nur eine wissenschaftliche Mitarbeiterin. Nichts, worum ich mir Sorgen machen muss. Oh, na, dann ist es ja gut, möchte ich ihr sagen. Mein Mann würde nie eine wissenschaftliche Mitarbeiterin ficken. Matt sagt natürlich nichts.

Ich stehe mit einem dämlichen Lächeln im Gesicht da und warte, dass Matt seinen Termin mit Kate verschiebt. Oder mir vorschlägt, mich in einer Stunde zum Lunch mit ihm im Fakultätsclub zu treffen. Oder etwas Ähnliches.

Er tut nichts dergleichen. Er lässt Kate und mich blöd in der Gegend rumstehen, während er seine Brille aufsetzt und in dem Ordner blättert, den sie gebracht hat.

»Wir können die ersten Studienergebnisse auch später durchgehen«, sagt sie, »oder morgen.«

»Nein, nein.« Matt legt das Dokument zur Seite. »Wir haben den Termin vor Tagen verabredet. Es macht dir doch nichts aus, oder, Julie?« Eine Frage ist das kaum.

»Selbstverständlich nicht.« Ich schlage einen bewusst fröhlichen Tonfall an. Ich will meine Verlegenheit darüber, dass mein Mann mich so salopp davonschickt, nicht zeigen. Vor allem nicht vor einer Frau, die so vertraulich mit ihm umgeht.

»Also«, sage ich und schaue betont wichtig auf meine Armbanduhr, »ich habe eine Verabredung zum Mittagessen am anderen Ende der Stadt, da mache ich mich besser auf den Weg. Hat mich gefreut, Sie kennenzulernen, Kate.« Ich lächele erneut. »Bis später, Matt.«

»Ja, viel Spaß beim Mittagessen, Schatz«, sagt er abwesend. Er hat mich schon vergessen.

Mit einer seltsamen Endgültigkeit schließe ich die Tür zu seinem Büro hinter mir. Erst dann lehne ich mich an die Wand und schlage die Hand auf den Mund, um die Schluchzer zu unterdrücken. Mir verschwimmt alles vor den Augen. Irgendwo im Flur geht eine Tür auf. Ich will nicht, dass mich jemand in diesem Zustand sieht. Ich laufe die Fluchttreppe hinunter, als wollte ich einem furchtbaren Brand entkommen.

Durch den Tränenschleier suche ich mein Auto und setze mich hinein, zittere unkontrollierbar und sehe zu, wie die Regentropfen auf die Windschutzscheibe prasseln. Sobald ich mich beruhigt habe, fahre ich wie ferngesteuert nach Hause. Ohne jegliche Erinnerung an die Fahrt trete ich durch die Haustür. Ich erinnere mich nicht einmal mehr, welchen Weg ich genommen habe. Es ist alles ein einziger Nebel.

Ich gehe direkt in unser Schlafzimmer und schlucke die Schlaftabletten mit einem Schluck Wasser aus dem Wasserhahn im Bad. Dann rolle ich mich in meinem Designeroutfit auf dem Bett zusammen. Ich habe nicht mal die Energie, mich umzuziehen. Während ich zuhöre, wie der Wind draußen zunimmt, werde ich von Hilflosigkeit übermannt. Die Äste kratzen an meinem Schlafzimmerfenster, und ich sinke in den Schlaf. Mein letzter Gedanke, bevor die Bewusstlosigkeit mich einhüllt, gilt einem Mann mit getrübten Augen und blutigem Gesicht, der enttäuscht den Kopf schüttelt. »Du bist nicht sicher, Julie«, sagt er. Der Rest seiner Worte wird vom Tosen des Sturms verschluckt.

MEL

14

Durch den Einwegspiegel des Vernehmungszimmers betrachtete ich Joe, der mit weit von sich gestreckten Beinen lässig auf seinem Stuhl nach hinten lehnte, als würde er mit seinen Mannschaftskameraden rumhängen. Sein widerliches Grinsen war bloß zur Schau gestellte Tapferkeit und jugendlicher Trotz. Ich sah die Angst in seinen Augen. Ich hatte sie schon früher gesehen, als er sich mit drei den Arm gebrochen hatte und als sein Vater gestorben war.

Ich ließ ihn noch ein paar Minuten zappeln. Ich brauchte Zeit, um einen anderen Gang einzulegen, von der Polizistin zur Mutter. Als ich die Tür zum Vernehmungszimmer öffnete, war ich mir nicht sicher, ob ich es hinkriegen würde. Wir waren allein in dem engen, düsteren Raum. Die Wände waren in einem kränklichen Grün gestrichen, das jede Hoffnung fortwischte und nur Verzweiflung übrig ließ. Das war Absicht. Dieser deprimierende Raum war die Vorstufe zum Knast. Eine Warnung vor dem, was noch kam.

Unsicher blickte Joe zur Tür, als ich hereinkam. Kaum nahm ich ihn in die Arme, wurde er von Schluchzern geschüttelt. Ich ließ ihn weinen. Als wir uns schließlich lösten, waren seine Augen rot gerändert, doch seine Wangen waren trocken. Mit dem Ärmel wischte er sich die Tränen ab, während ich ihn hielt. Irgendwann setzte er sich, aber er konnte mir nicht in die Augen sehen.

Ich schätze, wenn man der Sohn einer Polizistin ist und Aufmerksamkeit braucht, tut man genau das, was Joe getan hat. Man bringt sich in Konflikt mit dem Gesetz. Es war ein Hilfeschrei.

»Joe«, sagte ich. »Was ist los mit dir?«

»Nichts.« Er legte eine übertriebene Faszination für seine abgewetzten Turnschuhe an den Tag.

»Sie haben gesagt, du warst mit einem älteren Jugendlichen zusammen, der gedealt hat.«

»Das letzte Mal, als ich es gecheckt habe, war es in diesem Land noch legal, mit einem Freund rumzuhängen«, sagte er trotzig und schlurfte unter dem Tisch mit den Füßen. »Ich hab kein Verbrechen begangen.«

»Du bist weggelaufen«, sagte ich. »Als die Polizei dich aufgefordert hat, stehen zu bleiben. Du bist gerannt. Das ist ein Verbrechen.«

»Allerhöchstens ein Vergehen«, erwiderte er.

»Joe, dein Vater hat sein ganzes Berufsleben damit verbracht, solche Mistkerle zu fassen«, sagte ich. »Er ist dafür gestorben. Er wurde, wie du weißt, von einem Dealer erschossen. Was glaubst du wohl, wie er sich fühlen würde, wenn er dich jetzt so sehen könnte? Hier? Wenn er wüsste, dass sein Ältester mit Drogenhändlern rumhängt?«

»Das ist gemein, Mom.« Joes Stimme brach. Ich war zu ihm durchgedrungen.

»Es ist die Wahrheit, Joe.«

Ich wartete einen Augenblick, bevor ich meine nächste Frage stellte.

»Hast du gedealt, Joe?« Ich suchte seinen Blick. Die jungenhafte Angst, die ich einen Moment zuvor in seinen

Augen gesehen hatte, war fort. »Joe, hast du mit Drogen gehandelt?«

»Nicht direkt.« Er verschränkte die Arme.

»Das musst du mir erklären.«

»Derek, der Typ, mit dem ich zusammen war. Er brauchte jemanden, der für ihn ausliefert. Er hat mir für jede Lieferung zehn Dollar versprochen. Also, wenn ich seine Waren an die Kunden in der Schule verteile. Ich dachte, ich könnte mir ein bisschen Taschengeld verdienen.«

»Du könntest dir einen Job bei McDonald's besorgen wie andere Jugendliche«, versetze ich aufgebracht. »Joe. Die sind nicht dumm hier. Und ich auch nicht. Du bist schon öfter mit diesen Leuten gesehen worden. Wenn ich dir helfen soll, musst du mir sagen, was los ist. Begreifst du das?«

Er löste den Blick von mir.

»Konsumierst du Drogen?«, fragte ich und sah ihm in die Augen. Keine Reaktion. »Joe, nimmst du Drogen?«

»Nein«, sagte er schließlich. »Na ja, vielleicht mal ein bisschen Gras, aber mehr nicht. Ich schwör's.«

»Was zum Teufel hast du dann mit diesen Typen am Hut?«

»Ich hab dir doch gesagt, dass sie mich dafür bezahlen, ihre Waren an der Schule zu verteilen. Ich war nur der Austräger. Das ist alles.«

»Und, hast du?«, fragte ich. »Verteilt?«

»Ein paar Joints«, sagte er. »Sie wollten, dass ich härteres Zeug ausliefere. Deswegen hab ich mich mit Derek getroffen. Er hat gesagt, er gibt mir zehn Prozent von seinem Umsatz an der Schule. Wenn man Pillen und Meth ausliefert, kann man viel mehr Geld verdienen als mit Gras.«

»Ja, man kann auch viel länger in den Knast wandern. Willst du wirklich die nächsten zehn Jahre deines Lebens in einer Zelle verbringen, die ungefähr halb so groß ist wie das Zimmer hier? Mit einer Stunde Hofgang am Tag, wenn du Glück hast?«

»Ach, Mom«, sagte er. »Hör auf, mir Angst einzujagen. Die stecken mich in den Jugendknast, mehr nicht. Das hat Derek gesagt.«

»Derek kann viel sagen. Er sitzt die Zeit nicht ab«, erklärte ich ihm. »Ich kann dir eins sagen, Joe, wenn du einmal im System drin bist, ist es schwer, wieder rauszukommen. Und mach dir nichts vor. Auch der Jugendknast ist kein Zuckerschlecken. Ich gehe mir jetzt einen Kaffee holen. In zehn Minuten bin ich wieder da. Entscheide dich. Entweder du kooperierst mit der Polizei, oder du nimmst die Strafe auf dich. Du bekommst keinen Freifahrtschein, nur weil deine Mutter Polizistin ist.«

»Kannst du nicht ... na ja, deinen Einfluss geltend machen, damit ich nur eine Verwarnung kriege oder so?« Angst flackerte in seinen Augen auf. Gott steh mir bei, ich hätte ihm gern gesagt, dass alles gut wird. Ich musste mich sehr zusammenreißen.

»Joe, ich kenne diese Polizisten nicht. Es ist weder mein Revier noch meine Stadt«, sagte ich. »Du hast dich weit außerhalb meines Zuständigkeitsbereichs erwischen lassen. Die sind mir hier nichts schuldig. Ich bezweifle sogar, dass ich sie überreden könnte, dir ein Glas Wasser zu bringen. Die sind nämlich stocksauer. Sie sagen, du hast den Beamten, der dich festgenommen hat, getreten, als er dir Handschellen anlegen wollte. Sie erwägen eine Anzeige wegen Körperverletzung.«

»Kein großes Ding«, sagte er.

»Joe. Sieh mich an. Das *ist* ein großes Ding. Du kommst aus dieser Scheiße nur raus, wenn du ihnen alles sagst, was du über diese Leute weißt. Alles.«

»Wenn ich das mache«, sagte er, »sind Derek und seine Leute hinter mir her.«

»Nein, das sind sie nicht«, erwiderte ich ausdruckslos. »Wir richten es so ein, dass du der Letzte bist, hinter dem sie her sein werden. Glaub mir, ich sorge dafür, dass du nicht in Gefahr gerätst.«

Ich drehte mich um, bevor ich die Tür öffnete. »Denk darüber nach, was dein Vater sagen würde.«

»Wenn Dad noch leben würde«, sagte Joe, »wäre ich nicht hier.«

Das war die eigentliche Krux. Als ich die Tür zum Vernehmungszimmer hinter mir zuzog, merkte ich, wie ich innerlich ganz kalt wurde. Das Schloss klickte, als würde es sich selbst abschließen. Ich lehnte mich an die geschlossene Tür, vollkommen ausgelaugt. Joe war auf der anderen Seite, und ich war mir nicht sicher, ob ich ihn je zurückbekommen würde. Ob ich ihn wirklich zurückbekommen würde.

»Sind Sie zu ihm durchgedrungen?«, fragte der Beamte, der ihn festgenommen hatte, als ich an seinen Tisch trat, ein junger Polizist in Jeans und Freizeithemd.

»Gott, ich hoffe es«, sagte ich. »Er ist ein guter Junge. Nur ein wenig in die Irre geleitet und zornig.« Ich atmete tief durch. »Ich hole mir jetzt einen Kaffee, und dann setzen wir uns hin und reden.«

Die Drogenfahnder und ich handelten einen Deal für Joe aus. Sie steckten ihn für ein paar Stunden allein in eine Zelle und erteilten ihm eine Verwarnung, um ihm einen Mordsschreck einzujagen. Sie machten ihm unmissverständlich klar, dass es das erste und letzte Mal war, dass sie zu einer solchen Gefälligkeit bereit waren.

Zu Hause konfiszierte ich Joes Handy und verhängte strengen Hausarrest mit minimalem Computerzugang. Angesichts der Überstunden, die ich gerade zu leisten hatte, würde es schwer werden, das durchzusetzen, doch ich war fest dazu entschlossen, selbst wenn ich einen Babysitter einstellen musste, der Joe im Auge behielt. Was auch immer nötig war, ich würde es tun.

Die Drogenfahnder spürten Derek eine Woche später bei einem »routinemäßigen« Atemalkoholtest auf der Schnellstraße südlich der Stadt auf. Durch puren Zufall fanden sie Drogenpäckchen, die unter dem Beifahrersitz klebten. Genau da, wo Joe gesagt hatte. Wie ich hörte, war der Suchtmittelspürhund richtig ausgeflippt.

An dem Abend, an dem Joe aus dem Polizeigewahrsam nach Hause kam, rief ich Bobby an, Dannys jüngeren Bruder, der Detective im Norden von New York ist. Er schlug mir vor, Joe und Sammy über den Sommer zu ihm zu schicken. »Um Joe wieder in die Spur zu bringen«, meinte er. »Und dafür zu sorgen, dass so was bei Sammy nicht nötig wird.«

Der Gedanke, meine Söhne so lange aus den Augen zu lassen, behagte mir nicht. Doch ich sah den Nutzen. Es ist schwer, zwei Jungs ohne Vater aufzuziehen. Sie brauchen eine Vaterfigur.

In jener Woche dachte ich kaum an die Tote aus dem Kellers Way. Zwei andere Tötungsdelikte hielten mich auf Trab.

Wie kommt es, dass sich Ehemänner und Ehefrauen ausgerechnet im Frühling gegenseitig an die Gurgel gehen? Diesmal war es eine Frau, die ihren Mann mit einem Steakmesser erstach, nachdem sie auf seinem Handy belastende SMS von einer Frau gefunden hatte, mit der er ein Verhältnis hatte. Von ihrer besten Freundin, genau genommen. Er starb noch im Krankenwagen. Sie war stockbesoffen, als sie die Tat beging. Sobald sie wieder nüchtern war, versuchte sie sich in ihrer Zelle mit dem Bettlaken zu erhängen. In ihrem Abschiedsbrief schrieb sie, dass das Leben ohne die Liebe ihres Lebens seinen Sinn verloren habe. Das hätte sie sich überlegen sollen, bevor sie ihm ein Steakmesser in den Bauch rammte.

Zwei Tage später wurde auf einem Feld hinter einer abgelegenen Tankstelle in der Nähe der I-95 eine in Plastikplanen eingewickelte Leiche gefunden. Das Opfer war im Stil einer Exekution erschossen worden. Zwei Geschosse. Sauber in den Hinterkopf. Der Mann hatte Gangtätowierungen auf den Fingerknöcheln, und die Erschießung stand offensichtlich im Zusammenhang mit Drogen. Aufgrund eines Kassenbons für ein ungeöffnetes Päckchen Kaugummi, das wir in seiner Tasche fanden, ging ich davon aus, dass er aller Wahrscheinlichkeit nach in Florida getötet worden war und die Mörder sich dann auf dem Weg nach Norden der Leiche entledigt hatten. Wegen dieser beiden Fälle verbrachte ich ziemlich viel Zeit in den Räumen der Rechtsmedizin.

Als der Obduktionsbericht des Opfers aus dem Kellers Way fertig war, erbot Mike sich, ihn mir zu erläutern. Sein Büro lag im ersten Stock der Rechtsmedizin mit Blick auf eine Ulme und mit ein wenig Sonnenlicht, das in einem diagonalen Streifen auf den Teppich fiel. Auf dem Weg zu ihm hatte ich zwei Becher Kaffee besorgt.

»Nimmst du den Kaffee immer noch mit zwei Stück Zucker?«, fragte ich, als ich Mike seinen Becher und eine Handvoll Zuckerpäckchen reichte.

»Man sollte meinen, ich wüsste es besser, oder?«, sagte er und riss ein Tütchen braunen Zucker auf.

Ich setzte mich auf einen blauen Polsterstuhl an Mikes Schreibtisch. Er hatte die Statur eines Radfahrers, dünn und sehnig; dazu war er leicht gebräunt, denn er fuhr jeden Tag sechzehn Kilometer mit dem Fahrrad. Sein Haar, in dem sich ein Anflug von Silber zeigte, war schütter. Er reichte mir ein dickes, gebundenes Buch. Es waren ganze hundertzwanzig Seiten, einschließlich des Anhangs mit Fotografien und Diagrammen.

»Ich erläutere dir die Highlights. Den ganzen Bericht kannst du später lesen«, sagte Mike, schlug seine Kopie auf und trank einen Schluck Kaffee. »Das Opfer war weiblich. Sie ist vor ungefähr fünf Jahren gestorben, plus/minus ein paar Monate. Sie war zwischen fünfunddreißig und vierzig Jahre alt. Helle Haut. Dunkles Haar. Größe ein Meter fünfundsiebzig. Gewicht zwischen sechzig und siebzig Kilo.«

»Todesursache?«, fragte ich.

»Unbekannt«, antwortete er. »Ich habe den Verdacht, dass sie erstickt wurde. Es gibt keine offensichtlichen Spuren einer Verletzung.«

»Spuren eines Kampfes?«

»Könnte es gegeben haben, aber wahrscheinlich nichts Aussagekräftiges. Aufgrund des Grads der Verwesung ist es unmöglich zu sagen.«

Während ich seiner Zusammenfassung zuhörte, machte ich mir in die Randspalte meiner Kopie des Berichts Notizen. Als er fertig war, legte ich sie zur Seite und beugte mich auf meinem Stuhl vor.

»Es gibt eine Theorie, Mike, die von der Polizei Richmond favorisiert wird und die, falls sie stimmt, diesen Fall hier und jetzt abschließt.«

»Die da lautet?«

»Dass Edward Pitt das Opfer aus dem Kellers Way getötet hat. Mike, gibt es, soweit du gesehen hast, irgendwelche Beweise, die die Theorie stützen, dass Pitt der Mörder war?«

Mike seufzte. »Die Antwort wird niemandem gefallen.« Er wählte seine Worte sorgfältig. »Ich kenne Pitts Arbeit. Aus der Nähe. Ich war Mitglied der Spezialeinheit und habe einige Obduktionen durchgeführt. Lass mich dir etwas über Pitt sagen. Seine Opfer wiesen zwei ausgeprägte Merkmale auf.«

»Und die wären?«

»Pitt brach seinen Opfern die Finger, bevor er sie tötete. Manchen brach er sämtliche Finger, anderen nur einige. Das Opfer aus dem Kellers Way hatte keinen einzigen gebrochenen Finger.«

»Dafür gab es vielleicht einen Grund. Vielleicht hatte er nicht genug Zeit«, hielt ich dagegen.

»Das ist es nicht allein«, sagte Mike mit einer wegwerfenden Handbewegung. »Das andere Merkmal ist, dass Pitt seine Opfer erstochen hat, das gehörte zu seinem Tötungsritual, normalerweise in Bauch und Brust. Wegen der fortgeschrittenen Verwesung kann ich nicht sagen, ob die Tote aus dem Kellers Way Stichverletzungen im Gewebe hatte, aber Spuren der Klinge im Knochen müsste ich eigentlich finden. Es gibt keinen Hinweis darauf, dass irgendeine Klinge benutzt wurde. Ich habe die Röntgenaufnahmen gründlich studiert. Ich glaube nicht, dass Edward Pitt etwas mit dem Mord im Kellers Way zu tun hatte. Wenn dem so wäre, hätte er seinen Modus Operandi fast komplett geändert.«

»Okay, sagen wir mal, wir beide sind uns einig, dass Pitt nichts mit dem Opfer aus dem Kellers Way zu tun hatte.

Das bringt uns zurück zur Frage nach ihrer Identität«, sagte ich. »Was denkst du darüber, Mike?«

»Mangels DNA-Test kann ich es nicht mit Sicherheit sagen.« Er seufzte. »Auf der Grundlage einer ersten Analyse der Körpergröße und der Gesichtsstruktur und einer Begutachtung des an der Leiche gefundenen Schmucks würde ich als Arbeitshypothese die Aussage treffen, dass dein Bauchgefühl wahrscheinlich richtig ist, Mel. Ich wette, dass die Frau, von der sie dachten, sie wäre Pitts letztes Opfer gewesen, gar nicht von Pitt umgebracht wurde. Sie wurde von jemand anderem getötet. Und ihre Leiche haben wir nun im Kellers Way gefunden.«

»Weißt du, Mike«, sagte ich und warf meinen leeren Kaffeebecher in seinen Papierkorb, »ich hatte wirklich gehofft, dass du das nicht sagen würdest.«

Ich schlug die Akte über Pitts letztes Opfer auf. Er hatte gestanden, eine Frau in einem Wald in der Nähe unserer Stadt entführt, sie später in seinem Versteck in West Virginia getötet und ihren Leichnam in einem Ölfass verbrannt zu haben. Es schälte sich immer deutlicher heraus, dass Pitt in dem fruchtlosen Versuch, die von der Familie des Opfers ausgesetzte Belohnung zu bekommen, ein falsches Geständnis abgelegt hatte. Er hatte das Geld gewollt, um seine Krebsbehandlung zu bezahlen.

Ich sann darüber nach, was es bedeuten würde, einen abgeschlossenen Fall wieder zu einer aktiven Mordermittlung zu machen. Abgesehen von dem politischen Gerangel innerhalb der Polizei musste ich Kontakt zu den nächsten Angehörigen dieser Frau aufnehmen und ihnen sagen, dass der Mord doch noch nicht aufgeklärt war und wir den Fall wieder öffnen würden.

Ich holte ein Foto der Frau aus der Aktenmappe. Sie hatte

ein gelassenes Lächeln und opulentes schwarzes Haar, das mit dem goldenen Herbstlaub der Eiche hinter ihr kontrastierte. Ihre Augen strahlten Intelligenz und einen Hauch Belustigung aus. Es war das letzte Foto von Laura West vor ihrem Tod.

Wer hat dich umgebracht, Laura?

JULIE

15

Alle zwei Wochen hat Matt ein Fakultätstreffen. Normalerweise kommt er dann um kurz nach sieben nach Hause. Heute Abend ist es nach neun, als er durch die Tür tritt.

Er wirft seinen Autoschlüssel in die Schublade des Flurtisches und geht in die Küche. Sein Gesicht ist gerötet. Vor Schuldgefühlen. Und Alkohol.

»Das Abendessen ist in zwei Minuten fertig«, sage ich mit hölzerner Stimme, während ich den Ofen einschalte, um das Essen aufzuwärmen.

»Ich hab keinen Hunger.« Er lehnt am Küchentresen. »Beim Fakultätstreffen gab es etwas zu essen.« Er weicht meinem Blick aus. Glaubt er allen Ernstes, ich würde es nicht merken, wenn er lügt?

»Ich hab mit dem Abendessen auf dich gewartet.« Ich spiele die Farce weiter, indem ich zwei Teller aus dem Schrank nehme. »Du kannst mir Gesellschaft leisten, während ich esse.«

Ich bringe die Teller an den Esstisch, den ich mit Besteck und einer Flasche Weißwein gedeckt habe, schenke uns beiden ein Glas ein. Matt wirft mir einen warnenden Blick zu, doch ausnahmsweise mischt er sich nicht ein. Ich trinke meinen Wein wie Wasser, nur um ihn zu ärgern. Zwei Gläser innerhalb von fünf Minuten. Wärme breitet sich in meinem Körper aus. Alle Zurückhaltung fällt von mir ab.

»Wer war die junge Frau in der Vorlesung?« Mein Ton ist sachlich.

»Welche junge Frau?«

»Die junge Frau, die du heute bei der Vorlesung aufs Podium gebeten hast.« Während ich auf seine Antwort warte, schiebe ich die Gnocchi in der Käsesoße hin und her.

Er trinkt einen Schluck Wein und denkt über meine Fangfrage nach.

»Es waren einige Studierende auf dem Podium. Ich bin mir nicht sicher, welche du meinst.« Sein Tonfall ist geduldig, als spräche er mit einem Kind. »Ich beziehe oft Studierende ein, wenn ich etwas demonstrieren will. Es macht die Vorlesung interessanter.«

»Gegen Ende«, sage ich langsam (ich kann auch herablassend sein), »hast du eine junge Frau nach unten gebeten. Schwarzes Haar. Hellblaue Strickjacke. Sie sollte sich Begriffe merken, die du auf das Whiteboard geschrieben hattest, und sie wiederholen, nachdem sie sich ein Video von einem Autounfall angesehen hatte.«

»Oh.« Seine Stimme ist übertrieben dramatisch, als wäre es ihm plötzlich wieder eingefallen. »Das ist Emily.«

»Sie ist sehr hübsch«, sage ich. »Scheint auch klug zu sein.«

»Woher dieses plötzliche Interesse?« Er legt die Gabel ab. »Du bist doch nicht etwa eifersüchtig?«

»Warum sollte ich eifersüchtig auf eine Studentin sein, Matt?«, versetze ich sarkastisch. »Sie ist umwerfend attraktiv und klug. Und sie macht dir schöne Augen wie ein liebeskranker Teenager.«

»Blödsinn«, sagt er. »Du bist viel hübscher. Und ich sehe meine Studentinnen nicht so.«

»Mich damals schon.«

»*Eine* Ausnahme von einer eisernen Regel sollte einem Mann erlaubt sein«, sagt er. »Und genau genommen warst du damals nicht meine Studentin.«

»Touché«, sage ich und nehme eine Gabel voll Gnocchi.

»Emily ist meine Studentin«, sagt er in einem beruhigenden Tonfall, der mir wehtut. »Nicht mehr und nicht weniger. Jetzt bist du dran. Warum hast du wirklich in der Vorlesung gesessen?«

»Ich bin vorbeigekommen, um dir die Unterlagen zu bringen, die du vergessen hattest. Du hast eine Vorlesung gehalten, und ich dachte, es würde dich sicher nicht stören, wenn ich zuhöre. Bist du sauer?«

»Ich bin nicht sauer«, antwortet er geduldig. »Es sitzen oft Leute in meinen Vorlesungen. Es gibt keinen Grund, warum meine Frau nicht auch daran teilnehmen sollte.«

»Sag ich doch.« Ich trinke mein drittes Glas Wein aus. »Und warum reitest du dann so darauf herum?«

»Du hast recht, Julie«, sagt er. »Ich habe überreagiert. Aber du hast mich, als du in den Hörsaal kamst, in meinem Gedankengang unterbrochen. Du bist eine große Ablenkung.« Er beugt sich vor, um mich zu küssen. »Du hast fantastisch ausgesehen heute.«

»Erinnert sie dich nicht an jemanden?«, frage ich später, als wir das Geschirr zusammenräumen.

»Wer soll mich an jemanden erinnern?«

»Die junge Frau aus deiner Vorlesung. Emily.«

»Nein. An wen denn?«, fragt Matt achselzuckend.

»Nichts. An niemanden«, murmele ich, stelle die Teller übereinander und gehe damit in die Küche.

Als Matt ins Bad geht, um zu duschen, hebe ich seine Sachen vom Boden im Schlafzimmer auf. Ich drücke das Gesicht in den Stoff. Das Hemd riecht nach Matts charakteristischem Duft. Wenn ich die Augen schließe und mich ganz stark konzentriere, kann ich auch das Parfüm einer anderen Frau ausmachen. Ich werfe seine Sachen in den Wäschekorb und gehe durch die Verbindungstür in die Garage, wo sein Wagen steht.

Ich weiß nicht, was ich zu finden hoffe, als ich Matts Auto durchsuche. Vielleicht Kondome. Im Handschuhfach und auf dem Boden ist nichts. Ich überprüfe die Mittelkonsole. Nichts, nur ein bisschen Kleingeld. Doch als ich die Hand in das Fach an der Fahrertür schiebe, finde ich einen Messingschlüssel mit einer Gravur, die besagt, dass er Eigentum der Wohnungsverwaltung der Universität ist.

Er hat einen Schlüssel zu ihrer Wohnung. Mir wird so schlecht, dass ich mich auf Matts mit italienischem Leder bezogenen Fahrersitz übergeben könnte. Was ist aus uns geworden? So ein Paar wollten wir nie sein. Wir hatten doch eigentlich die Glücklich-bis-ans-Ende-ihrer-Tage-Karte gezogen.

Verdammter Matt, dass er mich zwingt, meine Medikamente zu nehmen. Sie sorgen dafür, dass ich mich unablässig im Nebel befinde. Sie dämpfen meine Sinne. Sie geben ihm die Freiheit, zu tun und zu lassen, was er will, mich ungestraft zu betrügen. Ich stecke den Schlüssel dahin zurück, wo ich ihn gefunden habe, und gehe wieder ins Haus. Matt ist in der Küche und schäumt Milch für heiße Schokolade auf.

»Was hast du in der Garage gemacht?«, fragt er.

»Ich dachte, ich hätte an meinem Wagen das Licht angelassen.«

»Das hätte ich dir gesagt«, meint er und reicht mir einen Becher. Wir setzen uns auf die Hocker am Küchentresen und nippen an unserem dampfenden Kakao.

»Matt«, sage ich. »Ich will diese Pillen nicht mehr nehmen.« So, ich hab's ausgesprochen. Seine Züge werden hart vor Missbilligung, während ich noch auf seine Reaktion warte. Wir haben dieses Gespräch schon oft geführt. Es geht selten gut aus.

»Julie«, sagt er nach einer langen Pause. »Wir haben das schon diskutiert. Die Medikamente stabilisieren deine Stimmung. Du kannst solche Medikamente nicht einfach mal nehmen und mal nicht nehmen wie ein Jo-Jo.«

»Ich habe keine Stimmungsschwankungen mehr. Ich habe die Medikamente nach der Blutung gebraucht. Und vielleicht nach Roxy. Aber jetzt geht es mir gut. Ehrlich.«

»Warum nennst du es immer eine Blutung, Julie?« Er klingt genervt. »Es war eine Fehlgeburt.«

»Ich weiß, was es war, Matt«, fahre ich auf. »Ich war dabei. Ich hab's erlebt.« Ich atme tief durch, um mich zu fassen. »Ich will doch nur, dass zwischen uns alles wieder normal ist. Und das wird es nicht, solange ich diese verdammten Pillen schlucke.«

»Alles ist gut zwischen uns. Du regst dich wegen nichts auf.« Er zieht mich an sich. Die Stoppeln an seinem Kinn kratzen über meine Haut. Der beruhigende Rhythmus seines Herzschlags löst mein Misstrauen auf.

»Du musst deine Medikamente weiternehmen, Schatz«, sagt er und wischt mit dem Finger eine Träne weg, die über meine Wange läuft. »Damit du gesund bleibst. Für mich. Und für Alice.« Er küsst mich lange.

Es ist das erste Mal seit Ewigkeiten, dass er mich mit Zärtlichkeit berührt. Warum? Ich muss an Emily denken.

Später, in unserem Schlafzimmer, als er mich liebt, frage ich mich, wessen Lippen er heute noch geküsst und in welchen Körper er noch hineingestoßen hat.

Als ich mitten in der Nacht seine regelmäßigen Atemzüge höre, verlasse ich das Bett, setze mich auf die Bettkante und betrachte sein Haar, zerzaust und dunkel auf dem weißen Kissenbezug. Sein Mund ist leicht geöffnet. Ich wünschte, ich wüsste, wovon Matt träumt. Er weiß alles über mich, er kennt meine innersten Gedanken und meine größten Ängste. Doch er selbst hält vieles verborgen.

Ich schiebe die Hand unter die Matratze und hole die Kapseln heraus, die ich dort versteckt habe. Heute Abend hat er vergessen, mir zuzusehen, wie ich sie nehme, bevor wir uns zum Schlafen hingelegt haben. Ich spüle die Medikamente die Toilette hinunter. Dann gehe ich so leise wie möglich runter in Matts Arbeitszimmer. Auf dem Treppenabsatz bin ich äußerst vorsichtig, denn dort ist eine lose Diele, die immer knarrt. Ich setze mich auf den weichen Lederstuhl an seinem Schreibtisch und fahre im Dunkeln seinen Computer hoch.

Ich versuche es mit seinem üblichen Passwort. Jedes Mal geht ein Fenster auf, in dem steht, dass es falsch ist. Schließlich fällt mir eine andere Möglichkeit ein. Ich tippe ein Datum ein, das Datum, an dem er Laura geheiratet hat. Ich drücke auf *Enter*. Der Bildschirm leuchtet auf. Statt Stolz zu empfinden, weil ich richtig geraten habe, wird mir ganz elend zumute.

Es vergeht kein Tag, an dem Laura nicht in unserem Leben präsent ist. Die Erinnerung an sie bestimmt unseren Familienalltag. Wir leben in dem zweistöckigen Haus, das Matt und sie kurz nach ihrer Heirat gekauft haben. Das Heim, das Laura eingerichtet hat wie ein Puppenhaus. Nur dass ich jetzt die Puppe bin. Es gibt kein Entrinnen von der Tatsache, dass mein Haus einst ihr Zuhause war und mein Mann einst ihr gehörte.

Der Schreibtisch, an dem ich jetzt sitze, wurde einst von ihr ausgesucht, von ihr restauriert, von ihr hierhergestellt, damit ihr Mann daran sitzen und die geschmackvolle Auswahl von Bildern betrachten kann, die heute noch an den Wänden hängen und mich quer durch den Raum verhöhnen. Ich besäße nie im Leben den Geschmack und die Vorstellungskraft, Matts Arbeitszimmer so elegant einzurichten wie sie. Sie kannte ihn viel besser als ich. Seinen Geschmack. Seine Stimmungen. Seine Wünsche. Ich kann mir Mühe geben, so viel ich will, an Laura werde ich niemals heranreichen.

Ich suche auf Matts Computer nach den Informationen über seine Studierenden, die er in einem Ordner abgelegt hat. Schnell habe ich Emilys Akte gefunden. Ihr voller Name lautet Emily Morrison. Sie ist dreiundzwanzig, Masterstudentin und hat nur Einsen. Sie kommt von Long Island. In diesem Semester besucht sie vier von fünf Veranstaltungen bei Matt. Wie schön für sie. Und wie praktisch, dass er auch ihr Studienberater ist.

Ich überprüfe seinen Kalender. Sie haben einen regelmäßigen Termin am Freitag um 16:15 Uhr. Matt trifft alle Studierenden, die er betreut, nacheinander. Jeder bekommt am Freitagnachmittag dreißig Minuten. Emily ist die Letzte. Jetzt habe ich Gewissheit, warum er am Freitag immer mit gerötetem Gesicht und zerzaustem Haar spät nach Hause kommt.

Ich scrolle durch seine E-Mails, um zu schauen, ob darunter Nachrichten von Emily sind. Ich suche nach einer schriftlichen Bestätigung für ihre Affäre. Im Posteingang finde ich nichts. Ich checke die gelöschten Mails. Nichts von Emily. Dafür stoße ich auf eine E-Mail von der Universitätsverwaltung von diesem Nachmittag: »Bitte beachten Sie, dass das Fakultätstreffen heute Abend abgesagt wurde, da mehrere Mitglieder des Lehrkörpers an Konferenzen außerhalb der Stadt teilnehmen.« Matt ist nicht bei einem Fakultätstreffen gewesen. Noch eine Lüge. Noch ein falsches Alibi für seine Affäre mit Emily.

Komisch, dass ich in keinem einzigen E-Mail-Ordner eine Mail von Emily finde. Nicht einmal im Archiv oder bei den gelöschten Nachrichten. Sie ist schließlich seine Studentin. Statt meine Ängste zu beschwichtigen, weckt das Fehlen jeglicher Korrespondenz zwischen den beiden erst recht mein Misstrauen. Matt muss einen geheimen E-Mail-Account haben. Wie wollte er sonst mit ihr kommunizieren?

Sein Handy habe ich schon überprüft, es ist sauber. Ich logge mich bei Facebook ein, um jetzt, da ich ihren vollen Namen habe, nach ihr zu suchen. Es gibt einige Frauen mit dem Namen Emily Morrison. Aber nur eine studiert an Matts Uni. Ich klicke auf den Link. Das Profilbild ist eine körnige Aufnahme einer jungen Frau in einem hellrosa Balletttrikot, die das Bein auf einer Ballettstange ausgestreckt hat. Sie ist nicht nur Elitestudentin, sie ist auch Tänzerin. Perfekt.

Laut ihrem Profil ist sie »in einer Beziehung«. Sie hat nicht angegeben, mit wem. Ich scrolle durch ihre aktuellen Fotos, um es herauszufinden. Eine Reihe von Aufnahmen zeigt sie mit Freundinnen und Freunden vom College. Ein Selfie vor dem Bühneneingang des Lincoln Center mit einem Programm von *Schwanensee*, auf dem ein Autogramm prangt. Und sehr viele Fotos von ihrer Familie: an Thanksgiving am Tisch, um den Weihnachtsbaum, im Urlaub auf den Bahamas. Dazu unzählige Fotos von kunstvoll angerichteten Tellern in Restaurants.

Emily hat einen großen Teil ihres Lebens dokumentiert; von wichtigen Dingen bis zum Banalen. Doch es findet sich kein einziges Foto ihres geheimnisvollen Freunds. »In einer Beziehung.« Es macht mich wütend, dass sie es als »in einer Beziehung« bezeichnet, mit meinem Mann zu schlafen.

Ich wende mich noch einmal den Infos über Emily auf Matts Computer zu, kopiere ihren Stundenplan und speichere ihn im Entwurfsordner meines E-Mail-Accounts. Ich kopiere auch ihre Handynummer und eine Adresse in Long Island. Ihre Anschrift hier auf dem Campus kann ich nirgends entdecken. Sobald ich alles, was ich über Emily Morrison finden kann, von Matts Laptop kopiert habe, logge ich mich bei Facebook aus und lösche meine Browserchronik.

Ich krieche zurück ins Bett. Instinktiv zieht Matt mich an sich und murmelt im Schlaf: »Wo warst du?«

MEL 16

Nach dem Abendessen ließ ich meine Jungs zu Hause vor dem Fernseher zurück und fuhr ins teuerste Viertel der Stadt, wo ich am Ende einer Sackgasse vor einem zweistöckigen Haus im georgianischen Stil mit ordentlich gestutzter Hecke und einem schwarzen schmiedeeisernen Zaun parkte.

Ich hatte ein Abstrichröhrchen und einen Umschlag voller Fotografien dabei. Ich würde lügen, wenn ich nicht zugeben würde, dass mir beklommen zumute war. Zum einen ist es Mist, einen Fall wieder zu öffnen. Abgesehen von der ganzen Bürokratie macht man sich damit auch Feinde. Zum Beispiel Captain Howard in Richmond. Er hatte jetzt im Fall Pitt eine Leiche zu wenig. Und er würde mir die Schuld geben, besonders wenn das Ganze eine gerichtliche Überprüfung des ursprünglichen Falls nach sich ziehen würde. Besonders wenn es auf ihn zurückfallen würde.

Doch Captain Howard war an diesem Abend mein geringstes Problem. Kaum etwas ist quälender, als der Familie erklären zu müssen, dass bei den Ermittlungen zur Ermordung ihres geliebten Angehörigen womöglich Fehler passiert sind. Doch wenn ich ehrlich bin, gibt es noch etwas, was schlimmer ist: der Familie eines Opfers erzählen zu müssen, dass sie in der Familiengruft womöglich die falsche Tote beigesetzt hat. Ich würde an diesem Abend eine doppelte Ladung schlechter Nachrichten überbringen, und ich freute mich nicht gerade darauf.

In einer idealen Welt besäße ich definitive Antworten zur Identität der Ermordeten, bevor ich herkäme, um mit ihrer Familie zu sprechen, denn in dieser idealen Welt hätte das Labor eine Kreuzprobe der DNA von Laura West mit der DNA des Opfers aus dem Kellers Way durchgeführt.

In der realen Welt des Pfuschs hatte ich eine solche Kreuzprobe nicht bekommen können, denn wir hatten keine DNA von Laura West mehr im System. Wir hatten auch keine persönlichen Gegenstände, die womöglich DNA-Spuren enthalten hätten, etwa eine Haar- oder eine Zahnbürste. Wie es das Pech wollte, war vor fünf Monaten ein ganzer Karton mit Besitztümern von Laura West aus dem Asservatenlager entsorgt worden. Der Fall war abgeschlossen, und alles war aus dem System und den Archiven liquidiert worden. Platz kostete Geld. Es überrascht wohl kaum, dass ich stocksauer gewesen war, als ich davon erfuhr.

Ich stand in der stürmischen Abendluft und blickte an der Hausfassade hoch. Hier war Laura West vor fünf Jahren vor ihrem Verschwinden zum letzten Mal gesehen worden. Ich drückte die Klingel an der Wechselsprechanlage. An dem Bedienfeld blinkte ein grünes Lämpchen auf. Ich wurde beobachtet. Toll. Meine Haare waren vom Wind zerzaust, und ich trug Jeans und einen Pullover mit Zopfmuster, den ich übergezogen hatte, weil es so kalt war. Das war wohl kaum Standard-Dienstkleidung. Wahrscheinlich sah ich eher aus, als wollte ich religiöse Broschüren verteilen oder fragwürdige Haustürgeschäfte machen.

»Kann ich Ihnen helfen?«, fragte eine Männerstimme aus dem Lautsprecher.

»Professor West«, sagte ich laut, damit er mich bei dem Wind verstehen konnte. »Ich bin Polizistin, und ich würde gern mit Ihnen sprechen.«

Pause.

»Darf ich fragen, worum es geht?«

»Es ist wahrscheinlich besser, wenn ich das mit Ihnen persönlich bespreche.«

»Hat das nicht Zeit bis morgen?« Er gab sich keine große Mühe, seine Verärgerung zu verbergen.

»Ich wünschte, es wäre so, Sir«, sagte ich, »aber ich denke, es ist das Beste, wenn wir uns so bald wie möglich unterhalten. Es tut mir wirklich sehr leid, Sie am Abend zu stören.«

Ein langes Piepen und ein Klicken verrieten mir, dass er mitspielte. »Es ist offen«, sagte er. »Drücken Sie das Tor zu, und kommen Sie hoch zum Haus.«

Mit Bewegungsmeldern versehene Lampen leuchteten in langsamer Abfolge auf, als ich den ansteigenden, mit Natursteinplatten ausgelegten Weg hochging.

»Worum geht es?« Er stand auf der Veranda, die Haare leicht strubbelig von der abendlichen Brise, das Gesicht angespannt vor Verärgerung. Er sprach bewusst leise. Das verriet mir, dass noch andere Menschen im Haus waren und er nicht wollte, dass sie das Gespräch mithörten.

»Es geht um den Tod Ihrer Frau.«

»Meiner Frau?« Er drehte instinktiv den Kopf, um die Treppe raufzuschauen.

»Laura West«, stellte ich rasch richtig. »Ich würde lieber drinnen mit Ihnen reden, wenn Ihnen das recht ist. Es lässt sich leider nicht in fünf Minuten erledigen.«

»Kommen Sie herein.« Er führte mich vom Eingangsbereich in ein Arbeitszimmer, einen strengen, mit Antiquitäten und Brentwood-Stühlen möblierten Raum, an der Wand eine Sammlung alter Lithografien in Messingrahmen.

»Nehmen Sie Platz«, sagte er und schloss die Tür. Er setzte sich auf einen Ledersessel mir gegenüber. Mit angespanntem Kiefer wartete er darauf, dass ich loslegte.

»Es tut mir leid, wenn ich schmerzliche Erinnerungen wachrufe, doch das ist leider nicht zu ändern. Es gibt eine Entwicklung, über die ich gern mit Ihnen sprechen möchte.«

»Was soll das für eine Entwicklung sein? Laura wurde brutal ermordet. Es war ein Albtraum. Das ist es immer noch«, sagte er krächzend. »Der Tod war viel zu gut für den Scheißkerl, der sie auf dem Gewissen hat.«

»Ich bin mir sicher, dass es unglaublich schwer ist.«

»Detective, es hat lange gedauert, aber ich versuche, mit meinem Leben weiterzumachen, und dass Sie heute Abend aus heiterem Himmel hier auftauchen, ist ... ich will nicht unhöflich sein, aber das ist, offen gestanden, mehr als ein wenig befremdlich.«

»Sie haben recht«, pflichtete ich ihm bei in dem Versuch, ein gutes Verhältnis zu ihm aufzubauen. »Ich verstehe das und werde mich beeilen.«

Er stand abrupt auf und ging zu einem Sideboard, um sich ein Glas Whiskey einzuschenken, den er dann in einem einzigen Schluck herunterkippte. »Möchten Sie einen?«, fragte er danach. Ich schüttelte den Kopf. Er schenkte mir trotzdem einen ein.

Es gab keine andere Möglichkeit, es ihm mitzuteilen, als es einfach auszuspucken. »Professor West, ich bin hier, weil wir neue Beweise haben, die darauf hinweisen, dass Edward Pitt Ihre Frau nicht ermordet hat.«

»Was reden Sie da?« Seine Stimme war rau. »Wollen Sie damit sagen, dass Laura womöglich noch lebt?«

»Nein«, antwortete ich fest. »Das möchte ich keineswegs andeuten. Vor ungefähr zehn Tagen wurde im Kellers Way eine Leiche gefunden. Das ist eine Straße durch den Wald kurz außerhalb der Stadt«, fügte ich hinzu.

»Ich weiß, wo das ist«, unterbrach er mich barsch. »Ich lebe den größten Teil meines Lebens hier.«

»Es gibt keinerlei Anhaltspunkte, anhand derer wir die Leiche hätten identifizieren können«, fuhr ich fort. »Doch das Opfer trug bestimmte Kleidungsstücke und Schmuck. Ich möchte Sie bitten, sich Fotos von diesen Gegenständen anzusehen und mir zu sagen, ob sie Ihnen bekannt vorkommen.«

Ich reichte ihm die im Labor aufgenommenen Fotos von den an der Leiche gefundenen persönlichen Gegenständen. Er sah sich im weichen Licht einer antiken Lampe auf seinem Schreibtisch eines nach dem anderen an. Als er fertig war, schwieg er. Gut zwei Minuten war im Raum nichts zu hören als das Ticken einer antiken Uhr auf dem Kaminsims. Matthew West starrte in sein Whiskeyglas, als wäre es eine Kristallkugel.

»Erkennen Sie irgendetwas davon?«, durchbrach meine Stimme die Stille.

»Das sieht aus wie Lauras Halskette.« Er reichte mir ein Foto des Anhängers. »Ich habe sie ihr gekauft, als ich in Südafrika auf einer Konferenz war. Es war ein Geschenk zu unserem ersten Hochzeitstag. Der Stein ist nicht kostbar, aber er ist selten, eine spezielle Farbe, die man nur in Afrika findet.«

»Madagaskar«, sagte ich.

»Ja.« Er blickte überrascht auf. »Das stimmt.«

»Was ist mit der Jacke und den Stiefeln?«

»Laura hatte eine umfangreiche Garderobe«, sagte er. »Ich war an dem Tag, an dem sie verschwand, auf einer Konferenz und weiß nicht, was sie trug. Das habe ich der Polizei gesagt, als ich sie als vermisst gemeldet habe.«

»Kommt Ihnen eines der anderen Schmuckstücke bekannt vor?«

»Ich bin mir nicht sicher«, sagte er. »Die Ohrringe vielleicht. Meine Mutter hat ihr zum Geburtstag so ein Set gekauft. Die Armbanduhr ist stark beschädigt, deswegen ist es schwer zu sagen, aber sie könnte Laura gehört haben.«

»Was ist mit Lauras Ehe- und Verlobungsringen? Trug sie sie am Tag ihres Verschwindens?«

»Ganz bestimmt.« Er wirkte sehr sicher. »Laura hat ihre Ringe nie abgelegt. Sie trug sie sogar im Urlaub in Mexiko, obwohl man uns vor Straßenräubern gewarnt hatte, die es auf Touristen mit teurem Schmuck abgesehen hatten. Warum fragen Sie? Haben Sie Lauras Ringe gefunden?«

»Nein«, antwortete ich, ohne ins Detail zu gehen.

Er verbarg einen Moment das Gesicht in den Händen. Als er wieder aufschaute, wirkte er blass und abgespannt.

»Sie glauben, die Leiche im Kellers Way könnte Laura sein. Nicht wahr?« Sein Blick bohrte sich in meine Augen, während er auf eine Antwort wartete.

Die Türklinke aus Messing bewegte sich, und ein Mädchen in einem flauschigen Morgenmantel mit einem Teddybär unter dem Arm kam hereingelaufen und kletterte auf Matts Schoß.

»Mommy sagt, ich soll dir einen Gutenachtkuss geben.« Sie wandte das Gesicht ihrem Vater zu.

»Selbstverständlich sollst du das, Schatz.« Er nahm sie in die Arme und drückte ihr einen Kuss auf die Wange.

»Gute Nacht, Alice. Ich komm gleich hoch und kuschel dich ein, ja?«

»Okay, Daddy. Ich schlaf erst, wenn du kommst.« Sie lief aus dem Zimmer und verschwand wieder die Treppe hinauf.

»Wie können wir Sicherheit erlangen, dass es eine Verbindung zu Laura gibt?«, fragte er, sobald seine Tochter außer Hörweite war.

»Ich brauche Lauras DNA. Sie sind der nächste Angehörige. Ich weiß nicht, wie ich Lauras Familie erreichen kann. Ich habe gehört, sie stammte ursprünglich aus New England? Vielleicht haben Sie auch ein paar persönliche Besitztümer verwahrt, an denen noch ihre DNA ist. Eine Bürste? Einen Lippenstift?«

»Lauras DNA.« Er runzelte die Stirn, während er über diese Frage nachsann. »Ich bin mir sicher, dass ich alles der Polizei gegeben habe, als sie vermisst wurde. Ich weiß noch, dass ich einen ganzen Karton voll Sachen hingebracht habe. Können Sie die nicht verwenden?«

»Der Fall war abgeschlossen, daher wurde ein Teil des forensischen Materials leider entsorgt. Wir brauchen frische DNA, entweder Abstriche oder Gegenstände, die ich ins Labor geben kann.«

»Alle persönlichen Gegenstände, die ich nicht der Polizei gegeben habe, sind inzwischen weggeworfen worden. Lauras Schuhe und Kleider habe ich einer Wohltätigkeitsorganisation gespendet. Es war die einzige Möglichkeit, mit meinem Leben weiterzumachen«, sagte er mit einem leichten Anflug von Rechtfertigung.

»Was ist mit Lauras Eltern? Geschwistern?«, fragte ich. »Können Sie uns mit ihnen in Kontakt bringen?«

»Ihre Eltern sind tot. Laura war ein Einzelkind.« Er

seufzte. »Ich weiß, was Sie wollen. Ich bin gleich wieder da.« Er verließ das Arbeitszimmer und kehrte mit seiner Tochter auf dem Arm zurück.

»Alice«, erklärte er ihr, »diese nette Dame ist Ärztin. Du musst jetzt den Mund aufmachen, damit sie nachsehen kann, ob du auch ganz bestimmt keine Halsentzündung hast. Wenn ich dich bitte, ›Aaah‹ zu sagen, dann machst du den Mund ganz weit auf, ja?« Sie sah ihn unsicher an.

»Es tut nicht weh. Das verspreche ich dir«, versicherte ich ihr, als ich die Verpackung des Abstrichröhrchens öffnete. Es dauerte nur eine Sekunde, einen Abstrich von der Innenseite ihrer Wange zu nehmen und die Probe in das Röhrchen zu tun.

»Du bist die beste Patientin, die ich heute hatte«, sagte ich freundlich. »Wir untersuchen ganz viele Kinder im Viertel wegen Keuchhusten.«

Er formte mit den Lippen ein stummes Danke in meine Richtung, während er sie aus dem Zimmer brachte.

»Bitte Mommy, dich ins Bett zu bringen. Es ist schon sehr spät«, sagte er. »Oh, und Alice, sag Mommy nichts davon, dass die Frau Doktor dir in den Hals geschaut hat. Wir wollen nicht, dass sie sich Sorgen macht.«

»Ja, Daddy.« Sie gab ihm einen Kuss auf die Wange und flitzte wieder die Treppe hinauf.

»Vielen Dank«, sagte ich zu ihm. »Ich weiß, dass das nicht leicht ist.«

»Das ist es tatsächlich nicht«, pflichtete er mir bei. »Alice und ich würden alles tun, um dabei zu helfen, Lauras Mörder zu finden. Alles«, betonte er.

JULIE

17

Alice und ich tun so, als würden wir nicht mitkriegen, dass Matt eine ganze Weile mit einer Frau, die ich noch nie gesehen habe, in seinem Arbeitszimmer verschwindet. Sie ist unangekündigt gekommen, als wir fast mit dem Abendessen fertig waren, mit neugierigen Augen und sprödem Betragen, das den Eindruck erweckte, dass sie beruflich hier ist.

Der Abend schleppt sich dahin, während wir in der Küche darauf warten, dass Matt wieder auftaucht. Alice beugt sich über ihren Zeichenblock und malt mit Buntstiften, die laut über das Papier schaben, ein Bild. Ich mache ihr ein Pausenbrot für den nächsten Tag. Als ich fertig bin, wische ich den Küchentresen, bis der Marmor glänzt.

Als ich das Echo von Stimmen im Flur höre, zucke ich zusammen. Dann fällt die Haustür ins Schloss. Schritte verhallen, als Matt zurück in sein Arbeitszimmer geht und die Tür hinter sich zuzieht. Am liebsten würde ich zu ihm eilen, doch Alice war den ganzen Tag sehr anhänglich und will mich in ihrer Nähe wissen. Ich kann keinen Wutanfall gebrauchen. Nicht heute Abend.

Alice macht wie aus heiterem Himmel wieder ins Bett, nach zwei Jahren ohne ein einziges Malheur. Ich bin mit meinem Latein am Ende. Jeden Morgen muss ich einen Haufen Bettwäsche waschen. Matt meint, ich soll kein Wort darüber verlieren. Er hat den Zeichenblock gekauft, um sie zum Malen zu ermutigen und so ihre Ängste auszudrücken. Heute Abend malt sie ein Haus mit gezackten Kanten. Im Haus sind drei Menschen. »Rote Menschen«, nennt sie sie. Jeder ist in einem anderen Zimmer. Ich frage sie, warum. Sie zuckt die Achseln. Dann malt sie, fast wie um mich zu bestrafen, eine vierte Person, diesmal mit einer lilafarbenen Wachsmalkreide, die sie fest ins Papier drückt.

Es ist spät, und ich will Alice gerade sagen, dass es langsam Zeit fürs Bett wird, da kommt Matt in die Küche. Er wuschelt Alice geistesabwesend durchs Haar und geht zur Couch im Wohnzimmer. Er hat ein Glas Whiskey in der Hand, seinem geröteten Gesicht nach zu urteilen, nicht sein erstes. Sein glasiger Blick verrät mir, dass er mit seinen Gedanken ganz woanders ist.

»Es geht um Laura, nicht wahr?«, flüstere ich, als ich mich zu ihm auf die Couch setze. Er nickt und blickt in sein Glas.

»Die Polizei nimmt die Ermittlungen zu ihrem Tod wieder auf. Sie sagen, der Scheißkerl, von dem sie dachten, er hätte sie getötet, war es nicht. Sein Geständnis war gelogen.«

»Wenn er sie nicht umgebracht hat, wer war es dann?«, frage ich und spüre, wie mir vor Schock sämtliches Blut aus dem Gesicht weicht.

»Das wissen sie nicht.« Er klingt nervös. »Das heißt, dass der wahre Mörder noch frei herumläuft. Ich habe das Gefühl, als würde der ganze Albtraum noch einmal von vorn anfangen. Julie, ich weiß nicht, ob ich das ein zweites Mal durchstehe.«

»Diesmal hast du mich, Matt, Schatz.« Ich umarme ihn. »Zusammen schaffen wir das.«

Unsere ganze Ehe hindurch begleitet mich das bedrohliche Gefühl, Laura würde uns aus dem Grab heraus auseinanderreißen. Nie hat sie unsere Ehe fester im Griff gehabt. Doch als ich hier auf der Couch in Matts Armen liege, geht mir auf, dass er jetzt ausnahmsweise mich braucht, um ihm durch eine Krise zu helfen. Vielleicht bringt diese Tragödie uns ironischerweise auch einander näher.

Alice sitzt mit dem Rücken zu uns am Küchentresen und füllt konzentriert ihren Zeichenblock mit Bildern. Ich habe sie zwar nicht zur Welt gebracht, aber ich bin ihre Mutter. Ich halte sie, wenn sie mitten in der Nacht wach wird, helfe ihr bei den Hausaufgaben, lese ihr vor und setze mich zu ihr auf den Boden, um mit ihr zu spielen. Ich bin diejenige, die ihrem tränenreichen Bericht über einen Streit auf dem Schulhof zuhört. Und die sie liebt. Mehr als alles andere.

Wenn meine Ehe auseinanderginge, würde ich Alice verlieren, denn ich bin schließlich nur die Stiefmutter. Doch das werde ich nicht zulassen. Wenn Emily mir Matt wegnähme, würde sie alles zerstören, was ich mir aufgebaut habe. Es sei denn, ich hindere sie daran.

Ich erhebe mich von der Couch, um die Jalousien im Wohnzimmer zuzuziehen und das Haus abzuschließen. Durchs Fenster sehe ich im Dunkeln die goldene Reflexion in den Augen eines Rehs. Das hintere Tor hat sich gelöst, und das Tier ist in den Garten gekommen. Wenn ich es nicht verscheuche, hat es bis zum Morgen unsere Blumenbeete kahl gefressen. Ich gehe auf die Terrasse hinaus.

»Husch, husch.« Ich klatsche in die Hände und mache ein paar Schritte auf das Reh zu. Es bleibt noch einen Moment trotzig stehen, dann dreht es sich um und läuft durch das offene Tor zurück in den Wald. Im Dunkeln durchquere ich den Garten, um das Tor zu schließen.

Der Wald ist voller Schatten. Er ist lebendig und von nächtlicher Musik erfüllt, die ein Crescendo erreicht und wieder abebbt, um erneut anzusteigen. Mein Blick wird vom hypnotischen Wiegen der Bäume gefangen genommen. Plötzlich sehe ich das blutige Gesicht eines Mannes vor mir, der tot auf dem Fahrersitz eines Autos liegt. Ein Schauer der Angst durchfährt mich. Ich haste zurück ins Haus, als wäre jemand hinter mir her.

Matt liegt auf der Couch und schläft tief und fest. Ich lasse ihn dort liegen und dimme nur das Licht. Ich flüstere Alice ins Ohr, dass es jetzt Zeit fürs Bett ist. Sie gehorcht mir ohne Widerrede. Ich lege mich zu ihr und lese ihr ihr Lieblingsbuch über ein Mädchen vor, das ein Goldfisch sein möchte. Als ich aufblicke, lehnt Matt in der Tür und sieht uns zu, während er einen weiteren Whiskey trinkt.

»Danke«, sagt Matt, als wir uns in unserem Zimmer auf der anderen Seite des Flurs zum Schlafengehen fertig machen.

»Wofür?«

»Dass du für mich da bist. Und für Alice.«

»Wir sind eine Familie«, erkläre ich ihm. »Wir sind füreinander da.«

Ich streiche mit der Hand über die Stoppeln an seinem Kinn und beuge mich vor, um ihm einen Kuss zu geben. Mit ungeschickten Fingern knöpfe ich sein Hemd auf. Er drückt mich auf die Matratze. Wir küssen uns grob und wild. So, wie wir uns geküsst haben, bevor Laura verschwand.

18

Als ich meine Notizen zum ersten Gespräch mit Matthew West noch einmal durchging, fielen mir am meisten die Beobachtungen auf, die ich mit Bleistift an den Rand notiert hatte. Sie deuteten an, dass ich ihn sympathisch gefunden hatte. »Aufrichtig« war das Wort, das ich benutzt hatte. Aufrichtigkeit. Danach hält man Ausschau, wenn man potenzielle Verdächtige befragt.

Zu dem Zeitpunkt, als Laura West verschwand, war Matthew West auf einer Psychologiekonferenz am anderen Ende des Staates gewesen. Der Ermittler hatte damals die Bemerkung »praktischerweise?« in seine Fallnotizen geschrieben. Matthew West, so ließ diese Notiz durchblicken, war womöglich zu einer weit entfernten Konferenz gefahren, um sich ein Alibi zu verschaffen. Vielleicht war die Ermordung durch einen Auftragskiller erfolgt; ein Mann will seine Frau loswerden, ohne ihr Unterhalt zahlen zu müssen; er besorgt sich einen, der die Drecksarbeit für ihn erledigt, und stellt sicher, dass er nicht in der Stadt ist und ein wasserdichtes Alibi hat.

Theoretisch durchaus möglich. Doch in der Realität gab es keinen einzigen direkten oder wenigstens indirekten Beweis, der Matthew West mit dem Tod seiner Frau in Verbindung brachte. Die Spurensicherung hatte damals seinen Wagen und sein Haus durchsucht, vorgeblich um zu sehen, ob Laura irgendwelche Hinweise auf ihr Verschwinden hinterlassen hatte. Vielleicht war sie gar nicht entführt worden. Vielleicht war sie weggelaufen. Jede Möglichkeit war überprüft worden. Die Spurensicherung hatte das Haus mit ultraviolettem Licht und fluoreszierendem Spray auf Blutspuren untersucht und nichts gefunden. Es gab kein Anzeichen dafür, dass sich im Haus, in seinem Auto oder in ihrem Auto, als es wenige Tage später verlassen aufgefunden wurde, irgendeine Gewalttat abgespielt hatte. Es wurden keine auffälligen Summen von ihrem gemeinsamen Bankkonto abgehoben, und niemand hatte je eine Lebensversicherung auf Laura West abgeschlossen. Zu allem Überfluss war nicht bekannt, dass ihr Mann ein Motiv hatte, sich ihren Tod zu wünschen. Es gab nicht den Hauch eines Hinweises darauf, dass Matthew West seine Frau auf dem Gewissen hatte.

Sein Alibi war wasserdicht. Zum Zeitpunkt ihres Verschwindens war er Ehrengast auf einer Konferenz in einer zwei Autostunden entfernten Stadt gewesen, an der über hundert Fachleute aus dem Gesundheitswesen teilgenommen hatten, alle führend auf ihrem Gebiet. Wenn es je ein unangreifbares Alibi gegeben hatte, dann seines.

Seine Reaktion wirkte glaubwürdig. Keine einzige Aufnahme der Gespräche zwischen Matthew West und den Medien sowie der Polizei nach Laura Wests Verschwinden ließ vermuten, er könnte irgendetwas anderes als verzweifelt sein, und ich hatte mir die Videos stundenlang angesehen.

Er spielte die Rolle des trauernden Ehemanns auf eine Art, die die Menschen sowohl aufrichtig als auch herzzerreißend fanden. Die Tiefe der Gefühle in seinen Augen, der Schmerz in seiner Stimme, der würdevolle, aber greifbare

Kummer. Das bedeutet einem ermittelnden Detective sehr viel. Man mochte kaum glauben, wie viele Ehegattenmörder nach dem Verbrechen ohne jede Reue agierten oder für die Polizei Krokodilstränen produzierten. Aufrichtigkeit. Matthew West war echt. Entweder das, oder er war ein verdammt guter Schauspieler.

West rief mich gleich als Erstes am Morgen auf dem Handy an. Seine Stimme war ruhig, auch wenn er zu schnell sprach. Er war nervös oder aufgeregt. Ich war mir nicht sicher. Vielleicht beides. Er hatte nicht geschlafen, sagte er. Je länger er über den Schmuck auf den Fotos, die ich ihm am Abend gezeigt hatte, nachdachte, desto überzeugter war er, dass er Laura gehört hatte. Seine Stimme brach, als er ihren Namen nannte.

Als ich ihm vorschlug, gleich aufs Revier zu kommen, entschuldigte er sich. Er hatte den ganzen Vormittag Seminare und Vorlesungen und konnte so kurzfristig keine Vertretung organisieren. Er fragte, ob drei Uhr passen würde. Ich sagte, das sei in Ordnung. Ich konnte die Zeit brauchen, um die alten Fallnotizen durchzugehen und mir eine Strategie für die Befragung zu überlegen. Er war Professor der Psychologie. Vermutlich kannte er sich mit Verhörtechniken besser aus als ich.

Er kam am Nachmittag direkt von der Universität aufs Polizeirevier. Er trug ein Hemd mit offenem Kragen und ein Sakko, keine Krawatte. Seine Augen waren rot gerändert.

Ich ging mit ihm nach oben in ein Besprechungszimmer im zweiten Stock, das eher für Zeugenbefragungen benutzt wurde und nicht für die Vernehmung von Verdächtigen. Es war ein luftiger Raum, der mit gepolsterten Chromstühlen und einem weißen Tisch möbliert war und in den durch ein deckenhohes Fenster das Nachmittagslicht fiel. Er trank Wasser, während er redete. Ich spürte, dass es ihm mehr darum ging, die Spannung aufzulösen, als seinen Durst zu löschen.

»Ich habe letzte Nacht nicht viel Schlaf bekommen«, sagte er. »Ich musste unaufhörlich an Laura denken und was der Scheißkerl ihr angetan hat. So viele Jahre, und sie war keine fünf Kilometer von unserem Haus entfernt vergraben.«

»Ich habe die Absicht, den Mörder zu fassen«, versicherte ich ihm. »Aber ich brauche Ihre Hilfe.«

Die meisten Tötungsdelikte werden von jemandem begangen, der dem Opfer bekannt ist. In den allermeisten Fällen ist es ein naher Angehöriger. Der Ehemann. Oder die Ehefrau. Sie sind leicht zu fassen, denn Beweise gibt es immer, man muss nur tief genug graben. Ich hatte schon Fälle, bei denen wir uns alte Suchverläufe im Internetbrowser angesehen hatten und einen Ehemann fanden, der, drei Monate bevor seine Frau von einem angeblichen Einbrecher erstickt worden war, der im matschigen Garten nicht einen einzigen Fußabdruck hinterlassen hatte, »Erstickungstechniken« gegoogelt hatte.

Oft gibt es auch eine Spur des Geldes: ungewöhnliche Überweisungen oder ein weitblickendes Zusammenziehen von Vermögenswerten, wodurch man nach einem extrem vorzeitigen Tod – den der Ehepartner unmöglich hätte vorhersehen können, es sei denn, sie oder er hat ihn herbeigeführt – Probleme bei der Testamentseröffnung umging.

Ich halte immer Ausschau nach einem naheliegenden Motiv. In diesem Fall war das eine Sackgasse. Kein Motiv. Keine Gelegenheit. Nicht einmal Indizienbeweise.

Viele grundlegende Informationen aus der Zeit von

Laura Wests Verschwinden, die ich gern gehabt hätte, waren nie gesammelt worden. Der damalige Ermittler schien Matthew West hart angegangen zu sein. Ich hatte den Verdacht, das lag daran, dass er gern wettete und sich an die größte Wahrscheinlichkeit gehalten hatte: Der Ehemann war's.

Das Problem war, dass er keine anderen potenziellen Verdächtigen ins Visier genommen hatte und kaum etwas getan hatte, um die geheimen Ecken im Leben von Laura West zu beleuchten: Was war außerhalb ihrer Ehe vor sich gegangen? Wo hatten ihre menschlichen Schwächen gelegen? Wovon war Laura West besessen gewesen? Was hatte sie in der Nacht wach gehalten? Er hatte nicht danach gefragt. Solche Lücken machten es sehr schwer, einen alten Fall Jahre später noch einmal aufzurollen.

»Sie haben an dem Tag, als Laura verschwand, als Redner an einer Konferenz teilgenommen?« Ich blickte von der Akte auf, während ich Matthew West die Frage stellte.

»Ja«, sagte er. »Ich habe dort einen Vortrag gehalten.«

»Erinnern Sie sich noch, wie Sie zu der Konferenz in Charlotte gekommen sind?«

»Ich bin am Freitagabend mit dem Auto hingefahren und am Sonntagnachmittag zurückgekommen. Da habe ich festgestellt, dass Laura verschwunden war.«

»Warum sind Sie gefahren und nicht geflogen? Mit dem Flugzeug wären Sie in der halben Zeit dort gewesen.«

»Ich liebe Autofahren«, sagte er. »Es entspannt mich. Bei zwei Stunden Fahrtzeit ist es reiner Zufall, ob man mit dem Flugzeug oder mit dem Auto schneller ist, besonders wenn das Flugzeug Verspätung hat.«

»Stimmt«, pflichtete ich ihm bei. »Flüge können länger dauern als geplant, zumal die Flughafensicherheit heutzutage so großgeschrieben wird. Manchmal ist es weniger Zirkus, das Auto zu nehmen.« Er hob eine Augenbraue, wie um zu fragen, ob das alles wäre, was ich an Spiegelungstechnik draufhätte.

»Ist noch jemand mit Ihnen gefahren?«

»Nein«, sagte er ohne Zögern. »Ich bin am Freitagabend allein hochgefahren und am Sonntag nach dem Mittagessen auch allein wieder zurück.«

»Wann war Ihr Vortrag auf der Konferenz?«

»Am Samstag. Um die Mittagszeit. Ich weiß nicht mehr, ob vor oder nach dem Mittagessen. Jedenfalls zu einer Zeit, wo die Leute entweder keine Lust haben zuzuhören, weil sie hungrig sind, oder gerade gegessen haben und am liebsten eindösen würden.«

»Sind Sie sicher, was die Zeit angeht?«

»So sicher, wie ich mir bei etwas, was so lange her ist, sein kann. Ich halte auf einem Dutzend Konferenzen im Jahr Vorträge. Nach einer Weile verschwimmt alles miteinander.«

»Erinnern Sie sich, was Sie nach Ihrem Vortrag gemacht haben?«, fragte ich.

»Es gab Workshops. Andere Vorträge. Wahrscheinlich habe ich mich beim Kaffee mit Kollegen unterhalten, um Kontakte zu pflegen. Das mache ich normalerweise auf solchen Veranstaltungen.«

»Das sind Allgemeinplätze. Mag sein, dass Sie irgendetwas davon getan haben, mag auch nicht sein. Können Sie etwas detaillierter Auskunft geben über Ihre Schritte an diesem Tag? Vielleicht erinnern Sie sich an die Namen von Kollegen, mit denen Sie sich unterhalten haben?«

»Nein«, antwortete er. »Unmöglich. Das ist Jahre her. Ich erinnere mich nicht einmal daran, was ich letzten Monat gemacht habe, ganz zu schweigen von einer Konferenz vor so vielen Jahren. Das steht doch sicher alles in den Akten? Die Polizei hat mich damals ausführlich befragt.« Er zeigte auf die Aktenmappe voller Eselsohren, die vor mir auf dem Tisch lag.

»Der leitende Ermittlungsbeamte von damals ist leider verstorben«, sagte ich. »Dies sind seine alten Akten, doch die Informationen darin sind lückenhaft. Wir haben die Bestätigung dafür, dass Sie auf der Konferenz waren. Wir haben auch die Bestätigung dafür, dass Sie am frühen Samstagnachmittag einen Vortrag gehalten und am Sonntagmorgen an einem gemeinsamen Frühstück teilgenommen haben. Wir haben keine konkrete Bestätigung dafür, dass Sie zwischen Samstagnachmittag und Sonntagmorgen gesehen wurden.«

Das entsprach nicht ganz der Wahrheit. Laut Fallakte hatten sich sogar mehrere Konferenzteilnehmer daran erinnert, Matthew West am Samstagnachmittag und beim Dinner am Abend gesehen zu haben. Ich unterschlug das jedoch, denn ich wollte sehen, wie er darauf reagierte, dass sein Alibi womöglich wacklig war.

»Ich war das ganze Wochenende auf der Konferenz«, beharrte er. »Ich war beim Dinner und bei den meisten Vorträgen. Ich hätte meine Frau und meine neugeborene Tochter bestimmt nicht allein gelassen, um eine Konferenz zu besuchen, und dann blaugemacht.«

»Das verstehe ich«, sagte ich. »Können Sie sich daran erinnern, was genau Sie an dem Nachmittag nach Ihrem Vortrag gemacht haben?«

»Jahre später? Ich wünschte, ich könnte es Ihnen sagen, aber selbst mein Gedächtnis ist nicht *so* gut.« Er stand auf, ging zum Fenster und warf durch die Jalousien einen Blick auf die Straße. Ein Muskel an seinem Kiefer zuckte. Er versuchte ganz offensichtlich, sich zu beruhigen.

»Glauben Sie im Ernst, ich hätte Laura umgebracht?« Er drehte sich um und sah mich direkt an. Ich sagte nichts. »Es lief toll zwischen uns. Wir hatten nach Jahren gerade unser erstes Kind bekommen. Wir waren seit dem Studium zusammen. Wir waren ... es klingt abgedroschen, aber wir waren Seelenverwandte. Warum vergeuden Sie Ihre Zeit mit mir, wo Sie doch eigentlich ihren Mörder suchen sollten?«

»Professor West, bitte missverstehen Sie meine Fragen nicht als Schlussfolgerungen. Ich ziehe keine Schlussfolgerungen. Ich deute nicht an, dass Sie etwas mit der Ermordung Ihrer Frau zu tun hatten. Ich weise nur darauf hin, dass es an dem Wochenende eine gewisse Zeitspanne gibt, die nicht ganz geklärt ist, und es wäre hilfreich, wenn Sie mir ein paar Einzelheiten nennen könnten, damit ich Ihre Schritte nachvollziehen kann.«

»Wenn Sie mich nicht im Verdacht haben, Laura umgebracht zu haben, warum müssen Sie meine Schritte nachvollziehen?«

»Weil ich Sie«, antwortete ich geduldig, »offiziell als Verdächtigen ausschließen muss, damit ich meine Zeit und meine Energie darauf verwenden kann, den Täter zu finden.«

»Tut mir leid.« Klappernd stellte er sein Glas ab und setzte sich wieder. »Ich will nur nicht, dass noch mehr Zeit vergeudet wird, während Lauras Mörder frei herumläuft.«

»Deswegen möchte ich diese ersten Gespräche auch so schnell wie möglich abhaken. Also nehmen Sie sich bitte einen Augenblick, um darüber nachzudenken, ob jemand bestätigen kann, wo Sie an dem Wochenende, an dem Ihre

Frau umgebracht wurde, zwischen Samstagnachmittag und Sonntagmorgen waren.«

»Vieles aus dieser Phase damals habe ich ausgeblendet; ich glaube, um mich vor dem Trauma zu schützen«, sagte er nach einem Augenblick. »Ich brauche mehr Zeit, um Erinnerungen hervorzukramen.«

»Ein paar Informationen aus den ursprünglichen Ermittlungen helfen Ihrem Gedächtnis vielleicht auf die Sprünge.« Ich schlug die Akte auf.

»Zum Beispiel?«

»Ist Ihnen bewusst, dass eine Zahlung mit Ihrer Kreditkarte nahelegt, dass Sie an dem Samstag der Konferenz gegen sechzehn Uhr gut dreißig Kilometer von zu Hause entfernt getankt haben?«

»Das ist unmöglich«, sagte er. »Zu der Zeit war ich in Charlotte. Vielleicht habe ich auf dem Weg nach Charlotte getankt, und die Tankstelle hat die Zahlung verspätet abgebucht?«

»Vielleicht«, räumte ich ein.

»Vielleicht hat auch Laura getankt. Sie hat manchmal meine American-Express-Karte benutzt, wegen der Punkte. Sie hatte drei Kreditkarten bei sich, als sie verschwand.«

»Ja«, sagte ich, »das steht auch in der Akte. Erinnern Sie sich, ob Lauras Karten nach ihrem Verschwinden noch benutzt wurden?«

Er schüttelte den Kopf. »Sie wurden nie wieder benutzt.«

»Haben Sie ihre Kreditkarten gesperrt, nachdem klar war, dass sie verschwunden war?«

»Daran habe ich nicht gedacht. Es war stressig, mit Lauras Verschwinden klarzukommen: die Polizei, die Medien, die Wolke der Verdächtigungen, die unerklärlicherweise über mir hing. Und dann musste ich mich um ein Baby kümmern. Alice hat, wie mir scheint, nie geschlafen. Sie hatte Koliken und schrie stundenlang, und sie vermisste Laura schrecklich. Die ersten paar Tage ist es mir gar nicht ins Bewusstsein gedrungen, dass Laura etwas Schlimmes zugestoßen sein könnte.«

Er trank einen Schluck Wasser.

»Um Ihnen die Wahrheit zu sagen, Detective, ich dachte, sie bräuchte vielleicht eine Auszeit«, sagte er. »Laura war so.«

»Wie?«

»Wie ein Dampfkochtopf«, antwortete er. »Alles staute sich an, bis sie es nicht mehr aushalten konnte, und dann ging oder fuhr sie irgendwohin, um sich wieder zu sammeln. Als sie nicht nach Hause kam, dachte ich, das wäre passiert. Ich bin gar nicht auf den Gedanken gekommen, sie könnte entführt und ermordet worden sein. Also habe ich auch ihre Kreditkarten nicht sperren lassen. Was, wenn sie irgendwo wäre und eine Fahrkarte nach Hause kaufen müsste? Oder etwas zu essen bräuchte? Ich ließ ihr die Kreditkarten für den Fall, dass sie sie brauchte.«

»Und sie wurden nie wieder benutzt? Kein einziges Mal?«

»Nein, nie wieder«, sagte er. »Ich habe mir weiter eingebildet, sie würde jede Minute zur Tür hereinspazieren. So verging ein Tag nach dem anderen, und dann noch einer, und es gab keine Spur von ihr. Ich habe immer noch Ausflüchte gemacht. Sie hatte einen Zusammenbruch. Sie war in einem Dämmerzustand. Sie hatte die Zeit aus den Augen verloren. Erst als man das Auto fand – das war vier oder fünf Tage nach ihrem Verschwinden –, begriff ich, dass sie womöglich nicht zurückkommen würde.«

»Sie haben erwähnt, dass sie manchmal wegfuhr«, warf ich ein. »Wohin ging sie dann?«

»In das Strandhaus einer Freundin auf Hilton Head Island. Oder in die Wohnung einer alten Collegefreundin in Manhattan. Einmal flog sie übers Wochenende nach Amsterdam. Es gab keinen festen Ort. Sie ging einfach irgendwohin, je nach Stimmung.«

»Verschwand Laura nach der Geburt Ihrer Tochter häufig auf solche Reisen?«

Er machte eine Pause, als würde er über die Frage nachdenken. »Eigentlich nicht. Vielleicht mal einen Tag hier oder da, aber Laura hätte Alice nie für länger als ein, zwei Tage alleingelassen. Sie hat sie geliebt. Und sie ging nie weg, ohne es mir zu sagen und sich um einen Babysitter zu kümmern.«

Mein Handy vibrierte. Eine SMS von Sammy. *»Joe hat mich beschimpft, Mom. Und nur damit du Bescheid weißt, er ist vom Unterricht ausgeschlossen worden.«* Ich seufzte. Es würde ein langer Abend werden, wenn ich nach Hause kam.

»Zurück zur Konferenz.« Ich wandte mich wieder meinem Notizblock zu. »Erinnern Sie sich, ob Sie an dem Galadinner am Samstagabend teilgenommen haben? Ich glaube, es fand in einem französischen Restaurant statt.« Ich sah in der Akte nach. *»Chez Marcel?«*

»Ich habe keine besonderen Erinnerungen daran. Aber ich bin mir sicher, dass ich dort war. Ich nehme bei solchen Konferenzen eigentlich immer am Dinner teil. Es ist unhöflich, dort nicht zu erscheinen, besonders wenn man einen Vortrag gehalten hat. Normalerweise werden dort Gruppenfotos gemacht. Vielleicht haben die Organisatoren diese Fotos noch?«

»Das werde ich überprüfen«, sagte ich. »Wann haben Sie erfahren, dass Laura vermisst wurde?« Ich änderte bewusst die Taktik. Ich musste es mit seinen eigenen Worten hören, ohne dass er Zeit hatte, über die Antwort nachzudenken.

»Von der Babysitterin«, sagte er. »Wir hatten eine Frau, die sich um Alice kümmerte. Sie rief mich am Sonntagmorgen an, um mir zu sagen, dass Laura nicht da sei. Dass unser Bett aussehe, als habe niemand darin geschlafen.«

»Was haben Sie gemacht?«

»Nichts«, antwortete er. »Ich habe ihr erklärt, Laura sei wahrscheinlich am Samstag spät nach Hause gekommen und früh am Sonntag wieder weggegangen. Laura hat an einem Forschungsbericht geschrieben, und sie hat nie zu Hause gearbeitet. Da wurde sie zu oft unterbrochen. Sie hat immer in der Universität gearbeitet, selbst am Wochenende. Sie fand, an einem Samstagnachmittag oder Sonntagvormittag sei der Campus der ruhigste Ort auf der Welt.«

»Sie haben sich keine Sorgen um Laura gemacht, als man Ihnen sagte, sie sei nicht da?«

»Nicht im Geringsten. Mrs Dellamore auch nicht, wenn ich mich recht erinnere. Sie war ein wenig ungehalten, weil sie davon ausgegangen war, der Babysittingjob wäre am Sonntagmittag zu Ende, und da Laura ihre Anrufe nicht entgegennahm und ich in Charlotte war, musste sie mindestens noch bis zum Nachmittag bleiben. Ich bot ihr an, ihr wegen der Unannehmlichkeiten mehr Geld zu geben. Das war alles.«

»Ihr Gespräch mit der Babysitterin war also eher geschäftlicher Natur?«

»Ja, das kann man so sagen«, meinte er. »Als Mrs Dellamore mich anrief, sind wir ... bin ich nicht davon ausgegangen, dass Laura etwas passiert sein könnte. Es ging eher darum, Mrs Dellamore zu beruhigen. Sie war verärgert, dass wir ihre Pläne fürs Wochenende durchkreuzten.«

»Wissen Sie noch, wann Sie anfingen, sich Sorgen zu machen?«

»Das war auf der Heimfahrt von Charlotte am Sonntagnachmittag. Ich erinnere mich nicht mehr an die Uhrzeit, aber ich bin mir ziemlich sicher, dass es noch hell war. Da rief Mrs Dellamore mich noch einmal an. Sie sagte, sie habe immer noch kein Wort von Laura gehört und sie müsse wirklich bald weg. Ich sagte ihr, ich sei spätestens in einer Stunde daheim. Mir fiel kein einziger Grund ein, warum Laura sich seit inzwischen vierundzwanzig Stunden nicht gemeldet hatte. Selbst wenn sie in ihre Arbeit vertieft gewesen wäre, hätte sie daheim angerufen, um zu hören, wie es Alice ging.«

»Warum haben Sie nicht in dem Konferenzhotel übernachtet?«, fragte ich plötzlich.

»Verzeihung?« Überrascht über den Themenwechsel blickte er auf.

»In Charlotte. Sie haben gesagt, Sie gehen hauptsächlich zu diesen Konferenzen, um Kontakte zu pflegen, und doch haben Sie nicht in dem Hotel übernachtet, in dem die Veranstaltung stattfand. Warum nicht?«

»Ich kann mich nicht erinnern. Es ist lange her. Vielleicht hatten sie an dem Wochenende keine Zimmer mehr frei, und ich musste in ein anderes Hotel ausweichen.«

»Vielleicht«, sagte ich. Ich hatte das bereits überprüft: Das betreffende Hotel war an dem Wochenende nicht ausgebucht gewesen. »Wenn Sie nicht im Konferenzhotel gewohnt haben, wäre es logisch gewesen, in der Nähe unterzukommen. In einem Hotel, das nur wenige Gehminuten entfernt liegt.«

»Ja, das klingt sinnvoll«, räumte er ein.

»Und doch haben sie im Clairmont gewohnt.« Das war ein Boutiquehotel am anderen Ende der Stadt, das einzelne kleine Villen vermiete, die in einem Garten verteilt waren. Auf der Webseite wurde es als romantisches Refugium für Paare vermarktet. Privatsphäre garantiert.

»Warum sind Sie im Clairmont abgestiegen?«

»Keine Ahnung«, entgegnete er rasch. »Normalerweise bucht mein Reisebüro für mich. Manchmal hat auch Laura gebucht, wenn sie mich begleitet hat. Ach so«, sagte er, als fiele ihm plötzlich etwas ein, »das ist vermutlich der Grund. Laura muss das Hotel gebucht haben. Sie hätte ursprünglich auch einen Vortrag auf der Konferenz halten sollen. Laura war sehr wählerisch, was Hotels anging. Wenn meine Erinnerung mich nicht täuscht, bot das Clairmont geräumige Zimmer und Privatsphäre. Mit dem Baby wäre es ideal gewesen.«

»Wissen Sie noch, warum Ihre Frau ihren Vortrag auf der Konferenz zurückzog?« Diese Information war mir neu.

»Himmel, ich wünschte, sie wäre mitgekommen.« Er rieb sich die Schläfen. »Wenn sie mit mir hingefahren wäre, wäre das alles nicht passiert.«

»Warum ist sie nicht mitgekommen?«, hakte ich nach.

»Das weiß ich wirklich nicht mehr. Wissen *Sie* noch, was vor fünf Jahren war?«

Ich wusste jedenfalls noch genau, was vor vier Jahren war. Den Tag, an dem Danny getötet wurde, habe ich bis ins letzte Detail in Erinnerung. Was ich in den Minuten, bevor er erschossen wurde, gemacht habe. Wo genau ich in dem Moment war, in dem er blutend am Straßenrand lag. Wo ich war, als die Sanitäter ihn mit dem Defibrillator ins Leben zurückholen wollten. Ich erinnerte mich an diesen Tag, als wäre er in Zeitlupe abgelaufen.

Ja, es war ein paar Jahre her. Ja, wer weiß schon, was er vor einem Monat gemacht hat, ganz zu schweigen von vor einigen Jahren? Doch wenn die oder der »Seelenverwandte« verschwindet und womöglich ermordet worden ist, dann brennt sich jede Sekunde jedes Augenblicks des betreffenden Tages für immer in die Erinnerung ein. Und wissen Sie, warum? Aus Schuldgefühlen. Wer überlebt, fragt sich immer, was sie oder er hätte anders machen können, um den Lauf der Dinge zu beeinflussen.

Deswegen glaubte ich Matthew West nicht recht, als er sagte, er könne sich nicht erinnern, was er an dem Tag, an dem seine Frau verschwand, gemacht hatte. Es war der einzige Teil seiner Geschichte, der nicht glaubhaft klang.

»Es tut mir leid«, sagte er. »Ich erinnere mich wirklich nicht mehr, warum Laura nicht mit zur Konferenz fuhr. Es war ein hartes Jahr für sie; sie musste sich daran gewöhnen, ein Baby zu haben. Sie versuchte, ihr Arbeitspensum zu reduzieren, und solche Vorträge auf Konferenzen erfordern einiges an Vorbereitung. Wahrscheinlich hat Laura abgesagt, weil es zu viel war.«

»Hat Laura gern Zeit draußen auf dem Land verbracht?« Wieder wechselte ich das Thema. »Mit Wandern oder Reiten?«

»Nein«, antwortete er mit Nachdruck. »Laura war keine, die es in die Natur zog. Sie war hellhäutig. Sie bekam leicht einen Sonnenbrand, deswegen mied sie die Sonne. Und sie war allergisch gegen Tierhaare. Wir mussten, als wir heirateten, meinen Hund abgeben. Warum fragen Sie?«

»Die Leiche, die wir im Kellers Way gefunden haben, trug Reitkleidung«, sagte ich.

»Reitkleidung?«

»Die Leiche war mit kniehohen schwarzen Stiefeln mit schweren Absätzen bekleidet, wie sie beim Reiten getragen werden. Und mit einer maßgeschneiderten Reitjacke.«

»Laura hatte Angst vor Pferden«, sagte er. »Sind Sie sich sicher?«

»Ja, wir sind uns recht sicher«, sagte ich. »Im Profil der Stiefel wurden Spuren von Pferdedung und Heu gefunden. Es scheint sehr wahrscheinlich, dass Laura sich kurz vor ihrem Tod irgendwo aufgehalten hat, wo Pferde waren.«

JULIE

19

Sobald ich ihren Stundenplan habe, ist es ganz einfach, Emily auf dem Campus aufzuspüren. Danke, Matt, dass du so sorgfältige Aufzeichnungen über deine Studierenden führst.

An den meisten Tagen hat Emily von neun bis elf zwei Veranstaltungen hintereinander. Ich bin ein paar Minuten vor elf da und warte auf einer Bank aus poliertem Holz vor dem Hörsaal der psychologischen Fakultät auf sie.

Nicht einmal Matt würde mich erkennen, wenn er im Flur an mir vorüberginge. Ich trage ein College-Sweatshirt, das ich im Campusladen bar bezahlt habe, und eine Baseballmütze über einer schulterlangen hellbraunen Echthaarperücke, die ich mir bei einem Kostümverleih besorgt habe. Mein Gesicht wird von einer marineblauen Brille mit Fensterglas gerahmt, in einer Discountdrogerie am anderen Ende der Stadt erstanden.

Ich unterdrücke ein Gähnen, während ich darauf warte, dass Emilys Vorlesung zu Ende geht. Ich habe schlecht geschlafen letzte Nacht, geplagt von den neuesten Gräben, die sich in unserer Ehe aufgetan haben. Gegen eine Tote habe ich keine Chance.

Matt trauert wieder um Laura. Und wer könnte ihn da besser trösten als Emily? Ihre Ähnlichkeit mit Laura ist unheimlich. Was meine Entschlossenheit, um Matt zu kämpfen, nur noch stärkt. Ich werde Alice nicht verlieren, nur weil dieses Flittchen sich meinen Mann schnappen will.

Pünktlich zur vollen Stunde schwingen die Hörsaaltüren auf, und die Studierenden strömen heraus. Emily kommt ganz zum Schluss, tief ins Gespräch mit zwei anderen jungen Frauen vertieft.

Als sie das Gebäude verlassen, reihe ich mich hinter ihnen ein. Sie überqueren den Innenhof und halten auf ein Campuscafé zu, wo Emily und ihre Freundinnen sich draußen an einen Tisch setzen. Ich nehme an einem Nachbartisch Platz, mit dem Rücken zu ihnen. Ich klappe meinen Laptop auf und tue so, als würde ich arbeiten, aber in Wirklichkeit lausche ich auf jedes Wort.

Eine von ihnen geht ins Café und kommt mit drei Kaffee auf einem Papptablett zurück. Sie unterhalten sich hauptsächlich über eine Gruppenarbeit. Lang und breit diskutieren sie darüber, und was sie da besprechen, ist für meine Zwecke nicht zu gebrauchen. Doch meine Geduld zahlt sich aus, denn als sie ihre kleine Zusammenkunft beenden, fliegt mir ein Informationsfetzen zu, für den es sich gelohnt hat.

»Wir müssen uns noch mal treffen«, meint eine der jungen Frauen mit dem typischen Näseln des Mittleren Westens und seufzt. Sie holt ihr Handy heraus, um auf ihren Kalender zu schauen. »Wie wäre es mit Donnerstag um sechs?«

»Da kann ich nicht«, sagt Emily, »da gebe ich Ballettunterricht.«

»Verdammt, Em. Ich dachte, du unterrichtest nur montags und samstags?«

»Sie haben mich gefragt, ob ich bis zum Ende des Semesters donnerstags aushelfen kann. Eine Lehrerin hat einen Sehnenriss und kann sechs Wochen nicht unterrichten.«

Ich lege diese Information in Gedanken ab und folge Emily zu ihrer nächsten Veranstaltung. Während ich vor dem Hörsaal warte, telefoniere ich sämtliche Tanzschulen der Stadt ab.

»Hallo, können Sie mir sagen, welche Ballettklasse Emily unterrichtet?«, frage ich wiederholt. Beim vierten Anruf lande ich den Jackpot.

»Emily«, antwortet die Empfangsdame. »Emily unterrichtet am Samstagmorgen und am Montagabend. Und ... warten Sie mal kurz«, sagt die Frau und macht eine Pause, während sie auf ihrem Computer nachsieht. »Sie unterrichtet jetzt auch donnerstags, bis 19:30 Uhr.«

»Emily Morrison?«, frage ich, um sicherzugehen, dass wir von derselben Emily sprechen.

»Ja, richtig«, bestätigt die Frau. »Emily ist eine wunderbare Lehrerin, besonders bei den Kleinen.«

»Das habe ich gehört«, sage ich begeistert, während ich mir alles notiere.

Als Emily aus der Vorlesung kommt, geht sie mit ein paar anderen direkt in die Mensa, zwei jungen Frauen und einem Typ, alle ungefähr in ihrem Alter. Emily zeigt kein Interesse an dem Kommilitonen, der sowieso ihrer zierlichen blonden Freundin viel zu viel Aufmerksamkeit widmet. Sie nehmen an einem leeren Ecktisch Platz und gehen nacheinander zur Selbstbedienungstheke, um sich ihr Mittagessen zu holen. Ich kriege keinen Platz an einem Tisch in ihrer Nähe, von wo aus ich sie belauschen könnte, sondern bin gezwungen, sie aus der Ferne zu beobachten.

Nach dem Mittagessen geht Emily ins Fitnesscenter. Als sie in einem Umkleideraum am Ende des Flurs verschwindet, sehe ich mir den Kursplan neben der Rezeption an der Wand an. Ein paar Minuten später taucht sie in pastellfarbener Yogakleidung wieder auf und eilt zu einem Hot-Yoga-Kurs in den ersten Kursraum. Der Kurs dauert eine Stunde. Ich bin hin- und hergerissen. Ich würde unglaublich gern bleiben, aber ich muss Alice bald von der Schule abholen.

Tag zwei ist nicht viel anders. Emily isst in der Mensa zu Mittag, ein paar Tische von da, wo Matt mit zwei Kollegen sitzt, einem Psychologieprofessor aus seiner Abteilung, den ich von den Weihnachtsfeiern kenne, und Kate, der wissenschaftlichen Mitarbeiterin, die ich in seinem Büro kennengelernt habe. Sie trägt wieder die überdimensionierte Brille und hat ihr strohblondes Haar mit einer braunen Spange oben auf dem Kopf zu einem Knoten geschlungen.

Matt isst Backhähnchen und Kartoffelbrei. Das macht mich wahnsinnig. Erst letzte Woche hat er seinen Cholesterinspiegel bestimmen lassen, und der Arzt hat ihn gewarnt, dass seine Triglyceride erhöht sind. Und jetzt haut er sich die ungesündeste Mahlzeit auf der ganzen Mensa-Speisekarte rein. Ich bin so sauer, dass ich mich wirklich sehr zusammenreißen muss, um nicht rüberzugehen und ihm den Teller wegzuziehen.

Noch saurer werde ich, als ich mitkriege, wie Emily Matt von ihrem Platz aus anstrahlt. Er beachtet sie gar nicht und beißt in sein Hühnchen. Ich bin erleichtert über diesen Mangel an Interesse. Dann fällt mir ein, dass das alles nur Fassade ist. Wenn herauskäme, dass er eine Affäre mit einer Studentin hat, könnte die Universität ihn feuern.

Ich beschatte Emily noch ein paar Tage, folge ihr von einer Lehrveranstaltung zur nächsten und ins Fitnesscenter, wo sie jeden Tag hingeht, wenn sie eine Pause hat. Nach und nach setze ich Emilys Alltag zusammen. Zumindest bis 14:30 Uhr. Was sie danach macht, ist mir immer noch ein Rätsel, denn dann muss ich los, um Alice von der Schule abzuholen.

Ich erfahre die Namen von Emilys Freunden und schnappe hier und da etwas über ihr Leben auf. Es ist erstaunlich, wie viel man mitkriegt, wenn man andere belauscht. Ich kaufe mir ein zweites Collegesweatshirt in Komplementärfarben, um unsichtbar zu bleiben, wenn ich tief in Emilys Leben eintauche. Manchmal trage ich eine Baseballmütze. Manchmal nicht. Ich kaufe mir eine eckige Brille, mit der ich ganz anders aussehe als mit der anderen. Ich ändere meinen Look, während ich auf das Ende von Emilys Veranstaltungen warte, damit ich, wenn sie aus dem Hörsaal kommt, ganz anders aussehe als zu dem Zeitpunkt, als sie reingegangen ist.

»Wann lernen wir den neuen Mann in deinem Leben kennen, Em?«, fragt Charmaine, ihre Studienpartnerin, als sie in der Mensa sitzen. Charmaine stammt, wie ich erfahren habe, aus Kalifornien und spricht unablässig davon, auf die University of Southern California zu wechseln, damit sie näher bei ihrem Freund Greg sein kann, der im ersten Jahr Medizin studiert.

»Keine Ahnung. Ich teste ihn noch aus«, versetzt Emily neckend.

Am vierten Tag bin ich im Umkleideraum, als sie aus ihrem Pilateskurs kommt. Ich knöpfe am anderen Ende des Raums meine Bluse zu, während Emily ihren verschwitzen Trikotanzug abstreift, sich ein Handtuch umschlingt und zu den Duschkabinen geht. Als sie wieder die Umkleide betritt, stehe ich am Waschbecken und richte meine Haare.

Sie lässt ihr Handtuch fallen und steht ganz unbefangen vollkommen nackt mitten im Raum, um Spitzenhöschen und tief ausgeschnittenen BH überzustreifen.

Emily hat einen sehr speziellen Stil. Sie trägt Yogahosen mit knappen Hemdchen und Strickjacken, manchmal auch ein Trägerkleid. Ich hab sie noch nie in Jeans gesehen. Ihre Farbpalette bewegt sich in kühlen Pastelltönen. Es macht sie weiblich und superhübsch mit ihren Grübchen und ihrem frischen Teint.

Die Haare trägt sie immer offen, außer beim Training im Fitnessstudio. Das weiß ich, weil ich, nachdem ich sie ein paar Tage beobachtet habe, endlich den Nerv habe, an ihrem Hot-Yoga-Kurs teilzunehmen. Diesmal komme ich als ich selbst, die Haare nach hinten gekämmt und ohne Makeup. Ich komme spät und gehe, bevor der Kurs zu Ende ist. Ich wähle einen Platz hinter ihr, von wo aus ich zusehen kann, wie sie ihren Körper in eine Reihe von Haltungen verdreht, die weit über das hinausgehen, was ich hinkriege.

Ich sitze so nah bei Emily, dass ich wahrnehmen kann, wie Schweißtropfen an ihrem Hals hinunterrinnen und sich in der Lücke zwischen ihren Brüsten sammeln. Ihr widerlich süßer Geruch ist mir quälend vertraut. Matt bringt ihn an den meisten Abenden mit nach Hause ins Bett.

Emilys Adresse ist mir noch ein Rätsel. Eines Tages verabrede ich, dass Alice nach der Schule mit zu einer Freundin nach Hause geht, sodass ich sie nicht abholen muss. Ich hoffe, wenn ich Emily am späten Nachmittag noch ein paar Stunden verfolgen kann, führt sie mich zu ihrer Wohnung. Doch sie geht in die Bibliothek zu einer Marathonsitzung ihrer Studiengruppe.

Verzweifelt verschaffe ich mir noch einmal Zugang zu Matts Computer, während er schläft. Auf der Festplatte finde ich nichts. Er hat ein Lesezeichen für einen Link zu einer Studierenden-Datenbank gesetzt, doch sie ist passwortgeschützt, und was ich ausprobiere, funktioniert alles nicht.

Ich beschließe, zu Plan B zu greifen. Ich hole Alice von der Schule ab und fahre quer durch die Stadt mit ihr zum Ballettstudio. Es liegt auf einem hippen ehemaligen Fabrikgelände im Stadtzentrum, im Umkreis zahlreiche angesagte Kneipen und Cafés. Ganz in der Nähe ist auch der Park, wo ich manchmal am Wochenende mit Alice zum Spielen hingehe.

Alice ist bildhübsch, als sie in weißer Strumpfhose und einem pinkfarbenen Trikotanzug das Ballettstudio betritt. Ihre Haare sind zu Zöpfchen geflochten und mit passenden Bändern gebunden.

Emily kommt in ihren Tanzklamotten, die Haare zu einem Knoten geschlungen. Ihre Haltung ist perfekt, als die ersten Klänge der Musik signalisieren, dass der Unterricht begonnen hat.

Im Laufe der Stunde muss ich widerwillig zugeben, dass Emily eine gute Lehrerin ist. Geduldig korrigiert sie die Fußposition der Kinder und bewegt sanft ihre Körper in die richtige Position an der Stange. Sie gibt klare Anweisungen und verteilt reichlich Lob. »Sehr schön, Alice.« Alice strahlt. »Lana«, sagt Emily. »Deine Arme sind wunderbar. Tu so, als wärst du ein Schmetterling. So ist es richtig, Mädchen. Versuchen wir es noch einmal.«

»Mommy, hast du gesehen, wie ich getanzt habe?«, kreischt Alice, als sie am Ende der Stunde auf mich zugelaufen kommt. Vor Aufregung stolpert sie über die Worte. »Emily hat gesagt, meine Zehen waren perfekt.«

»Du warst toll, Schatz.« Ich helfe ihr am Empfangstresen in ihr Sweatshirt und ziehe den Reißverschluss ganz hoch, bevor wir raus in die abendliche Kälte gehen. Ich habe darauf geachtet, dass wir gleichzeitig mit Emily aufbrechen.

»Darf ich wieder herkommen? Bitte, Mommy. Bitte.«

»Schauen wir mal«, sage ich. Plötzlich strahlt Alice übers ganze Gesicht. Ich muss mich nicht umdrehen, um zu wissen, dass Emily hinter mir ist. Sie hat eine Jeansjacke über ihre Ballettklamotten gezogen.

»Alice hat die Stunde sehr gefallen. Sie sind eine wundervolle Lehrerin«, mache ich ihr ein Kompliment, als wir auf die Straße treten, auf der schon viele abendliche Kneipengänger unterwegs sind. »Das ist ein tolles Viertel. Wohnen Sie in der Nähe?«

»Schön wär's«, antwortet sie mit einem grübchenbewehrten Lächeln, so charmant, dass es beinahe ansteckend ist. »Ich bin Studentin. Ich wohne in einer Uniwohnung oben im Studentenviertel.«

»Das ist ja auf der anderen Seite der Stadt. Sie haben sicher ein Auto.«

»Ich nehme den Bus. Na ja, eigentlich zwei Busse. Es dauert alles in allem eine halbe Stunde, das ist gar nicht so schlecht.«

»Wir wohnen in der Nähe vom Campus. Sollen wir Sie mitnehmen? Ich kann Sie in weniger als fünfzehn Minuten zu Hause absetzen.«

»Das wäre fantastisch«, sagt sie nach kurzem Zögern. Es läuft exakt so, wie ich gehofft hatte.

Wir gehen zu meinem Auto, das einen Block weiter parkt. Auf der Parkuhr sind noch fünf Minuten übrig. Emily öffnet den Knoten in ihrem Haar und lässt es über ihre Schultern fallen. Falls ich noch Zweifel bezüglich ihrer Beziehung mit Matt hatte, lösen sie sich in Wohlgefallen auf, als der Duft von Geißblatt das Auto erfüllt. Der Duft von Matts Betrug.

Während der Fahrt tauschen wir Belanglosigkeiten aus. Wie lange arbeitet sie schon in der Ballettschule? Wo kommt sie ursprünglich her? So in der Art. Sie stellt mir auch Fragen, doch ich weiche aus.

»Eine Seitenstraße der Peterson Avenue«, sagt sie, als wir uns den Unimietshäusern nähern.

»Hier«, sagt sie und zeigt auf ein Gebäude an der Ecke. »Vielleicht sehen wir uns ja nächste Woche wieder.« Sie bedankt sich und winkt beim Aussteigen. Alice lächelt und winkt zurück.

Ich lasse den Motor laufen, während Emily durch den Eingang des Wohnhauses verschwindet. Einen Augenblick später geht in einer Erdgeschosswohnung das Licht an. Die Ballettstunde hat ihren Zweck erfüllt. Ich weiß endlich, wo Emily wohnt.

MEL 20

Wenn die einzige Spur, die man hat, eine Suche nach der Nadel im Heuhaufen erfordert, dann sucht man die Nadel im Heuhaufen. Das ging mir durch den Sinn, als ich auf den Parkplatz eines Reiterhofs ungefähr vierzig Autominuten außerhalb der Stadt fuhr.

»Bleib hier«, sagte ich zu Joe. Er lümmelte auf der Rückbank und gab demonstrativ den gelangweilten Teenager. Meine Worte waren für ihn wie ein rotes Tuch für einen Stier. Augenblicklich stieg er aus dem Auto und folgte mir. Es war das erste Mal seit Tagen, dass er tatsächlich machte, was ich wollte. Diese umgekehrte Psychologie funktionierte verdammt gut.

Das Büro befand sich in einer Hütte, von der aus man einen weiß eingezäunten Platz überblickte, wo ein Reiter mit einem Pferd die verschiedenen Gangarten übte.

»Ist hier jemand?«, rief ich, als wir das holzverkleidete Büro betraten.

Auf einem Whiteboard über dem Tresen waren die Preise für Reitstunden und Ausritte aufgelistet. An den Wänden hingen zerfledderte Poster von Pferden und unzählige verblasste Fotos mit aufgerollten Ecken.

»Komm schon, Mom, das ist der fünfte Reiterhof, auf dem wir heute waren«, beschwerte sich Joe. »Können wir nicht langsam mal heimfahren?«

»Setz dich, Joe.« Ich zeigte auf eine abgewetzte Couch. »Lies eine Zeitschrift oder so.«

Der Besitzer tauchte hinter dem Tresen auf, ein kleiner Mann in den Sechzigern mit rötlichen Wangen und buschigem grauem Haar. Er trug ein kariertes Hemd, eine braune Lederweste, Jeans und kniehohe Stiefel und roch nach Pferden und Schweiß.

»Tut mir leid«, sagte er. »Ich war beim Stallausmisten. Hab Sie nicht gehört. Wollen Sie reiten? Charlie da drüben wäre perfekt für Ihren Jungen.« Er zeigte durchs Fenster auf einen Fuchs, der in einem Pferch neben der Koppel müßig Heu kaute.

»Heute nicht, leider.« Ich zückte meinen Dienstausweis. »Ich habe ein paar Fragen an Sie.« Ich zeigte ihm ein Foto von Laura. »Können Sie sich erinnern, ob diese Frau zu Ihnen zum Reiten gekommen ist? Etwa vor sechs Jahren?«

Aus der oberen rechten Tasche holte er seine Lesebrille.

»Also, ich könnte nicht behaupten, dass ich mich an diese Dame erinnere«, sagte er, »aber um die Zeit rum habe ich einen dreifachen Bypass gelegt bekommen. Am ehesten weiß das wohl meine Tochter Lacey. Ich geh sie mal suchen.«

Joe saß auf der Couch im Büro und starrte ausdruckslos an die Wand. Am Abend zuvor hatten er und Sammy sich furchtbar gestritten, während ich auf dem Revier war und Matthew West befragte. Die Sofakissen waren durchs ganze Haus geflogen, auch durch die Küche, wo ein Kissen die Zuckerdose getroffen hatte. Sie hatten versucht, die Sauerei zu beseitigen, damit ich es nicht merkte, doch sie waren mit Wasser ans Werk gegangen, und als ich nach Hause kam, war der Boden voller Sirup. Ich brauchte zwei Stunden, um alles aufzuwischen, und erklärte meinen Söhnen, das sei ein Paradebeispiel dafür, dass das Vertuschungsmanöver zuweilen schlimmer ist als das Verbrechen.

Das Sahnehäubchen war dann der Schulverweis, den Joe mir in die Hand drückte. Es stand nicht drin, warum er vorübergehend vom Unterricht ausgeschlossen war, aber man bat mich, mich unverzüglich mit der Schule in Verbindung zu setzen. Joes einsilbige Reaktion, als ich ihn fragte, was passiert war, hob meine Stimmung auch nicht gerade. Es war zu spät, um in der Schule anzurufen. Ich verbrachte eine unruhige Nacht. Am Morgen erreichte ich dann endlich den Direktor. Er erklärte mir, Joe habe sich mit einem anderen Jungen eine Schlägerei geliefert und beide seien für eine Woche vom Unterricht suspendiert worden.

Joe tat so, als wäre die Suspendierung eine Art Ehrenabzeichen. Er witzelte, der Direx würde ihm einen Gefallen tun, wenn er ihm eine ganze Woche freigeben würde. Er zog Sammy damit auf, dass er bis zum Mittag schlafen und den ganzen Nachmittag Computerspiele spielen würde, während Sammy in der Schule war.

Das war der Tropfen, der das Fass zum Überlaufen brachte, und ich beschloss, dass Joe mich bei der Arbeit begleiten würde. So konnte ich wenigstens ein Auge auf ihn haben. Wer weiß, vielleicht würde er sogar etwas lernen.

Deswegen war Joe nun mit mir auf der Sommerville Horse Ranch. Sie lag südwestlich der Stadt, gut fünfzehn Kilometer von da, wo man Lauras Wagen gefunden hatte, und mitten in dem Suchgebiet, das ich auf einer Karte umrissen hatte und in dem ich auf sämtlichen Reiterhöfen nach Laura fragen wollte.

Der ältere Mann mit dem rötlichen Gesicht kam durch die Hintertür wieder herein. Er war außer Atem, und sein

Gesicht war wegen der Anstrengung noch eine Spur röter. Hinter ihm trat eine Frau mit kräftiger Statur und einem reizlosen, von schwarzen Locken gerahmten Gesicht ein. Sie trug Jeans und Jeanshemd.

»Das ist Lacey«, keuchte er. »Ich hab ein bisschen gebraucht, bis ich sie gefunden hab. Sie hat auf der oberen Koppel gearbeitet.«

»Ich hab gehört, Sie wollen mir ein Foto zeigen, Detective?«

»Richtig«, sagte ich. »Erinnern Sie sich, ob diese Frau vor ungefähr sechs Jahren hier war?«

Sie betrachtete das Foto von Laura unter dem Licht der Neonröhren an der Decke. »Das Gesicht kommt mir vage bekannt vor. Aber wir haben hier viele Besucher. Es ist schwer, sich an alle zu erinnern«, sagte sie schließlich.

»Gibt es jemanden, der sich vielleicht erinnern könnte?«, fragte ich.

»Sie könnten es bei Dylan versuchen, unserem Reitlehrer. Aber der ist heute nicht hier. Dylan arbeitet nur am Wochenende, es sei denn, jemand hat außer der Reihe eine Reitstunde mit ihm vereinbart.«

»Müssen die Leute ein Anmeldeformular ausfüllen, bevor sie bei Ihnen reiten?«, fragte ich.

»Neue Reiter melden sich an. Wer wiederkommt, unterzeichnet ein Buchungsformular, bevor sie oder er aufs Pferd darf«, antwortete sie. »Für die Versicherung.«

»Wie lange bewahren Sie Ihre Unterlagen auf? Also Kreditkartenbelege, Buchungsformulare, Gästebücher, Verzichtserklärungen. Geschäftsunterlagen. Alles, was Sie haben.«

»Bis uns der Platz ausgeht«, sagte sie. »Wenn es nach Dad ginge, würden wir jeden Fetzen Papier aufheben. Genau wie seine Fotosammlung.« Sie zeigte auf die verblichenen Fotos an der Wand des Büros.

»Meinen Sie, Sie haben noch Unterlagen aus dieser Zeit?«, fragte ich und schrieb das Datum von Laura Wests Verschwinden auf einen Zettel.

»Vielleicht im Keller oben im Haus«, sagte sie. »Im Lager steht ein Stapel Kartons. Ich kann mal nachsehen, aber heute habe ich dafür keine Zeit. Ich melde mich bei Ihnen.«

Als wir rausgingen, kamen wir an einer weiteren Wand mit Fotos von Menschen auf Pferden vorbei. Die meisten waren nicht gerahmt, sondern einfach nur auf eine große Korktafel gepinnt. Einige sahen mit ihren verwaschenen Farben und den Menschen mit altmodischen Klamotten und Frisuren aus, als wären sie viele Jahre alt. Ich ließ auf der Suche nach Laura den Blick darüber schweifen.

»Sie ist nicht dabei«, sagte Joe.

Ich drehte mich überrascht zu ihm um. »Wer?«

»Dein Opfer«, sagte Joe. »Ich hab schon geguckt. Sie ist auf keinem von den Fotos.«

JULIE

21

Das Abendessen bei Anne einmal im Monat ist eine lästige Pflicht, die ich ertragen muss. Tod durch tausend Schnitte. Nicht körperlich. Alles rein emotional. So tickt Matts Mutter. Sie schnippelt genüsslich an mir herum, an meinem Selbstbewusstsein, meinem Seelenfrieden, meinem Glück. Dabei geht sie so behutsam vor mit ihren chirurgisch präzisen Schnitten, dass ihr geliebter Sohn, der bedeutende Psychologe, der sich so viel auf sein Wahrnehmungsvermögen einbildet, es nicht mitbekommt. Er glaubt tatsächlich, sie würde mich mögen. Das hat er einmal zu mir gesagt. Mit aufrichtigem Gesichtsausdruck.

Anne trägt ihr Haar kurz und kleidet sich in neutralen Tönen. Farben sind geschmacklos, absolut Mittelschicht. Sie trägt Weiß, Creme und Taupe. Dazu sehr viel Schmuck, immer geschmackvoll. Immer Gold.

Anne entstammt einer Familie, die auf fünf Generationen von Politikern zurückblickt. Ihr Vater war Senator. Sie hat Matts Vater mit einundzwanzig geheiratet. Er war viele Jahre älter als sie, ein kinderloser Witwer, der ein Vermögen damit gemacht hatte, dass er in Boca Raton und Fort Lauderdale Sumpfland kaufte, als das noch schäbige Strandorte waren, wo in den Fünfzigern Arbeiterfamilien aus Miami Urlaub machten. Seit Matts Vater vor zwanzig

Jahren an einem Herzinfarkt starb, kontrolliert sie den Geldhahn. Mit eiserner Faust, möchte ich hinzufügen.

Matt sieht in seiner Mutter eine freundliche Dame Anfang siebzig, voller Energie und übertrieben großzügig mit ihrem Geld und ihrer Zeit. Sie übernimmt sich, erklärt er mir nach jedem Besuch und schüttelt voller Bewunderung den Kopf, wenn wir nach einem unerträglichen Abendessen von Greensboro nach Hause fahren. Er begreift nicht, dass seine Mutter ein Miststück erster Klasse ist. Was haben Mütter an sich, dass ihre Söhne so blind sind für ihre Fehler?

Anne organisiert eine Wohltätigkeitsveranstaltung nach der anderen. Für Matt ist das ein Zeichen ihrer Großzügigkeit. Er kapiert nicht, dass das Ego ist. Reines Ego. Anne liebt es, wenn alle vor ihr zu Kreuze kriechen. Deswegen hat sie bei so vielen Wohltätigkeitsorganisationen die Finger im Spiel. Pure Ironie, denn diese Frau hat keinen einzigen wohltätigen Knochen im Leib.

Glücklicherweise reist Anne im Sommer immer nach Europa oder ins Haus einer Freundin auf Martha's Vineyard. Sie sagt, das Wetter dort ist angenehmer als die ständige Feuchtigkeit, die daheim im Hochsommer herrscht.

Matt biegt in die kreisrunde Auffahrt und parkt unter einer Magnolie. Wir sind ausnahmsweise zeitig da, also kann sie mich zumindest nicht dafür kritisieren, dass wir unpünktlich sind.

Ich trage ein Designer-Wickelkleid. Meine Nägel sind lackiert. Anne findet Frauen, die ihre Nägel nicht lackieren, unkultiviert, also achte ich darauf, vor unserem monatlichen Abendessen zur Maniküre zu gehen, um ihr bloß keine zusätzliche Munition gegen mich zu liefern.

Sie residiert in einem leinenweißen Vorkriegshaus, makellos restauriert und mit antiken Möbeln ausgestattet. Mir ist schleierhaft, warum jemand allein in so einem riesigen Haus wohnen möchte. Anne beharrt darauf, sie habe keinen Anlass, sich zu verkleinern. Noch ein Grund, warum Matt nach jedem Besuch den Kopf schüttelt.

Ich läute an der Tür. Matt ist, das Handy am Ohr, ein Stück zurückgeblieben.

»Hallo, Julie«, sagt Anne und küsst mich unterkühlt auf die Wange. »Was für ein ungewöhnliches Kleid.«

In Matts Ohren – in den Ohren der ganzen Welt – ist das ein Kompliment. In Wirklichkeit sind ihre Worte voller Gift. Anne versteht sich meisterlich darauf, mich in die Schranken zu weisen. Ich bin schrill und unerträglich untere Mittelklasse. Ich kleide mich zu fein. Ich kleide mich zu nachlässig. Ich gebe mir zu viel Mühe. Ich gebe mir nicht genug Mühe. Normalerweise alles zur gleichen Zeit.

»Danke, Anne«, erwidere ich, ohne auf ihren Sarkasmus einzugehen. »Du siehst auch reizend aus.«

»Alice, Schatz.« Ich schiebe meine Tochter behutsam vor. »Sag deiner Großmutter Hallo.«

»Oh, bist du heute nicht bildhübsch«, ruft Anne und küsst Alice auf die Stirn. Sie nimmt sie an der Hand und führt sie ins repräsentative Wohnzimmer. Bald gesellt Matt sich zu uns, und die drei sitzen zusammen auf der Couch und ich allein auf einem Zweisitzer. Alice sieht sehnsüchtig zu mir herüber. Sie würde lieber bei mir sitzen, doch Anne hält sie am Arm fest, als wollte sie sie nie mehr loslassen. Ich schenke Alice ein ermutigendes Lächeln und bedeute ihr mit einer diskreten Geste, bei ihrer Großmutter zu bleiben.

»Matthew«, sagt Anne und betrachtet ihren Sohn. »Du siehst hager aus. Du arbeitest wieder zu viel.«

Er ist zu blöd, um zwischen den Zeilen zu lesen und zu begreifen, dass ihr Kommentar auf mich gemünzt ist. Es ist meine Schuld, dass er erschöpft ist. Und unterernährt. Ich kümmere mich nicht richtig um ihn.

Wenigstens kann sie mich nicht wegen der Kleidung ihrer Enkelin tadeln. Alice trägt ein makelloses, perfekt gebügeltes Kleid. Ich habe ihr Haar zu einem Zopf geflochten. Matt dagegen könnte auch in Unterwäsche kommen, und es würde Anne nicht stören.

Matt hat noch nie etwas falsch gemacht. Außer dass er mich geheiratet hat. Sein einziges Vergehen. Anne war im Ausland, als wir uns verlobten. Sie kam zwei Tage vor der Hochzeit zurück. Ich hatte den deutlichen Eindruck, dass sie nur daran teilgenommen hat, weil es Gerede gegeben hätte, wenn sie sich nicht auf der Hochzeit ihres Sohnes hätte blicken lassen. Anne ist sehr auf den äußeren Schein bedacht, für sie wäre das keine Lappalie gewesen.

Die Hochzeit wurde im engsten Familienkreis gefeiert. Ich hatte keine Familie zum Einladen. Zumindest keine, die ich dabeihaben wollte. Also war es ein kleines Fest. Matts Mutter, sein Bruder Stuart und dessen Frau sowie zwei Cousins von Matt, denen ich vorher noch nie begegnet war und seither auch nicht mehr.

Anne stellte klar, dass sie unsere Heirat geschmacklos fand. Es war zu früh nach Lauras Tod. Ich war zu jung für ihren Sohn. Er ist zwölf Jahre älter als ich. Sie nannte Matt eine ganze Liste von Gründen, warum er mich nicht heiraten sollte. Gott sei Dank hat er nicht auf sie gehört.

Anne und ich haben inzwischen gelernt, einander zu tolerieren, doch das hindert sie nicht daran, mir bei jeder Gelegenheit eins reinzuwürgen.

»Alice ist Laura wie aus dem Gesicht geschnitten, findest

du nicht, Matthew?«, sagt Anne und streicht Alice übers Haar. Zufällig ist heute bei Alice jedes Haar an seinem Platz, denn ich habe sie zwanzig Minuten lang frisiert, bevor wir das Haus verließen. Ich. Nicht Laura.

»Mutter«, sagt Matt warnend, denn er weiß, dass ich mich aufrege, wenn sie über Laura sprechen, als wäre ich gar nicht da. Laura hat Alice zur Welt gebracht, aber jetzt bin ich ihre Mutter. Ich bin diejenige, die sie großzieht. Ich verdiene ein wenig Anerkennung, auch von ihrer Großmutter. Das habe ich Matt nach dem letzten Besuch bei Anne gesagt. Er hat nur genickt und sich nicht weiter darüber ausgelassen. Sie ist der einzige Mensch auf der Welt, vor dem er Angst hat. Er tut alles, um sie bloß nicht aufzuregen.

Anne wechselt rasch das Thema, indem sie Alice fragt, ob sie Lust hat, mit ihr in den Sommerferien nach New York zu fahren, um sich ein Musical anzusehen. Alice sagt, sie weiß es nicht, und dann sieht sie mich an, ob ich einverstanden bin. Es bringt mich in eine missliche Lage, genau wie Anne es beabsichtigt hat. Wenn ich Nein sage, bin ich gemein. Und wenn ich Ja sage, schicke ich Alice mit einer Großmutter nach New York, die mich nicht leiden kann und zweifellos ihr Möglichstes tun wird, um Alice gegen mich aufzubringen.

Matthew ist so blind für Annes Gemeinheiten, dass ich kein Wort über ihr Verhalten zu ihm sagen kann, ohne dass er mir irgendwie die Schuld gibt. Ich habe keine andere Wahl, als dazusitzen und zu lächeln und es zu erdulden, dass Anne auf mir herumhackt.

Habe ich schon erwähnt, dass auf dem Waschtisch in Annes Schlafzimmer ein silberner Rahmen mit einem Foto von Laura steht? Das Foto befand sich vorher im Wohnzimmer, aber ich glaube, Matt hat mit ihr gesprochen, und daraufhin hat sie es weggenommen. Er weiß, dass ich mich aufrege, wenn mir an jeder Ecke Laura unter die Nase gerieben wird. Anne besitzt sogar ein gerahmtes Foto von Stuarts Frau, der Exstripperin, in einem prüden Hochzeitskleid aus Spitze. Angesichts ihrer zwielichtigen Vergangenheit ist das echt göttlich. Übrigens weiß ich das alles, weil ich einmal in Annes Schlafzimmer gegangen bin, als alle beim Abendessen saßen und ich auf die Toilette musste. Auf ihrem Schrank stand eine Ansammlung von Familienfotos in diversen Silberrahmen. Ich war auf keinem davon. Es gab nicht einmal ein Foto von unserer Hochzeit. Es ist, als hätte Anne befunden, unsere Ehe wäre ohnehin nur von kurzer Dauer und es hätte keinen Sinn, eine dauerhafte Erinnerung an meine Existenz zu verwahren.

Anne hat Laura geliebt. Sie war die Tochter, die sie nie hatte. Sie hat sie in die Vorstände ihrer Wohltätigkeitsorganisationen gebracht. Mich hat sie nicht einmal zu einem Treffen eingeladen. Zum Gedenken an Laura hat Anne eine Stipendienstiftung eingerichtet. Obwohl Matt kein Wort gesagt hat, bin ich überzeugt, dass die Entscheidung, dass ich nicht an dem Stipendiatendinner zum Gedenken an Laura teilnehmen sollte, auf Annes Mist gewachsen ist.

Ich weiß, dass Anne und Laura sich alle zwei Wochen zum Mittagessen getroffen haben. Sie waren, nach allem, was man hört, ein Club zur wechselseitigen Beweihräucherung, was genauso viel über Laura verrät wie über Anne. Doch man soll nicht schlecht von den Toten sprechen.

Heute Abend feuert Anne mehr auf mich als sonst. Matt ist besorgt. Er hat den ärztlichen Leichenbeschauer angerufen, bevor wir zu Hause losgefahren sind. Das Telefonat hat ihn arg mitgenommen.

Ich habe das Gespräch am anderen Haustelefon mitgehört, das ich auf stumm geschaltet hatte, damit Matt nicht mitbekam, dass ich in der Leitung war. Der Leichenbeschauer erklärte Matt, der DNA-Test habe bestätigt, dass die im Kellers Way gefundene Leiche Laura war. Es war damit zu rechnen gewesen, doch es war trotzdem ein Schock. Ich hörte Matt nach Lauras Verletzungen fragen. Hatte sie gelitten? Wo genau war sie begraben gewesen? Wann würde man ihre sterblichen Überreste zur Beisetzung freigeben?

Als der Leichenbeschauer antwortete, sie sei in einem nicht gekennzeichneten Grab im Wald gefunden worden, hatte ich ein verschwommenes Bild von jemandem vor Augen, der mit einer Schaufel ein Loch gräbt. Als diese Person in meiner Vorstellung aufblickte, war ich es. Das Bild hatte mich dermaßen erschüttert, dass ich auf der ganzen Fahrt zu Anne geschwiegen hatte.

Ich erzähle Matt oft meine Träume. Er sagt, es habe therapeutische Wirkung. Doch von diesem Traum erzähle ich ihm nicht, genau wie ich nie mehr die wiederkehrenden Träume von dem toten Mann in dem Auto erwähnt habe, obwohl keine Nacht vergeht, in der sein Bild nicht durch meinen Schlaf geistert. Matt würde mir zweifellos erklären, dass meine Angst falsche Erinnerungen erzeugt. Er würde mir erklären, es wäre an der Zeit, meine Medikamentendosis zu erhöhen. Er weiß nicht, dass ich sie gar nicht regelmäßig nehme. Und er soll es auf keinen Fall erfahren.

Anne hat den Esstisch mit ihrem besten Porzellan und Kristallgläsern gedeckt. Sie findet, man braucht kein wunderschönes Service zu besitzen, wenn man es nie benutzt. Ihr Dienstmädchen bewegt sich unsichtbar zwischen uns, serviert und deckt unsere Teller ab. Ich habe mich nie daran gewöhnt, bedient zu werden. Die einzige Hilfe, die wir zu Hause haben, ist eine Frau, die zweimal die Woche kommt, um zu putzen und zu bügeln. Selbst damit kann ich mich nur schwer anfreunden.

Anne hat heute etwas Trauriges an sich. Matt hat sie angerufen, gleich nachdem er mit dem Leichenbeschauer gesprochen hatte, um ihr zu sagen, dass Lauras Leiche identifiziert worden war.

Nach dem Essen geht Matt mit Anne auf die Veranda hinter dem Haus, um zu reden. Ich setze mich auf einen Lehnstuhl in der Nähe eines offenen Fensters, um ihr Gespräch zu belauschen.

»Die arme Laura. Es bricht mir noch einmal das Herz. Matthew, du siehst schrecklich aus, verhärmt und gestresst. So habe ich dich noch nie erlebt. Ich bitte Emmerson, sich mit der Polizei in Verbindung zu setzen, damit du diese Last nicht allein tragen musst. Wozu hat man denn einen Familienanwalt? Du hast schon alle Hände voll zu tun mit deiner Frau.«

»Nein«, widerspricht Matt ihr. »Ich möchte der Polizei so viel helfen, wie ich nur kann, damit sie den Scheißkerl finden, der Laura das angetan hat.«

»Wenn du meinst.« Anne seufzt. »Vielleicht solltest du ins Haus am See fahren. Ein paar Tage freimachen.«

»Du weißt, dass ich den Ort nicht ausstehen kann, Mutter.«

»Natürlich, Schatz. Habe ich vergessen«, sagt sie. »Ich will nur das Beste für dich. Wenn ich bedenke, wie anders dein Leben wäre, wenn Laura noch leben würde.«

Ihr Tonfall ist wehmütig. Ich laufe ins Bad und drehe den Wasserhahn bis zum Anschlag auf, um mein Schluchzen zu übertönen.

MEL 22

Angela Dellamore lebte in einem einstöckigen Fertighaus mit einem Vorgarten, der anstelle eines Zauns von einer Rosenhecke begrenzt wurde. Es war das einzige gepflegte Haus in einer ansonsten verwahrlosten Straße, wo verrostete Gartenmöbel in dem hoch gewachsenen Gras der Vorgärten standen.

Ich rief vorher an, um sicher zu sein, dass sie zu Hause war. »Ich gehe nur noch selten irgendwohin«, meinte sie. Ich sagte ihr nicht, dass ich kam, um mit ihr über ihre Zeit als Babysitterin im Hause West zu sprechen. Die Details wollte ich lieber persönlich erörtern. Als Joe und ich fünf Reiterhöfe später vor ihrer Haustür standen, duftete es in ihrem Haus wie in einer Bäckerei.

Für Mrs Dellamore waren wir – Polizei hin oder her – Gesellschaft. Sie hatte den Tisch im Esszimmer sorgfältig gedeckt, abwaschbare Plastiktischdecke, ihre besten Servietten kunstvoll gefaltet in einem Porzellanständer. In der Mitte standen ein Krug frischer Limonade, eine Kanne Kaffee, ein Teller mit Bananenmuffins und ein weiterer mit ofenwarmen Schokoladenkeksen.

»Meine Mutter hat mir, lange bevor Sie auf der Welt waren, beigebracht, dass es nicht höflich ist, einem Besucher nichts anzubieten«, sagte sie, als ich meinte, sie hätte sich wirklich nicht so viel Mühe machen müssen.

Ich schätzte sie auf Mitte siebzig. Vielleicht älter. Ihr Haar war in einem hellen Braunton gefärbt, der ihr Alter eher noch betonte als verschleierte. Sie hatte sich für ihre Gäste herausgeputzt, mit einem Twinset und einer Perlenhalskette.

Ihr Haus war makellos. Es war mit Möbeln aus den Sechzigern ausgestattet, die in perfektem Zustand waren, und mit einer zitronengelben Küche aus derselben Zeit. Die Eisengitter vor ihren Fenstern waren das einzige Zeichen dafür, dass sie in dem Viertel mit der höchsten Kriminalitätsrate in der Stadt lebte.

Joe und ich setzten uns an den Esstisch, während Mrs Dellamore um uns herumging und einschenkte. Joe stürzte sich gleich auf die Kekse. Er mochte den harten Teenager rauskehren, so viel er wollte, kaum stand ein Teller mit Keksen auf dem Tisch, war er wieder ganz Kind. So sehr, dass ich ihm, als er sich seinen dritten Keks nahm, einen warnenden Blick zuwarf – denselben Blick, den ich ihm auch schon als Kleinkind zugeworfen hatte.

Sobald wir fertig gegessen hatten, verschwand Mrs Dellamore in der Küche und kam mit einer Dose Kekse für Joe zum Mitnehmen zurück.

»Der Junge wächst noch.« Meine Beteuerung, das sei nicht nötig, tat sie mit einer Handbewegung ab.

»Sie sind aber nicht nur wegen der Kekse gekommen. Was kann ich für Sie tun?« Sie führte mich ins Wohnzimmer, wo sie sich in einen tiefen Sessel sinken ließ, über dem eine bestickte Decke lag.

»Ich ermittle im Fall der Ermordung von Laura West.«

»Laura West«, keuchte sie. »Ach, den Namen habe ich lange nicht mehr gehört. Eine schreckliche Tragödie. Es vergeht kein Tag, an dem ich nicht an die arme Mrs West und ihr wunderschönes Baby denke, das ohne Mutter zurückblieb. Aber ich dachte, der Mörder wäre gefasst worden?«

»Ich führe eine Überprüfung der damaligen Ermittlungen durch«, sagte ich rasch in dem Bemühen, so wenig Einzelheiten wie möglich preiszugeben. »Ich hatte gehofft, Sie könnten mir erzählen, was an dem Wochenende, an dem sie verschwand, passiert ist.«

»Himmel«, sagte sie und rieb sich die Schläfen. »Das ist lange her. Ich will versuchen, mich zu erinnern. Was genau möchten Sie denn wissen?«

»Fangen wir mit ein paar einfachen Sachen an. Können Sie mir sagen, wie lange Sie für die Wests gearbeitet haben?«

»Ich habe ausgeholfen, wenn sie Gäste hatten, das war oft der Fall. Als das Baby da war, bat Mrs West mich manchmal zu babysitten, wenn das Kindermädchen Urlaub hatte.«

»Und das war auch an dem Wochenende so, als Laura West verschwand?«

»Ja«, sagte sie. »Mr West war, wenn ich mich recht erinnere, nicht da. Mrs West beauftragte mich, mich um das Kind zu kümmern. Ich glaube, sie sagte, sie müsse das ganze Wochenende arbeiten.«

»War es lange im Voraus verabredet, oder hat sie Sie kurzfristig gebeten?«

»Also, das weiß ich nicht mehr genau«, sagte sie und schloss die Augen, wie um sich besser erinnern zu können. »Normalerweise hat Mrs. West mich im Voraus gefragt.«

»Erzählen Sie mir, wann Sie Mrs West das letzte Mal gesehen haben.«

»Ich kam am Samstagmorgen. Früh, gleich nach dem Frühstück. Die Kleine war in ihrem Hochstuhl, und Mrs West saß ihr gegenüber und fütterte sie mit püriertem Obst. Als ich reinkam, bat sie mich, das Baby weiterzufüttern, während sie sich oben anzog. Einige Zeit danach kam sie wieder herunter und verabschiedete sich«, sagte Mrs Dellamore, indem sie unwissentlich fast Wort für Wort ihre Zeugenaussage von damals wiederholte.

»Hat sie Sie irgendwann im Laufe des Tages angerufen?«

»Ich glaube, das hat die Polizei mich seinerzeit auch gefragt«, sagte sie. »Wenn meine Erinnerung mich nicht täuscht, hat Mrs West nach dem Mittagessen angerufen, um zu hören, ob die Kleine schlief. Danach hat sie sich nicht mehr gemeldet. Sie hätte gegen vier Uhr zurück sein sollen, damit ich nach Hause fahren und meine Katzen füttern konnte. Wir hatten verabredet, dass ich gegen sechs für die Nacht wiederkommen sollte, damit sie noch einmal ausgehen konnte. Doch dazu kam es nicht, weil Mrs West gar nicht nach Hause zurückkehrte.«

»Was haben Sie gemacht, als sie nicht heimkam?«

»Ich habe gewartet. Ich bin davon ausgegangen, dass sie sich nur verspätete. Nach einer Weile wollte ich sie auf dem Handy anrufen, doch es war ausgeschaltet. Ich glaube, ich habe eine Nachricht hinterlassen. Irgendwann habe ich Mr West angerufen.«

»Und was hat er gesagt?«

»Er sagte, sie sei womöglich so tief in ihre Arbeit versunken, dass sie die Zeit vergessen habe. Er bat mich, zu bleiben, bis sie nach Hause kam.«

»Und das haben Sie dann auch gemacht?«

»Ich rief meine Nachbarin an und bat sie, den Katzen eine Dose Thunfisch rauszustellen. In der Nacht schlief ich auf einer Couch im Kinderzimmer. Die süße Kleine wusste nicht mal, dass ihre Mutter nicht da war.«

»Und am nächsten Morgen? Irgendein Zeichen von Mrs West?«

»Nein.« Sie schüttelte energisch den Kopf. »Ihr Bett sah aus, als hätte niemand darin geschlafen. Ich hatte den Eindruck, dass sie gar nicht nach Hause gekommen war. Ich blieb den ganzen Sonntag. Als sie weder anrief noch auftauchte, rief ich am frühen Sonntagnachmittag Mr West an. Inzwischen machte ich mir große Sorgen.«

»War es ungewöhnlich, dass sie einfach so verschwand? Ohne anzurufen oder nach dem Kind zu fragen?«

»Sie konnte zuweilen ganz in die Arbeit abtauchen, und manchmal vergaß sie auch anzurufen. Deswegen habe ich mir anfangs keine großen Gedanken gemacht. Ich war ein wenig verärgert, aber nicht besorgt.«

»Wissen Sie noch, was sie an dem Tag ihres Verschwindens trug?«

»Eine Hose, vielleicht?« Sie sah mich fragend an, ob ich mit ihrer Antwort zufrieden war. Ich machte ein ausdrucksloses Gesicht. »Ich bin mir nicht sicher«, sagte sie schließlich. »Ich erinnere mich nicht, sie gesehen zu haben, als sie an dem Tag das Haus verließ. Mrs West gehörte nicht zu den Frauen, die in Jeans oder Sportsachen herumliefen. Sie war immer gut gekleidet. Auch am Wochenende.«

»Kommt Ihnen irgendetwas von diesen Sachen bekannt vor?« Ich zeigte ihr Fotos der Kleider, die wir an der Leiche im Kellers Way gefunden hatten. Inzwischen hatte mich die Bestätigung vom Labor erreicht, dass es tatsächlich Laura war.

»Das muss ich mir genauer ansehen.« Sie schaltete eine Lampe ein und setzte die Lesebrille auf, um die Fotos eingehend zu betrachten. »Es tut mir leid. Ich kann es nicht mit Sicherheit sagen.«

»Hat Laura an dem Samstagmorgen, als sie ging, erzählt, wohin sie wollte?«

»Sie sagte, sie würde einkaufen gehen und dann müsste sie arbeiten. Ich nahm an, sie würde dazu in die Universität fahren, doch die Polizei meinte hinterher, sie sei gar nicht dort gewesen.«

»Hatten Sie viel mit ihrem Mann zu tun? Matthew West?«

»Eher weniger«, antwortete Mrs Dellamore. »Er hat mich einmal heimgefahren, als mein Auto in der Werkstatt war. Er fragte, ob er ein paar Rosen aus meinem Garten für Laura haben könne. Der Rosenstrauch stand in voller Blüte und war von oben bis unten mit weißen Blüten bedeckt. Er sagte, weiße Rosen seien die Lieblingsblumen seiner Frau. Ich fand das ganz entzückend.«

»Wie gut haben Sie ihn gekannt?«

»Nicht besonders gut«, sagte sie. »Das ist wohl oft so. Ich kümmere mich um die Kinder und so, da habe ich für gewöhnlich mehr mit der Mutter zu tun als mit dem Vater.«

»Was ist mit der Ehe der Wests? Haben die beiden gestritten, wenn Sie dort waren? Gab es Spannungen zwischen ihnen?«

»Ihre Ehe wirkte stabil«, sagte sie. »Aber man weiß natürlich nie, was hinter geschlossenen Türen vor sich geht.«

»Gab es Männer in Lauras Leben? Abgesehen von ihrem Ehemann natürlich.«

»Ich habe bei den Partys ausgeholfen, die sie im Sommer und an Weihnachten gaben. Schicke Veranstaltungen mit Catering und einem Barmann im Smoking. Also, auf diesen Partys waren Mr und Mrs West unzertrennlich«, sagte Mrs Dellamore mit mehr als einem Hauch Nostalgie in der Stimme. »Ich habe nie erlebt, dass Mrs West Interesse an einem anderen Mann gezeigt hätte als an ihrem Gatten. Nicht auf ihren Partys und auch sonst bei keiner Gelegenheit.«

»Sie haben mir sehr geholfen, Mrs. Dellamore«, sagte ich. »Nur noch eine letzte Frage. Können Sie sich erinnern, ob sich die Beziehung zwischen Mr und Mrs West veränderte, nachdem Laura schwanger wurde? Oder nachdem sie das Kind bekam?«

»Nennen Sie mich ruhig altmodisch, Detective, aber jetzt, da Sie es erwähnen ... Ich fand das äußerst seltsam. Also, Mrs West war nie schwanger.«

JULIE

23

Matt ist spät dran. Mal wieder. Und ich habe keine Ahnung, warum. Er hat es mir nicht gesagt. Er behandelt mich wie eine Hausangestellte. Als hätte ich nicht das Recht, über sein Kommen und Gehen Bescheid zu wissen. Als wäre er mir nichts schuldig.

Ich rufe ihn auf dem Handy an. Es klingelt und klingelt. Er nimmt nicht ab. Als ich das nächste Mal wähle, ist gleich die Voicemail dran. Ich versuche es in seinem Büro. Nichts. Er hat mir keine Nachricht hinterlassen, weder auf meinem Handy noch zu Hause. Er hat es nicht für nötig befunden, anzurufen oder eine SMS zu schicken.

Wenn ich es mir recht überlege, braucht er mir gar nichts zu sagen. Ich weiß längst, wo er ist. Er ist in Emilys Wohnung, in der zweifellos Schwarz-Weiß-Fotos von Balletttänzerinnen hängen und bunte Kissen ihr Studentensofa zieren. Und Matt liegt in ihrem Bett, unter den Laken aus Ökobaumwolle.

Ich bin unglaublich traurig. Und sauer. Ich dachte, die Sache mit Laura würde uns einander näherbringen. Doch Matt ist mir ferner denn je. Es ist, als wäre Laura noch einmal gestorben und er würde wieder trauern. Außer dass er sie diesmal durch ihren Klon Emily wieder zum Leben erwecken kann.

Auf der Heimfahrt von seiner Mutter gestern Abend war

Matt in einer seiner komischen, konzentrierten Stimmungen und hat nicht mit mir geredet. Kein einziges Wort. Ab dem Augenblick, als er den Motor startete, saßen wir in unbehaglichem Schweigen da, bis er das Radio so laut aufdrehte, dass es die seltsame Stimmung übertönte. Das Einzige, was außer der Musik noch zu hören war, waren die leisen Atemzüge von Alice, die auf der Rückbank eingeschlafen war.

Seither hat sich nicht groß was verändert. Wir bewegen uns umeinander herum wie Fremde, die sich zufällig ein Haus teilen.

Ich öffne den Kühlschrank. In der Tür steht eine halbe Flasche Milch, und in einem Fach liegt ein Dreiviertellaib Brot. Ich schütte die Milch in den Ausguss. Das Brot schiebe ich in den Abfallzerkleinerer in der Spüle, bis nur noch die Plastiktüte übrig ist.

»Wir machen einen kleinen Ausflug, Alice«, erkläre ich und schnappe mir meinen Autoschlüssel vom Küchentresen. Sie sitzt im Schlafanzug auf dem Boden, über ihren Zeichenblock gebeugt. »Zieh deine Pantoffeln und deinen Morgenmantel an, damit dir nicht kalt wird.«

»Wo fahren wir hin, Mommy?« Mit einem Stift in der Hand sieht sie mich erwartungsvoll an.

»Wir haben keine Milch und kein Brot mehr«, erkläre ich ihr. »Ich muss kurz in den Supermarkt, sonst haben wir morgen nichts zum Frühstück.«

Den Weg zu Emilys Wohnung finde ich ohne Navi. Sie liegt an einer Straßenecke zwei Blocks vom Campus in einem vierstöckigen Gebäude aus markanten rot gefleckten Backsteinen. Auf dem Rasen vor dem Haus steht eine Weide, und der Weg zur Haustür ist von ordentlich gestutzten Hecken gesäumt.

Ich parke vor dem Gebäude. Die Fenster von Emilys Wohnung sind dunkel. Niemand zu Hause. Vielleicht sind sie auch im Schlafzimmer. Mir dreht sich der Magen um. Nachdem ich eine Minute auf Emilys Fenster gestarrt habe, fahre ich die Straße runter, um Matts Wagen zu suchen. Ich kann seinen Lincoln nirgends entdecken. Das muss nichts heißen. Wahrscheinlich hat er ihn um die Ecke geparkt. Oder auf dem Campus stehen lassen, das sind zu Fuß nur zehn Minuten. Matt ist überaus diskret.

Ich wende und parke auf der gegenüberliegenden Straßenseite von Emilys Wohnung. Jetzt ist Licht in ihrem Wohnzimmer. Durch die geschlossenen Jalousien sehe ich zwei Silhouetten. Ich beobachte Matts und Emilys Schatten, bis Alice' hohe Stimme die Stille durchschneidet wie ein scharfes Messer.

»Mommy! Wann fahren wir endlich zum Laden?«

»In zwei Minuten«, erkläre ich ihr und starte den Motor. Ich fahre zu einem kleinen gepflasterten Platz, um den herum sich Imbissbuden und Cafés reihen. Es herrscht reger Betrieb, hauptsächlich junge Leute. Am Ende des Platzes spielt ein Straßenmusiker auf einer akustischen Gitarre Musik aus den Sechzigern. Ein silbern geschminkter Pantomime sammelt Geld in einem schwarzen Filzhut. Von der anderen Seite des Platzes dröhnt Hip-Hop herüber, aber wegen der Menschenmenge kann ich die Tänzer nicht sehen.

Wir gehen in einen Laden, der rund um die Uhr geöffnet hat, und ich kaufe Milch und Brot. Auf dem Heimweg fahre ich noch einmal langsam an Emilys Wohnung vorbei. Jetzt ist das Licht wieder aus.

Als wir nach Hause kommen, steht Matt im Flur und sieht die Post durch. Er hat den Autoschlüssel noch in der Hand.

»Ich habe mich schon gefragt, wo ihr zwei seid«, sagt er und hebt Alice hoch.

»Wir hatten keine Milch mehr«, sage ich und trage die Einkaufstüte in die Küche.

»Du hättest mich doch bitten können, auf dem Heimweg Milch mitzubringen.«

»Ich hab's versucht. Zweimal. Ich konnte dich nicht erreichen, Matt«, erwidere ich defensiv. Ich bin immer noch sauer, dass er uns ohne die geringste Erklärung den ganzen Abend allein gelassen hat.

»Ich war in einem Meeting.« Er packt die Einkaufstüte aus und stellt die Milch in den Kühlschrank.

»Du bist nicht drangegangen. Und hast nicht auf meine SMS geantwortet.«

»Ich hab vergessen, mein Handy einzuschalten.« Er zuckt entschuldigend die Achseln, was mich noch mehr reizt.

»Worum ging es in dem Meeting?«

»Wir arbeiten am Studienprogramm für die Summer School, und es hat länger gedauert«, antwortet er. »Ich habe dir heute Morgen gesagt, dass ich spät komme.«

»Nein, das hast du nicht«, versetze ich, doch er ist schon in ein Gespräch mit Alice vertieft, während er sie nach oben trägt, um sie ins Bett zu bringen. Ich gehe hoch zum oberen Treppenabsatz und höre zu, wie er ihr eine Gutenachtgeschichte vorliest. Er bringt sie zum Lachen, indem er jede Figur mit einer anderen Stimme spricht.

Ich ziehe mich in die Küche zurück und mache ihm die Hackbällchen warm. Aus dem Gemüsefach hole ich eine Handvoll gewaschenes Gemüse und schnippele es für einen Salat. Das Knirschen der Karotten unter dem Kochmesser ist so laut, dass ich nicht höre, wie Matt näher kommt.

»Ich hab dich vermisst«, sagt er und legt die Arme um meine Taille. Das Messer fällt mir klappernd aus der Hand, und ich drehe mich zu ihm um. Ich ermahne mich, dass seine Zuneigung nur gespielt ist. Der Betrug steht ihm ins Gesicht geschrieben.

»Du siehst müde aus, Julie.« Zärtlich streicht er mir die Haare aus der Stirn.

»Ich schlafe wohl im Moment nicht gut«, sage ich und sehe zu ihm auf. »Bei allem, was gerade los ist.« Ich würde ihm gern sagen, dass mir seine ständigen Stimmungsschwankungen von heiß nach kalt zusetzen, doch ich fürchte, dass er dann nur behaupten würde, das würde ich mir einbilden. Oder ich wäre unsensibel gegenüber seinen emotionalen Bedürfnissen, nachdem Lauras Leiche gefunden worden ist.

»Du musst anständig schlafen«, sagt er entschieden. »Du hast doch nicht etwa deine Medikamente abgesetzt?«

»Natürlich nicht«, sage ich und blicke auf einen winzigen Riss in der Wand hinter ihm, damit er nicht bemerkt, dass ich lüge.

»Wenn du nicht gut schläfst, solltest du vielleicht was nehmen, was dir beim Einschlafen hilft. Vielleicht müssen wir auch die Dosierung erhöhen.«

»Nein, Matt.« Ich versuche nicht so zu klingen, als würde ich betteln. »Ich will morgen früh laufen gehen.« Er weiß, dass ich am nächsten Tag Mühe habe, aus dem Bett zu kommen, wenn ich meine Medikamente nehme.

»Nicht nach dem, was beim letzten Mal passiert ist«, sagt er entschieden. »Du hast immer noch blaue Flecken von dem Sturz. Wenn du trainieren willst, dann geh aufs Laufband. Oder ins Fitnessstudio. Julie, wir haben das längst besprochen, ich will nicht, dass du allein laufen gehst. Es ist gefährlich. Du weißt nicht, wer sich da rumtreibt. Und es ist nicht gut, wenn du dich so isolierst. Du musst mehr unter Menschen.«

»Mach ich. Versprochen.« Wenn es bedeutet, dass er mich dann mit dem Gerede über Medikamente in Ruhe lässt, sage ich ihm, was er hören will. Morgen, wenn Matt auf der Arbeit ist, gehe ich laufen.

Wir essen am Küchentisch zu Abend. In dem verzweifelten Versuch, zwischen uns wieder Normalität herzustellen, plaudere ich über Alice und alles, was mir sonst noch in den Sinn kommt. Matt gibt die erforderlichen Antworten. Doch ich sehe, dass er in Gedanken ganz woanders ist.

Nach dem Abendessen gehe ich nach oben und ziehe mich zum Schlafen um. Aus einer Laune heraus steige ich in ein süßes Etwas aus Satin und Spitze, das ich vor Ewigkeiten bei Victoria's Secret gekauft, aber bis jetzt nicht zu tragen gewagt habe. Es ist elfenbeinfarben und ziemlich sexy. Als Matt nach oben kommt, zeigt er null Interesse an meiner spärlichen Wäsche. Ich könnte auch eine Papiertüte tragen, so wenig Aufmerksamkeit schenkt er mir.

Er reicht mir ein Glas kaltes Wasser und zwei Kapseln. »Der Arzt sagt, es würde mehr Schaden anrichten als Gutes, wenn du sie nicht regelmäßig einnimmst«, erklärt er mir, als ich das Gesicht verziehe. Er lässt mir keine andere Wahl, als die Kapseln zu schlucken, was ich zögernd tue.

»Ich bringe Alice morgen früh zur Schule, dann kannst du ausschlafen«, sagt er, beugt sich vor und drückt mir einen Kuss auf die Schläfe. »Es wird dir guttun, Julie. Schlaf lange. Verwöhn dich. Du hast es verdient.«

»Weißt du, Matt«, murmele ich später, als ich mit dem Kopf auf dem Kissen liege, völlig benommen von den Medikamenten. Es ist ein Fehler, überhaupt etwas zu sagen, aber ich habe meine Zunge nicht unter Kontrolle. »Ich träume immer wieder von dem Autounfall. Und dem Fahrer. Er hat etwas ganz Komisches zu mir gesagt. Es hat mir Angst gemacht.«

»Was denn?«, fragt Matt.

»Ich erinnere mich nicht.« Ich lalle, so groß ist die Welle der Mattigkeit, die über mich hereinbricht.

»Schlaf, Schatz«, sagt Matt mit einem Seufzer. Sein Gesicht verschwimmt zu einem undeutlichen Schemen, und ich treibe davon.

MEL

24

Joe und ich standen gegen Ende einer offenen Sprechstunde vor Matthew Wests Büro. An der Tür hing ein ausgedruckter Zettel, auf dem die Studierenden angewiesen wurden, sich zu setzen und geduldig zu warten. Jeder bekam nur zehn Minuten.

Nach meiner Schätzung hatte der Student oder die Studentin in seinem Büro die zehn Minuten mehr als aufgebracht. Je länger es dauerte, desto unruhiger rutschte Joe auf seinem Stuhl hin und her.

Endlich ging die Bürotür auf, und eine hübsche junge Frau mit langem Haar und kurzem Rock kam heraus. Sie schenkte uns ein nervöses Lächeln, bevor sie den Flur hinunterging und einen Lederrucksack in der rechten Hand schwang.

Ich klopfte an die Tür und trat ein.

»Die Sprechstunde ist zu Ende«, sagte Matthew West und hob den Blick kurz von seinem Laptopbildschirm, hinter dem er an seinem Schreibtisch saß. »Kommen Sie das nächste Mal früher.«

»Ich hoffe, Sie haben wenigstens ein paar Minuten für mich, Professor West«, sagte ich mit einem Anflug von Amüsement, dass er mich für eine Studentin hielt. Ja, ich bin zierlich, und ich gebe zu, dass ich mich nur minimal schminke – hauptsächlich, weil ich nicht die Zeit dafür habe –, doch es war schon ein Weilchen her, seit mich jemand für zwanzig gehalten hatte.

»Selbstverständlich, Detective«, sagte er, als ihm dämmerte, wer ich war. »Nehmen Sie Platz.«

»Das ist mein Sohn Joe.« Mein Ältester war mir mit aufgesetzter Lässigkeit und einem verzweifelt gelangweilten Gesichtsausdruck ins Büro gefolgt. »Joe macht eine Art Praktikumstag bei mir«, sagte ich trocken. Ich reichte Joe mein Handy und gab ihm mit einer Kopfbewegung zu verstehen, er solle draußen warten. »Geh ran, wenn jemand anruft, und frag, was er will, ja?«

»Klar, Mom.« Er nahm es und schlurfte in den Flur.

Professor West blickte mit einem Gesichtsausdruck auf die Uhr, der mir verriet, dass er ohnehin schon spät dran war und nicht wusste, wie viel Zeit er für mich erübrigen konnte. Die Stoppeln in seinem unrasierten Gesicht und das weiße Hemd, das bis zu den Ellbogen hochgekrempelt war, vermittelten den Eindruck eines Investmentbankers, der gerade einen riskanten Deal abschloss, und nicht den eines fest angestellten, von einer akademischen Blase geschützten Universitätsprofessors.

»Was wollen Sie wissen, Detective?« Sein Tonfall war kooperativ, doch in seiner Stimme schwang etwas mit, was mich leise warnte, vorsichtig vorzugehen. Es gefiel ihm offensichtlich nicht, dass ich unangekündigt hier auftauchte. Ich setzte mich über seine leichte Gereiztheit hinweg. Es gehört zu meinem Job, Unbehagen zu verbreiten.

»Laura hat Ihre Tochter nicht zur Welt gebracht? Obwohl sie auf der Geburtsurkunde als Alice' biologische Mutter aufgeführt ist?«

»Die beiden Dinge schließen sich nicht gegenseitig aus«, fuhr er auf. Röte überzog sein empörtes Gesicht.

»Nein«, erwiderte ich. »Gewiss nicht. Aber ich brauche von Ihnen mehr Informationen darüber. Für unsere Ermittlungen kann alles relevant sein. Und wir haben, wie Sie wissen, Alice' DNA benutzt, um Lauras Leiche zu identifizieren, es ist also wichtig, diesen Sachverhalt zu klären.«

»Wir hatten eine Leihmutter«, sagte er ausdruckslos. »Laura konnte kein Kind austragen. Sie hatte mehrere Fehlgeburten. Die Ärzte sagten, es sei eine Schwäche in ihrem Uterus. Eine Leihmutter war für uns die einzige Möglichkeit, ein Kind zu bekommen.«

»Wie haben Sie die Leihmutter gefunden?«

»Auf dem üblichen Weg. Wir haben uns an eine Klinik gewandt«, sagte er und schrieb etwas auf einen Notizzettel. »Das ist der Name des Arztes. Sie haben uns Eizellen und Samen entnommen und die Leihmutter gesucht. Teuer, aber unkompliziert. Und hundert Prozent legal.«

»Das bezweifle ich nicht«, sagte ich. »Gibt es noch etwas, was für meine Ermittlungen von Bedeutung sein könnte, was Sie gern erwähnen möchten?«

»Was meinen Sie damit?« Seine blauen Augen begegneten meinen, ohne zu blinzeln.

»Soweit ich weiß, hatte der Detective damals keine Ahnung, dass Sie Ihr Kind mithilfe einer Leihmutter bekommen haben. Gibt es sonst noch etwas in Ihrer oder Lauras Vergangenheit, so unwichtig es auch erscheinen mag, was mir helfen könnte, den Mörder zu finden?«

Er dachte über meine Frage nach. »Mir fällt nichts ein«, sagte er dann. »Und ich glaube, offen gestanden, nicht, dass die Leihmutter etwas mit Lauras Ermordung zu tun hat.«

»Vielleicht nicht«, sagte ich. »Aber wenn ich meine

Arbeit tun soll, müssen Sie offen mit mir sein. So war ich zum Beispiel in der Lage, die Hotelrechnung von Ihrem Besuch in Charlotte an dem Wochenende einzusehen, an dem Ihre Frau verschwand. Am Samstagabend um zehn Uhr haben Sie beim Zimmerservice einen gegrillten Atlantiklachs, ein Entrecote, zwei Beilagen und eine ziemlich teure Flasche Weißwein bestellt. Das klingt doch sehr nach einem romantischen Abendessen.«

Gereiztheit flackerte in seinen Augen auf, auch wenn seine Miene sich sonst nicht veränderte. Ich reichte ihm eine zusammengetackerte Fotokopie der dreiseitigen Hotelrechnung. »Wie Sie auf Seite zwei der Rechnung sehen, wurde Ihnen am Morgen Frühstück für zwei Personen aufs Zimmer gebracht.«

»Ich erinnere mich nicht, warum ich überhaupt Abendessen bestellt haben sollte«, sagte West, während er in der Rechnung blätterte. »Ich hatte ja schon beim Galadinner gegessen. Vielleicht hat das Hotel die Bestellung für ein anderes Zimmer versehentlich auf mein Zimmer gebucht? Und was das Frühstück angeht, ist man vielleicht davon ausgegangen, dass zwei Personen dort sind, weil hier auf der Rechnung steht, dass der Zimmerpreis für ein Doppelzimmer gilt.«

»War Laura bei Ihnen im Hotel?«

»Nein.« Er seufzte. »Ich wünschte es.«

»Wer war dann bei Ihnen auf dem Zimmer, Professor West?«

»Niemand.« Die Antwort kam für meinen Geschmack etwas zu schnell. »Sie haben eine lebhafte Fantasie, Detective. Und das alles aufgrund einer Hotelrechnung. Haben Sie eine Ahnung, wie viele Fehler Hotels bei den Rechnungen machen?«

»Erzählen Sie mir von Lauras Ringen.« Ich wechselte abrupt das Thema.

»Welchen Ringen?«

»Ihrem Ehering und ihrem Verlobungsring«, sagte ich. »Haben Sie Fotos von diesen Ringen?«

»Ich habe unsere Hochzeitsfotos. Aber ich bezweifle, dass darunter Nahaufnahmen der Ringe sind.«

»Was ist mit Versicherungen? Die Ringe waren doch vermutlich versichert. Versicherungen benötigen oft Fotos für ihre Wertgutachten.«

»Ich erinnere mich nicht«, sagte er nach einem Augenblick. »Dazu müsste ich meine alten Unterlagen durchsehen.«

»Haben Sie einen Versicherungsanspruch für den Schmuck angemeldet?«, fragte ich. »Nach Lauras Verschwinden?«

»Wissen Sie, Detective«, antwortete er leise und fast ein wenig beleidigt, »der Gedanke ist mir nie gekommen.«

»Laura trug bei ihrem Verschwinden Schmuck im Wert von vierzigtausend Dollar, und Sie haben keinen Versicherungsanspruch angemeldet?«, rief ich übertrieben schockiert. »Warum nicht?«

»Vielleicht war das meine Art zu hoffen, dass sie zurückkommen würde«, sagte er traurig. »Ein Versicherungsanspruch hat etwas Endgültiges. Als Laura verschwand, blieb mir nur meine Hoffnung.«

Mich plagten Schuldgefühle, dass ich ein Thema zur Sprache brachte, das offensichtlich so schmerzlich für ihn war. Doch ich blieb dran. Bei meinem Job braucht man ein dickes Fell.

»Sie haben Ihre jetzige Frau nicht lange nach Lauras Verschwinden kennengelernt?« Ich wartete, um zu schauen, ob er den Köder schlucken würde.

»Ein Jahr«, korrigierte er mich. »Ein langes, extrem einsames und sehr düsteres Jahr. Ich habe jeden Tag um Laura getrauert, Detective. Das tue ich heute noch. Aber die Welt dreht sich weiter. Ich musste für Alice und für mich ein Leben aufbauen, und dafür werde ich mich nicht entschuldigen.«

»Das erwarte ich auch nicht«, sagte ich. »Habe ich es richtig verstanden, Professor West, dass Ihr berufliches Interesse auf dem Gebiet des menschlichen Erinnerungsvermögens liegt?«

»Ja«, antwortete er. »Ich habe eine Reihe von Aufsätzen über das Thema geschrieben.«

»Wie sehr sollte sich, Ihrer Expertenmeinung nach, ein Detective bei den Ermittlungen in einem sechs Jahre alten Fall auf die Erinnerungen einer Person wie Ihnen verlassen?«

»Nicht besonders«, sagte er. »Erinnerungen sind sehr viel flüssiger, als den Menschen klar ist. Sehr vieles von dem, woran wir uns erinnern, ist durch unsere Vorstellungen gefärbt. Wenn Sie sich nur auf Erinnerungen verlassen, ob auf meine oder die von jemand anderem, werden Sie Lauras Mörder vermutlich niemals finden.«

Professor West erhob sich hinter seinem Schreibtisch. »Es tut mir leid, dass ich das Gespräch hier abbrechen muss, aber ich habe in zehn Minuten am anderen Ende des Campus ein Fakultätstreffen. Sie können mich gern dorthin begleiten, falls Sie noch Fragen haben. Oder wir verabreden einen neuen Termin.«

»Das ist nicht nötig.« Auch ich erhob mich von meinem Stuhl. »Ich melde mich, wenn ich noch Fragen habe.«

Ich verließ das Büro und ging mit Joe den Flur hinunter zum Aufzug. »Du hattest einen Anruf, Mom«, sagte er. »Eine Frau namens Samantha. Von einer Eventagentur.«

Auf dem Weg zurück zum Auto rief ich Samantha zurück. Sie war die Leiterin der Eventagentur, die die Psychologiekonferenz organisiert hatte, an der Matthew West an dem Wochenende von Lauras Verschwinden teilgenommen hatte. Ich hatte sie kontaktiert, um zu schauen, ob sie Videomaterial von der Konferenz hatten oder irgendetwas anderes, was mir helfen konnte, eine zeitliche Abfolge von Matthew Wests Schritten an diesem Tag zusammenzustellen.

Samantha erklärte mir, dass sie ihre Konferenzen routinemäßig aufzeichneten. »Das gehört zum Angebot. Wir verwahren die Aufnahmen auf Festplatten in unserer Agentur.« Sie konnte mir nicht garantieren, dass sie noch Aufnahmen von einer Konferenz von vor sechs Jahren hatten, doch sie würde nachsehen und sich melden.

»Mom«, sagte Joe, als ich den Anruf beendet hatte. »Ist dir das Foto auf seinem Schreibtisch aufgefallen?«

»Welches Foto?«, fragte ich und stieg in den Wagen.

»Der Typ, mit dem du grad gesprochen hast, Professor Soundso«, erklärte Joe. »Er hatte ein Foto auf seinem Schreibtisch. Ich hab's von der Tür aus gesehen. Ist es dir nicht aufgefallen?«

»Doch, Joe.« Es hatte an prominenter Stelle auf seinem Schreibtisch gestanden. Man hätte blind sein müssen, um es zu übersehen. »Die blonde Frau auf dem Foto ist seine zweite Frau Julie, und das kleine Mädchen ist seine Tochter. Warum interessiert dich das?«

»Es ist mir bloß aufgefallen«, sagte er mürrisch, während er sich anschnallte. »Und weißt du, was daran komisch ist, Mom?«

»Was denn, Joe?«

»Ich könnte schwören, dass diese blonde Frau auch auf einem der Fotos in der Sommerville Horse Ranch war.«

JULIE

25

Ich wache mit einem bitteren Geschmack im Mund und dröhnenden Kopfschmerzen auf. Es ist später Vormittag. Sonnenlicht strömt herein. Das Haus ist still bis auf das beruhigende Brummen der Geschirrspülmaschine in der Küche. Ich liege im Bett und höre eine Weile zu. Der vertraute mechanische Rhythmus lullt mich wieder in den Schlaf.

Als ich das nächste Mal aufwache, läuft die Spülmaschine nicht mehr. Ich bin mir nicht sicher, ob sie fertig ist oder ob es ein anderer Tag ist. Ich krieche tiefer unter die Decke und versinke wieder.

Ein Tag verschwimmt mit dem nächsten. An manchen Tagen wache ich so spät auf, dass sich das Aufstehen gar nicht lohnt. An anderen Tagen tapse ich blind unter die Dusche, ziehe mich mechanisch an und richte meine Haare. Meistens strengen meine jämmerlichen Bemühungen, Normalität herzustellen, mich dermaßen an, dass ich schon am frühen Nachmittag wieder ins Bett falle. Ich bin von einer überwältigenden Lethargie erfüllt.

Matt ist toll. Wenn er von der Arbeit heimkommt, verwöhnt er mich mit frisch gepresstem Orangensaft und Smoothies, auch wenn ich gar keine rechte Lust darauf habe. Er bringt mir Zeitungen und Zeitschriften und stellt mir Vasen mit Blumensträußen aus dem Garten neben das

Bett. Er hat sich darum gekümmert, dass eine Nachbarin Alice von der Schule abholt, bis es mir besser geht. Selbst die Lebensmittel werden ins Haus geliefert. Ich muss nicht mal einkaufen gehen. Abends kocht er manchmal, und an anderen Tagen bringt er etwas Fertiges aus einem Delikatessenladen in der Nähe mit. Ich habe eigentlich nichts anderes zu tun, als zu schlafen.

»Entspann dich, Julie«, sagt er zu mir. »Ruh dich aus. Dann geht's dir bald wieder gut.«

Doch es geht mir nicht besser davon. Ich fühle mich vielmehr, als würde ich in Treibsand feststecken. Je mehr ich kämpfe, um rauszukommen, desto tiefer sinke ich ein.

Ich weiß nicht, wie viele Tage vergangen sind, seit Matt meine Medikamenteneinnahme so akribisch kontrolliert. »Es ist zu deinem Besten«, sagt er jedes Mal, wenn ich bei dem abendlichen Ritual, bei dem er mir die Kapseln gibt und aufmerksam zusieht, wie ich sie mit einem Glas Wasser runterschlucke, das Gesicht verziehe.

Ich wache wieder auf. Ein neuer Morgen. Sonnenstrahlen fallen herein. Die Zeit verstreicht, ohne dass ich es mitbekomme. Der wolkenlose Himmel, der in einem strahlenden Azurblau schimmert, gibt mir neue Entschlusskraft, aufzustehen und aus der Monotonie dieser neuen Alltagsroutine auszubrechen.

Benommen taumele ich ins Bad. Noch lange nachdem ich fertig bin mit Pinkeln, hocke ich auf der Toilettenbrille und denke angestrengt darüber nach, was ich als Nächstes tun muss. Ich beschließe, zu duschen und mich von Kopf bis Fuß gründlich zu waschen, um mich neu und erfrischt zu fühlen.

Unter der Dusche stütze ich mich mit den Händen an der gefliesten Wand ab, beuge mich vor und lasse mir heißes Wasser über den Rücken laufen. Der Dampf kondensiert an der Glastür der Dusche. Das erinnert mich an die Windschutzscheibe eines Autos, über die sich ein Spinnennetz aus Rissen zieht.

»Du bist nicht sicher, Julie«, höre ich plötzlich eine krächzende Stimme sagen. »Du musst hier weg.«

Die Worte spuken mir in einer Endlosschleife durch den Kopf. Die Beine geben unter mir nach. Ich gleite an den Fliesen hinunter, bis ich auf dem Marmorboden der Dusche sitze, während das Wasser weiter auf mich herabprasselt.

Ich verliere jedes Zeitgefühl. Endlich raffe ich das bisschen Kraft, das ich noch habe, zusammen und tappe aus der Duschkabine. Im Badezimmerspiegel steht mir eine nackte Frau gegenüber, glitschig und nass, mit durchscheinender Haut und ängstlichen Augen.

»Julie, du musst hier weg«, krächzt die Stimme. »Du bist nicht sicher.«

Meine feuchten Hände rutschen ungeschickt an der Tür ab, als ich versuche zu entkommen. Dann geht sie auf, aber plötzlich habe ich Angst, die Sicherheit des Badezimmers zu verlassen. Ich habe Panik vor dem, was mich auf der anderen Seite erwartet. Mir ist, als würde ich jeden Tag ein wenig mehr ertrinken. Je stärker ich dagegen ankämpfe, desto tiefer rutsche ich in einen Abgrund.

MEL 26

Joe konnte noch so gelangweilt tun, es war sonnenklar, dass er an dem Tag richtig Spaß hatte. Seine Haltung war zur Abwechslung aufrecht, und seine Schultern hingen nicht herunter. So lebhaft hatte ich ihn seit Ewigkeiten nicht mehr erlebt. Doch das Beste war das Lächeln auf seinem Gesicht. Es war viel zu lange her, dass ich dort etwas anderes gesehen hatte als ein gereiztes, finsteres Starren.

»Du hast eine echte Begabung für so eine Arbeit, Joe«, sagte ich zu ihm. Wir waren in der Küche, wo ich Gemüse für einen Gartensalat klein schnitt.

»Es war irgendwie witzig«, sagte er. »Ich hätte nichts dagegen, noch mal mitzukommen, Mom.«

»Also, du bist für heute noch nicht fertig mit der Arbeit. Du musst mir noch bei etwas anderem helfen.«

»Was?«

»Fahr den Computer hoch, dann zeig ich's dir«, wies ich ihn an, während ich Spaghetti in einen Topf mit kochendem Salzwasser gab. Auf dem Heimweg hatten wir bei der Zentrale der Eventagentur in der Innenstadt eine Festplatte mit den Aufnahmen von der Psychologiekonferenz abgeholt. Ich hatte vorgehabt, mir die Videos später anzusehen, wenn die Jungs schliefen, doch wenn die Ermittlungen Joe so begeisterten, wollte ich das nach Kräften ausnutzen.

»Fertig«, rief Joe, sobald er die Festplatte an den Computer angeschlossen hatte. Ich zog mir einen Stuhl neben ihn an den Arbeitstisch in einer Nische in der Küche und scrollte durch die Ordner, bis ich das Video von der Konferenz gefunden hatte. Ich spulte vor bis zu den Aufnahmen von Matthew Wests Vortrag an dem Samstag, an dem Laura West das letzte Mal lebend gesehen worden war.

»Hypnose«, sagte Professor West, »ist sehr umstritten. Einige bezeichnen sie als Quacksalberei, andere sagen, sie beruhe auf dem Placeboeffekt, der Macht der Suggestion. In einer von mir durchgeführten Studie habe ich herausgefunden, dass die Hypnose bei bestimmten Versuchspersonen tatsächlich die Gehirnfunktion beeinflusst, und zwar auf organischer Ebene.« Er klickte in seiner Präsentation weiter zu einer Darstellung des menschlichen Gehirns.

»Wir haben dreißig Versuchspersonen ausgewählt, bei denen wir feststellen konnten, dass sie stärker auf Hypnose reagierten als der Durchschnitt, und eine Reihe von Experimenten mit ihnen durchgeführt. Zum Beispiel haben wir den Männern einen Backstein gegeben und gemessen, wie lange sie ihn mit ausgestrecktem Arm in der Hand halten konnten. Sie schafften das im Durchschnitt zwei Minuten und dreiunddreißig Sekunden lang.«

Er zeigte eine Aufnahme einer Versuchsperson, die einen Backstein hielt.

»Dann haben wir die Versuchspersonen hypnotisiert und sie gebeten, dasselbe zu tun, doch diesmal haben wir ihnen nicht gesagt, sie würden einen Backstein halten, sondern eine Feder. Unter Hypnose hielten sie den Backstein mit ausgestrecktem Arm durchschnittlich zwanzig Minuten und elf Sekunden lang.

Wir haben die Versuchspersonen in ein Krankenhaus gebracht und sie einer Kernspintomografie unterzogen, um die Gehirnaktivitäten unter Hypnose zu überwachen«, erklärte er. »Während sie in der Röhre lagen, zeigten wir ihnen verschiedene Objekte und baten sie, deren Farbe zu bestimmen. Wenn wir ihnen unter Hypnose suggerierten, alle Objekte wären blau, identifizierten neunundzwanzig unserer dreißig Probanden sämtliche ihnen gezeigten Gegenstände als blau. Es war egal, welche Farbe der Gegenstand hatte, den wir ihnen zeigten – Rot, Rosa, Orange, Gelb, Grün, Schwarz –, sie sagten bei allen, sie wären blau. Lassen Sie uns jetzt einen Blick auf die Bilder des Gehirns der Versuchspersonen unter Hypnose werfen.«

Ich spulte vor, bis die Zuhörer applaudierten und er vom Podium ging, um an seinen Platz am Referententisch zurückzukehren.

»Ich brauche Folgendes, Joe.« Ich hielt das Video an. »Du musst dir die Videodateien nach dieser hier ansehen und mir jedes Mal Bescheid sagen, wenn du Matthew West an diesem Tisch sitzen siehst. Okay? Wenn er aus irgendeinem Grund aufsteht, schreib genau auf, wann er den Raum verlassen hat, und auch, wann er wieder zurückkommt.«

»Alles klar, Mom.«

»Gut. Aber lass uns zuerst zu Abend essen.«

Wir setzten uns mit Sammy an den Esstisch. Es gab Spaghetti bolognese und eine Schüssel Salat, die außer mir niemand anrührte. Nach dem Essen machte Sammy seine Englischhausaufgaben, während Joe sich am Computer die restlichen Aufnahmen von der Konferenz ansah. »Mom. Er ist weg.« Ich schaute über seine Schulter auf das Video.

»Der Professor«, sagte er. »Sieh dir das an.« Joe spulte das Video zurück und ließ es noch einmal ablaufen. »Hier steht er vom Tisch auf.« Er zeigte auf den Bildschirm.

»Dann geht er raus. Und er kehrt nicht an seinen Tisch zurück.«

»Bist du dir sicher, dass er sich nicht an einen anderen Tisch gesetzt hat, Joe?«, fragte ich. Ich ließ den Film vorwärts- und rückwärtslaufen. Joe hatte recht. Keine Spur von Matthew West im Publikum während des nächsten Vortrags. Wests Verschwinden auf diesen Videoaufzeichnungen war womöglich ein Schwachpunkt in seinem Alibi. Doch gab es ihm genug Zeit, um quer durch den Staat zu fahren, seine Frau umzubringen und zum Galadinner am Abend zurück zu sein?

»Tolle Arbeit, Joe«, sagte ich. »Sieh dir für den Fall, dass er zurückkommt, auch noch die restlichen Aufnahmen an.«

»Weißt du, Mom«, sagte er und blickte vom Bildschirm auf, »ich denk grad, vielleicht sollte ich doch Polizist werden.«

Ich arbeitete an meinem Laptop neben Sammy am Esstisch und recherchierte Matthew Wests berufliches Profil. Er hatte in den Jahren vor Lauras Tod mehrere Aufsätze geschrieben. Soweit ich sagen konnte, waren sie alle in kleineren Psychologiezeitschriften veröffentlicht worden. Seine Karriere war erst vor vier Jahren richtig in Schwung gekommen, nachdem er eine wegweisende Studie in einer bekannten Zeitschrift publiziert hatte. Sie war extrem positiv aufgenommen worden. Ich fand Rezensionen und Kurzbiografien, die ihn als die aufstrebende Größe auf dem Feld der kognitiven Psychologie bezeichneten.

Als ich mir seinen Lebenslauf genauer ansah, fiel mir jedoch auf, dass Matthew West zu Anfang seiner Karriere etliche Jahre als Assistenzprofessor an kleineren Universitäten gelehrt hatte, bis er scheinbar aus heiterem Himmel einen Lehrstuhl an der führenden Universität in unserer Stadt bekommen hatte, einer Einrichtung mit überregionalem Ruf. Warum diese plötzliche Schicksalswende?

Ich suchte im Internet auch nach Laura West. Sie war ebenfalls an einer Eliteuniversität gewesen. Doch im Gegensatz zu ihrem Mann war sie für ihre Arbeit mit zahlreichen Preisen geehrt worden, sogar schon als Studentin. Sie hatte so viele Auszeichnungen und Stipendien erhalten, darunter auch eines für ein Jahr in Oxford, dass ich in meinem Notizbuch eine Liste anlegen musste, um nichts zu vergessen. Matthew Wests berufliche Karriere verblasste im Vergleich dazu vollkommen.

Laura West war mit Matthew an diese Universität gekommen, mit dem sie damals zwei Jahre verheiratet gewesen war. Sie war ordentliche Professorin gewesen, während er noch Assistenzprofessor war. Ich vermutete, es könnte ein Deal gewesen sein. Die Universität bekam sie, wenn sie ihn auch nahm.

Mein Handy vibrierte. Die Nummer des kriminaltechnischen Labors leuchtete auf dem Display auf.

»Hey, Dennis. Du bist noch spät bei der Arbeit.«

»Ich habe nächste Woche Urlaub und will den Rückstau vorher noch ein wenig abarbeiten.« Er klang müde. »Erinnerst du dich, dass ich dir erzählt habe, dass wir an der roten Jacke des Opfers aus dem Kellers Way unter anderem auch Fasern gefunden haben?«

»Klar. Konntest du bestimmen, woher sie stammen?«

»Allerdings«, antwortete er. »Wir haben an ihrer Kleidung zwei Arten von Spurenmaterial gefunden. Die erste scheint darauf hinzudeuten, dass die Frau, oder zumindest ihre Kleidung, irgendwann vor ihrem Tod in der Nähe von Seewasser war. Womöglich auf einem Boot.«

»Wenn du sagst ›irgendwann‹, sind das eher Stunden oder Tage vor ihrem Tod?«

»Schwer zu sagen.«

»Und das zweite Spurenmaterial?«

»Das ist eine Teppichfaser, die vor ungefähr sechs, sieben Jahren in koreanischen Autos verwendet wurde. Sowohl Hyundai als auch Kia haben diese Teppiche damals verbaut. Sie verwenden sie aber heute nicht mehr, weil sie nicht den aktuellen Bestimmungen für schwer entflammbare Textilien entsprechen. Sie sind seit mindestens fünf Jahren nicht mehr im Umlauf. Deswegen hat es so lange gedauert, sie zu bestimmen«, sagte er. »Die Fasern befanden sich hauptsächlich auf der linken Seite von Jacke und Hose. Es sieht also so aus, als hätte das Opfer auf der linken Seite in einem Auto gelegen, genauer gesagt vermutlich in einem Kofferraum.«

»Du glaubst, das Opfer wurde in einem Hyundai oder Kia an die Stelle gebracht, wo es dann begraben wurde. Wahrscheinlich im Kofferraum?«

»Ja«, sagte er. »Genau das glaube ich.«

In dem Moment, in dem ich das Gespräch beendete, loggte ich mich auf meinem Laptop in die Polizeidatenbank ein, um herauszufinden, welche Autos Matthew West gefahren hatte. Er war nicht der Typ, der koreanische Marken fuhr. Dieser Mann liebte amerikanische Wagen der Oberklasse.

Doch von seiner zweiten Frau, Julie, konnte man das nicht behaupten, wie ich entdeckte, als ihr Name im Zusammenhang mit dem Lincoln auftauchte, den sie im Augenblick zusammen besaßen. Zum Zeitpunkt von Laura Wests Verschwinden war Julie als Besitzerin einer Hyundai-Limousine registriert gewesen.

JULIE

27

Ich habe lange und gründlich darüber nachgedacht, und ich bin zu dem Entschluss gekommen, meine Medikamente nicht mehr zu nehmen. Sie machen mich lethargisch. Sie machen mich träge. Sie verhindern jeden klaren Gedanken.

Matt bringt mir jeden Abend die Pillen und ein Glas Wasser. Wie fürsorglich. Er ist der perfekte Ehemann. Wenn ich seine Miene betrachte, während er mir zusieht, wie ich die Dinger schlucke, kann ich nicht umhin, mich zu fragen, warum er so gewissenhaft darauf bedacht ist, mich bis zur Besinnungslosigkeit vollzudröhnen.

»Du bist nicht sicher, Julie.« Nacht für Nacht dringt die krächzende Stimme in meinen Schlaf. Ich sehe das blutverschmierte Gesicht eines Mannes, der stirbt. Ich rieche Rauch, der meine Lunge füllt, und den unverwechselbaren Geruch von Blut. Wenn der Autounfall nicht passiert ist, warum erscheint er mir dann so real?

Heute Abend tue ich nur so, als würde ich meine Medikamente nehmen. Ich stecke mir die Kapseln in den Mund, trinke das halbe Glas Wasser, das er mir reicht, und spüle sie widerstandslos herunter. Matt bekommt nicht mit, dass ich die Kapseln unter die Zunge geschoben habe. Ich habe zwei Wochen gebraucht, um den Trick zu perfektionieren. Wenn Matt ins Bad geht, um sich die Zähne zu putzen, spucke ich die Kapseln in die Hand und verstecke sie unter der Matratze. Am nächsten Tag wache ich medikamentenfrei und voller Energie auf. Ein kleiner Sieg. Ich klaube die Kapseln unter der Matratze heraus und spüle sie im Waschbecken im Bad hinunter. Es ist heller Vormittag, und der einzige Lärm im Viertel ist das Brummen eines Rasenmähers in irgendeinem Garten.

Ich ziehe meinen Schlafanzug aus und gehe in die Dusche. Das kalte Wasser wirkt belebend. Es weckt mich. Nicht nur meinen Körper, sondern auch meinen Geist. Ich bin seit Ewigkeiten nicht gelaufen, wahrscheinlich bin ich gar nicht in Form. Ich ziehe meine Laufsachen und Schuhe an und gehe rasch zur Haustür hinaus, bevor ich es mir anders überlege.

Minuten später laufe ich unsere leicht abschüssige Straße hinunter. Ich sollte eine einfache Runde durchs Viertel drehen und mich langsam steigern. Ich tu's nicht. Ich biege rechts ab, wo es zur anspruchsvollsten Laufstrecke in der Gegend geht. Ich laufe zum Kellers Way.

Ich rede mir ein, dass ich das tue, weil ich die Herausforderung suche. Um zu sehen, ob ich es noch kann. Doch das ist, wie ich tief in meinem Inneren weiß, eine Lüge. Ich laufe zum Kellers Way, weil ich keine Angst mehr haben will. Weil ich mich erinnern will.

Bis auf einen Handwerker, der auf einer Veranda hämmert, ist niemand zu sehen. Ein Hund flippt aus, als ich am Haus an der Ecke vorbeilaufe. Ich überquere die Straße und laufe durch den Park, in dem Bäume, die ansonsten nicht weiter auffallen und ziemlich langweilig sind, sobald die Blütenblätter fallen, rosa und weiß blühen.

Kurz darauf laufe ich den Kellers Way hinunter, unter einem Baldachin aus Blättern, so dicht, dass der Wald in eine unheimliche Dunkelheit gehüllt ist, unterbrochen von unregelmäßig zwischen den Ästen hindurchfallenden Sonnenstrahlen. Erst als ich nur noch vom Rascheln der Bäume umgeben bin, trifft mich der unbehagliche Gedanke, dass hier irgendwo Lauras Leiche gefunden wurde. Es ist zu spät, um umzukehren. Und warum zum Teufel sollte ich auch? Der Kellers Way ist meine Zuflucht. Die lasse ich mir von Laura nicht auch noch wegnehmen.

Allmählich finde ich, begleitet vom rhythmischen Zirpen der Grillen, meinen Schritt. In kurzen Stößen atme ich die frische Luft ein und aus.

Ein bisschen weiter hängt ein Stück Plastikband mit der Aufschrift »Tatort« an einem Ast. Ich tauche darunter durch und gelange auf eine Lichtung. Ein Bereich wurde mit frischer Erde aufgefüllt. Das muss die Stelle sein, wo sie Lauras Leiche gefunden haben.

Es macht mich unerklärlich traurig. Ich pflücke eine Wildblume und werfe sie behutsam auf den dunklen Flecken Erde. Es scheint mir das Richtige zu sein.

Ich kehre zur Straße zurück und laufe weiter. Fünf, zehn Minuten später erreiche ich eine enge Kurve, an der eine Pappel steht. Ich bleibe stehen, um etwas Wasser zu trinken und meine Schnürsenkel fester zu binden. Dieser Baum markiert inoffiziell die Hälfte meiner Laufstrecke. Ich blicke einen mit Sträuchern bewachsenen Hang hinunter und werde von der Erinnerung überfallen, wie ich ihn hektisch heraufkrieche, Erde unter die Fingernägel kriege, als ich mich hochziehe.

»Du bist nicht sicher, Julie. Du musst hier weg.«

Etwas schimmert auf dem Boden und erregt meine Aufmerksamkeit. Mit der Kante meines Laufschuhs schiebe ich eine dünne Schicht Erde weg, bis vor mir ein Stück fast durchsichtiges weißes Plastik liegt. Ich stochere mit einem Stock im Laub herum, um zu schauen, ob ich noch mehr finde. Der Stock trifft auf etwas Hartes. Ich bugsiere es unter dem Strauch heraus und hebe es auf. Es ist ein größeres abgebrochenes Stück Plastik. Die beiden Plastikstücke bilden zusammen die Abdeckung eines Autoscheinwerfers.

Es bestätigt, was ich tief in meinem Herzen längst weiß: Es gab an dem Morgen hier einen Autounfall. Matt irrt sich. Meine Erinnerungen trügen mich nicht. Ich erinnere mich an das, was im Kellers Way passiert ist.

MEL

28

Als ich ins Büro kam, saß mein Partner Will wieder an seinem Schreibtisch, braun gebrannt und die Haare so kurz geschnitten, dass er eher aussah wie ein Marinesoldat als wie ein Polizist.

»Gut, dass du wieder da bist, Will. Ich wollte schon eine Vermisstenmeldung aufgeben«, sagte ich. Ganz ehrlich, ich war unglaublich erleichtert, Will wiederzuhaben. Es waren ein paar hektische Wochen gewesen, um alles allein zu stemmen, besonders angesichts meiner Probleme mit Joe.

»Der erste richtige Urlaub seit zehn Jahren. Ich sollte jedes Jahr heiraten, bloß wegen der Flitterwochen«, witzelte er, bevor er in die Pausenecke ging, um Kaffee zu kochen. Will ist ein meisterlicher Kaffeekocher und ein Kaffeesnob obendrein, was bedeutet, dass er nur von ihm selbst zubereiteten Kaffee trinkt. Er träumt davon, auf dem gentrifizierten ehemaligen Fabrikgelände in der City ein Café zu eröffnen und Kaffee und Schokoladenkekse zu verkaufen. Sonst nichts. Ich habe ihn gewarnt, er würde es keine zwei Minuten ohne seinen Job aushalten. Er ist der geborene Polizist. Genau wie ich.

Will und ich sind im Augenblick die einzigen Mordermittler in der Stadt. Wenn es hart auf hart kommt, teilen sie uns einen Detective vom Drogendezernat als Aushilfe zu. Doch das geschieht im Augenblick selten, denn die haben auch alle Hände voll zu tun. Die Stadt ist in letzter Zeit zur Zwischenstation auf der illegalen Drogenhandelsroute entlang der Ostküste von Miami nach New York geworden. Außerdem gibt es immer mehr Dealer, die Drogen an die Studierenden der drei Colleges in der Stadt verkaufen. Diese Kids kaufen alles, von Lerndrogen, die in Prüfungsphasen die Konzentration erhöhen sollen, bis zu Freizeitdrogen, die ihnen beim Entspannen helfen sollen.

»Es ist schon mehr als einer von deinen berühmten Lattes nötig, um mich versöhnlich zu stimmen«, erklärte ich Will, als er mit zwei dampfenden Bechern Kaffee zurückkam. »Du kannst dir nicht vorstellen, wie verrückt es war, Fälle ganz allein zu bearbeiten, während du in Cancún in der Sonne gelegen hast.«

»Es war Marcias Idee, im Frühling zu heiraten«, versetzte er lachend. »Das musst du mit ihr klären.«

»Mach ich«, antwortete ich lächelnd. »Wie geht es ihr?«

»Super. Ist heute auch wieder zur Arbeit.«

»Sie arbeitet immer noch in der Universitätsverwaltung, nicht wahr?«

»Klar«, sagte er. »Warum fragst du?«

»Ich habe überlegt, ob sie vielleicht jemanden kennt, mit dem ich über den Fall reden könnte, an dem ich gerade arbeite. An dem *wir* arbeiten«, korrigierte ich mich. »Ich brauche jemanden, der den ganzen Uniklatsch von vor Jahren kennt.«

»Was ist das für ein Fall?«

»Eine verweste Leiche«, antwortete ich, »die Anfang des Monats entdeckt wurde. Das Opfer war Professorin an der Universität, aber das behalten wir noch für uns.«

»Ich werde Marcia anrufen. Sie kennt jeden«, erbot Will

sich. »Aber erst mal bringst du mich auf den aktuellen Stand, was hier los war, während ich weg war.«

Die nächste Stunde ging ich mit Will die offenen Fälle durch; angefangen bei dem Fund von Laura Wests Leiche.

»Findest du es nicht komisch, dass der Mörder den Schmuck an der Leiche belassen hat, Ehering und Verlobungsring aber an sich genommen hat?«, fragte Will.

»Vielleicht hat der Mörder die Ringe als Erinnerung behalten«, schlug ich vor. »Aber du hast recht. Das lässt mir auch keine Ruhe. Normalerweise nimmt der Täter alles mit. Oder nichts.«

»Wie kostbar war der Schmuck, der an der Leiche zurückgelassen wurde?«

»Alles aus Gold. Teuer«, sagte ich. »Selbst beim Hehler hätte es dafür noch ein paar Tausend gegeben.«

»Und die vermissten Ringe?«

»Die waren damals so vierzig-, fünfzigtausend wert. Der Verlobungsring hatte einen zweikarätigen Diamanten. Der Ehering war mit mehreren kleinen Diamanten besetzt.«

Will blätterte in der Akte, bis er zu Matthew Wests Profil kam. »Du hast den Ehemann vernommen. Glaubst du, er hat das Zeug dazu?«

Dank Joes akribischer Sichtung der Videos von der Konferenz wusste ich, dass Matthew West den Konferenzsaal an dem Samstagnachmittag von Laura Wests Verschwinden verlassen hatte und nicht zu den weiteren Vorträgen zurückgekehrt war. Ich wusste auch, dass er am Abend wieder da gewesen war, denn die Organisatoren der Konferenz hatten mir per E-Mail ein Gruppenfoto von dem Galadinner geschickt, auf dem Matthew West an prominenter Stelle in der mittleren Reihe zu sehen war. Ich schätzte, dass es eine Lücke von maximal sechs Stunden gab, in denen Wests

Schritte nicht belegt waren. Womöglich auch nur drei Stunden, falls auf die Aussagen einiger Zeugen, die sich vage erinnerten, Matthew West an dem Nachmittag in der Hotellobby gesehen zu haben, Verlass war.

»Der Ehemann gehört auf jeden Fall zu den Verdächtigen«, erklärte ich Will. »Sein Alibi weist eine Lücke von sechs Stunden auf, über die es bis jetzt keinen Nachweis gibt, doch die reichen meiner Ansicht nach nicht, um das Verbrechen begangen zu haben.«

Auf dem Weg zur Arbeit hatte ich über den zeitlichen Ablauf nachgedacht. Es wäre für West ein ziemlicher Stress gewesen, zwei Stunden nach Hause zu fahren, seine Frau zu suchen, sie zu ermorden und in einem Wald zu begraben – und das am Wochenende, am helllichten Tag – und dann wieder zurück nach Charlotte zu fahren, sich umzuziehen und an einem Galadinner teilzunehmen. Er hätte etliche Geschwindigkeitsbeschränkungen überschreiten müssen, um die Fahrt hin und zurück in dieser kurzen Zeit zu schaffen. Doch sein Kennzeichen war an diesem Wochenende von keiner Radarfalle aufgezeichnet worden, und nichts wies darauf hin, dass er einen Mietwagen genommen hatte. Sein Name war auch auf keiner Passagierliste aufgetaucht, also war es unwahrscheinlich, dass er nach Hause geflogen war, seine Frau umgebracht und ihre Leiche vergraben hatte und dann zurück nach Charlotte geflogen war, um weiter an der Konferenz teilzunehmen.

»Wir kennen den Todeszeitpunkt nicht«, sagte Will, während er in der von mir zusammengestellten Akte blätterte. »Das allein schmeißt sein Alibi vollkommen über den Haufen.«

»Ab kurz nach vier am Samstag wurde kein Signal von

Laura Wests Handy mehr aufgezeichnet. Ich vermute, dass sie zu diesem Zeitpunkt entführt wurde.«

Nachdem wir die Fallakten durchgegangen waren, verabredeten wir, dass Will sich hauptsächlich um die anderen Mordfälle kümmern würde, an denen ich nebenher gearbeitet hatte, und auch neue Fälle übernehmen würde, während ich meine Aufmerksamkeit vorrangig dem Fall Laura West schenken würde.

Ich musste einen Stapel Kartons durcharbeiten, um die ursprünglichen Ermittlungen zu rekonstruieren. Falls keine anderen Fälle auf meinem Tisch landeten, würde ich dafür wohl den größten Teil der Woche brauchen.

»Das hätte ich beinahe vergessen«, sagte Will. »Die Rechtsmedizin hat eine Nachricht hinterlassen, du sollst bitte zurückrufen.«

Als ich die Nummer des Rechtsmediziners wählte, war nur die Voicemail dran. Dreißig Minuten später kam ich endlich durch.

»Hey, Mike, hier ist Mel. Ich sollte zurückrufen«, sagte ich, als er sich meldete.

»Mel«, sagte er und legte klappernd etwas Metallenes ab. Ich hatte ihn im Sektionssaal erwischt. »Ich habe eine interessante Entwicklung im Fall Henderson.«

»In was für einem Fall?«

»Das Opfer des Autounfalls, der sich in der ersten Frühlingswoche im Kellers Way ereignet hat.«

»Darum kümmert sich die Verkehrspolizei. Es ist kein Mordfall«, sagte ich verblüfft.

»Also, tut mir leid, der Überbringer schlechter Nachrichten zu sein, Mel. Es sieht so aus, als würde der Fall in deine Zuständigkeit fallen.« Ich konnte es nicht ausstehen, wenn Mike so kryptisch daherredete.

»Warum?«

»Wir haben die Ergebnisse der Toxikologie.«

»Und?«

»Der Typ war mit Scopolamin vollgepumpt«, sagte er, als müsste ich wissen, was das bedeutet.

»Was ist Scopolamin?«

»Eine Droge. Sie wird aus einem Baum in Kolumbien gewonnen, den man *borrachero* nennt. Er hat eine hübsche weißgelbe Blüte. Eine Blüte, wie man sie in einer Vase auf den Esstisch stellen würde«, sagte er. »Wovon ich allerdings entschieden abraten würde.«

»Mike, willst du damit sagen, dass diese Droge ihn umgebracht hat? Dass er nicht durch den Unfall starb?«

»Ich habe noch nie eine so hohe Konzentration von Scopolamin im Blut eines Menschen gesehen. In geringer Dosis wird das Zeug in Form von Pflastern gegen Reisekrankheit verschrieben. Manchmal auch, um Symptome von Parkinson zu behandeln. Aber immer in winzigen Dosen.«

»Was passiert, wenn die Konzentration nicht so niedrig ist?«

»In hohen Dosen führt es zu Wahnstörungen und Psychosen.«

»Und der Fahrer hatte eine hohe Dosis Scopolamin eingenommen, bevor er starb?«

»Eine potenziell tödliche Dosis«, erklärte Mike.

»Und das bedeutet? Dass er zu viele Tabletten gegen Reisekrankheit eingeworfen hat.«

»Nicht in dieser Konzentration. Dazu hätte er Hunderte von Pillen schlucken müssen. Es ist nicht nur ungewöhnlich, es ist geradezu bizarr, dass er so viel Scopolamin im Blut hatte.«

»Vielleicht war es seine Lieblingsdroge, Mike.«

»Nicht Scopolamin«, versetzte er eisern. »Von Scopolamin wird man nicht high. Es ist, als würde man ins finsterste, furchterregendste Kaninchenloch kriechen. Man wird davon manisch, auf die allerschlimmste Art und Weise. Ich kann mir nicht vorstellen, dass jemand solche Mengen davon freiwillig nimmt. Es überrascht mich nicht, dass er mit so viel Zeug im Blut einen Unfall gebaut hat.«

»Glaubst du, er wurde vorsätzlich vergiftet?«

»Eine andere Erklärung habe ich nicht.«

»Danke, dass du mir Bescheid gibst, Mike.« Ich seufzte. »Ich sage der Verkehrspolizei, dass wir den Fall wieder übernehmen. Die gute Nachricht ist, dass Will aus dem Urlaub zurück ist. Ich bringe ihn auf den Stand, inwieweit ich damit zu tun hatte. Aber von hier an übernimmt er die Sache.«

Normalerweise ermittelte ich nicht bei Autounfällen mit tödlichem Ausgang, doch der Fall Henderson war bei mir hängen geblieben.

Zwei Tage nachdem Will nach Cancún geflogen war, hatte ich einen Anruf von Henry Dawson bekommen, einem erfahrenen Kollegen von der Verkehrspolizei. In einem Wagen im Kellers Way war ein Toter gefunden worden. Das war, zwei Wochen bevor wir die Leiche von, wie sich später herausstellte, Laura West fanden, also war es damals von keiner großen Relevanz. Henry erklärte, es sehe aus wie ein Autounfall, aber irgendetwas an der Szene sei doch merkwürdig. Er dachte, ich würde gern einen Blick darauf werfen. Henry hatte noch zwei Jahre bis zur Pensionierung; ich vertraute seinem Instinkt.

Als ich dort ankam, war Henry ins Gespräch mit einem Radfahrer vertieft, der noch den Helm aufhatte. Über Henrys Schulter sah ich einen silbernen Toyota, der an einem Baum klebte. Auf dem Fahrersitz erkannte ich den Toten, der gegen das Fenster geknallt war.

Der Fahrradfahrer hieß Kevin und war Anfang zwanzig. Groß, schlaksig. Er hätte gut ausgesehen, wenn seine Wangen nicht von Aknenarben entstellt gewesen wären. Er studierte an der Universität. Das verrieten mir sein Sweatshirt mit dem Logo der Uni und sein Bostoner Vorortakzent.

»Ich bin hier hochgeradelt, und da habe ich das Autowrack gesehen«, erklärte Kevin, noch bevor ich meine erste Frage gestellt hatte. Er schien es sich von der Seele reden zu wollen. Ich notierte die wichtigsten Punkte seiner Aussage. Es ist immer verlässlicher, einen spontanen Bericht aus dem Bauch heraus zu bekommen, bevor Zeugen Zeit haben, das Ganze zu verfeinern oder zu viel darüber nachzudenken und die Lücken dessen, was ihrer Vermutung nach passiert ist, auffüllen, statt nur zu berichten, was sie tatsächlich gesehen haben.

»Sie haben sich dem Fahrzeug genähert?«

»Ich habe den Kopf des Fahrers am Fenster lehnen sehen. Ich kam nicht an ihn ran, weil die Fahrertür gegen den Baum gedrückt war. Wie jetzt. Also hab ich mich durch die Beifahrertür reingebeugt und nach seinem Puls getastet«, erklärte er mir. »Das war eigentlich überflüssig, aber ich hab's trotzdem gemacht.«

»Warum hätten Sie seinen Puls nicht tasten müssen, Kevin?«

»Sobald ich den Typ berührte, wusste ich, dass er hinüber war.« Er war zögerlich. Nervös. »Ich bereite mich aufs Medizinstudium vor. Ich habe ausreichend Anatomiekurse besucht, um zu wissen, wann jemand tot ist.«

»Und was haben Sie gemacht, sobald Ihnen klar war, dass er tot ist?«

»Ich habe die Tür geschlossen und bin den Hügel raufgeradelt, um ein Handynetz zu haben und den Notruf zu wählen. Hier hatte ich keinen Empfang.« Kevin betrachtete das Display seines Handys. »Immer noch nicht.«

»Da raufzufahren hat wie lange gedauert, fünf Minuten?«

»Eher zehn. Es ist ziemlich steil. Nachdem ich den Notruf gewählt hatte, haben sie mich gebeten, auf die Polizei zu warten.« Er zeigte auf Henrys schwarz-weißen Streifenwagen. »Sie haben sich oben mit mir getroffen, und ich bin runtergefahren, um ihnen die Stelle zu zeigen.«

Henry nickte, um diesen Teil der Geschichte zu bestätigen. Er klopfte dem zitternden Kevin beruhigend auf die Schulter.

»Geht es Ihnen gut?«, fragte ich den jungen Mann.

Er nickte und schluckte schwer. Trotz seiner aufgesetzten Tapferkeit war er eindeutig traumatisiert. »Ich dachte, nach den ganzen Anatomiekursen könnte mich nichts mehr schocken«, sagte er matt.

Ich bot ihm an, ihn in die Stadt zu fahren, doch er lehnte ab. Mit unsicherer Hand kritzelte er seine Adresse und Telefonnummer in mein Notizbuch, stieg dann auf sein Fahrrad und fuhr den Hügel wieder hoch.

Als er fort war, streifte ich Handschuhe über und sah mir das Auto an. Der Fahrer trug ein kariertes Hemd und war unrasiert. Er war schätzungsweise Mitte dreißig. Am Oberarm hatte er einen hässlichen Schnitt, der aussah wie eine Stichverletzung. Deshalb hatte Henry mich überhaupt hinzugezogen. Neben dem Bremspedal lag eine Flasche Jack Daniel's. Der Hals der Whiskeyflasche war abgebrochen und voller Blut. Das erklärte, warum das ganze Auto nach

Whiskey stank. Und nach Tod. Aber hauptsächlich nach Whiskey.

Es erklärte auch die tiefe Wunde am Arm des Fahrers. Vermutlich war die Whiskeyflasche im Moment des Aufpralls zerborsten und durch die Gegend geflogen und hatte ihn an Arm verletzt. Den Leuten ist nicht klar, wie gefährlich ungesicherte Gegenstände im Auto bei einem Aufprall mit hoher Geschwindigkeit sind.

Ich hatte schon viele Leichen gesehen und konnte mir ausrechnen, dass der Fahrer wahrscheinlich erst ein paar Stunden tot war. Ich machte Fotos und steckte die kaputte Flasche in einen Asservatenbeutel.

Dann überprüfte ich das Handschuhfach und die Taschen des Opfers. Der Mann trug keinen Ausweis bei sich. Keine Brieftasche. In der Mittelkonsole fand ich ein dickes Bündel abgegriffener Zwanzigdollarscheine. Tief im Handschuhfach stieß ich auf eine verschließbare Plastiktüte mit zwei ordentlich gedrehten Joints aus billigem Zigarettenpapier.

Ich ging um das Autowrack herum. Es gab kein Anzeichen dafür, dass ein anderes Auto in den Unfall verwickelt gewesen war. Oder ein Tier. Manchmal läuft Wild auf die Straße, und es kommt zu Zusammenstößen. Hier war nichts außer einem Auto, das sich um einen Baum gewickelt hatte.

Ich machte Fotos von den Reifenspuren auf der Straße, falls der drohende Regen alles wegwusch, bevor die Unfallermittler da waren. Ich schätzte, der Fahrer hatte Whiskey aus der Flasche getrunken, während er über diese notorisch gefährliche Straße raste. Er hatte die Kontrolle verloren und war gegen einen Baum gefahren. Wahrscheinlich war er bei dem Aufprall gestorben.

»Was halten Sie davon, Mel?«, fragte Henry, der an seinem Streifenwagen lehnte, während ich mir Notizen machte.

»Wir müssen den Toten in die Rechtsmedizin bringen, aber soweit ich sehe, ist dies ein Unfall mit tödlichem Ausgang, Henry. Keine Anzeichen für ein Tötungsdelikt, nichts als ein bescheuerter Hinterwäldler, der sich selbst tötet, indem er unter Alkoholeinfluss Auto fährt«, versetzte ich trocken.

Das hatte ich bis zu dem Augenblick gedacht, als Mike mir von dem Scopolamin erzählte. Das änderte alles.

Ich ging zurück in die Dienststelle. Will lehnte an seinem Schreibtischstuhl und plauderte mit einem Kumpel von der Drogenfahndung.

»Mach's dir bloß nicht zu bequem, Will«, sagte ich zu ihm. »Ich habe einen Fall für dich.«

JULIE

29

Ich brauche drei Tage, bis ich es in die Bücherei in der Stadt schaffe. Drei Tage Matt austricksen, damit er denkt, ich stehe immer noch unter Medikamenten. Drei Tage Unentschlossenheit, ob ich Antworten suchen oder es lieber vergessen soll. Vergessen wäre leichter, doch mich quälen Fragen. Am Ende komme ich zu dem Schluss, dass die Antworten nicht schlimmer sein können als die Fragen.

In Jeans und einem marineblauen Pullover mit Zopfmuster, in dem ich dick und älter aussehe, betrete ich die Bücherei, kurz nachdem sie geöffnet hat.

Ich schnappe mir einen Stapel Lokalzeitungen vom letzten Monat und blättere sie durch, neben mir ein alter Mann mit dicken Brillengläsern. Lautlos bewegen sich seine Lippen bei der Lektüre einer seriösen Zeitung, die er vor sich hält. Er kostet Wort für Wort aus.

Ich dagegen rase durch das Gedruckte, überfliege effizient nur die Überschriften und blättere zur nächsten Seite. Wenn ich mit einer Zeitung fertig bin, falte ich sie zusammen und lege sie neben meine Füße auf den Boden, dann blättere ich die nächste durch. Und dann wieder die nächste, bis der Zeitungsstapel auf meinem Schoß peu à peu immer kleiner wird, während der wilde Haufen auf dem Boden wächst.

Die Zeit fliegt vorbei, bis ich auf einen Artikel stoße, bei dem ich mich abrupt kerzengerade aufrichte. Die Zeitung ist zwei Wochen alt. In der oberen rechten Ecke auf einer Innenseite steht die Überschrift »Autofahrer stirbt bei tödlichem Unfall«. Darunter das verschwommene Foto eines Mannes mittleren Alters mit struppigem Bart und unbestimmten Zügen. »Das Opfer«, lautet die Bildunterschrift, »Alexander Henderson. Achtunddreißig Jahre alt. Arbeitslos.«

»Mr Henderson«, heißt es in dem Artikel, »ist mit seinem Wagen im Kellers Way gegen einen Baum gefahren. Laut Polizei kam er bei dem Aufprall ums Leben. Es scheint kein anderes Fahrzeug in den Unfall verwickelt gewesen zu sein. Die Polizei sagt, er ist womöglich auf Eis ins Rutschen geraten oder Wild ausgewichen. Die Polizei ermahnt Autofahrer, langsam zu fahren, besonders morgens und abends auf Landstraßen, wenn durch Frost große Rutschgefahr herrscht.«

Alexander Henderson. Ich tippe den Namen in die Suchmaschine auf meinem Smartphone und bekomme Hunderte wahlloser Ergebnisse. Ich grenze die Suche ein, indem ich unseren Ort eingebe. Ich stoße auf das Facebookprofil eines Alexander Henderson, der in unserer Stadt lebt. Das letzte Mal war dieser Alexander Henderson vor sieben Monaten dort aktiv, als er einen Cartoon über Drogenentzug postete. Laut seinem Profil hat er einen Abschluss am Carolinas Community College gemacht. Er hat mal Mick's Burger Bar geführt, eine Institution am örtlichen Community College. Wenige Minuten später sitze ich im Auto.

Der Campus des Carolina Community College hat sich seit meiner Zeit dort kaum verändert. Er liegt genau in dem Teil der Stadt, der am weitesten von den akademischen Universitäten mit den großen Namen und den noch höheren Studiengebühren entfernt ist. Das ist absolut logisch, den auf dieser Seite der Stadt lebt die Arbeiterklasse, der Einzugsbereich des Community College. Die überwiegende Mehrheit der Studierenden hier jongliert mit Nebenjobs und Familie, versucht ein Diplom zu machen oder einen Kredit zu bekommen, um den Abschluss zu schaffen in der Hoffnung auf etwas Besseres als einen Job ohne Aufstiegschancen und ein Leben voller Schulden.

Vor sieben Jahren war ich eine von ihnen, und auch ich jonglierte mit Studium und Arbeit. Ich musste mich selbst finanzieren. Es gab keine Familie, die für meine Studiengebühren aufgekommen wäre. Wie wichtig eine gute Ausbildung ist, wurde mir erst klar, als ich zwanzig war und keine andere Aussicht hatte als die, bis zum Ende meines Lebens Verkäuferin im Kaufhaus zu sein – oder Kundendienstbeauftragte, wie sie uns gern nannten. Oder eben so lange, bis meine Beine die Strapazen nicht mehr aushielten. Man weiß erst, wie hart es ist, neun, zehn Stunden am Tag auf den Füßen zu sein, wenn man es tatsächlich gemacht hat. Da wurde mir klar, dass man im Leben die Wahl hat. Ich entschied mich, etwas Besseres anzustreben.

Ich passiere das Verwaltungsgebäude am Haupteingang des Campus. Magnolien säumen den Weg. Vor der Bibliothek ist ein Café mit einer Segeltuchmarkise über einer Außenterrasse. Studierende entspannen sich auf Sonnenliegen, während sie auf ihren Laptops arbeiten.

Ich gehe weiter, bis ich zu einer Reihe von Campusrestaurants komme. Mick's Burger Bar hat sich in den Jahren sehr verändert. Die getönten Scheiben sind weg, genau wie die roten Sonnensegel, zu meiner Zeit das Markenzeichen der Bar. Stattdessen ist der Laden jetzt schicker, mit Speisekarten auf schwarzen Tafeln an weiß getünchten Wänden und antiken Tischen, die nach draußen auf ein Holzdeck drängen.

Als ich eintrete, laufen gerade die Vorbereitungen für den Mittagsansturm. Ich gehe direkt zu dem Angestellten an der Kasse. Sein Kopf fährt hoch, als ich nach dem Chef frage.

Der Chef erscheint eine Minute später mit kampfeslustiger Miene. Er denkt, ich will mich beschweren. Er kommt auf mich zu, ein untersetzter Typ mit markanter Nase und verkniffener Miene. Mitte fünfzig, schätze ich. Auf seinem Namensschild steht »Paul«. Ich erkläre ihm, ich sei Reporterin und würde einen Artikel über einen Mann schreiben, der vor zwei Wochen bei einem Autounfall ums Leben gekommen sei.

»Er hat hier gearbeitet«, sage ich. »Ich hatte gehofft, Sie können mir für meinen Artikel etwas über ihn erzählen.«

»Kommt drauf an.« Er zuckt die Achseln. »Wie war sein Name?«

Ich zeige ihm den Zeitungsartikel über den Unfall, den ich mit dem Handy abfotografiert habe. Er liest den Artikel und gibt mir das Handy mit einem hörbaren Seufzer zurück.

»War mein Schichtleiter. Vor Jahren. Der beste, den ich je hatte. Ich dachte, er würd's zu was bringen. Und dann ...« Er unterbricht sich und zuckt die Achseln.

»Was ist passiert?«

»Drogen«, antwortet er. »Kokain. Und Meth. Und wer weiß, was sonst noch. Er hatte, bevor er mit den Drogen anfing, eine Weile Depressionen. Probleme mit Frauen.«

»Was für Probleme?«

»Ist sitzen gelassen worden. Sie hatte was mit ’nem anderen«, sagt er. »Kurz darauf fing er an zu trinken, und dann kamen die Drogen. Irgendwann musste ich ihn rausschmeißen, weil ich ihn dabei erwischt habe, wie er Geld aus der Kasse klaute. Einen Schichtleiter, der mich beklaut, kann ich mir nicht leisten.«

»Absolut nicht«, erwidere ich mitfühlend.

»Das Traurige ist, dass er aus einer schwierigen Lebenssituation kam und fest entschlossen war, sich da rauszuarbeiten. Doch am Ende haben die Drogen ihn kaputt gemacht. Ja«, sagt er. »Ich bin sehr betroffen zu hören, dass er umgekommen ist.«

»Ich wäre daran interessiert, mit der Familie zu sprechen. Haben Sie Namen oder Kontaktadressen?«

»Kann sein, dass ich die Personalakte noch habe.« Er führt mich durch eine Tür mit der Aufschrift »Nur für Personal«. Wir gehen durch einen Flur in einen Aufenthaltsraum im hinteren Teil des Gebäudes.

Er schließt eine Tür auf und betritt einen vollgestellten Raum mit Aktenschränken an einer Wand. Auf dem Tisch steht ein Zettelspieß mit einem dicken Packen Rechnungen, daneben ein verwaistes, immer noch eingepacktes »Frühstück Spezial« und ein Becher Kaffee, auf dem geronnene Milch schwimmt. Ganz hinten ein Whiteboard mit Notizen, hauptsächlich Bemerkungen über die Schichten der einzelnen Mitarbeiter.

Mit einem Schlüssel von dem Ring an seinem Gürtel schließt er die oberste Schublade eines Aktenschranks auf.

»Hier«, sagt Paul und zieht eine dünne Akte heraus. Nicht viel drin außer Steuer- und Gehaltsabrechnungen und ein Mitarbeiterfragebogen. Er reicht mir das Blatt mit den persönlichen Details, damit ich einen Blick darauf werfen kann. Aufgeführt ist eine Wohnadresse ein paar Blocks vom Campus entfernt.

»Das Formular ist doppelseitig«, sagt Paul hilfsbereit. Ich drehe es um. Dort sind die Fragen nach früheren Krankheiten aufgelistet.

Am Ende des Formulars findet sich ein Feld für einen Notfallkontakt. Dort stehen in fast unleserlicher Handschrift ein Name und eine Handynummer. Ich hebe das Blatt an die Augen, um es entziffern zu können.

Der Name lautet »Julie«, und die Nummer ist die meines alten Handys, das ich vor meiner Heirat mit Matt hatte.

MEL 30

So jemanden gibt es an jedem Arbeitsplatz, eine Fliege an der Wand, eine unverbesserliche Klatschtante, die jeden kennt und alles weiß, was es zu wissen gibt, das Gute wie das Schlechte. Auf meiner Suche nach einem Motiv für die Ermordung von Laura West wollte ich das Schlechte hören.

Diane Lester hatte zwölf Jahre im Büro des vorigen Dekans gearbeitet, bevor sie kürzlich zum Alumniverband versetzt worden war – vermutlich hatte man sie damit auf das universitäre Abstellgleis geschoben. Sie war eine dünne Frau auf der falschen Seite der fünfzig und bestand aus nichts als Knochen und harten Kanten.

Ich traf mich mit ihr in einem Café außerhalb des Campus zu einem frühen Mittagessen. Ich bestellte einen griechischen Salat, sie Chicken Caesar Salad, ohne Ei und Croûtons, und dazu eine halbe Portion fettfreies Dressing.

»Eine Frau in meinem Alter muss auf ihr Gewicht achten«, gestand sie mit einem hellen Lachen. Sie war voller nervöser Energie und einem latenten Groll, den ich mir, so schätzte ich, zunutze machen konnte.

Ich hatte einen Ecktisch im Freien gewählt, wo wir offen reden konnten, ohne belauscht zu werden. Bis jetzt war es mir gelungen, der Öffentlichkeit die Identität des Opfers aus dem Kellers Way vorzuenthalten. Medienaufmerksamkeit kann einem ganz schön übel um die Ohren fliegen. Von allen Seiten kommen Pseudozeugen herbei, die wegen der Publicity lügen oder Geschichten erfinden, um einen Teil der Belohnung zu kassieren. So oder so macht es sehr viel Arbeit und führt zu nichts.

»Wie gut haben Sie Laura West gekannt?« Sobald der Kellner unsere Bestellung aufgenommen hatte, kam ich zur Sache. Diane hatte nur dreißig Minuten Mittagspause, und die wollte ich nicht mit höflichen Nichtigkeiten vergeuden.

»Ich war die persönliche Assistentin des Dekans, als Laura angestellt wurde, also war ich in alles eingeweiht, was es im Zusammenhang mit ihrer Einstellung zu wissen gab; Gehalt, Verhandlungen und so weiter. Die meisten Informationen sind natürlich vertraulich«, fügte sie hastig hinzu.

»Selbstverständlich«, pflichtete ich ihr freundlich bei. Deswegen war ich nicht hier. Diese Informationen konnte ich Laura Wests Personalakte und ihren Kontoauszügen entnehmen. Ich war wegen der Zwischentöne hier, Informationen, die nicht in Beschäftigungsnachweisen oder offiziellen Dokumenten zu finden waren. Ich wollte den Klatsch.

»Wie würden Sie Laura als Mensch beschreiben?«

»Also, das ist eine schwierige Frage.« Das Zögern in ihrem Gesicht verriet mir, dass ich ihr noch ein wenig schmeicheln musste. Nicht weil sie Klatsch verabscheute, sondern weil sie nicht übereifrig erscheinen wollte, über eine Tote herzuziehen.

»Dieses Gespräch bleibt ganz unter uns. Aber ich brauche einen ungeschönten Bericht«, versicherte ich ihr, »um Laura wirklich zu verstehen.«

»Also«, sagte sie und spielte mit ihrer Serviette herum,

»mit Laura zu arbeiten war nicht leicht. Sie war hoch angesehen. Exzellent auf ihrem Feld. Verstehen Sie mich nicht falsch. Das war alles wohlverdient. Doch wie die meisten außergewöhnlichen Menschen war Laura arrogant, ichbesessen und eine Individualistin. Wo sie war, herrschten immer Konflikte oder Dramen. Oft beides.«

»Mit wem hat sie sich gestritten?«

»Ich würde nicht streiten sagen«, fasste Diane sich genauer und trank einen Schluck Wasser. »Sie war einfach nicht der Typ, der Entscheidungen oder Verfahrensweisen, mit denen sie nicht einverstanden war, duckmäuserisch akzeptiert.«

»Was für Entscheidungen?«

»Ich kann mich nicht in allen Einzelheiten daran erinnern, aber ich weiß, dass es sehr viel Hin und Her um die Kürzung von Forschungsmitteln gab.«

»Die Universität hat ihr die Forschungsgelder gekürzt?« Ich unterbrach mich, als der Kellner unsere Salate in großen Glasschüsseln, einen Korb frisch gebackene Brötchen und einen Teller mit Kräuterbutter brachte.

»Nein, nein, nicht *ihre* Forschungsmittel. Die Gelder für ihren Mann. Der Universität war bei einigen seiner Forschungsprojekte nicht ganz wohl. Als es zu allgemeinen Budgetkürzungen kam, haben sie Matthew Wests Forschungsgelder gekürzt. Das kam bei den beiden nicht gut an.«

»Das war loyal von Laura, sich für ihren Mann mit der Universität anzulegen, damit er weiter seine Gelder bekommt«, bemerkte ich.

»So hat sie das nicht gesehen. Matthew war wahrscheinlich ihr größter Schwachpunkt.«

»Wie meinen Sie das?«

»Laura hätte alles für ihn getan. Sie hatte schon ihre Karriere für ihn geopfert.«

»Inwiefern?«

»Laura war von den Topuniversitäten des Landes angeboten worden, ihre neuropsychologischen Studienprogramme zu leiten. Doch sie entschied sich, hierherzukommen unter der Bedingung, dass wir auch ihrem Mann eine Position gaben. Die Universität war einverstanden, ihn einzustellen und ihm die notwendigen Forschungsmittel zur Verfügung zu stellen. Später hat man dieses Arrangement, glaube ich, bereut.«

»Warum?«

»Es gab Probleme mit seiner Forschung.« Ihr Tonfall war vage, während sie mit der Gabel in ihrem Salat herumstocherte. Ich wusste, dass ich auf sensibles Terrain gestoßen war.

»Was für Probleme?«

»Ich bin mir nicht ganz sicher, aber ich glaube, es gab Bedenken, weil seine Forschungsmethoden nicht den von der Universität gesetzten Standards entsprachen. Ich glaube, es gab ethische Bedenken.«

»Wissen Sie, worüber er geforscht hat?«

»Ich kann mich nicht genau erinnern«, sagte sie mit einem Achselzucken, doch ich hatte den Eindruck, dass sie mehr wusste, als sie preisgab. »Aber ungefähr sechs Monate vor Lauras Verschwinden wurden im Zuge allgemeiner Budgetkürzungen eben auch die Forschungsgelder ihres Mannes gekürzt. An dem Tag, als es bekannt gegeben wurde, platzte Laura in das Büro des Dekans. Ich hörte ihre lauten Stimmen.«

»Sie hat den Dekan also zusammengestaucht, weil die Universität ihrem Mann das Budget gekürzt hat?«

»Soweit ich das sagen kann, ja«, antwortete Diane. »Also, wenn Sie mich fragen, ich bin mir nicht sicher, ob ihr Mann begriff, wie weit sie sich für ihn aus dem Fenster gelehnt hat. Ich glaube nicht, dass er ihr gegenüber genauso loyal war.«

Ich trank einen Schluck Wasser und dachte über ihre Worte nach. Diane war voller Groll. Und sie hatte Informationen. Das war bei einem enttäuschten Mitarbeiter eine gefährliche Kombination. Wills Frau hatte einen Volltreffer gelandet. Ich musste nur die richtigen Fragen stellen, dann würde Diana bei mir abladen, was sie wusste.

»Inwiefern war Matthew West nicht loyal gegenüber seiner Frau?«, fragte ich sachlich.

»Es gab viele Gerüchte, er würde durch die Betten ziehen. Hauptsächlich mit seinen Studentinnen, manchmal auch mit welchen von anderen Fakultäten. Deswegen hatte er zwei andere Universitäten verlassen, bevor er hierherzog. Er hatte so einen Ruf, wissen Sie, ein Playboyprofessor.«

»Haben Sie je etwas mit eigenen Augen gesehen, was dieses Gerücht erhärtet hätte?«

»Nicht dass ich wüsste«, antwortete sie. »Matthew West ist ein gut aussehender Mann. Er hat Charisma. Von so einem Mann erwartet man fast, dass er untreu ist. Kann gut sein, dass es nur böswilliger Klatsch war. Laura besaß Durchsetzungsvermögen und nahm kein Blatt vor den Mund. Sie war keine, die sich zum Fußabstreifer machen ließ. Ich habe mich gefragt, ob sie eine offene Ehe führten. Ich meine, wie kann sie es nicht gewusst haben? Den größten Krach, an den ich mich erinnern kann, gab es, als bei den beiden die Festanstellung anstand.«

»Was geschah da?«

»Laura und Matthew hätten direkt nach ihrer obligatorischen Probezeit eine Festanstellung bekommen sollen. Laura bekam ihre, sobald die Zeit abgelaufen war. Doch die Universität brachte einen Vorwand nach dem anderen vor, warum Matthew West noch nicht für eine Festanstellung infrage kam.«

»Kennen Sie den Grund für diesen Aufschub?«

»Ich glaube, der lag in den Kontroversen um seine Forschung. Es gab Bedenken. Ich erinnere mich, dass Laura sich mit dem Dekan traf und darauf bestand, dass ihr Mann seine Festanstellung bekam, sonst würde sie gehen.«

»Das war waghalsig. Sie muss sich ihrer Position sehr sicher gewesen sein, um so ein Ultimatum zu stellen«, bemerkte ich.

»Das war typisch Laura«, sagte Diane. »Sie konnte zuckersüß sein und stahlhart, je nachdem, ob sie etwas von einem wollte. Gleichzeitig genoss sie große Loyalität seitens ihrer Studierenden. Sie wären für sie durchs Feuer gegangen. In dieser Hinsicht war sie wie ihr Mann. Ihre Studierenden waren ihre größten Fans. Sie wusste, dass die Universität sie niemals gehen lassen würde. Sie war ein akademischer Superstar; eine Zugnummer für Stiftungsgelder und Studierende gleichermaßen. Laura wusste, dass sie damit durchkommen würde, wenn sie die Primadonna spielte. Und so war es. Bis zu ihrem Tod.«

»Erinnern Sie sich noch, wie Matthew West reagierte, als Laura verschwand?«

»Er war am Boden zerstört. Vollkommen fertig. Die Studentenschaft hielt Mahnwachen bei Kerzenschein und Gedenkfeiern ab. Er hat an allen teilgenommen. Als die Universität schließlich seine Festanstellung beschloss, schrieb die Studentenzeitung einen Artikel darüber. Er war äußerst beliebt bei seinen Studierenden; sie freuten sich sehr für ihn.«

»Und die Mitarbeiter nicht so?«

»Einige Mitglieder der Fakultät kommentierten die Sache mit hochgezogenen Augenbrauen. Und was die Verwaltung angeht, also, der Dekan war kein Fan von ihm. Auch wenn er es selten zeigte. Er ist letztes Jahr gestorben, sonst hätte ich Ihnen geraten, mit ihm zu reden. Laura West als Professorin zu gewinnen war für die Universität ein ganz großer Coup, und der Dekan tat sein Möglichstes, um sie bei Laune zu halten. Doch am Ende konnte er nicht mehr die Augen davor verschließen, dass die Forschungsmethoden ihres Mannes ethisch nicht ganz einwandfrei waren, und bat Matthew, mit seinem Forschungsprogramm ans Community College zu gehen.«

»Das ist ungewöhnlich«, sagte ich. »Wissen Sie, aus welchem Grund?«

»Na ja, die Standards dort sind laxer«, sagte sie. »Die Abmachung lautete, dass er im Rahmen einer Kooperationsvereinbarung zwischen den beiden Colleges Seminare und Vorlesungen am Community College halten und mit seiner Forschungsarbeit dorthin umziehen würde. Unter der Bedingung, dass die Studie selbst nicht auf dem Campus durchgeführt wurde, sollte er weiter seine Forschungsmittel bekommen.«

»Ist diese Abmachung noch gültig?«

»Nein, keineswegs«, sagte sie. »Nach Lauras Tod gab er die Studie auf und reichte schließlich einen neuen Antrag zum Thema Impulskontrolle ein, der von der Ethikkommission abgesegnet wurde. Nach allem, was man hört, ist das ein sehr interessantes Forschungsgebiet. Seither hat er in mehreren angesehenen Zeitschriften publiziert.«

Ich machte mir im Geiste eine Notiz, Joe nach dem Treffen eine SMS zu schicken und ihn zu bitten, Professor Wests neuste Zeitschriftenartikel zu kopieren. Ich hatte Joe in der Campusbibliothek zurückgelassen, damit er für mich ein wenig recherchierte, während ich mich mit Diane traf.

»Es klingt, als hätte Professor Wests Schicksal mit seinem neuen Forschungsgebiet eine dramatische Wendung genommen«, bemerkte ich.

»Zweifellos«, sagte Diane. »Er ist inzwischen einer unserer renommiertesten Akademiker mit landesweitem Ansehen. Schwer vorstellbar, dass er vor sechs, sieben Jahren beinahe rausgeflogen wäre.«

Diane legte ihre Gabel ab.

»Kann ich Sie etwas fragen, Detective? Wieso so viele Fragen über Laura? Ich dachte, das wäre alles tot und begraben, sozusagen.« Sie wurde rot unter ihrem Make-up wegen ihrer taktlosen Wortwahl. »Ich meine, ich dachte, der Mord wäre aufgeklärt.«

»Ich arbeite an einer Ermittlung, die damit in Zusammenhang steht«, sagte ich in dem Versuch, es möglichst vage zu formulieren, ohne direkt zu lügen. »Eine letzte Frage, Diane. Hatte Laura West, soweit Sie wissen, Feinde? Menschen, die davon profitierten, dass sie von der Bildfläche verschwand?«

Das neuerliche Zögern in Dianes Gesicht entging mir nicht. Sie wusste etwas, doch sie war sich nicht sicher, ob sie es mir sagen sollte. Ich sah zu, wie ihre Miene sich veränderte, während sie mit sich rang und überlegte, wie viel sie preisgeben sollte. Am Ende seufzte sie.

»Trotz ihrer großen Beliebtheit bei Studierenden und Stiftern war Laura nicht bei allen wohlgelitten«, sagte sie vorsichtig. »Die Mitarbeiter der Verwaltung fanden sie arrogant. In der Fakultät waren einige neidisch auf ihre Forschungsmittel. Andere waren verärgert über die Unterstützung, die sie von der Universität erhielt, was Ressourcen anging. Sie hatte zwei wissenschaftliche Mitarbeiter, während die meisten Forscher mit viel Glück gerade mal einen hatten. So was in der Art. Doch ich glaube nicht, dass jemand sie wirklich gehasst hat. Auch wenn Laura zuweilen bei Leuten aneckte, so war sie doch sehr charmant und ziemlich gut darin, Unstimmigkeiten beizulegen. Sie war der Typ, der jedem ein großzügiges Weihnachtsgeschenk kaufte; damit machte sie sich dann wieder für ein Jahr beliebt.«

»Gibt es jemanden, mit dem Laura besonders eng zusammengearbeitet hat?«

Diane schürzte die Lippen und überlegte.

»Sie hatte eine wissenschaftliche Mitarbeiterin, Helen, die ziemlich lange ihre Assistentin war. Sie haben sich nahgestanden«, sagte sie und blickte zu mir auf. »Helen ist jetzt Assistenzprofessorin. Sie könnten sie fragen. Allerdings ...« Sie unterbrach sich unvermittelt und senkte den Blick auf ihre Salatschüssel, als wäre ihr gerade klar geworden, dass sie eine unpassende Bemerkung gemacht hatte, und als hoffte sie, ich würde es nicht bemerken.

»Allerdings?«, fragte ich.

»Also, nun, ich glaube, sie haben sich vor Lauras Tod zerstritten.«

»Wie kommen Sie darauf?«

»Laura ist ungefähr eine Woche vor ihrem Verschwinden zum Dekan gegangen und hat verlangt, dass Helen aus ihrer Abteilung versetzt wird. Den Grund kenne ich nicht, aber Laura bestand eisern darauf.«

JULIE

31

Ich finde Alexander Hendersons alte Wohnung in einem baufälligen Haus in der Nähe des Community College. Es ist ein heruntergekommener Komplex, der die Rückseite eines Stripteaselokals überblickt, dessen pinkfarbene Neonlichter auch tagsüber verzweifelt zucken. Die Treppe ist aus blankem Beton. Vom metallenen Handlauf des Geländers blättert weiße Farbe, und der Boden ist mit Kippen übersät.

Oben, im dritten Stock, gehe ich eine offene Galerie hinunter, von der aus man über den Parkplatz schauen kann. Ein Fernseher plärrt so laut, dass ich ihn längst höre, bevor ich vor der entsprechenden Wohnung stehe. Ich klopfe mehrmals an die Tür. Keine Reaktion. Also klopfe ich mit den Autoschlüsseln ans Fenster.

Das Plärren des Fernsehers wird leiser, und schließlich geht die Wohnungstür auf. Der Mann, der sie öffnet, trägt ein fleckiges T-Shirt, das sich über einen krankhaft fetten Bauch spannt. Sein genervter Gesichtsausdruck verrät mir augenblicklich, dass er nicht begeistert ist über die Störung.

»Ich guck grad *Dr. Phil*«, fährt er mich an.

»Tut mir leid.« Ich gebe mich zerknirscht. »Ist das Alexander Hendersons alte Wohnung?«

»Wie soll der heißen?«, bellt er.

»Henderson.« Er hat bis vor ein paar Monaten hier gewohnt. Der Mann kratzt seinen struppigen Bart, während er über die Frage nachdenkt. Seine Miene bleibt ausdruckslos.

»Hab noch nie von ihm gehört«, sagt er und will die Tür schließen.

»Er hat hier gewohnt.« Ich schiebe den Fuß in die Tür. »Er ist vor ein paar Wochen bei einem Autounfall ums Leben gekommen. Ich versuche, seine Verwandten zu finden.«

»Also, ich bin nicht mit ihm verwandt, Lady.« Er wendet sich um und schaut auf den Fernseher, während wir reden.

»Okay, das habe ich kapiert. Wie lange wohnen Sie schon hier?«

»Fünf, sechs Wochen.« Er hat immer noch den Kopf abgewandt, um die Sendung nicht zu verpassen. »Der Vormieter ist rausgeflogen, weil er die Miete nicht gezahlt hat. Dann bin ich eingezogen.«

»Wie hieß der Typ, der rausgeschmissen wurde?«

»Hab ich nicht gefragt.« Er zuckt die Achseln, ohne mich anzusehen. »Sind Sie von der Polizei?«

»Ich bin vom Nachlassgericht«, improvisiere ich. »Hat der vorherige Mieter etwas zurückgelassen? Irgendwelche Besitztümer?«

»Also, die Möbel haben alle ihm gehört. Der Vermieter hat sie als Ausgleich für die nicht gezahlte Miete einkassiert. Die können Sie nicht haben, falls Sie das denken.«

»Die will ich nicht«, erwidere ich. »Ich frage mich, ob er vielleicht Papiere zurückgelassen hat. Die könnten uns helfen, seine nächsten Angehörigen zu finden.«

»Die persönlichen Sachen hab ich oben in den Schrank

gestopft«, sagt er. »Sehen Sie ruhig nach. Falls Sie drankommen.«

Er öffnet die Wohnungstür und tritt zur Seite, um mich einzulassen. Der Kerl scheint mehr Sorge zu haben, *Dr. Phil* zu verpassen, als eine Fremde in seine Wohnung zu lassen. Und er hält eindeutig nichts von frischer Luft. Aus der Küche weht mir ein ranziger Geruch entgegen; der Mülleimer quillt über, und in der Spüle stapelt sich das Geschirr. Auf einem Tablett auf dem Boden eine halb aufgegessene Mahlzeit. Er kehrt zu seinem Fernsehsessel zurück und dreht die Lautstärke so weit auf, dass ich ihm am liebsten den Stecker rausziehen würde.

»Der Schrank ist in der Waschküche«, ruft er. Sein Blick ist starr auf den Fernseher gerichtet, während er in die entsprechende Richtung winkt.

Ich gehe durch die schmale, lange Küche in die Waschküche dahinter. Über einem Korb, aus dem schmutzige Klamotten und Handtücher quellen, hängt ein säuerlicher Geruch. Ich klettere auf einen Küchenschemel, der auf dem unebenen Fußboden kippelt, und öffne die Schranktür.

Ich finde einen Haufen Sportgeräte: einen Tennisschläger, Baseballsachen und so weiter, die wohl kaum dem derzeitigen Mieter gehören. Ich finde sogar einen lindgrünen Hundenapf. Er kommt mir seltsam bekannt vor. Als ich ihn heraushole, stoße ich dahinter auf einen kleinen Karton, wahllos vollgestopft mit allen möglichen Unterlagen. Darunter Briefe und andere Dokumente, alle an Alexander oder Alex Henderson adressiert.

»Das könnte das sein, wonach ich suche«, erkläre ich dem Mieter, als ich mit dem Karton die Wohnung verlasse. Er sagt nichts und rührt sich nicht. Er ist vollkommen gefesselt von einem Mutter-Tochter-Streit bei *Dr. Phil.* Ich knalle die Tür hinter mir zu.

Ich gehe hinunter zu meinem Auto auf dem Parkplatz, setze mich hinters Lenkrad und krame in dem Karton. Alte Betriebskostenabrechnungen, viele davon mit »überfällig« gestempelt. Ein Stapel Briefe von Geldeintreibern mit unterschiedlich starken Drohungen. Die meisten wurden nie geöffnet. Manche sind durchgerissen.

In dem einzigen handschriftlich adressierten Umschlag steckt eine Weihnachtskarte von »Tante Nancy«. Auf der Rückseite des Umschlags stehen auch ihr Nachname, Poole, und ihre Adresse. Ich lasse mir von der Auskunft ihre Telefonnummer geben und wähle. Es klingelt.

»Nancy?«, sage ich, als eine Frau sich meldet.

»Ja«, antwortet sie. »Wer ist da?«

»Ich bin eine Freundin von Alexander Henderson.«

»Eine Freundin von Alex? Was für eine Freundin?«, fragt sie misstrauisch.

»Aus seiner Zeit am College. Ich würde gern vorbeikommen und mit Ihnen über ihn reden.«

»Ich wüsste nicht, wozu«, sagt sie. »Alex ist tot, und nichts wird ihn zurückbringen.«

»Ich habe gerade erst erfahren, was passiert ist. Ich bin schockiert.« Ich lasse meine Stimme brechen. »Ich würde gern mit jemandem reden, dem etwas an ihm lag.«

»Ich wüsste nicht, warum Sie schockiert sein sollten«, sagte sie ausdruckslos. »Das Einzige, was mich wundert, ist, dass es nicht schon viel früher passiert ist. Alex steckte schon lange in Schwierigkeiten.«

»Ich erinnere mich an ihn als hervorragenden Studenten am College«, sage ich. »Was ist passiert?«

»Wo soll ich anfangen?«, sagt sie nach einer langen

Pause. »Also, ich bin morgen zu Hause, Sie können genauso gut vorbeikommen, dann erzähle ich es Ihnen.«

An diesem Abend ist Matt so mit der Vorbereitung von Lauras Beerdigung beschäftigt, dass er nur flüchtig kontrolliert, ob ich meine Medikamente genommen habe. Um ihn an der Nase herumzuführen, lasse ich die leeren Blisterverpackungen auf meinem Nachttisch liegen, daneben das halb ausgetrunkene Glas Wasser.

Als ich am nächsten Morgen zu Nancy Poole fahre, ist mein Kopf medikamentenfrei und kristallklar. Sie wohnt etwas abseits von einer Hauptverkehrsstraße zwei Countys weiter. Ihr Haus liegt mitten im Nichts, ihre nächsten Nachbarn sind eine Hühnerfarm und eine Molkerei, beide knapp einen Kilometer entfernt. Mir wird es eng um die Brust. Angst ballt sich in mir zusammen wie Gewitterwolken, als ich mich dem Haus nähere. Doch das ist mir egal, denn mein Kopf ist wieder klar.

Matt denkt, ich hätte mich an die neue Dosierung gewöhnt. Er glaubt, meine Stimmung hätte sich stabilisiert. Er hat keine Ahnung, was ich alles auf mich nehme, um diese Kapseln nicht mehr zu schlucken. Im Augenblick verheimliche ich ihm sehr vieles. Über die kaputte Scheinwerferabdeckung, die ich unten im Kellers Way gefunden habe, habe ich ihm gegenüber kein Sterbenswörtchen verloren, und auch nicht über den Artikel über den Autounfall dort. Er würde nur behaupten, ich würde mir das alles aus den Fingern saugen, und dann würde ich wieder ganz durcheinander werden und nicht mehr wissen, was dort wirklich passiert ist.

Nancy Pooles Haus hat ein Flachdach und liegt am Ende einer langen betonierten Einfahrt, durch deren Risse das Unkraut bricht.

»Sind Sie Alex' Freundin?«, fragt sie mit schriller Stimme, als ich aus dem Wagen steige. Ich wende mich um, und mein Blick fällt auf eine Frau in den Sechzigern mit einem Sonnenhut aus Stroh auf dem Kopf. Sie hockt vor einem zerrupften Gartenbeet, das sie mit einer Gartenschere traktiert.

»Ja. Ich heiße Stacy.« Ich habe keine Ahnung, warum ich sie anlüge, doch in dem Augenblick scheint es mir eine kluge Vorsichtsmaßnahme zu sein.

»Kommen Sie rein, und trinken Sie was Kaltes«, sagt sie, zieht ihre Gartenhandschuhe aus und führt mich ins Haus. Ich folge ihr in die Küche und setze mich auf einen mit Linoleum bezogenen Barhocker. Aus einem Krug schenkt sie zwei Gläser selbst gemachte Limonade ein und gibt Eiswürfel dazu.

»Woher kannten Sie Alex?« Sie reicht mir ein Glas.

»Wir sind uns auf dem College über den Weg gelaufen«, antworte ich. »Wir waren in derselben Studiengruppe. Nach dem College habe ich ihn aus den Augen verloren. Sie haben gesagt, in letzter Zeit wäre es ihm nicht so gut gegangen? Das hab ich nicht gewusst«, sage ich. »Ich wohne erst seit Kurzem wieder in der Stadt.«

»Er hat Drogen genommen«, sagt sie. »Nicht nur Marihuana. Hartes Zeug. Eine verdammte Schande ist das. Er hat immer geschworen, er würde nicht so werden wie sein Vater, und dann hat er trotzdem Heroin gespritzt und Crack geraucht. Es hat mir das Herz gebrochen.«

»Das tut mir leid. Mir war nicht klar, dass es so schlimm um ihn stand.«

»Daran ist ganz allein seine nichtsnutzige Freundin schuld«, sagt sie bitter. »Hat ihn einfach so wegen eines anderen fallen lassen.« Sie schnippt laut mit den Fingern, um ihre Worte zu unterstreichen. »Von der Enttäuschung hat er sich nie mehr erholt. Ich glaube, deswegen hat er zu den Drogen gegriffen.«

»Im College war er einer der Besten.«

»Nach dem College fiel alles auseinander.« Sie seufzt. »Er ging in Entzug. Mehrmals, um genau zu sein. Jahrelang ging's rein in den Entzug und wieder raus, bis Alex schließlich von den Drogen runter war. Endlich sauber. Selbst da war es nicht leicht für ihn, Arbeit zu finden. Er hatte keine Zeugnisse. Ein paar Tage vor seinem Tod hat er mir noch erzählt, er hätte einen Job in Aussicht. Er sagte, die Bezahlung wäre gut, und dann hätte er genug Geld, um sein Leben wieder auf die Reihe zu kriegen. Er sprach sogar davon, irgendwann seinen eigenen Laden zu eröffnen.«

Während sie erzählt, geht sie zu einem Schrank am Ende des Flurs und öffnet ihn.

»Ich bewahre Alex' ganze Sachen hier auf«, sagt sie. »Selbst seine Collegenotizen und Unterlagen.«

»Dürfte ich mal einen Blick darauf werfen?«

»Nur zu.«

Gut zehn Minuten lang gehe ich die Unterlagen durch. Ich stoße auf Aufzeichnungen von einem Psychologieexperiment, an dem Alex damals auf dem College teilgenommen hat. Darunter findet sich auch eine Liste aller Teilnehmer an dem Experiment. Mein Name steht ebenfalls auf dieser Liste. Dort habe ich Matt kennengelernt. Es war seine Studie, er hat das Experiment geleitet.

Ich habe Angst vor dem, was ich zwischen den Papieren noch finden könnte. Hastig stelle ich den Karton zurück. In einem oberen Fach liegt ein gerahmtes Foto von einem Mann Mitte zwanzig, jung und frisch rasiert. Er trägt Sonnenbrille und Baseballmütze und hat den Arm um eine junge Frau mit schulterlangem Haar gelegt. Beide lächeln in die Kamera. Es ist offensichtlich, dass sie ein Paar sind.

»Da war er das letzte Mal glücklich«, sagt Nancy, und beim letzten Wort bricht ihre Stimme. Sie steht hinter mir und schaut auf das Bild.

Die junge Frau auf dem Foto hat die Hand an die Stirn gelegt, um die Augen vor der grellen Sonne zu schützen. Ein Schatten liegt auf ihrem Gesicht. Wahrscheinlich erkennt Nancy deswegen nicht, dass ich die Frau auf dem Foto bin.

MEL 32

Als Studentin war Helen Williams aus der Anonymität der Graduate School gefischt worden, um Laura Wests Assistentin zu werden. Laura förderte Helen und besorgte ihr ein Stipendium, das ihr zu einem Zeitpunkt, als sie schon erwogen hatte, aus finanziellen Gründen alles hinzuschmeißen, erlaubte, ihre Promotion abzuschließen.

Die Fotos, die ich bei meiner Internetrecherche gefunden hatte, zeigten, dass Helen sich nicht nur in ihren akademischen Bestrebungen an ihre Chefin anpasste. Sie trug eine ähnliche Frisur wie Laura und bevorzugte klassische Kleider und Kostüme, die an einer Studentin Anfang zwanzig eher seltsam wirkten, zu der Position als Assistenzprofessorin, die sie inzwischen innehatte, aber schon eher passten.

Während ich über den Campus ging, überlegte ich kurz, sie vorher anzurufen. Es wäre höflicher gewesen, doch ich wollte Helens unmittelbare Reaktion auf meine Fragen sehen. Wenn man sie richtig zu deuten weiß, kann die Mimik der aufschlussreichste Teil einer Befragung sein. Ich klopfte leise an ihre Bürotür und trat ein.

»Warum fragen Sie nach Laura?«, wollte sie wissen, nachdem ich meinen Dienstausweis vorgezeigt und mich vorgestellt hatte. »Der Fall wurde vor Jahren abgeschlossen.«

Ihr Verhalten verriet mir, dass da mehr war als Neugier. Vorsicht.

»Ich ermittele in einem Fall, der damit in Zusammenhang steht.«

Sie sah aus, als wünschte sie sich, ich würde mich in Luft auflösen, während sie zögernd ihren Laptop zur Seite schob und mir bedeutete, ihr gegenüber am Schreibtisch Platz zu nehmen.

»Wie war Laura?« Ich fing bewusst mit einer offenen Frage an, denn ich war mir nicht sicher, auf welcher Seite des Zauns Helen in Bezug auf Laura West stand. Inzwischen wusste ich, dass die Leute eine klare Meinung zu Laura hatten, so oder so.

»Laura?«, fragte sie, als wollte sie herausfinden, auf was ich hinauswollte. »Laura war toll. Sie war einer der klügsten Menschen, denen ich je begegnet bin. Es war eine Ehre, mit ihr zu arbeiten, und eine Tragödie, dass sie auf so gewaltsame Weise starb.« Ihre Antwort wirkte einstudiert, und doch klang sie ehrlich.

»Hatte Laura hier Feinde?«, hakte ich nach. »Jemand, der ihr schaden wollte? Sie vielleicht sogar umgebracht hat?«

»An einer Universität gibt es immer Gerangel, aber ich kann mir niemanden vorstellen, der Laura schaden wollte.«

»Auch ihr Mann nicht?«

»Besonders nicht ihr Mann«, antwortete Helen. »Sie waren einander sehr nah.«

»Und Sie waren Lauras Assistentin?«

»Ja. Mein Arbeitsplatz war direkt neben Lauras Büro; ich war sehr eng in ihre Forschung eingebunden.«

»Dann kannten Sie Lauras Gewohnheiten wahrscheinlich besser als die meisten anderen Menschen an der Universität.«

»Wir haben lange Zeit sehr eng zusammengearbeitet«, antwortete sie.

»Hat Laura Medikamente genommen? Hat sie getrunken? War sie von irgendetwas abhängig?«

»Ich habe sie nie regelmäßig Medikamente einnehmen sehen, außer Kopfschmerztabletten. Sie hatte oft Migräne. Wenn es losging, ist sie immer sofort nach Hause gefahren. Sie hat einmal gesagt, wenn diese Kopfschmerzen kämen, bräuchte sie absolute Ruhe. Das leiseste Geräusch wäre dann unerträglich. Sie trank selten. Wein, besonders Rotwein, gehörte zu den Sachen, die ihre Migräne auslösten.«

»Was ist mit Freizeitdrogen?«

»Fragen Sie mich allen Ernstes, ob Laura drogenabhängig war?«

»Ja.«

»Nein«, fuhr sie beleidigt auf. »Laura hat keinerlei Freizeitdrogen genommen.«

»Hatte Laura zu Hause Probleme? In ihrer Ehe? Oder in einem anderen Bereich ihres Privatlebens? Hat sie sich in den Monaten vor ihrem Tod Sorgen über irgendetwas gemacht?«

»Nicht dass ich wüsste«, sagte Helen. Ich sah, dass ihr angesichts der Richtung, in die die Fragen gingen, nicht ganz wohl war. Wir bewegten uns auf heiklem Terrain. »Laura war ein sehr verschwiegener Mensch. Ich glaube nicht, dass sie sich je irgendjemandem gegenüber geöffnet hat. Sie hatte ein Notizbuch in ihrer Handtasche, in das sie ab und zu etwas schrieb. Ich glaube, sie vertraute sich wirklich nur ihrem Tagebuch an.«

Ich hörte zum ersten Mal davon, dass Laura ein Tagebuch geführt hatte. Ich nahm mir vor, in den Fallunterlagen nachzusehen, ob wir eine Kopie davon hatten.

»Gab es Studierende, die nicht gut auf sie zu sprechen waren?«

»Da fällt mir niemand ein. Laura war als Dozentin sehr beliebt. Ihre Studierenden waren handverlesen. Sie hatten einen strengen Auswahlprozess durchlaufen, um in das Programm aufgenommen zu werden. Laura war ein großer Name auf ihrem Feld, und sie bekam hohe Zuwendungen. Als sie starb, trockneten einige dieser Geldquellen aus, sodass wir die Abteilung erheblich verkleinern mussten. Also, nein, ich bin mir sicher, dass von den Studierenden niemand schlecht auf Laura zu sprechen war. Außer vielleicht die, die nicht in ihr Programm aufgenommen wurden. Es gab jedes Jahr dreißig Plätze, und wir bekamen Tausende von Bewerbungen aus dem ganzen Land und auch aus dem Ausland.«

»Hatte Laura Rivalen innerhalb der Fakultät?«

»Die ganze Fakultät befindet sich gewissermaßen in ständiger Rivalität«, antwortete Helen, »denn wir konkurrieren alle um Forschungs- und Stiftungsgelder. Und natürlich um Anerkennung. Doch das artet nicht in Gewalttätigkeiten aus.«

»Haben Sie je Spannungen zwischen Laura West und ihrem Mann bemerkt? Haben Sie vielleicht in den Wochen vor ihrem Tod einen Streit mitangehört?«

»Was ich mitangehört habe, waren die üblichen Gespräche unter Paaren. Pläne fürs Wochenende. Abgesagte Abendessen wegen zu viel Arbeit. So was. Er kam manchmal vorbei, um über ein Forschungsprojekt zu sprechen, an dem sie beide arbeiteten. Dann klangen ihre Diskussionen zuweilen recht hitzig. Mein Schreibtisch stand nebenan, also habe ich nicht verstanden, worum es ging.«

»Ich wusste nicht, dass sie zusammengearbeitet haben«, sagte ich ehrlich überrascht. »Woran haben sie geforscht?«

»Sie hatten gerade erst angefangen zusammenzuarbeiten. Die Einzelheiten kenne ich nicht. Das hat sie alles unter Verschluss gehalten, selbst vor mir. Zuerst war Laura ganz aufgeregt deswegen, doch dann verlor sie das Interesse. Ich bin mir nicht sicher, ob es daran lag, dass die ersten Ergebnisse enttäuschend waren, oder ob sie keine Zeit mehr dafür hatte, sobald das Kind da war. Ich hatte den Eindruck, es verlief irgendwie im Sande.«

Mir war nicht entgangen, dass Helen mir während dieser ziemlich vagen und langatmigen Antwort auf eine direkte Frage kein einziges Mal in die Augen gesehen hatte. Diese Frau sagte nicht die Wahrheit. Ich beschloss, es dabei zu belassen. Vorerst.

»Hatte Laura neben ihrem Mann noch jemanden? Einen Liebhaber?«

»Das ist lächerlich«, versetzte sie hitzig. »Laura hat ihre Arbeitszeit an der Uni reduziert, um mehr Zeit für das Kind zu haben. Sie sagte, nachdem sie so viele Jahre auf ein Kind gewartet habe, wolle sie auch mitkriegen, wie es aufwächst.«

»Was ist mit ihrem Mann? War er ihr treu?«

»Was ist Ihnen zu Ohren gekommen?« Ihr Tonfall war plötzlich sehr misstrauisch.

Ich sagte nichts. Ich wollte, dass sie redete.

»Über gut aussehende Professoren und ihre Studentinnen gibt es immer Gerüchte«, antwortete sie vorsichtig. »Das ist wirklich ein Klischee. Auf dem Campus ging der Witz um, seine Studentinnen wären Matts Harem. Ich habe es als das aufgefasst, was es war, böswilliger Klatsch.«

»Matt?«, hakte ich nach. Ihre schuldbewusste Miene verriet mir, dass sie gehofft hatte, ihr Ausrutscher wäre unbemerkt geblieben. »Das klingt, als würden Sie ihn ziemlich gut kennen.«

»So hat Laura immer von ihm gesprochen«, antwortete sie schnell. »Hat wohl abgefärbt.« Unvermittelt sah sie auf ihre Uhr. »Also, ich hoffe, ich konnte Ihnen weiterhelfen, Detective. Nach dem Mittagessen habe ich eine Vorlesung, und dafür müsste ich jetzt noch meine Präsentation fertig machen, falls Sie nichts dagegen haben.«

»Absolut nicht. Nur noch rasch eine letzte Frage. Stimmt es, dass Laura vorhatte, Sie aus ihrer Abteilung zu werfen?«

»Wo haben Sie das denn her?« Helen war aus der Fassung geraten, auch wenn sie versuchte, es zu verbergen. Ihre Wangen waren gerötet, und sie ballte die Hand zur Faust, bis die Knöchel weiß hervortraten.

»Warum wollte Laura nicht mehr, dass Sie für sie arbeiten, Helen?«

»Ich habe nicht den leisesten Schimmer, Detective«, sagte sie. »Und jetzt muss ich wirklich mit meiner Arbeit weitermachen.«

JULIE

33

Nach meinem Treffen mit Nancy Poole fahre ich an einen Ort, den ich seit Jahren nicht besucht habe. Die Straßen rund um die Seenplatte sind schmale Asphaltbänder, doch mit den Gedanken bin ich nicht auf der Straße. Ich lasse mich vom Brummen des Motors einlullen, während in meinem Kopf unablässig herumspukt, was ich in Nancy Pooles Haus gefunden habe.

Damals im College kannte ich Nancys Neffen als Alex Trent. Ich wusste nicht, dass Trent gar nicht sein richtiger Familienname war. Allerdings war mir bekannt, dass er sich mit seinem Vater überworfen hatte; vermutlich wollte er deswegen nicht dessen Namen tragen.

Kurz lief etwas zwischen uns. Wir hatten es beide bis dahin nicht leicht gehabt, vielleicht brachte uns das zusammen. Ich hatte reichlich Erfahrung mit Pflegefamilien. Und wenn das Sozialamt mich nicht bei einer Pflegefamilie unterbringen konnte, schob meine Familie mich von einem zum anderen wie ein ungewolltes Haustier. Auch Alex kam aus einem zerrütteten Elternhaus, er war der Sohn von Drogenabhängigen, und er war fest entschlossen, die Finger von dem Zeug zu lassen. Seine Tante hatte recht. Alex hatte aus erster Hand gewusst, wohin das führen konnte.

Alex war klug und ehrgeizig. Er war ganz versessen darauf, Jura zu studieren, obwohl seine wahre Leidenschaft dem Unterrichten galt. Er klagte oft darüber, dass er von einem Lehrergehalt niemals den Berg an Studienschulden würde zurückzahlen können, der sich angehäuft hatte.

Unsere Beziehung damals hatte er ernster genommen als ich. Ich wollte nur aus dieser Stadt weg. Paradoxerweise bin ich nach all der Zeit immer noch hier.

Ich bin so in der Vergangenheit versunken, dass ich meine Umgebung vergesse. Als ich aus meiner Träumerei auftauche, bemerke ich, dass ich am Ufer eines Sees geparkt habe, neben einem Haus, das ich viele Jahre nicht gesehen habe.

Das Seehaus sieht aus wie beim letzten Mal, als ich mit Matt hier war, nur dass es jetzt von einer Aura der Vernachlässigung umgeben ist. Ich schlage die Autotür zu. Kies knirscht unter meinen Schuhen, als ich die Einfahrt hochgehe. Das Haus hat seine eigene private Bucht und einen Steg.

Vage registriere ich den Verfall, den die Zeit mit sich gebracht hat. Einst war das Haus von außen strahlend weiß, nun ist es gelblich. Der Garten ist verwildert. Es ist nicht mehr so wie in den leidenschaftlichen Tagen, als Matt und ich uns heimlich hier trafen, während Laura in ihre Arbeit vertieft war.

Das Seehaus ist seit Jahrzehnten im Besitz von Matts Familie. Ab und zu streiten Matt und seine Mutter darüber, was sie damit machen sollen. Normalerweise kommen sie überein, nichts zu tun. Matt findet, es sei baufällig und solle abgerissen werden. Anne will nichts davon hören, es loszuwerden, obwohl sie selbst nie hinfährt. Sie ist nicht der Typ für idyllisch gelegene Ferienhäuser, auch wenn sie oft mit ihren Söhnen hier war, als die noch Kinder waren.

Das Seehaus ist Teil der Familie und ihrer Geschichte,

erklärt sie Matt, wenn der ihr Druck macht, es zu verkaufen. In dieser Hinsicht ist Anne sentimental. Das ist wahrscheinlich auch der Grund, warum sie in ihrem alten Südstaatenhaus mit dem löchrigen Dach und der schlechten Isolierung herumgeistert.

Matt hasst das Seehaus, seit er einmal als Junge beinahe im See ertrunken ist. Wahrscheinlich wäre er gestorben, wenn sein Vater nicht hineingesprungen wäre und ihn auf den Steg gezogen hätte, wo Matt sich erbrach. Anne hat es ganz anders in Erinnerung. Sie sagt, Matt habe sich mit einem Bein im Schilf verfangen und Panik bekommen, bis jemand ihm eine Rettungsboje zugeworfen und ihn an Land gezogen habe. Er habe zwar hektisch mit den Armen um sich geschlagen, aber er wäre nicht mit dem Kopf untergetaucht. Seltsam, dass zwei Menschen denselben Vorfall vollkommen anders in Erinnerung haben.

Was dem Haus an zärtlichen Kindheitserinnerungen fehlt, hat es als Schlupfloch für Matts außereheliche Affären wiedergutgemacht. Ich gaukle mir nicht vor, ich wäre die erste Frau gewesen, mit der er hierhergefahren ist. Es ist der perfekte Ort für ein Tête-à-tête, keine Autostunde von der Stadt entfernt und vollkommen abgelegen. Es gibt keine Nachbarn, denn das Haus steht am Rand eines Nationalparks.

Das erste Mal fuhr Matt an einem späten Nachmittag im Frühsommer mit mir zum Seehaus, ungefähr zwei Wochen nachdem wir das erste Mal miteinander geschlafen hatten. Angeblich fuhren wir hierher, um schwimmen zu gehen. Laura war auf der Hochzeit einer alten Collegefreundin in New York. Sie hatte die Schlüssel mitgenommen, doch es gab einen Ersatzschlüssel, der für den Notfall irgendwo versteckt war. Matt zählte die weiß gestrichenen Steine am Gartenweg, der vom Haus zum See führte, bis er den elften Stein erreichte. Er hob ihn hoch, und darunter lag der Schlüssel in einer erdverkrusteten Plastiktüte.

Ich mache es jetzt genauso und zähle die Steine ab. Der Schlüssel ist noch in seinem Versteck.

Im Haus kriechen Lichtsplitter durch die Lücken zwischen den vorgezogenen Vorhängen, Staub flirrt in der Luft. Ich öffne die Fenster an der Vorderseite, um Licht hereinzulassen und den muffigen Geruch zu vertreiben. Die Möbel sind von einer für den Einrichtungsstil der Südstaaten typischen Anmut und verleihen den Räumen einen entspannten Charme. Lauras Hand ist in der Innenausstattung nicht zu übersehen.

Über einigen Möbeln liegen Schutzbezüge, und die Lampen sind von Spinnweben umsponnen. Hier war lange niemand. Ich bin erleichtert. Es bedeutet, dass Matt nicht mit Emily hier war. Noch nicht.

In der Speisekammer finde ich alte Dosensuppen und ein längst abgelaufenes Glas Instantkaffee. Der Kühlschrank ist nicht eingesteckt und steht ein Stück offen.

Vom Flur gehen zwei Schlafzimmer ab. Die Matratzen sind abgezogen, die Schränke leer. Das dritte Schlafzimmer ist oben, auf dem Speicher, eine Holztreppe hoch. Als ich hinaufsteige, knarren die Stufen. Oben ist es genau so, wie ich es in Erinnerung habe: Vom Bett aus blickt man durch ein hohes Fenster direkt auf den See. Ich lege mich seitlich auf die nackte Matratze und sehe zu, wie ein Vogel mit den Flügeln die Wasseroberfläche streift, bevor er wieder aufsteigt. Wie oft haben Matt und ich den Blick von diesem Bett aus genossen.

Unsere Beziehung war nicht geplant. Das wird Emily

vielleicht eines Tages auch sagen. Matt erzählte mir, was alle untreuen Ehemänner ihren Geliebten erzählen. Dass seine Frau nicht mehr für ihn da wäre. Dass ihre Ehe am Ende wäre. Dass er die Hände nicht von mir lassen könnte. Heute ist es genau das Gegenteil. Der einzige Grund, warum Matt überhaupt noch nach Hause kommt, ist Alice.

Diese Woche war Matt jeden Abend spät dran. Er kann mir nicht in die Augen sehen. Er senkt den Kopf, wenn er an mir vorbeigeht, murmelt die eine oder andere Geschichte zur Erklärung, warum er zu einer lächerlich späten Uhrzeit nach Hause kommt. Examensvorbereitungen. Ein Fakultätstreffen auf den letzten Drücker. Als ihm keine Ausreden mehr einfielen, die mit der Arbeit zu tun haben, hat er mir neulich abends sogar die gute alte Reifenpanne als Vorwand aufgetischt. Ihm gehen die Lügen aus. Ich mag keinen Doktortitel haben, aber blöd bin ich nicht.

Ich hatte nie die Absicht, etwas mit Matt anzufangen. Es ist irgendwie passiert. Er hat ein Seminar am Community College unterrichtet, wo ich studierte. So erfuhr ich von der psychologischen Studie, die er leitete. Ich meldete mich als Probandin. Mehr aus Neugier denn wegen des mageren Salärs. Trotzdem hatten wir die meiste Zeit über nichts miteinander zu tun.

Dann blieb ich eines Tages nach der Abendvorlesung noch da, um ihn etwas zu fragen. Reserviert und sachlich beantwortete er meine Frage, während die anderen Studierenden nach draußen gingen.

Als er mit seiner detaillierten Erklärung fertig war, war außer uns niemand mehr im Hörsaal.

Draußen war es schon dunkel. Er bestand darauf, mich zu meinem Wagen zu begleiten. Ein paar Wochen zuvor hatte es eine versuchte Vergewaltigung gegeben, und er sagte, es sei nicht sicher, wenn ich nach der späten Vorlesung draußen allein unterwegs sei.

»Wollen wir vielleicht noch was trinken gehen?«, fragte er, als er die Wagentür für mich öffnete. Ich spürte, wie sein Blick mit offensichtlichem Interesse über meinen Körper glitt. Ganz ehrlich? Ich war auch scharf auf ihn.

Wir trafen uns fünfzehn Minuten später in irgendeiner Bar in der Innenstadt. Er bestellte eine Margarita für mich und für sich einen Whiskey sour. Der Alkohol machte mich lockerer. Ich flirtete wie verrückt und trank zu viel Tequila, was immer schon meine Achillesferse war. Er fuhr mich zu meiner kleinen Wohnung. Eine Stunde später ließ er mich in meinem Bett zurück und fuhr heim zu seiner Frau. Es war meine erste Affäre mit einem verheirateten Mann.

An die Wochen danach habe ich nur bruchstückhafte Erinnerungen: Matt und ich auf dem Boden im Wohnzimmer, in meinem Bett, auf dem Speicher des Seehauses, wo ich gerade liege. Wir haben nie das große Schlafzimmer unten benutzt. Das gehörte Laura. Matt war immer sehr geschickt darin, sein Leben in einzelne Bereiche aufzuteilen.

Jetzt, da ich keine Medikamente mehr nehme, kehren allmählich die Erinnerungen zurück, als würde in meinem Kopf ein Stroboskoplicht aufblitzen. Ich versuche, sie mir zu schnappen und festzuhalten, doch sie sind äußerst flüchtig.

An den Tag, an dem Roxy umgebracht wurde, erinnere ich mich genau. Matt und ich haben uns gestritten, ziemlich heftig. Er war als Redner zu einer Konferenz in Montreal eingeladen worden. Ich wollte ihn begleiten, ein Trip nur für uns beide. Ich schlug vor, Anne zu bitten, sich um Alice zu kümmern. Ich sagte, es würde seine Mutter nicht umbringen, ausnahmsweise einmal etwas für uns zu tun.

Er weigerte sich. Er meinte, ich würde mich nicht genug bemühen, eine Bindung zu Anne herzustellen. Mit Roxy an der Leine stürmte ich aus dem Haus. Wir spazierten so lange kreuz und quer durchs Viertel, bis ich mich beruhigt hatte. Als ich gerade die Straße überqueren wollte, um nach Hause zu gehen, kam ein Auto um die Ecke gebrettert. Ich trat zurück auf den Gehweg, doch für Roxy war es zu spät. Sie war mit ihrer für Labradore typischen Begeisterung losgestürmt. Sie blutete schrecklich. Ich hielt sie in den Armen, bis ihr Winseln verstummte. Der Wagen fuhr einfach weiter.

Ich denke an diesen schrecklichen Tag, als ich auf der Matratze liege und in den klaren blauen Himmel über dem See blicke, bis er vor meinen Augen verschwimmt. Als ich aufwache, ist es früher Nachmittag. Mein Kopf pocht, und mein Mund ist trocken. Vor allem aber habe ich Hunger. Ich öffne eine Dosensuppe aus der Speisekammer und mache sie mir auf dem Gasherd warm. Ich trinke sie aus einem Becher, während ich auf der vorderen Veranda stehe und zusehe, wie das Wasser des Sees sanft gegen den Steg schlägt.

Dieser Ort entspannt mich. Ich werde wieder herkommen, wenn Alice in der Schule ist. Mit dem Auto sind es nur dreißig Minuten. Ich könnte ein paar Vorräte mitbringen und den Garten auf Vordermann bringen. Vielleicht die Veranda neu streichen. Ich könnte das Haus in seine Glanzzeit zurückversetzen, so wie Laura es gemacht hat. Wenn alles hergerichtet ist, nehme ich Matt und Alice mit hierher und überrasche sie. Wir können im See schwimmen und am Ufer ein Picknick machen.

Die Tür des Bootsschuppens klappert im Wind, wie um mir zu sagen, dass Alice rudern toll finden würde. Ich gehe hinüber und öffne den Riegel der Tür. Die Halterung ist durchgerostet und fällt mir in die Hand. Die Holztür geht knarrend auf. Der Modergeruch ist so stark, dass ich mir die Nase zuhalten muss. In einem Regal liegen zusammengefaltet aufblasbare Schwimmtiere, die dunkle Schimmelflecken haben. Sie wurden seit Jahren nicht angerührt. An der Wand hängt eine Reihe verhedderter Angeln. Ich hebe die Segeltuchabdeckung des Ruderboots hoch, um zu schauen, ob Ruder da sind, falls ich mit Alice auf den See rausfahren will. Das Boot ist leer bis auf eine kaputte Taschenlampe und ein rostiges Taschenmesser mit aufgeklappter Klinge.

MEL

34

Die Jungs und ich lehnten an dem weiß getünchten Holzzaun und sahen zu, wie Leute auf dem Reitplatz mit ihren Pferden Gangartwechsel übten. Auf der Sommerville Horse Ranch war viel los: Wochenendreitstunden und Reitgruppen, die zu Ausritten in die Berge aufbrachen und auf den Wald zuhielten.

Nachdem Joe sich sicher war, Julie West hier auf einem Foto gesehen zu haben, hatte ich auf der Ranch vorbeischauen wollen, um noch einmal die Fotowand zu inspizieren. Zuerst hatte ich gedacht, Joe hätte einfach ein bisschen zu viel Begeisterung an den Tag gelegt. Doch inzwischen war mir klar, dass Joe einen guten Instinkt besaß. Wie sein Vater.

Also dachte ich mir, ich könnte Joes Spur nachgehen und gleichzeitig mit meinen Söhnen ein bisschen Zeit an der frischen Luft verbringen. Ich buchte Reitstunden für die beiden und machte aus einer Sache, die ich sowieso tun musste, einen Ausflug. Sagen wir mal so, als es Zeit wurde, ins Auto zu steigen, lief es daheim nicht besonders gut. Anscheinend spielt man heutzutage lieber virtuellen Sport mit elektronischen Geräten nach, als selbst Sport zu treiben oder zu reiten oder an einem sonnigen Samstagnachmittag überhaupt aus dem Haus zu gehen.

Die Glöckchen am Griff der Tür zum Büro bimmelten,

als ich sie aufdrückte. Wir traten ein, und Joe zeigte schweigend auf das Bild oben links in der Ecke der Fotowand.

»Wie schön, Sie so bald wieder hier zu sehen, Detective«, sagte Lacey, die am Empfangstresen stand.

»Ich fand, es wird Zeit, dass meine Söhne reiten lernen.« Ich warf meinen Jungs, die mit gequälten Gesichtern dastanden, einen warnenden Blick zu.

»Haben sie Reiterfahrung?«, fragte Lacey und setzte ihre Lesebrille ab.

»Nein, es sei denn, man zählt Ponyreiten auf dem Jahrmarkt im Alter von fünf Jahren dazu.«

»Mom«, stöhnte Joe vor Peinlichkeit auf.

»Wenn wir mit ihnen fertig sind, werden Sie glauben, sie wären auf dem Rücken von Pferden groß geworden«, sagte Lacey und schob mir ein Klemmbrett mit einem Anmeldeformular und einer Verzichtserklärung zum Unterschreiben rüber.

Ich half den Jungs, die Reithelme passend einzustellen, während Lacey zwei Pferde auf den Sattelplatz führte. Als die Jungs aufgesessen waren, öffnete sie ein Gatter, um sie auf eine ovale Reitbahn zu lassen, wo ein Reitlehrer mit wettergegerbtem Gesicht und Stetson auf sie wartete.

»Möchten Sie auch reiten?«, fragte Lacey mich, als sie das Gatter schloss.

»Sehr gern«, antwortete ich und meinte es auch. »Aber nicht heute. Ich habe noch ein paar Fragen an Sie. Können wir dazu ins Büro gehen?«

Wir gingen zusammen den grasbewachsenen Hang zu der Hütte hoch, in der das Büro lag. »Ach, übrigens«, sagte sie mit einem Anflug von Verlegenheit in der Stimme, »bei dem schönen Wetter hatten wir so viel zu tun, dass ich noch nicht dazu gekommen bin, in den Keller zu gehen und nach den Unterlagen zu suchen, nach denen Sie beim letzten Mal gefragt haben. Ich mach's gleich am Montag.«

»Das wäre toll«, sagte ich, als wir das Büro betraten. »Kann ich mir ein Foto an Ihrer Wand genauer ansehen?«

»Sicher. Welches?«

»Das da drüben.« Ich zeigte auf einen verstaubten schwarzen Rahmen oben links in der Ecke. Lacey stieg auf einen Stuhl und holte ihn herunter. Das Foto zeigte eine junge Frau, die einem Kind beim Aufsitzen half. Ich war beeindruckt. Joe hatte ein gutes Gedächtnis für Gesichter.

»Wer ist sie?«, fragte ich, obwohl ich die Antwort kannte.

»Das ist Julie«, sagte Lacey. »Sie hat mal hier gearbeitet. Die netteste junge Frau, die man sich vorstellen kann. Ein Herz aus reinem Gold.«

»Und jetzt arbeitet sie nicht mehr hier?«

»Sie hat geheiratet und ist weggezogen. Wirklich schade. Die Kinder haben sie angebetet, besonders die autistischen Kinder, die zur Therapiestunde kamen. Julie hatte ein Händchen für Kinder. Und für Pferde.«

»Sie haben beim letzten Mal gesagt, ich solle mit Ihrem Reitlehrer Dylan sprechen, der nur am Wochenende da ist.«

»Ja, richtig. Er arbeitet seit über zehn Jahren hier. Er unterrichtet übrigens gerade Ihre Söhne.«

Ich ging wieder hinunter, um bis zum Ende der Reitstunde zuzusehen. In den letzten paar Minuten saßen die Jungs ziemlich gemütlich auf ihren Pferden, während die auf dem Platz im Kreis liefen.

»Das war toll, Mom.« Sammys Augen strahlten, als er und Joe absaßen.

»Ihr solltet auch beim Trockenreiben der Pferde helfen. Danach könnt ihr euch ein Eis kaufen«, sagte ich und gab ihnen Geld. »Ich will noch kurz mit Dylan reden.« Ich gab Joe mit einem Blick zu verstehen, dass sie sich nicht beeilen sollten.

Dylan saß auf dem Zaun, sein rotblondes Haar flatterte im Wind. »Für's erste Mal haben sie sich ganz gut angestellt«, meinte er.

»Und es hat ihnen Spaß gemacht«, sagte ich. »Also, ich arbeite in der Stadt als Polizistin. Abgesehen davon, dass ich die Jungs zur Reitstunde bringen wollte, bin ich auch hier, weil ich Hilfe bei einem Fall brauche. Hätten Sie eine Minute für mich?«

»Klar.« Er sprang vom Zaun.

»Kennen Sie diese Frau?« Ich zeigte ihm ein Foto von Laura West, das wenige Monate vor ihrem Verschwinden aufgenommen worden war.

»Sie sieht aus wie eine ehemalige Schülerin. Von vor Jahren. Ich habe ihren Namen nicht mehr parat, aber ich erinnere mich noch genau an sie, weil ich noch nie jemandem begegnet bin, der so große Angst vor Pferden hatte.«

»Ist es üblich, dass Menschen mit einer Pferdephobie Reitstunden nehmen?«

»Manche Leute wollen ihre Angst loswerden. Meistens sind sie in jungen Jahren vom Pferd gefallen und seither nie mehr geritten. Ob es bei ihr so war, weiß ich nicht mehr«, sagte er. »Ich habe nicht mit ihr gearbeitet.«

»Wissen Sie noch, wer sie unterrichtet hat?«

»Eine Reitlehrerin namens Julie«, antwortete er. »Sie arbeitet schon lange nicht mehr hier. Sie hat hauptsächlich Kinder unterrichtet. Es war ungewöhnlich, dass Julie eine erwachsene Schülerin hatte. Doch die beiden haben gut harmoniert. Am Ende«, sagte er und tippte auf das Foto von Laura, »hat Julie ihr beigebracht, auf einem Pferd über den Platz zu reiten. Das hört sich vielleicht nicht nach viel an, aber für eine Frau, die solche Angst vor Pferden hatte, war es ein Wahnsinnsdurchbruch.«

»Wo ist Julie jetzt? Wissen Sie das?«

»Sie hat aufgehört, weil sie an einem College in der Stadt studieren wollte«, sagte er. »Danach habe ich den Kontakt verloren.« Die leichte Röte in seinem gebräunten Gesicht ließ vermuten, dass Dylan in die junge Julie verknallt gewesen war. »Ich sollte dann auch los. Die nächsten Reiter warten auf ihre Stunde.«

»Nur noch eine letzte Frage.« Ich ging mit ihm zum Gatter. »Erinnern Sie sich zufällig noch, in welcher Jahreszeit sie herkam, um Reitstunden zu nehmen?«

»Im Herbst. Das war, kurz bevor ich für ein Jahr nach Argentinien gezogen bin, um dort auf einer Pferderanch zu arbeiten.«

»Ich habe am Empfangstresen meine Karte hinterlegt«, sagte ich. »Rufen Sie mich an, falls Ihnen noch etwas einfällt.«

»Jetzt, wo Sie es sagen ... Da ist noch etwas, was ich nie vergessen habe.« Er öffnete das weiße Holzgatter und drehte sich dabei zu mir um. »Das letzte Mal, als ich die Frau auf dem Foto sah, kam sie in schicken Reitstiefeln und einer roten Jacke. Die Sachen hatten sicher ein kleines Vermögen gekostet. An diesem Tag ritt sie zum ersten Mal ganz allein. Ohne jede Hilfe. Eine Runde um den Reitplatz. Danach saß sie ab, bedankte sich bei uns und sagte, sie bräuchte keine Reitstunden mehr.«

JULIE

35

Ich habe eine neue Alltagsroutine. Sobald ich Alice an der Schule abgesetzt habe, fahre ich direkt zum Seehaus. Ich laufe am Ufer entlang, ziehe dann meine Laufklamotten aus, steige in meinen Badeanzug und tauche ins Wasser. Ich schwimme einige Bahnen parallel zum Steg, vor und zurück, bis ich müde bin.

Nach dem Schwimmen lege ich mich auf die rauen Planken des Stegs und lasse mich trocknen. Manchmal schlafe ich ein und wache am frühen Nachmittag träge auf. Ab und zu hole ich mir aus dem Bootsschuppen eine Angel und setze mich auf den Steg, lasse die Füße baumeln und versuche, einen Fisch zu fangen. Bis jetzt hat noch kein einziger angebissen, aber ich mach's trotzdem.

Heute Morgen jäte ich Unkraut im Garten und pflanze ein Dutzend Sträucher, die ich auf dem Weg hierher in einer Baumschule gekauft habe. Meine Arbeit zahlt sich aus. Das Seehaus sieht wieder lebendig aus. Widerwillig fahre ich zurück, um Alice von der Schule abzuholen und den Abend in unserem einsamen Heim zu verbringen, wo ich meistens mit ihr allein bin.

Matt war seit Ewigkeiten nicht mehr zum Abendessen zu Hause. Heute Abend ist er auch spät dran. Nachdem Alice und ich gegessen haben, fahre ich mit ihr los, vorgeblich, um Milch zu kaufen. In Emilys Wohnung brennt

Licht. Durch die nicht ganz geschlossenen Jalousien kann ich hineinschauen. Sein Gesicht kann ich nicht sehen, doch ich erkenne seine Körperhaltung. Und sein Hemd, das blau karierte, das ich ihm zum Vatertag gekauft habe.

Am liebsten würde ich klingeln und sie konfrontieren. Schluss mit dem Versteckspiel. Dann ermahne ich mich, dass diese Lügen der einzige Grund sind, warum wir noch zusammen sind. Unsere Ehe gründet auf Täuschungen und Lügen. Matt lügt mich an, und ich lüge ihn an. Solange keiner von uns eingesteht, dass wir lügen, geht alles seinen gewohnten Gang. Die Lügen halten unsere Ehe zusammen wie Sekundenkleber.

Matt glaubt, ich nähme immer noch meine Medikamente, wenn auch in einer geringeren Dosierung, weil meine Stimmung sich gebessert hat. In Wirklichkeit habe ich schon über eine Woche nichts mehr genommen. Ich fühle mich fantastisch. Die Klarheit der Gedanken, die Energie. Ich bin ein neuer Mensch.

Am Ende bleibe ich ich im Wagen sitzen, während Alice auf der Rückbank halb eingeschlafen ist, und sehe zu, wie das Licht in Emilys Wohnzimmer flackert. Ich frage mich, was ich getan habe, um ihn zu vergraulen.

Drei Stunden später ist Matt zu Hause. Es ist kurz vor zehn. Sein Atem riecht nach Alkohol. Eine Wolke von Emilys widerwärtig süßem Parfum umgibt ihn. Es ist in seinen Kleidern, seiner Haut, seinen Haaren. Er gibt sich keine Mühe, die immer offensichtlicheren Anzeichen seiner Affäre zu verbergen, und ist einfältig genug, um zu hoffen, ich hätte nicht gemerkt, dass er drei Stunden zu spät nach Hause kommt.

Der betrügerische, verlogene Scheißkerl sieht mir nach wie vor nicht in die Augen. Er beugt sich vor, um mir pflichtbewusst ein keusches Küsschen zu geben. Unser tägliches Ritual.

»Tut mir leid, dass ich so spät dran bin.« Er seufzt, als wäre er erschöpft von einem langen Tag auf der Arbeit. Ich weiß, warum er müde ist, und es hat nicht das Geringste mit Arbeit zu tun.

»Ich bin vollkommen im Korrigieren von Seminararbeiten versunken«, sagt er, während er die Post auf dem Tisch im Flur durchschaut. So muss er mich nicht ansehen, während er mir seine Lügengeschichten auftischt.

»Du hättest die Arbeiten mit nach Hause bringen sollen«, sage ich. »Du hättest dich damit ins Arbeitszimmer setzen können.«

»Ich glaube, ich kann mich im Büro besser konzentrieren«, sagt er und reibt sich den Nacken, um die Lüge zu bekräftigen, er hätte den Abend über seinen Schreibtisch gebeugt verbracht, wo er in Wirklichkeit doch mit Emily im Bett war. Er geht an mir vorbei in die Küche und öffnet den Kühlschrank. »Gibt's was zu essen?«

»Klar«, antworte ich leichthin und denke bei mir, das Flittchen Emily tut alles, außer ihm was zu essen zu geben. »Wir hatten Lasagne. Ich mache dir eine Portion warm.«

Ich kippe ein Glas Weißwein herunter, während sich die Lasagne in der Mikrowelle dreht. Als sie fertig ist, bringe ich ihm seinen Teller an den Tisch, zusammen mit der Weinflasche und zwei sauberen Gläsern. Ich trinke mein zweites Glas Wein, während ich ihm beim Essen zusehe.

»Ich hab noch nie erlebt, dass du so lange im Büro bleibst, um Arbeiten zu korrigieren«, platze ich heraus. Meine Stimme klingt vorwurfsvoll. Schon bereue ich, etwas gesagt zu haben. Ich will keine Konfrontation.

»Was willst du damit sagen, Julie?«, fährt er auf.

»Nichts.« Ich ziehe mich zurück. »Ich kann mich bloß nicht erinnern, dass du je so hart gearbeitet hast wie dieses Semester. Mehr nicht. Ich mache mir Sorgen, du könntest dich überarbeiten.«

Sein Blick ist unverwandt auf mein Gesicht gerichtet.

»Ich betreue dieses Jahr sehr viele Studenten.« Er spricht langsam. Als wäre ich debil. »Die Universität hat die Zulassungsrate hochgesetzt, um mehr Geld einzunehmen. Das bedeutet für mich mehr Arbeit und mehr Kopfschmerzen. Das weißt du doch. Ich habe mich oft genug darüber beklagt.«

»Ja, natürlich.« Ich trinke mehr Wein. »Sollte dir deine wissenschaftliche Mitarbeiterin nicht beim Korrigieren helfen?«

»Am Ende muss *ich* die Noten geben, und dafür muss ich die Arbeiten lesen«, sagt er scharf. »Ich würde meinen Studierenden einen schlechten Dienst erweisen, wenn ich das nicht täte.«

Matt mag es nicht, wenn er sich kritisiert fühlt. Ich bewege mich auf dünnem Eis. Ich muss runter, bevor es bricht. Solange alles den Anschein von Normalität hat, überstehen wir diese Krise vielleicht. Bis zur nächsten.

»Es tut mir leid, Matt.« Ich gebe mich zerknirscht. »Alice war enttäuscht, dass sie dich heute gar nicht gesehen hat.«

»Ich mache es wieder gut.« Seine Stimme wird weicher. »Nächste Woche bin ich mit den meisten Korrekturen durch, dann lässt der Druck auch etwas nach.«

Der Mann hat einen Oscar verdient. Er ist sehr überzeugend, beinahe glaube ich ihm, dass er den Abend hungrig und müde in seinem Büro verbracht und gewissenhaft die Arbeiten seiner Studierenden korrigiert hat.

Sein Handy vibriert. Rasch schirmt er die Nachricht mit der Hand ab.

»Wer schickt dir denn so spät noch eine SMS?«, frage ich. Übelkeit steigt in meiner Kehle auf, während ich auf seine Antwort warte.

»Nur eine Benachrichtigung von der Bank, dass eine Überweisung nicht geklappt hat.« Er sagt das so ruhig, dass klar ist, dass er lügt.

Als ich aufstehe, um das Geschirr abzuräumen, drücke ich ihm einen Kuss in den Nacken in der Hoffnung, einen Blick auf das Display seines Handys zu erhaschen. Er schaltet es schnell aus und dreht sich um, um meine Bluse aufzuknöpfen. Er küsst mich auf den Mund. Ich denke daran, wo diese Lippen vorher waren, und mir wird übel.

»Du hattest einen langen Tag und bist sicher müde.« Ich löse mich von ihm. Er will mich an sich ziehen, doch ich bin schon außer Reichweite.

»Ich bin jedenfalls völlig k. o.« Mit einem übertriebenen Gähnen gehe ich nach oben und ziehe mich um. Zu meiner Erleichterung folgt er mir nicht. Ich höre, dass er unten den Fernseher einschaltet. Das Licht flackert matt die Treppe hoch bis zum Treppenabsatz vor unserem Schlafzimmer.

Als wir später mit Riesenabstand in unserem großen Ehebett liegen, sagt er: »Du nimmst deine Medikamente nicht mehr, nicht wahr? Du hast gesagt, du würdest auf eine Kapsel am Tag reduzieren, aber es war nie die Rede davon, dass du ganz damit aufhörst.«

Ich ignoriere ihn und tue weiter so, als würde ich schlafen, den Kopf ins Kissen gedrückt, während meine Brust sich in tiefen, gleichmäßigen Atemzügen hebt und senkt. Er dreht sich zur Seite, stützt sich auf den Ellbogen und mustert mich. Durch die geschlossenen Augenlider kann ich seinen Schatten ausmachen.

»Julie, du schläfst nicht. Wir müssen reden. Ich weiß, dass du deine Medikamente nicht nimmst.«

»Woher weißt du das?«, frage ich verschlafen.

»Du bist angespannt und flippst andauernd grundlos aus.«

»Wage ja nicht, anzudeuten, ich käme nicht zurecht.« Abrupt setze ich mich auf. »Ich kriege dich im Augenblick kaum zu sehen. Allmählich komme ich mir schon vor wie eine Alleinerziehende.«

»Julie.« Er beugt sich über mich und spricht leise, geduldig. »Wechsel jetzt nicht das Thema. Du hast meine Frage noch nicht beantwortet. Hast du deine Medikamente genommen?«

»Ja.« Ich sehe ihm ruhig in die Augen. »Selbstverständlich. Ich habe sie heute Morgen genommen und fast den ganzen Tag geschlafen.«

»Braves Mädchen.« Er küsst mich auf die Stirn, als wäre ich ein Kind. Wir liegen noch ein paar Minuten da und tun beide so, als würden wir schlafen. Mein Herz pocht rasend schnell, während ich auf seinen nächsten Zug warte. Er verlässt das Bett und kehrt mit einem Glas Wasser zurück.

»Du bist so angespannt, Schatz.« Er setzt sich zu mir auf die Matratze und reicht mir zwei dunkelgrüne Kapseln und das Glas. Sein Blick ist fest auf mein Gesicht gerichtet, bis ich die Kapseln geschluckt habe. Dann nimmt er mir das Glas ab und stellt es auf meinen Nachttisch. Er dreht mich auf den Bauch und schiebt mein Nachthemd hoch, um mir den Rücken zu massieren. Dabei drückt er mit den Daumen fest in die Muskeln, unerträglich und angenehm zugleich.

»Ich habe noch nie so verhärtete Muskeln angefasst«, flüstert er mir ins Ohr, während er meinen Rücken knetet. »Ich bin froh, dass du die Tabletten genommen hast. Wenn du aufwachst, fühlst du dich wieder frisch. Dann bist du wieder ganz du selbst.«

Die Medikamente wirken. Unter seinem sicheren Griff drifte ich davon.

»Matt«, sage ich benommen.

»Ja, Schatz?« Seine Stimme kommt von weit weg.

»Warum fahren wir gar nicht mehr zum Seehaus?«

Er unterbricht seine Massage für einen Sekundenbruchteil. Lange genug, dass ich trotz des Medikamentennebels merke, dass die Frage ihm nicht passt.

»Ich mag das Haus nicht. Es ist abgewohnt«, antwortet er knapp. »Und es birgt unschöne Erinnerungen.«

»Du hast mir erzählt, dass du dort beinahe mal ertrunken bist.«

»Ja. Als Kind. Warum fragst du jetzt danach?«

»Nur so«, murmele ich, blind und taub für alles. »Deine Mutter sagt, Laura war gern dort.«

»Meine Mutter übertreibt«, erwidert er. »Laura und ich waren kaum dort.«

»Die Gegend ist schön.« Eine Welle des Schlafes überkommt mich. »Aber das Haus braucht unbedingt einen neuen Anstrich. Wir sollten es wirklich anstreichen, Matt.«

Ich drifte ab. Als ich am Morgen aufwache, liege ich nackt in seinen Armen.

JULIE

36

Alice sitzt auf unserer selbst gebauten Schaukel im sonnendurchfluteten Garten hinter dem Haus und fängt Seifenblasen, die ich zu ihr rüberpuste. Sie lacht so laut, dass ich das Läuten an der Haustür zuerst nicht höre. Erst nach dem dritten oder vierten Läuten macht Alice mit ihrem feinen Gehör mich darauf aufmerksam, dass wir Besuch haben.

»Ich war in der Gegend, und ich habe ein paar Fragen«, sagt die Frau, als ich die Tür öffne. Sie nennt mir ihren Namen und zeigt mir ihren Dienstausweis. Panik flammt in mir auf. Wir haben nie direkt miteinander gesprochen. Wir sind uns nie begegnet. Ich weiß nur, wer sie ist, weil ich vom Treppenabsatz aus zugesehen habe, wie Matt mit ihr in seinem Arbeitszimmer verschwunden ist, als sie das letzte Mal hier war.

Ich erkläre ihr, dass Matt nicht zu Hause ist und ich noch eine ganze Weile nicht mit ihm rechne. Dann sagt mir ihr Gesichtsausdruck, dass sie nicht hier ist, um mit ihm zu reden. Sondern mit mir.

Ich führe sie in den Garten hinter dem Haus, wo Alice noch auf der Schaukel sitzt. Ich stoße Alice ein paarmal kräftig an, damit sie eine Weile schaukelt, und dann ziehen wir uns auf die Terrasse zurück. Wir nehmen einander gegenüber auf mit Leinen bezogenen Stühlen Platz. Aus einem Krug auf dem Tisch schenke ich uns zwei hohe Gläser Pfirsich-Eistee ein.

Meine Hand zittert, und ich verschütte ein wenig. Sie bemerkt es. Ich würde ihr gern sagen, dass das nicht an Nervosität liegt, sondern an den Medikamenten. Doch das könnte zu einem ganzen Komplex von Fragen über Dinge führen, die sie nun wirklich nichts angehen. Also werde ich rot angesichts meiner Ungeschicklichkeit und sage nichts weiter dazu.

»Wie kann ich Ihnen helfen, Detective?« Ich fühle mich müde, während ich die Frage formuliere, als würde ich nuscheln. Ich bin wieder im Tablettendunst.

Matt ist neuerdings wieder sehr gewissenhaft darauf bedacht, dass ich meine Medikamente nehme. Und je mehr ich davon schlucke, desto weniger kann ich mich gegen ihn, gegen seine abendliche Routine und gegen die Kapseln, die er mir verabreicht, wehren. Ich war seit Tagen nicht laufen. Ich fühle mich aufgebläht und kränklich. Ich mache mir Sorgen, dass die Pflanzen im Garten des Seehauses eingehen, wenn sie nicht regelmäßig gegossen werden, und dass das Unkraut die frisch bepflanzten Beete wieder überwuchert. Jeden Morgen wache ich mit dem Wunsch auf, das Seehaus zu sehen, und doch schaffe ich es an den meisten Tagen kaum aus dem Bett. Wenn ich ehrlich bin, kann ich nicht einmal zum Laden fahren, ohne dass es mich völlig erschöpft.

»Es tut mir leid, wenn ich ungelegen komme«, sagt die Polizistin. Dass sie trotzdem nicht anbietet, ein andermal wiederzukommen, entgeht mir nicht. »Ich habe ein paar Fragen zu Laura Wests Tod.«

»Selbstverständlich.« Ich versuche, Energie in meine Stimme zu legen. »Wenn ich Ihnen helfen kann.«

»Haben Sie mal auf der Sommerville Horse Ranch gearbeitet? Sie liegt knapp fünfzig Kilometer außerhalb der Stadt.«

Mein Kopf ist leer, als ich über die Frage nachdenke. Sommerville Horse Ranch? Irgendwo in meiner Erinnerung ist etwas. Das Knarren der Seile, die jedes Mal, wenn Alice vor- und zurückschwingt, über den Ast der Eiche reiben, lenkt mich ab. Die Polizistin wartet auf eine Antwort. Ich konzentriere mich mit aller Kraft.

»Tut mir leid. Wie hieß der Ort noch?«

»Sommerville Horse Ranch«, sagt sie langsam und sieht mich komisch an.

»Ich hab da mal gearbeitet«, sage ich. »Vor Jahren. Als Studentin.«

»Erinnern Sie sich, ob die erste Frau Ihres Mannes, Laura, dort Reitunterricht genommen hat?«

»Das ist lange her.« Nur mit Mühe kann ich meine Gedanken zusammenhalten, sie wollen immer davontreiben. »Ich habe ewig nicht mehr an diesen Ort gedacht.«

»Vielleicht kann ich Ihren Erinnerungen ein wenig auf die Sprünge helfen.« Sie zieht eine blaue Aktenmappe aus ihrer Tasche. »Ich habe mit den Leuten auf der Ranch gesprochen, und sie haben erwähnt, dass Sie Laura Wests Reitlehrerin waren. Ja, sie sagten auch, dass Sie beide in den Wochen, in denen Laura Reitstunden bei Ihnen nahm, ein gutes Verhältnis zueinander aufgebaut haben.«

»Komisch«, sage ich mit dünner Stimme. »Ich habe hauptsächlich mit Kindern gearbeitet, nicht mit Erwachsenen. Ich erinnere mich nicht, Laura dort begegnet zu sein, aber wenn die sagen, ich hätte sie unterrichtet, dann haben sie sicher recht ...« Ich verstumme. Ich würde mich doch sicher daran erinnern, wenn ich Matts Frau das Reiten beigebracht hätte, oder?

»Das hier hilft Ihnen vielleicht.« Die Polizistin holt mehrere Kopien aus der Mappe und legt sie vor mich auf den Tisch. »Es sind Unterlagen von dem Reiterhof. Sie belegen, dass Laura West zwischen September und November des Jahres, in dem sie verschwand, sechsmal zum Reitunterricht dort war«, sagt sie. »Außer bei der ersten Stunde war sie Ihnen zugeteilt.«

Ich erkenne den Briefkopf des Reiterhofs wieder. Die Schrift ist eng. Plötzlich verschwimmt mir alles vor den Augen. Nach zwei vergeblichen Versuchen konzentriere ich mich mit aller Macht und lese, was da steht.

»Sie waren die einzige Julie, die dort gearbeitet hat.« Die Stimme der Polizistin dringt in meiner Verwirrung zu mir durch. »Das kann sich nur auf Sie beziehen.«

»Dann muss ich Laura wohl unterrichtet haben«, murmele ich hilflos. Ich weiß nicht, was ich sagen soll. »Die Unterlagen sind bestimmt korrekt.«

»Ist das hier Ihre Unterschrift?«, fragt sie und zeigt mir ein anderes Dokument. Es ist die Kopie eines Eintrags im Buchungsregister für eine einstündige Reitstunde mit Laura West. In der Spalte unter »Lehrer/in« steht »Julie«. Daneben die Unterschrift, die ich damals benutzt habe.

»Das ist meine Unterschrift«, sage ich.

»Würde es Sie überraschen zu hören, dass dies der Tag war, an dem Laura West verschwand?« Wieder schaut die Polizistin mich an. Um zu sehen, wie ich reagiere. Ich fühle mich unbehaglich, als wollte sie in meine Seele blicken. »Erinnern Sie sich, Laura an dem Tag ihres Verschwindens eine Reitstunde gegeben zu haben?«

»Daran erinnere ich mich nicht«, antworte ich verblüfft.

Selbst in der Dumpfheit und Verwirrung, die meinen Kopf umwölken, weiß ich, dass das schlecht ist. Sehr schlecht. »Es tut mir leid. Ich erinnere mich eigentlich an gar nichts aus dieser Zeit. Bis Sie mir das da gezeigt haben, wusste ich nicht einmal, dass ich Laura kannte.«

»Mrs West«, sagt die Polizistin und artikuliert jedes Wort, als wäre ich ein renitentes Schulkind, »kann jemand bestätigen, wo Sie an dem Wochenende waren, an dem Laura West verschwand?«

»Mommy? Mommy?« Ich schaue zu Alice. Die Schaukel hat ausgeschwungen. Ich stehe auf und schubse Alice an, bis sie wieder durch die Luft saust.

»Tut mir leid, Detective«, sage ich, als ich auf die Veranda zurückkehre. »Mir geht es heute nicht gut. Wie lautete Ihre Frage?«

»Ich habe gefragt«, wiederholt sie mit klarer Stimme, »ob Sie sagen können, wo Sie an dem Wochenende waren, an dem Laura West umgebracht wurde. Wir würden Sie gern als Verdächtige ausschließen. Oder ...« Sie lässt den Satz unvollendet. Ich weiß, was das bedeutet. Das sind einfach zu viele Zufälle. Das begreife ich selbst in meinem bematschten Zustand.

»Das ist Jahre her«, versetze ich im Tonfall eines bockigen Kindes. »Woher soll ich denn wissen, wo ich vor sechs Jahren war?«

»Mrs West. Julie. Ich möchte nicht unverschämt sein, aber wir ermitteln im Fall der Ermordung der ersten Ehefrau Ihres Mannes. Es kommt mir doch seltsam vor, dass Sie womöglich die Letzte waren, die Laura lebend gesehen hat. Wir brauchen also wirklich detailliertere Angaben darüber, wo Sie an dem Tag und in den betreffenden Stunden waren und mit wem Sie zusammen waren.«

»Ich schätze, es sieht nicht gut aus.« Ich hasse mich für die Verzweiflung, die in meiner Stimme liegt.

»Nein«, pflichtet sie mir bei.

MEL

37

Ich hätte nie gedacht, dass ich das einmal sagen würde, aber ich war froh, dass Joe vom Unterricht ausgeschlossen worden war. Es brachte uns einander näher. Und es führte dazu, dass in ihm wieder ein Funke zündete. Es war lange her, seit Joe sich für irgendetwas so begeistert hatte.

»Kognitive Psychologie«, sagte Joe und verzog am Frühstückstisch über seiner Müslischale das Gesicht. Er war nicht davon ausgegangen, dass er den letzten unterrichtsfreien Tag in einem Hörsaal an der Universität verbringen würde.

»Lächeln, Joe«, sagte ich. »Vielleicht gefällt es dir ja.«

Als wir durch eine Tür hinten im Hörsaal traten, war die Vorlesung bereits zur Hälfte vorbei. Die Bankreihen waren voller Studierender, von denen, soweit ich sehen konnte, niemand seinen Laptop aufgeklappt oder sein Smartphone in der Hand hatte. Sie saßen alle wie gebannt da, während Matthew West mit den Händen in den Taschen auf dem Podium hin und her ging und dozierte.

Ich dachte, wir wären unbemerkt hineingekommen, doch rasch war klar, dass unsere Gegenwart zur Kenntnis genommen worden war.

»Wir haben heute einen besonderen Gast vom örtlichen Polizeirevier«, sagte Matthew West und blickte in meine

Richtung, worauf sich sämtliche Köpfe ebenfalls zu uns umdrehten. »Detective Carter wird das nicht gern hören: Zeugen lügen zwar nicht immer, aber sie sagen auch oft nicht die Wahrheit.«

Er wandte sich wieder an sein Publikum. »Was meine ich damit? Ein Zeuge tritt bei Gericht in den Zeugenstand und schwört auf die Bibel, die Wahrheit zu sagen, die ganze Wahrheit und nichts als die Wahrheit. Dem Zeugen ist es ernst mit diesem Eid. Und dann gibt er oder sie falsches Zeugnis ab. Warum?« Er sah seine Studierenden an. »Na?«

»Auffassungsvermögen?«, meldete sich ein Student aus einer der vorderen Reihen.

»Jason hier drüben hat vollkommen recht. Menschen fassen Dinge unterschiedlich auf«, sagte Matthew West. »Deswegen geben Zeugen vollkommen verschiedene Berichte über dasselbe Ereignis ab. Nicht nur, weil jeder Zeuge aus seinem oder ihrem Blickwinkel etwas anderes gesehen hat, sondern wegen der Art und Weise, wie wir Informationen verarbeiten. Darüber haben wir schon gesprochen. Was kann die Zuverlässigkeit eines Zeugen noch beeinflussen? Na?«

»Suggestivfragen«, warf eine junge Frau ein.

»Richtig. Schon in den Siebzigern haben Psychologen in einer Reihe von Experimenten Probanden Filmaufnahmen eines Autounfalls gezeigt und sie hinterher dazu befragt. Dabei stellte sich heraus, dass ihre Erinnerung an das, was in den Filmen zu sehen war, durch die gestellten Fragen beeinflusst wurde. Wenn zum Beispiel in einer Frage das Wort ›zertrümmert‹ verwendet wurde, erinnerten sie sich eher daran, an dem Wrack geborstenes Glas wahrgenommen zu haben, obwohl in den Aufnahmen des Unfalls keine Glassplitter zu sehen waren.

Unsere Erinnerungen werden davon beeinflusst, wie wir sie hinterher verarbeiten. Was andere uns sagen. Was wir in den Medien hören. Doch es gibt noch andere Faktoren, die das menschliche Gedächtnis durcheinanderbringen können. Was ist das? Das wollen wir von der fünften Reihe wissen.« Er zeigte auf einen Studenten, der auf seinem Platz zusammengesunken war. »Tom?«

»Trauma«, sagte der junge Mann und richtete sich auf.

»Trauma«, wiederholte Matthew West. »Wir haben in früheren Veranstaltungen darüber gesprochen, dass Traumata unsere Erinnerungen formen und umformen.«

Er klickte seine Präsentation weiter bis zu einer Folie, die das Bild eines jungen Mannes zeigte, den Kleidern und der Frisur nach zu urteilen aus den späten Achtzigern.

»Es ist 1986. Das Jahr, in dem wahrscheinlich die meisten von Ihnen in den Kindergarten kamen. Adam Logan studiert an einem College in Pennsylvania. Er ist beliebt und geschätzt, hat einen exzellenten Notendurchschnitt und sieht einer fantastischen Zukunft entgegen. Er hat sich kürzlich mit seinem Schatz aus der Highschool verlobt und bewirbt sich gerade für die Graduate School. Eines Abends ist er unterwegs zu seinen Eltern, um das Wochenende dort zu verbringen, da hält die Polizei seinen Wagen an.

Der Polizist bittet ihn, sich neben das Auto zu stellen. Adam Logan widersetzt sich nicht. Er ist ein guter, aufrechter Bürger. Er tut, worum er gebeten wird. Während er dort steht, stellt der Polizist fest, dass Adam Logan der Beschreibung eines Täters entspricht, der in der Gegend in der Nacht zuvor eine Frau angegriffen hat.

Die Polizei stellt Adam Logan bei der Gegenüberstellung gemeinsam mit anderen Verdächtigen in eine Reihe. Das Opfer zeigt auf ihn und sagt, er sei der Angreifer. Sie ist sich *absolut sicher, dass er es ist.* So steht es wörtlich in dem Polizeibericht. Adam Logan wird festgenommen und angeklagt.« Professor West zeigt ein Verbrecherbild von Adam Logan mit blassem Gesicht und rot geränderten Augen.

»Er darf nicht auf Kaution raus, was bei jemandem, der eines gewalttätigen Angriffs verdächtigt wird, nicht verwundert. Er muss die nächsten Tage in U-Haft verbringen, denn es ist das Presidents'-Day-Wochenende. Leider wird er dort von einem anderen Inhaftierten verprügelt und büßt das Hörvermögen auf dem rechten Ohr ein. Als er schließlich seinen Pflichtverteidiger trifft, liefert er diesem den unwiderlegbaren Beweis, dass er nicht der Angreifer gewesen sein kann. An dem Abend des Angriffs hat Adam Logan als Kellner in einem Restaurant in der Nähe seiner Universität gearbeitet, die zufällig in einem anderen Staat liegt, über vier Autostunden entfernt. Die Polizei überprüft sein Alibi und gesteht widerwillig ein, dass er die Wahrheit sagt. Die Anklage gegen Adam Logan wird fallen gelassen, und er wird nach drei Tagen aus dem Gefängnis entlassen, mit partiellem Hörverlust und einer posttraumatischen Belastungsstörung. Das haut eine empfindliche Kerbe in seinen Notendurchschnitt und ruiniert seine Pläne, auf eine Ivy-League-Graduate-School zu gehen.

Also, wie konnte die Zeugin sich dermaßen täuschen?«, fragte Professor West die schweigenden Reihen der Studierenden. Eine rhetorische Frage.

»Als der Täter schließlich einen Monat später während eines Angriffs auf ein anderes Opfer in demselben Viertel gefasst wurde, hat das allen die Augen geöffnet. Der Angreifer war sieben Zentimeter kleiner als Adam Logan. Er hatte blondes Haar, nicht dunkelbraunes. Er trug einen Spitzbart, wohingegen Adam Logan rasiert war. Er hatte ein halbes Dutzend Tätowierungen, Adam keine einzige. In fast jedem einzigen Detail hatte das Opfer sich geirrt. Doch die Frau hat nicht vorsätzlich gelogen.«

Jetzt projizierte er auf die Leinwand hinter sich ein Foto von Adam Logan und daneben ein Foto des Täters, der schließlich für das Verbrechen verurteilt worden war. Sie sahen sich nicht ähnlich.

»Die Zeugin sagte aus, der Angreifer habe einen roten Wagen mit Schrägheck gefahren. Der Wagen des Angreifers war rot, doch es war eine Limousine. Kein Schrägheck. Warum täuschte sie sich? Weil sie selbst einmal einen roten Wagen mit Schrägheck besessen hatte, und wenn sie ein rotes Auto sah, war sie daher eher geneigt anzunehmen, es habe ein Schrägheck.« Er zeigt den Wagen des Täters und Adam Logans Wagen mit Schrägheck.

»Aber warum hat sie bei der Gegenüberstellung ausgerechnet auf Adam Logan gezeigt, dem sie noch nie im Leben begegnet war? Also, als ich mir diesen Fall genauer ansah, stellte ich fest, dass Adam Logan dem Exfreund des Opfers ähnelte; sie hatten sich einige Monate zuvor getrennt, weil er ihr gegenüber gewalttätig geworden war. Adam Logan hatte denselben stämmigen Körperbau wie ihr Exfreund und eine ähnliche Haar- und Hautfarbe. Hinzu kam, wie sich herausstellte, dass das Opfer das Gesicht des Angreifers gar nicht richtig gesehen hatte. Das Trauma durch den Angriff war so schwer, dass sie, als die Polizei sie bat, auf den Verdächtigen zu zeigen, auf Adam Logan deutete, den sie mit Gewalt assoziierte, weil er sie vage an ihren gewalttätigen Exfreund erinnerte.«

Er machte eine Pause, um seine Worte sacken zu lassen.

»Um es noch einmal ganz deutlich zu sagen: Die Zeugin hat die Polizei nicht absichtlich in die Irre geführt. Sie glaubte ehrlich, Adam Logan wäre der Mann, der sie angegriffen hatte. Sie litt an einem Trauma, und das führte dazu, dass ihr Gedächtnis ihr einen Streich spielte.

Lügen ehrliche Zeugen?«, fuhr Professor West fort. »Zeugen sind aus dem einfachen Grund unzuverlässig, dass kein Verlass auf das menschliche Gedächtnis ist.«

Damit beendete er seine Ausführungen und klatschte zweimal laut in die Hände. »Leute, ich möchte Sie daran erinnern, dass morgen die Frist abläuft, mir per E-Mail Ihre Bewerbung für meine Sommerkurse zu schicken.«

Joe und ich blieben auf unseren Plätzen sitzen, während die Studierenden den Hörsaal verließen. Als die letzten Nachzügler draußen waren, ging ich zu Professor West nach vorn. Er stand noch auf dem Podium, wo er gerade den Stecker seines Laptops rauszog.

»Ich hoffe, ich habe Ihr Vertrauen in Zeugenaussagen nicht komplett zerstört, Detective«, sagte er, ohne aufzublicken.

»Keineswegs«, versetzte ich. »Wir verlassen uns heutzutage ja nicht nur auf Zeugenaussagen. Wir haben DNA- und andere forensische Spuren.«

»Wie laufen Ihre Ermittlungen?«, Er hörte auf, an seinem Laptop herumzufingern, und blickte zu mir auf. Ich sah Erwartung in seinen Augen. Und Besorgnis.

»Die Ermittlungen in so einem Fall brauchen Zeit«, sagte ich. »Sechs Jahre sind eine lange Zeitspanne.«

Er nickte beinahe mitfühlend.

»Benötigen Sie heute sonst noch etwas von mir, Detective? Sie haben sich die Vorlesung doch sicher nicht aus purem Interesse an Psychologie angehört.«

»Also, das war absolut faszinierend. Aber Sie haben recht. Ich bin hergekommen, um Sie zu fragen, ob Sie Lauras

Aufzeichnungen über ihre Arbeit aus der Zeit vor ihrem Verschwinden noch haben. Wenn ich es richtig verstanden habe, haben Sie mit ihr zusammen an einem Forschungsprojekt gearbeitet.«

»Ich bin überrascht, dass Sie das wissen«, sagte er, ohne mich anzusehen, während er seine Unterlagen zusammenpackte und in seine Aktentasche schob. »Die Studie war noch in der Frühphase. Wir hatten noch nichts darüber bekannt gemacht.«

»Darf ich fragen, worum es ging?«, hakte ich mehr aus Neugier denn aus irgendeinem anderen Grund nach.

»Erinnerung natürlich«, sagte er. »Es war mein Interessenschwerpunkt. Um das Einpflanzen von Erinnerungen, um genau zu sein. Wir wissen, dass Menschen Dinge vergessen, doch können Menschen sich auch lebhaft an Dinge erinnern, die nie passiert sind?«

»Und, können sie es?« Ich folgte ihm zum Ausgang.

»Als Laura starb, habe ich die Studie leider auf Eis gelegt, also kann ich diese Frage nicht mit abschließender Sicherheit beantworten«, sagte er und schaltete das Licht im Hörsaal aus. »Was ich Ihnen jedoch sagen kann, ist, dass Sie sich das Gedächtnis als Wikipediaseite vorstellen sollten. Erinnerungen verschieben sich unablässig, bringen sich auf den neuesten Stand und verdrängen einander. Wie wir Erinnerungen verstauen und wieder herausholen, ist eines der großen Rätsel des menschlichen Gehirns.«

Er hielt die Tür des Hörsaals auf, um Joe und mich hinauszulassen.

»Sie sagen also, dass Erinnerungen im Laufe der Zeit verändert werden können?«, fragte ich. »Manipuliert?«

»Erinnerungen sind eher flüssig als fest. Das macht Menschen Angst, denn Erinnerungen sind unsere Wirklichkeit. Unsere innere Wahrheit. Unsere Erinnerungen definieren unsere Identität. Aber was passiert, wenn diese Erinnerungen falsch sind? Ja, Detective«, sagte er, »um Ihre Frage zu beantworten: Erinnerungen können genauso leicht erzeugt wie gelöscht werden.«

JULIE

38

Ich liege auf meinem Kissen und konzentriere mich mit aller Kraft darauf, die Augen aufzuschlagen. Es gelingt mir nicht. Der Schlaf zieht mich zurück wie der Gezeitenstrom das Wasser, und ich drifte ab in eine Welt voller beunruhigender Bilder – die tote Roxy in meinen Armen, Blut, das vom Armaturenbrett eines Autos tropft, Bäume, die in einem sanften Wind am Rand der Lichtung schwanken, auf der Lauras Leiche vergraben war.

Wie durch eine dichte Wolke nehme ich alles – und nichts – um mich herum wahr. Ein Telefon klingelt, bis sein beharrliches Läuten erhört wird. Das Summen eines geflüsterten Gesprächs auf dem Treppenabsatz draußen vor dem Schlafzimmer dringt an mein Ohr. Verstehen kann ich die Worte nicht. Ich bin mir vage bewusst, dass unsere Schlafzimmertür offen steht und eine reglose Gestalt mir beim Schlafen zusieht. Ich bemühe mich, die Augen zu öffnen. Sie gehorchen mir nicht.

Als ich endlich in die Welt der Lebenden zurückkehre, stürzen sich grelle Sonnenstrahlen auf mich, die sich durch die halb vorgezogenen Vorhänge stehlen. Ich höre die fröhlichen Rufe von Kindern, die in unserer Straße Fahrrad fahren, was sie nachmittags oft machen.

Die Erkenntnis, dass Nachmittag ist, bewirkt, was alles andere nicht geschafft hat: Sie reißt mich aus dem Schlaf.

»Alice.« Ich sehe sie vor mir, wie sie allein vor der Schule steht, Tränen in den Augen, weil niemand sie abholen kommt. Ich bin voller Panik, dass sie allein ist, an der Schule vergessen, obwohl mein Verstand weiß, dass die Lehrer sie mit ins Büro genommen haben, um dort zu warten.

Ich schwinge die Beine aus dem Bett und stehe langsam auf, um die Balance zu finden. Während ich nach Sachen suche, die ich rasch anziehen kann, um sie abholen zu fahren, höre ich in der Einfahrt das Schlagen einer Wagentür. Alice' aufgeregte Stimme verrät mir, dass sie zu Hause ist. Erleichtert lasse ich mich wieder aufs Bett sinken.

Kurz darauf weht Alice' Geplauder mit ihr ins Schlafzimmer. Sie drückt ihr weiches Gesicht in einer innigen Umarmung an mich und gibt mir ein Bild, das sie in der Schule gemalt hat. Darauf ist eine Frau im Bett dargestellt; ich, wenn ich die gelben Haare der Frau richtig interpretiere. Es ist die einzige fröhliche Farbe in einem ansonsten düsteren Bild.

»Damit du schnell wieder ganz gesund wirst«, vertraut Alice mir an.

Matt tritt ans Bett und küsst mich auf die Stirn. Seine Miene ist unnahbar. Als ihm bewusst wird, dass ich ihn beobachte, wird sie weicher, und er setzt ein gezwungenes Lächeln auf.

»Du siehst heute viel besser aus, Schatz«, sagt er.

»Wie lange liege ich schon so hier?«, frage ich heiser.

»Ein paar Tage.«

Ich habe noch mehr Fragen, doch ich fürchte mich vor den Antworten, also schweige ich und sehe ihn nur an. Er streicht mir zärtlich die Haare aus dem Gesicht.

»Komm runter in den Garten, Julie, Schatz«, sagt er. »Es

ist ein schöner Nachmittag. Die frische Luft wird dir guttun.«

Matt hilft mir vom Bett hoch und begleitet mich zum Bad. Meine Beine sind wacklig, aber ich gebe mich tapfer und lasse seine Hand los. Ich finde es schrecklich, so hilflos zu sein.

»Ich dusche allein«, sage ich, als wir an der Badezimmertür stehen.

Kaum habe ich die Tür geschlossen und die Dusche aufgedreht, lasse ich mich auf dem Marmorboden der Duschkabine nieder und hocke unter dem strömenden Wasser. Das Plätschern lullt mich wieder in den Schlaf.

Als es laut an der Tür klopft, fahre ich zusammen.

»Alles okay mit dir, Julie?« Es ist Matt. Er klingt besorgt.

»Gleich fertig!« Ich schlage einen Tonfall an, als hätte ich alles im Griff.

Ich drehe das Wasser ab und wickele mich in ein Handtuch. Matt hat mir saubere Sachen zum Anziehen auf das frisch gemachte Bett gelegt. Ich ziehe die Jeans und einen Wollpullover an, der die Farbe von Hafergrütze hat und mir bis zu den Oberschenkeln geht. Dann binde ich mir das Haar zusammen und trage Lipgloss auf. Matt kommt ins Schlafzimmer, um mir runter in den Garten zu helfen. Ich mache es mir auf einem Lehnstuhl auf der Terrasse gemütlich und sehe Alice beim Schaukeln zu. Die Blätter legen Schatten über ihr Gesicht, als sie sich hoch in die Luft schwingt und wieder hinabsaust.

Ich erinnere mich noch an den Tag, an dem wir die Schaukel aufgehängt haben. Es war Alice' vierter Geburtstag. Matt saß mit gegrätschten Beinen auf dem Ast wie ein moderner Huckleberry Finn, um die Seile zu verknoten, während ich unten stand und ihn dirigierte. Der Ast gab unter seinem Gewicht beinahe nach. Als er schließlich herunterkam, küsste ich ihn fest auf die Lippen und sagte ihm, er hätte mir eine Todesangst eingejagt.

Matt hat recht. Es muntert mich auf, unter dem strahlenden Himmel in der warmen Sonne zu sitzen. Das Seil knarrt am Ast, als Alice sich auf dem weiß getünchten Holzbrett vor- und zurückschwingt. Sie hebt die Füße, um noch höher in die Luft zu kommen. Als ich mich stark genug fühle, stehe ich auf, um sie anzuschubsen.

»Ich kann das allein, Mommy.« Den trotzigen Tonfall, mit dem sie mich ermahnt, hat sie in der Schule gelernt. Ich schlendere in den rückwärtigen Bereich des Gartens, um mich zu vergewissern, dass der Riegel am hinteren Tor fest verschlossen ist. Der Wald explodiert vor Leben. Bald ist Sommer. Ich sollte froh sein, dass die kühlen Tage vorüber sind, doch es macht mich konfus. Wie konnte mir die Zeit so entgleiten, ohne dass ich es mitbekommen habe?

»Schatz?« Matts Stimme. Verständnislos sehe ich ihn an. Sein Tonfall ist sanft und besorgt. Statt das tröstlich zu finden, verwirrt es mich. Seine Fürsorglichkeit und seine Aufmerksamkeit wirken nach Tagen voller Kälte fehl am Platz. Ich weiß einfach nicht mehr, woran ich mit ihm bin.

»Meine Mutter hat heute Geburtstag, und wir sind am Abend mit ihr bei dem neuen Italiener zum Essen verabredet. Ich hätte mich sehr gefreut, wenn du mitgekommen wärst, aber der Arzt sagt, du brauchst noch ein paar Tage Ruhe zu Hause.«

Matt spricht. Seine Lippen bewegen sich. Ich höre nichts, habe nur ein lautes Summen in den Ohren. Als meine Aufmerksamkeit sich wieder auf ihn richtet, sagt er gerade etwas von wegen, er werde mir aus dem Restaurant etwas zu essen mitbringen. Er will wissen, was ich möchte. »Nichts«, antworte ich. »Nichts.«

Und dann breche ich ohne besonderen Grund in Tränen aus. Er zieht mich an sich und streicht mir über das Haar, während er mir ins Ohr flüstert: »Es ist nicht gut, wenn Alice dich so sieht.«

Ich höre auf zu schluchzen. Matt weiß, dass ich für meine Tochter alles tun würde. Sie ist mein Leben. Ohne sie bin ich nichts. Nachdem ich mir mit dem Ärmel die Augen getrocknet habe, gehe ich zurück zur Schaukel. Alice betrachtet mich vorsichtig.

Als Matt und ich später zusammen auf der Terrasse sitzen, flüstere ich: »Ich war krank. Nicht wahr?« Ich möchte ihn fragen, ob ich einen Nervenzusammenbruch hatte, wie damals, als ich das Kind verlor oder nachdem Roxy überfahren worden war.

»Matt«, frage ich noch einmal, »was ist mit mir passiert?«

»Du wurdest auf der Straße zum Seehaus gefunden«, antwortet er. »Du hattest einen Asthmaanfall. Einen schlimmen. Du hattest dein Asthmaspray nicht dabei. Es scheint, als wärst du in Panik geraten, als der Anfall anfing. Soweit wir es rekonstruieren konnten, bist du losgelaufen, um Hilfe zu finden. Dadurch ist es noch schlimmer geworden.«

»Hab ich dich angerufen? Hast du mich gefunden?«

»Nein. Der Akku von deinem Handy war leer. Wahrscheinlich hast du vergessen, ihn aufzuladen. Du hast am Straßenrand gelegen, wo dich ein Ranger gefunden hat.«

Als er das sagt, habe ich kurz das Bild eines Mannes mit Igelfrisur in einer grünen Rangeruniform vor Augen, der auf mich herabsieht. »Madam. Madam.« Sein Gesicht kommt näher, voller Besorgnis. Dann verschwimmt es vor meinen Augen, bis ich nichts mehr erkenne.

»Der Ranger meinte, als er dich fand, war dein Gesicht eingefallen und deine Lippen blau«, sagt Matt. »Er war zufällig dort, um sich einen Baum anzusehen, in den der Blitz eingeschlagen hatte. Es war pures Glück, dass er da war und dich rechtzeitig gefunden hat.«

Während er spricht, kehrt eine andere Erinnerung zurück. Ich laufe vom Seehaus einen Waldweg hinunter. Meine Brust brennt. Ich bin voller Entsetzen. Etwas hat mir Angst gemacht, aber ich erinnere mich nicht, was.

»Der Ranger hat den Krankenwagen gerufen. Als er kam, haben die Sanitäter dich an einen Inhalator und eine Sauerstoffmaske gehängt und ins Krankenhaus gebracht.«

»War ich lange im Krankenhaus?« Ich habe eine unzusammenhängende Erinnerung daran, mit einer Sauerstoffmaske auf dem Gesicht in einem Krankenhausbett zu liegen, während ein Arzt beruhigend auf mich einredet. Ich weiß nicht, ob die Erinnerung von diesem Krankenhausaufenthalt stammt oder von einem früheren.

»Eine Nacht. Der Asthmaanfall hat dich ziemlich umgehauen«, sagt Matt. »Und uns schreckliche Angst eingejagt. Der Arzt hat dir gestern ein Beruhigungsmittel gespritzt und heute Morgen noch einmal. Deswegen hast du so viel geschlafen.« Eine vage Erinnerung an einen Mann mit grauem Haar, der sich mit einer Spritze über mich beugt.

»Das mit dem Seehaus tut mir leid, Matt«, sage ich, nachdem ich über das nachgedacht habe, was er mir erzählt hat. Ich will nicht, dass er sauer ist, weil ich hinter seinem Rücken dort gewesen bin. »Ich wollte es herrichten, damit ich mit Alice und dir im Sommer hinfahren kann. Ich hatte gehofft, dass auch du dich dann dort wohlfühlen würdest.«

Er geht weg, ohne ein Wort zu sagen. Ich möchte ihm erklären, dass wir einen Ort für uns brauchen, wo wir als Familie zusammen sein können, ohne dass die Erinnerung an Laura über uns schwebt.

Später stehe ich am Schlafzimmerfenster und sehe zu, wie Matt den Wagen rückwärts aus der Einfahrt setzt. Er fährt mit Alice zu dem Restaurant, um Anne zu treffen. Ich sinke ins Bett.

Als ich wach werde, ist es dunkel, und im Haus ist es eiskalt. Ich habe keine Ahnung, wie spät es ist. Im Schlafanzug taumele ich nach unten, um mir etwas zu essen zu machen. Als ich die dunkle Küche betrete, schlägt mir ein kalter Luftzug entgegen. Der Wind hat die Türen aufgedrückt, die vom Wohnbereich auf die Terrasse führen. Matt hat wohl vergessen, sie richtig zu schließen. Ich trete auf die Veranda, um den Türgriff zu packen. Alice' Schaukel wimmert, als die Seile im Wind über die Äste reiben.

»Du bist nicht sicher, Julie.« Diese Stimme ruft wieder nach mir, während ich die Tür verriegele und die Vorhänge zuziehe. In meiner Magengrube sitzt das Grauen. Im Seehaus ist irgendetwas passiert, bevor ich den Asthmaanfall bekam. Etwas hat mir Angst gemacht. Doch ich weiß nicht, was.

Mit nackten Füßen gehe ich über den kalten Küchenboden. Ein Knarren von oben, und Angst schießt mir durch den Körper wie ein elektrischer Schlag. Ich halte inne. Noch ein Knarren, und mir schnürt sich die Kehle zu. Ich schlucke schwer. Jemand ist im Haus. Im Flur flackert etwas, dabei bin ich mir ganz sicher, dass ich kein Licht eingeschaltet habe.

Ich schiebe die Hand über den Küchentresen bis zum Messerblock. Lautlos ziehe ich ein Fleischmesser heraus.

Eine Holzdiele knarrt. Es kommt näher. Mein Herz rast. Ich tue das Einzige, was ich tun kann; ich umklammere das Messer mit beiden Händen, schiebe mit dem Ellbogen die Tür zur Speisekammer auf und verstecke mich darin.

Unter der Tür der Speisekammer fällt Licht herein. Das Knarren kommt näher. Ich halte die Luft an und verharre regungslos. Eiskalte Angst jagt durch meine Adern, während ich darauf warte, dass der Eindringling mich findet.

Sämtliche Sinne sind auf das konzentriert, was auf der anderen Seite der Speisekammertür passiert. Minuten verstreichen. Ich höre nichts als das Klopfen meines Herzens. Schließlich nehme ich allen Mut zusammen, halte das Messer weit vor mich, stoße die Tür auf und schieße in die Küche. Der Raum ist dunkel und leer.

Es kommt mir vor, als würde jemand mit mir spielen. Mich Stück für Stück auseinanderreißen.

»Du bist nicht sicher, Julie«, sage ich mir und wiederhole die Warnung immer wieder, als ich, das Messer vor mich haltend, wieder nach oben gehe. Ich fühle mich so verletzlich hier in Lauras Haus, wo ich die meisten Nächte allein bin, ohne etwas anderes als ein halb stumpfes Küchenmesser, um mich zu schützen. Das Messer ist reine Show. Meine Reflexe sind von den Medikamenten betäubt. Wenn ich mich wirklich schützen will, brauche ich eine Schusswaffe.

MEL

39

Will und ich hatten vorher ausgetüftelt, wie es laufen sollte. Will würde bei dieser Vernehmung die Führung übernehmen, ich würde mich zurückhalten. Wir wollten Matthew West aus dem Takt bringen, wenn wir ihn mit dem konfrontierten, was wir hatten. West war meinem Partner noch nie begegnet. Will war eine unbekannte Größe. Wir nutzten das zu unserem Vorteil.

West kam kurz vor fünf aufs Polizeirevier. Man sah ihm an, dass er genervt war. Seine Kiefermuskeln waren angespannt, und er war ungeduldig. Wir ließen ihn erst einmal in der Eingangshalle unten schmoren, damit er richtig auf Betriebstemperatur kam. Als er endlich nach oben gebracht wurde, war er nervös wie der Teufel.

Wir hatten es so eingerichtet, dass mein Partner allein im Vernehmungszimmer war, wenn West, in der Annahme, mich zu sehen, hereingeführt wurde. Stattdessen bekam er Will.

»Das würde jeden aus dem Takt bringen!«, hatte Will gewitzelt, als wir bei einem späten Kaffee am Vormittag unsere Vernehmungsstrategie geplant hatten.

Das Besprechungszimmer sah anders aus als beim letzten Mal, als West hier war, denn damals war es hell und sonnig gewesen, die Rollos alle hochgezogen. Diesmal war es dunkel und muffig. Die Jalousien waren unten, und wir hatten den Tisch und die Stühle so gestellt, dass West mit dem Rücken zum Fenster saß. Noch dazu hatten wir das Thermostat hochgedreht, sodass der Raum zwei Grad wärmer war als normalerweise. Kein Wasserkrug.

»Was gibt es Wichtiges, dass ich alles stehen und liegen lassen musste, um herzukommen?«, fragte West Will gerade, als ich eintrat. Ich hatte eine dicke Akte dabei, die ich meinem Partner reichte. Das stand auch so im Skript. Der Professor sollte denken, Will würde die Ermittlungen in diesem Fall leiten, und ich, die Polizistin, die er kannte und der er vertraute, wäre zurückgestuft worden. Ich schenkte Matthew West ein ermutigendes Lächeln und nahm meinen Platz am Tisch neben Will ein.

»Ich musste Termine absagen, um herzukommen«, beschwerte West sich und sah mich Unterstützung heischend an. »Und dann lässt man mich fast eine halbe Stunde warten.« Ich bedachte ihn mit einem entsprechend mitfühlenden Blick, höchst verlegen angesichts des mangelnden Taktgefühls meines Partners.

»Es tut mir wirklich leid, Professor West, dass wir Ihren Nachmittag damit durcheinandergebracht haben, dass wir Sie gebeten haben, uns bei der Suche nach dem Mörder Ihrer Frau behilflich zu sein.« Will gab sich keine Mühe, den Sarkasmus in seiner Stimme zu verhehlen. Er war unrasiert und noch immer braun gebrannt von seinem Urlaub. Er hatte ein arrogantes Feixen aufgesetzt. Er sprach langsam und zog die Wörter spöttisch in die Länge, was West offensichtlich auf die Nerven ging. Das war natürlich genau das, worauf Will es anlegte.

»Professor West«, warf ich ein, indem ich Unbehagen angesichts von Wills schlechten Manieren vorgab. »Es tut mir leid für die Unannehmlichkeiten. Aber Detective Peters ist aus dem Urlaub zurück. Als er die Akten durchgesehen hat, sind ihm ein paar Fragen gekommen, die ich bei unserem letzten Treffen nicht gestellt habe. Zudem haben wir neue Informationen, über die wir mit Ihnen sprechen möchten.«

»Was wir hier haben«, sagte Will und griff nach der Fernbedienung, um den Fernseher einzuschalten, »sind Videoaufzeichnungen von der Konferenz, an der Sie an dem Wochenende, als Ihre Frau verschwand, teilgenommen haben.« Ich behielt Matthew Wests Gesicht fest im Auge, während Will dies verkündete. Falls West in irgendeiner Weise darüber besorgt war, dass wir Aufnahmen besaßen, die sein Alibi in Gefahr bringen könnten, ließ er es sich nicht anmerken.

Die ersten dreißig Sekunden von Professor Wests Rede auf der Konferenz spielte Will in normaler Geschwindigkeit ab. Dann spulte er den Film ein Stück vor und verlangsamte wieder an dem Punkt, wo Matthew West seinen Vortrag unter lautem Applaus beendete.

»Danach sind Sie an Ihren Tisch gegangen und haben sich den nächsten Vortrag angehört«, sagte Will und spulte wieder vor. »Aber hier ...« Er hielt das Video an. »Nach dreiundvierzig Minuten haben Sie den Raum verlassen.« Er ließ den Film in Slow Motion laufen. Man sah Matthew West vom Tisch aufstehen und den Konferenzsaal verlassen.

»Na und?«, sagte West. »Wahrscheinlich bin ich auf die Toilette gegangen. Ich habe Detective Carter schon gesagt, dass ich nicht über jede Minute dieser zwei Tage in Charlotte Rechenschaft ablegen kann, aber ich war das ganze Wochenende auf der Konferenz. Das weiß ich.«

»Das hat er mir gesagt«, bestätigte ich zu Will gewandt

und mit einem vorgespielten Anflug von Frust in der Stimme, der andeutete, dass er nur unser aller Zeit vergeudete.

»Das Problem ist«, sagte Will, »dass ich das komplette Videomaterial durchgegangen bin. Wir sehen Sie an diesem Nachmittag nicht mehr auf der Konferenz. Ja, ein paar Leute sagten damals, sie seien Ihnen im Laufe des Nachmittags im Konferenzhotel über den Weg gelaufen. Als die Ermittler diese Leute damals baten, einen ungefähren Zeitpunkt anzugeben, waren sie sich plötzlich nicht mehr so sicher. Laut den Konferenzprotokollen haben Sie an diesem Abend am Dinner teilgenommen, das um neunzehn Uhr anfing, und Sie sind tatsächlich auf einem Gruppenfoto zu sehen, das in dem Restaurant aufgenommen wurde. Man hat uns in Kenntnis gesetzt, dass das Foto normalerweise am Ende des Abends gemacht wird. Es könnte also theoretisch sein, dass Sie erst gegen einundzwanzig Uhr dreißig gekommen sind und an dem Dinner selbst gar nicht teilgenommen haben.«

»Worauf wollen Sie hinaus?«, unterbrach West ihn.

»Ich will darauf hinaus«, sagte Will, »dass für mindestens sechs Stunden nicht belegt ist, wo Sie waren. Damit hätten Sie genug Zeit gehabt, nach Hause zu fahren, Ihre Frau umzubringen, ihre Leiche zu vergraben und rechtzeitig zum Gruppenfoto nach dem Dinner wieder in Charlotte zu sein. Was wir hier haben, Professor West, ist eine Lücke in Ihrem Alibi.«

»Das ist lächerlich«, sagte Matt und stand auf. »Ich habe Laura nicht umgebracht. Ich habe sie geliebt. An diesem Wochenende habe ich Charlotte nicht verlassen, nicht vor dem Ende der Konferenz am Sonntagmittag.«

»Also«, fuhr Will fort, »dann müssen Sie uns detailliert

darüber Auskunft geben, wo Sie an dem Samstagnachmittag waren, an dem Ihre Frau verschwand, und dies auch belegen.«

Matthew West trat ans Fenster und zog an einer Schnur, um eine Jalousie zu öffnen. Einen Augenblick lang stand er reglos da und betrachtete das Verkehrsgewimmel unten auf der Straße.

»Sie müssen mir versprechen, dass das unter uns bleibt.« Er drehte sich abrupt um und schob die Hände in die Hosentaschen.

»Wir können keine Versprechungen machen«, sagte ich. »Aber Sie haben mein Wort, dass wir alles tun, was in unserer Macht steht, um Vertraulichkeit zu wahren.« Ich bedeutete Will mit einem Blick, sich zurückzuhalten. Jetzt war ich dran.

»Ich bin nicht stolz darauf«, sagte West und rieb über die grau melierten Stoppeln an seinem Kinn. »An dem Wochenende, an dem meine Frau verschwand, war ich in meinem Hotelzimmer in Charlotte mit einer anderen Frau zusammen.«

»Zu welcher Zeit?«, fragte ich, froh, dass er endlich meinen Verdacht bestätigte.

»Sie war den größten Teil des Samstagnachmittags und am frühen Abend bei mir. Sie blieb im Hotel, als ich zum Dinner in dieses französische Restaurant ging. Wir trafen uns gegen zweiundzwanzig Uhr wieder in meinem Zimmer und blieben dort bis Sonntagmorgen.«

»Sie hatten an dem Wochenende also eine Affäre«, sagte ich. »Und Sie haben uns angelogen, weil Sie das vertuschen wollten?«

»Ja«, antwortete er. Er besaß so viel Anstand, beschämt dreinzuschauen. »Ich hatte immer Schuldgefühle, weil ich zu dem Zeitpunkt, als Laura ermordet wurde, mit einer anderen Frau zusammen war. Aber ich fühlte mich auch verpflichtet, die Privatsphäre dieser Frau zu schützen.« Er sah mich direkt an. »Deswegen habe ich keine Einzelheiten zu meinem Verbleib an diesem Tag genannt.«

»Wir brauchen ihren Namen.« Ich schob ihm einen Notizblock hin. »Wir müssen uns mit der Frau in Verbindung setzen, damit sie Ihr Alibi bestätigen kann.«

»Sie heißt Chelsea Marshal«, sagte er und schrieb eine Telefonnummer auf. »Sie ist verheiratet. Mit einem Kollegen. Ihr zuliebe und auch ihrem Mann zuliebe würde ich es sehr begrüßen, wenn Sie dabei diskret vorgehen.«

»Und Ihnen zuliebe«, fügte Will hinzu. West zuckte zusammen. Wills Stachel hatte getroffen.

Ein paar Minuten später begleitete ich Matthew West hinaus. Ich war versöhnlich, als ich ihn zum Aufzug brachte, und versprach, diskret zu sein, wenn wir mit Chelsea sprachen. Am Ende, erklärte ich ihm, wollten wir doch alle dasselbe: Lauras Mörder finden.

Als ich an meinen Schreibtisch im Erdgeschoss zurückkehrte, sah Will sich noch einmal das Video von Matthew Wests Vortrag auf der Konferenz an. Er hatte sich weit auf seinem Stuhl nach vorn gebeugt, als würde er gebannt ein Fußballspiel verfolgen.

»Hast du dir das ganze Ding angesehen?«, fragte er.

»Nur in Teilen«, sagte ich. Es ging hauptsächlich um psychologische Theorien, die nur Experten auf dem Gebiet verstanden. Ich hatte immer wieder vorgespult, als ich mir die Aufnahmen angesehen hatte. »Woher dieses plötzliche Interesse an Psychologie, Will?«

»Sieh dir das an«, sagte Will, spulte den Film vor und stoppte ihn bei einer Aufnahme von Matthew West auf dem

Podium. Hinter ihm war eine große Leinwand, auf der eine Präsentation zu seinem Vortrag lief.

»Sieh dir mal das Bild hinter ihm auf der Leinwand an.« Will zeigte auf ein Foto von mehreren Menschen in einem Labor.

»Der Typ da«, sagte er und legte den Finger auf das Gesicht eines jungen Mannes am linken Rand des Fotos. »Erkennst du ihn?«

Ich zuckte die Achseln. Will teilte den Bildschirm, öffnete einen Ordner auf seinem Laufwerk und rief ein zweites Foto auf, ein altes Bild aus einem Führerschein.

»Das ist derselbe Typ«, sagte er. »Erkennst du ihn jetzt?«

»Das Gesicht kommt mir vage bekannt vor, aber ich habe keine Ahnung, wer das ist.«

»Das liegt daran, dass es aus dem Kontext herausgerissen ist«, sagte Will. »Der Typ auf dem Foto ist Alexander Henderson. Als er jung war. Bevor er sein gutes Aussehen an die Drogen verlor.«

»Willst du damit sagen, der Typ in Matthew Wests Präsentation ist der Fahrer, der bei dem Autounfall im Kellers Way ums Leben gekommen ist, gerade mal anderthalb Kilometer von da, wo Laura Wests Leiche gefunden wurde?«

»Genau das will ich damit sagen«, antwortete er. »Es sieht so aus, als hätte Alexander Henderson an Matthew Wests psychologischer Studie teilgenommen. Und dann, sechs Jahre später oder so, stirbt er in unmittelbarer Nähe von da, wo Wests Frau vergraben wurde, bei einem Autounfall, an dem kein anderes Fahrzeug beteiligt war, nach einer Überdosis einer schrägen psychedelischen Droge.«

»O Mann«, sagte ich. »Das Problem bei einer Kleinstadt ist, dass man die halbe Zeit nicht weiß, ob es bloß Zufall ist oder ein alles entscheidender Beweis.«

JULIE

40

Das Schwierigste beim Kauf einer Waffe ist die Entscheidung für ein bestimmtes Modell. Ich verbringe den Vormittag in einem Waffengeschäft damit, tödlich kalten Stahl in meiner Hand zu wiegen. Der Griff liegt rau in meiner Hand, und der Gestank nach Waffenöl ist geradezu berauschend. Er gibt mir das Gefühl, die Kontrolle zu haben, statt mich vor meinem eigenen Schatten zu fürchten, wie letzte Nacht, als ich Angst hatte, in meinem eigenen Haus allein zu sein.

Ich hätte nie gedacht, dass ich so was mal sagen würde, doch es ist ein gutes Gefühl, den Abzug einer Waffe zu drücken, selbst wenn sie nicht geladen ist und der Lauf auf einen ausgeblichenen Ladenteppich gerichtet ist. Nachdem ich mir über Wochen hilflos vorkam und voller Angst vor Dingen war, die ich nicht einmal beschreiben kann, fühle ich mich zum ersten Mal seit Langem sicher. »Du bist nicht sicher, Julie.« In einem fort hallen die Worte durch meinen Kopf.

Was mich so fest im Griff hat, ist nicht allein Angst. Ich habe die Kontrolle über meine Ehe verloren. Ich teile meinen Mann mit einer anderen Frau. Eine Frau, so jung und schön, wie ich es war, als ich ihm auffiel. Eine Frau, die gebildet ist und intelligent. Und vor allem eine Frau, die ihn gewiss an Laura erinnert.

Ich räume ein, dass Matt mir nicht treu war, doch in ihm war immer etwas Anständiges, was mir die Gewissheit gab, dass er mich niemals verlassen würde. Genau wie er Laura niemals für mich verlassen hätte. Wenn sie weitergelebt hätte.

Diesmal ist es anders. Die jungen Frauen heutzutage kennen ihren Platz nicht. Emily ist gierig. Sie gibt sich nicht damit zufrieden, ihn zu teilen. Sie will ihn ganz.

»Das Ding ist zu schwer für Ihr Handgelenk.« Die Stimme des Verkäufers dringt in meine Gedanken, während ich die Waffe in der Hand halte.

Mit einem Schlüssel öffnet er eine Vitrine und holt eine andere Waffe heraus. Schlanker, kleiner. »Bei der habe ich das Gefühl, gar nichts in der Hand zu haben«, erkläre ich und gebe sie ihm zurück.

»Versuchen Sie es mit der hier«, sagt der Verkäufer und reicht mir eine dritte Waffe. »Spüren Sie das Gewicht auf Ihrem Handgelenk.«

Er ist ein dickbäuchiger Mann in den Fünfzigern mit einem kräftigen Schnurrbart, und auf seinem T-Shirt steht »Freie Menschen tragen Waffen«.

Er hat Worte benutzt, die ich außerhalb von Kinofilmen und Fernsehsendungen noch nie gehört habe. Er nennt Waffen »Stücke«. Er benutzt Wörter wie »Trommeln« und »kompakt« und »subkompakt«. Einen verrückten Augenblick lang denke ich, er spricht über modische Accessoires.

Er zeigt mir hauptsächlich kleine Waffen, die so gebaut sind, dass sie in eine Handtasche passen. Waffen, die nicht wie Ballast am Handgelenk hängen. Meine Handgelenke, sagt er, sind schmal. Ich brauche ein Stück mit geringem Rückstoß. Er erklärt mir, für hundert Dollar würde er mir erlauben, einige Waffen zu testen, und mir zeigen, wie man schießt.

Ich gebe ihm das Geld, und er ruft einen Schießlehrer an und bittet ihn, vorbeizukommen und mit mir auf den Schießstand hinterm Haus zu gehen. Mit dem Ausdruck einer Bulldogge in seinem bärtigen Gesicht stolziert der Schießlehrer kurz darauf in den Laden. Die angelaufenen Erkennungsmarken klimpern um seinen Hals, als er mich zum Schießstand begleitet.

»Mit Schusswaffen ist es wie mit Schuhen«, erklärt er mir, als wir in einer Schießbahn stehen, an deren Ende eine Zielscheibe angebracht ist. Meine Auswahl an Pistolen liegt ordentlich aufgereiht neben mir. »Man weiß erst, welche passen, wenn man sie ausprobiert.«

Er zeigt mir, wie ich die Waffe mit zwei Händen halten und wie ich die Füße stellen muss. »Sie müssen den ganzen Arm als Stoßdämpfer einsetzen«, erklärt er mir. Dann setzt er mir den Gehörschutz auf, und ich feuere meine erste Runde ab. Der Rückstoß ist so unerwartet, dass er mich aus dem Gleichgewicht bringt. Der Schießlehrer stützt mich mit einer Hand. Ich feuere noch fünf Runden auf die papierne Zielscheibe. Als ich fertig bin, zieht mein Lehrer die Zielscheibe mittels eines Rollenzugs näher, um die Einschusslöcher zu begutachten.

Mit der ersten Waffe schieße ich zu weit nach links. Er schlägt eine andere Waffe vor, die diese Tendenz womöglich ausgleicht. Acht Schießscheiben später sind noch zwei Waffen in der engeren Wahl.

»Ich nehme die Glock 42«, sage ich zehn Minuten später im Laden zu dem Verkäufer. »Was kostet sie?«

»640 Dollar einschließlich Mehrwertsteuer. Ich nehme an, Sie haben einen Waffenschein?«

»Ich bin dran«, erkläre ich ihm.

»Ohne Waffenschein kann ich sie Ihnen nicht verkaufen, fürchte ich. Wie wäre es, wenn ich sie zurücklege? Sie müssen nur zum Sheriff gehen und sich einen Waffenschein holen. Das kostet fünf Dollar. Sie müssen ein paar Minuten warten, während er überprüft, ob nichts vorliegt, was dagegensprechen würde.«

»Dagegensprechen würde?«, fragte ich.

»Also, Vorstrafen.«

»Oh, das ist kein Problem«, sage ich. »Ich bin bald zurück, um sie abzuholen. Könnten Sie mir auch eine Schachtel Munition zur Seite legen?«

Eine Stunde später bin ich mit meinem Waffenschein wieder im Laden und fülle die Formulare für meine neue Glock aus. Ich zahle in bar. Saubere Scheine, die laut knistern. Frisch von der Bank.

Zusammen mit einer Schachtel Munition stecke ich die Waffe in die Innentasche meiner Handtasche. Sie ist nicht geladen. Sie ist gesichert, so wie ich es gelernt habe.

Es ist seltsam, denn ich hätte nie gedacht, dass ich irgendwann mal eine Waffe bei mir tragen würde. Aber ich habe Angst. Mehr Angst als je zuvor in meinem Leben.

Als Matt letzte Nacht vom Restaurant nach Hause kam, wo sie den Geburtstag seiner Mutter gefeiert haben, habe ich mich schlafend gestellt. So brauchte ich meine Medikamente nicht zu nehmen. Und heute Morgen bin ich mit klarem Kopf aufgewacht und konnte mich an den Asthmaanfall am Seehaus erinnern. Die Ereignisse dieses Vormittags waren mit verblüffender Klarheit wieder da. Ich bin am Steg entlang Bahnen geschwommen. Das Wasser war kühl. Erfrischend. Nach einer Weile hievte ich mich auf den Steg und legte mich auf die von der Sonne gewärmten Planken.

Aus dem Holz stand ein Nagel heraus, an dem ich mich verletzte. Das Blut lief mir in einem roten Streifen am Bein hinunter. Ich ging ins Bootshaus, um einen Hammer zu holen, mit dem ich den Nagel wieder richtig einschlagen wollte. Ich öffnete eine rostige Farbdose auf dem Regal, weil ich dachte, darin könnte Werkzeug sein. Sie enthielt ein Notizbuch, auf dessen Umschlag innen blass Lauras Name geschrieben stand.

Die Seiten des Notizbuches waren steif und vergilbt und klebten zusammen. Die Tinte war so stark verlaufen, dass das meiste kaum noch zu lesen war. Doch ein paar Zeilen konnte ich mühsam entziffern. Eine hastig hingekritzelte Zeile lautete: »Ich glaube, die Geliebte meines Mannes will mich umbringen.«

Vom Waffenladen fahre ich direkt zu Alice' Schule. Ich warte mit den anderen Müttern auf dem Rasen vor dem Gebäude, bis die Schulglocke klingelt und die Kinder herausstürmen. Meine Tasche ist wegen der Waffe schwerer als gewohnt. Ich stecke die Hand hinein, um ihr Gewicht zu fühlen.

Zu Hause gehen Alice und ich in den Garten und gießen die Erdbeerpflanzen, die sie neulich mit Matt zusammen gepflanzt hat. Von Erdbeeren weit und breit keine Spur, aber Alice sieht jeden Tag nach – es könnte ja eine Erdbeere gewachsen sein, während sie in der Schule war.

Als ich gerade Bananenmuffins als Pausensnack für den nächsten Tag backe, klingelt es an der Tür. Auf dem Monitor der Wechselsprechanlage das vertraute Gesicht der Polizistin. Was will sie denn jetzt? Weiß sie nicht, dass sie jedes Mal, wenn sie hier auftaucht, unser Leben durcheinanderbringt?

Ich drücke den Knopf, um das Tor zu öffnen, und warte an der halb offenen Haustür.

»Ich fürchte, mein Mann ist noch nicht zu Hause«, erkläre ich ihr. Es ist kurz nach drei. Sie kann sich doch wohl denken, dass er arbeitet.

»Ich wollte auch mit Ihnen sprechen, Mrs West.«

»Kommen Sie herein«, sage ich müde. »Kann ich Ihnen eine Tasse Kaffee anbieten, Detective?«, frage ich, als ich zu meinen Backzutaten zurückkehre, die auf dem Küchentresen stehen.

»Nein, vielen Dank«, sagt sie. »Ich muss gleich wieder los.« Sie verteilt Fotos auf der Arbeitsfläche, als würde sie Karten ausgeben. Die meisten davon zeigen mich, wie ich reite oder Kinder auf der Ranch unterrichte. Auf den Fotos ist mein Gesicht runder, weniger eckig als heute. Meine Haare sind hellbraun mit blonden Strähnen. Mir ist, als würde ich das Leben einer anderen betrachten, das sich auf diesen verblassten Bildern entfaltet. Ich nehme einige Fotos in die Hand, um sie mir genauer anzusehen. Ich war glücklich damals. Das sehe ich ganz deutlich in meinem Gesicht.

»Das bin ich«, erkläre ich ihr. »Warum zeigen Sie mir die?«

»Ich dachte, es hilft Ihren Erinnerungen an die Zeit, in der Sie Laura Reitunterricht gegeben haben, auf die Sprünge.«

»Nein, leider nicht«, antworte ich knapp. »Ich hatte viele Schüler. Normalerweise Kinder; ab und zu auch mal Erwachsene, die eine Phobie überwinden wollten.« Sie sieht zu, wie ich ein Ei nach dem anderen in die Rührschüssel schlage.

»Laura West hat Reitstunden genommen, um ihre Angst vor Pferden zu überwinden«, sagt die Polizistin leise. »Aber das wissen Sie schon, nicht wahr?«

Ich höre nicht zu. Ich bin mit Laura auf dem Reitplatz und halte ihre zitternde Hand, während sie auf dem Pferd sitzt. Ich sage ihr, sie solle sich beruhigen, tief durchatmen. Ich erkläre ihr, dass ein Pferd es merkt, wenn der Reiter nervös ist. Ich kraule das Pferd am Kopf, um es abzulenken, während Laura versucht, sich zusammenzureißen. Allmählich kehrt die Farbe in ihr Gesicht zurück, und der Ausdruck des Entsetzens weicht.

Ich halte die Rührschüssel an die Brust und schlage den Teig extraschnell mit einem Holzlöffel, bis mir der Arm wehtut und ich aufhören muss.

»Wo haben Sie Ihren Mann kennengelernt?« Der plötzliche Themenwechsel überrascht mich.

»Fragen Sie aus Höflichkeit, um Small Talk zu machen? Oder im Rahmen Ihrer Ermittlungen?« Ich bemühe mich um einen lockeren Tonfall. Ich würde ihr gern sagen, sie sollte sich vielleicht lieber darum kümmern, Lauras Mörder zu finden, statt meine Ehe auseinanderzunehmen. Doch ich bin so klug, den Mund zu halten.

»Ein bisschen von beidem«, sagt sie leichthin, als wäre sie eine gute Freundin. Sie setzt sich auf einen Barhocker und wartet, dass ich anfange zu erzählen.

»Nach Lauras Tod«, sage ich, »brauchte Matt jemanden, der sich um das Kind kümmerte. Alice war damals noch kein Jahr alt. Ich habe mich beworben und den Job bekommen. Nach ein paar Monaten haben wir uns verliebt.«

»Wie haben Sie von dem Job erfahren?«

»Ich war auf dem College, dem Community College in der Stadt. Wenn ich mich recht erinnere, hat die studentische Jobvermittlung Kontakt zu mir aufgenommen, denn ich hatte nach einer Anstellung als Kindermädchen gesucht.«

»Da sind Sie ihm das erste Mal begegnet?«, fragt sie.

»Nein«, antworte ich nach einer Pause. »Er hat an meinem College Seminare gegeben, aber wir hatten keinen direkten Kontakt, bis er mich einstellte.«

»Das ist seltsam«, sagt sie, den Blick fest auf mein Gesicht gerichtet. »Denn ich habe mich heute Vormittag mit ehemaligen Kommilitonen von Ihnen unterhalten. Einige haben mir erzählt, es sei damals das Gerücht gegangen, Sie und Matthew West hätten schon Monate vor Laura Wests Tod miteinander geschlafen.«

»Also, das ist Unsinn.« Ich gieße den Teig in die Muffinförmchen und bin erleichtert, dass ich ihr nicht in die Augen sehen muss. »Ich weiß nicht, warum die Leute solche Geschichten in die Welt setzen.«

»Sie sind viel jünger als er, nicht wahr?«

»Das klingt, als wäre er ein Greis«, erwidere ich, ohne aufzublicken.

»Es ist ein erheblicher Altersunterschied.«

»Matt ist zwölf Jahre älter als ich. Es ist nicht so, als wäre er ein Sugardaddy oder so.« In meine Stimme hat sich ein zickiger Unterton geschlichen. Ich sehe, dass sie es bemerkt hat. Ihr entgeht nichts. Sie beobachtet meine Hände, während ich den Teig in die Muffinform gieße. Ich brauche alle Kraft, um sie ruhig zu halten.

»Matt ist ein guter Ehemann«, sage ich mit einem Lächeln, das hoffentlich nicht zu bemüht rüberkommt.

»Lauras Verschwinden war sicher hart für ihn«, sagt sie, jetzt wieder im Plauderton. Ich bin nicht deine Freundin, Lady, würde ich am liebsten sagen. Doch ich beiße mir auf die Zunge.

»Er ist am Boden zerstört, bis heute«, sage ich stattdessen in aller Ehrlichkeit.

»Er hat Laura mir gegenüber als seine Seelengefährtin beschrieben«, erzählt die Polizistin. »Es ist nicht leicht, einen Seelengefährten zu verlieren.« Ihr Blick bohrt sich in meine Augen, damit ihr auch nicht die geringste Reaktion auf ihre aufdringlichen Fragen entgeht.

Bei ihren Worten werde ich blass. Meine Hand zittert, und ich gieße Muffinteig über den Rand der Backform. Sie trifft mich da, wo es am meisten wehtut.

»Er ist ein gut aussehender Mann. Charismatisch. Sehr viel Sex-Appeal.«

»Ja«, sage ich hilflos.

»Ich habe heute Morgen in seiner Vorlesung gesessen. Seine Studentinnen haben sich ihm hinterher förmlich an den Hals geworfen. Stört Sie das?«

»Ganz ehrlich, ich verschwende keinen zweiten Gedanken daran.« Meine Gleichgültigkeit klingt selbst in meinen eigenen Ohren falsch.

»Natürlich nicht«, sagt die Polizistin. Sie beobachtet mich, bis ich ihren Blick nicht mehr ertrage und mich bücke, um die Muffinform in den Ofen zu schieben.

MEL 41

Am späten Abend rief ich Helen Williams an und bat sie, am nächsten Tag zur Vernehmung aufs Revier zu kommen. Der Zeitpunkt des Anrufs war bewusst gewählt. Ich wollte, dass ihre Erinnerungen an Laura an die Oberfläche stiegen, während sie sich bei dem Gedanken an unser bevorstehendes Treffen die ganze Nacht im Bett hin und her warf. Ich wollte, dass ihr Unterbewusstsein die Arbeit für mich tat und alte Erinnerungen durchforstete, sodass sie reif waren zum Pflücken, wenn sie in meinem Vernehmungszimmer saß.

Am nächsten Morgen kam Helen fünf Minuten zu früh. Sie hatte frischen Lippenstift aufgelegt und ein schweres Parfüm, dem es nicht gelang, ihre Angst zu übertünchen. Sobald sie das Vernehmungszimmer betrat, wusste ich, dass ich das richtige Knöpfchen gedrückt hatte. Sie wirkte ganz anders als die unscheinbare, introvertierte Frau, als die sie mir in ihrem Büro begegnet war.

»Vielen Dank, dass Sie gekommen sind. Es dauert sicher nicht lange.«

Sie schluckte schwer vor Nervosität und nickte leicht.

»Ich habe erfahren, dass Sie, im Gegensatz zu dem, was Sie mir gesagt haben, an der Studie mitgewirkt haben, die Laura und Matthew West gemeinsam durchgeführt haben?« Mein Ton war eisig. »Ms Williams, wir Mordermittler sind nicht begeistert, wenn Zeugen uns anlügen. Sie vergeuden damit unsere Zeit, und es weckt natürlich auch Misstrauen gegenüber denen, die uns anlügen.«

Sie blickte auf ihre Hände wie eine zurechtgewiesene Schülerin. Und dann richtete sie sich auf ihrem Stuhl auf, als wäre ihr wieder eingefallen, dass sie hergekommen war, um zu kooperieren. »Ich habe es nicht für wichtig gehalten. Es war eine kleinere Studie, die nicht über die erste Phase hinausging. Laura legte Wert darauf, dass ihre Beteiligung daran vertraulich behandelt wird, und ich wollte ihren Wunsch respektieren.«

»Laura ist tot«, sagte ich. »Es ist mir egal, was sie vertraulich behandelt wissen wollte. Ich muss alles über ihre Arbeit und ihr Privatleben wissen, was es zu wissen gibt, denn das gehört zu meinen Ermittlungen. Verstehen Sie das?«

Sie nickte.

»Stimmt es, dass Laura Sie kurz vor ihrem Tod aus ihrer Abteilung werfen wollte?« Ich stellte die Frage wie beiläufig, doch ich interessierte mich brennend für ihre Reaktion. Sie sah aus, als hätte man sie gerade geohrfeigt.

»Wir haben uns gestritten«, sagte sie mit nervöser Stimme.

»Worüber?«

»Darüber möchte ich lieber nicht sprechen.«

»Das haben wir doch gerade geklärt. Ich muss alles wissen.«

Sie seufzte, und dann sprach sie so schnell, dass es fast unmöglich war mitzukommen. »Laura war überzeugt, ich hätte eine Affäre mit ihrem Mann. Sie sagte, sie könne nicht mit jemandem arbeiten, dem sie nicht vertraue. Ich versicherte Laura, dass zwischen uns nie etwas gewesen sei, doch sie wollte nichts davon hören.«

»Am Ende erwies es sich als gut für Ihre Karriere, dass Laura starb, nicht wahr?« Unvermittelt lenkte ich das Gespräch auf ein Nebengleis. »Sie sind jetzt Assistenzprofessorin und werden, wie ich höre, bald eine Festanstellung bekommen.«

»So habe ich es noch nie betrachtet«, versetzte sie steif.

»Worum ging es in Lauras und Matthews Studie?« Wieder wechselte ich das Thema.

»Bei der Studie ging es um das Gedächtnis.«

Ich beugte mich auf meinem Stuhl vor. Das war ja wie Zähneziehen.

»Können Sie mir genau sagen, welchen Aspekt des Gedächtnisses sie untersucht haben?«

»Das Einpflanzen von Erinnerungen«, antwortete sie. »Die Frage, ob Erinnerungen eingepflanzt werden können und vom Gehirn dann so verarbeitet werden, als wäre das Erinnerte tatsächlich geschehen.«

»Sie reden davon, Menschen mit falschen Erinnerungen zu füttern und sie glauben zu lassen, sie wären echt?«

»Ja, das ist mehr oder weniger korrekt.«

»Das klingt gruselig.«

»Es kann einem so vorkommen«, pflichtete sie mir bei. »Doch es gibt durchaus auch positive Anwendungsmöglichkeiten. Wenn wir neue Erinnerungen einpflanzen, können wir damit Menschen helfen, die an Traumata leiden. Soldaten, die mit posttraumatischen Belastungsstörungen aus dem Krieg zurückkehren, können Ersatzerinnerungen bekommen, um traumatische Vorfälle auf dem Schlachtfeld zu vergessen. Aus dem gleichen Grund ist, wie Sie richtig bemerkt haben, dieses Gebiet voller ethischer Dilemmas.«

»Die da wären?«

»Zum Beispiel hätten wir für diese spezielle Studie falsche traumatische Erinnerungen erzeugen müssen«, sagt sie. »Doch das wäre unethisch, denn ein Trauma, selbst ein falsches Trauma, kann schädlich sein. Und es ist unethisch, Probanden etwas Schädliches anzutun.«

»Wie haben Sie dieses Problem umschifft?«

»Also, unsere beiden Forschungsleiter ließen sich freiwillig falsche Erinnerungen einpflanzen.«

»Sie meinen Matthew und Laura West?«

»Ja.« Helen spielte nervös mit einem goldenen Armreif an ihrem Handgelenk. »Nichts Großes. Die Erinnerung, die Matthew sich einpflanzen ließ, war die, dass er als Junge einmal beinahe ertrunken wäre.«

»Und Laura?«, fragte ich. Sie antwortete nicht. »Was ist mit Laura?«, wiederholte ich. »Was war ihre Angst?«

»Equinophobie«, antwortete Helen schließlich. »Angst vor Pferden. Ihre eingepflanzte Erinnerung war, dass sie bei einem Reitunfall als Kind beinahe ums Leben gekommen wäre. Danach hatte sie schreckliche Angst vor Pferden.«

»Hat sie versucht, ihre Phobie zu überwinden?«, fragte ich. »Durch Reitstunden?«

»Das weiß ich nicht«, sagte sie. »Laura ist aus der Studie ausgestiegen. Sie war sehr problematisch. Die Studie, meine ich.«

»Inwiefern?«

»In einer Studie die Grenzen des Gedächtnisses auszuloten war nicht möglich, ohne den Probanden äußerst traumatische Erinnerungen einzupflanzen, und das ging, wie ich eben erläutert habe, aus ethischen Gründen nicht. Die Forscher selbst zu Probanden zu machen ging aus Gründen der Befangenheit nicht. Keine angesehene Fachzeitschrift würde einen Artikel über eine Studie mit derart methodischen Mängeln veröffentlichen. Am Ende ging Professor West, Matthew, mit der Studie an ein örtliches College und konzentrierte sich auf weniger kontroverse Aspekte des Themas.«

»Die da wären?«

»Das Einpflanzen unbedeutender Erinnerungen bei Probanden.«

»Was sind solche bedeutungslosen Erinnerungen?«, fragte ich.

»Negative Erinnerungen an Essen oder Trinken. Einen Probanden glauben zu machen, er hätte als Junge Nesselausschlag bekommen, nachdem er Himbeermarmelade gegessen hatte. So was in der Art.«

»Und zu welchen Ergebnissen kam die Studie?«

»Das weiß ich nicht genau«, sagte sie. »Ich hatte nichts damit zu tun. Aber ich habe gehört, dass einige gute Daten dabei herausgekommen sind. Jemand, der glaubte, er hätte einmal eine Lebensmittelvergiftung gekriegt, nachdem er ein hart gekochtes Ei gegessen hatte, aß plötzlich gar keine Eier mehr. Das Problem war, dass es schwer zu quantifizieren war. Die Stichprobe war zu klein. Und am Ende ...« Sie verstummte.

»Am Ende?«, hakte ich nach.

»Nun, Laura starb, und Matthew verlor das Interesse an dem Thema. Soweit ich gehört habe, hat er keine weiteren Forschungsmittel dafür beantragt und die Studie schließlich eingestellt.«

»Wissen Sie, wo ich die Dokumentation der Studie finden kann? Erste Ergebnisse, eine Liste der Probanden?«

Sie griff nach ihrem Wasserglas und trank es leer. Ich sah förmlich, wie ihr Hirn ratterte, während sie mögliche Antworten durchging.

»Ich weiß nicht, was aus diesen Dokumenten geworden ist«, sagte sie schließlich. »Ich habe vor zwei Jahren versucht, Zugang zu ihnen zu bekommen, weil ich in meiner eigenen Forschung darauf Bezug nehmen wollte, aber sie waren nicht im System, weder hier noch am Community College.«

»Die Dokumente sind verschwunden?«, fragte ich. »Einfach so?«

»Sieht so aus.«

»Ist das üblich?«

Sie sagte nichts. Ich sah sie wieder schlucken. »Das ist nicht üblich«, antwortete sie schließlich.

»Verstehe ich es richtig, dass Professor Wests neues Forschungsgebiet nichts mit dem Gedächtnis zu tun hat?«

»Ja«, sagte sie. »Er hat vor Kurzem wichtige Ergebnisse auf dem Feld der Impulskontrolle veröffentlicht. Er macht sich auf dem Gebiet gerade einen Namen.«

Ich wusste, dass da mehr war, als sie preisgab. »Aber?«, hakte ich nach. »Ich spüre da irgendwo ein ›Aber‹.«

»Nein«, sagte sie, doch sie konnte mir nicht in die Augen sehen. »Kein ›Aber‹. Impulskontrolle war Lauras Interessensschwerpunkt, und es ist gut, dass jemand ihre Arbeit fortsetzt.«

»Hat er Lauras Forschung plagiiert?«

»So weit würde ich nicht gehen«, sagte sie. »Laura hat auf diesem Gebiet umfassende Vorarbeit geleistet. Seine Arbeit gäbe es ohne Lauras Beitrag nicht.«

Ich bedankte mich bei Helen dafür, dass sie sich Zeit genommen hatte, und führte sie zur Tür. Die Arbeit da fortzusetzen, wo seine Frau aufgehört hatte, war wohl kaum ein Verbrechen. Aber konnte es ein Motiv für einen Mord sein? Das schien mir weit hergeholt für ein Paar, das von fast allen als sehr verliebt beschrieben worden war, auch wenn er nebenher durch die Betten zog.

Helen Williams dagegen hatte mindestens zwei Gründe gehabt, sich Laura Wests Tod zu wünschen. Sie war eindeutig in Matthew West verknallt gewesen, falls sie nicht sogar eine Affäre gehabt hatten. Damit nicht genug, hatte Laura sie auch noch rausschmeißen wollen. Es entging mir nicht, dass Helen immer noch eine Schwäche für Matthew West hatte – wie sie seinen Namen sagte und dass ihr nichts Negatives über ihn über die Lippen kam, auch wenn sie eindeutig Vorbehalte gegen seine Forschungsmethoden hatte.

Nach dem Gespräch recherchierte ich über die Stiftung, die Matthew West in Erinnerung an seine Frau gegründet hatte. Helen Williams hatte im Laufe der Jahre mehrere großzügige Stipendien von dieser Stiftung erhalten. Ich sinnierte noch darüber, welche Auswirkungen ihre Interessenskonflikte haben könnten, als ich das Revier verließ, um mich mit Will zu einem frühen Mittagessen zu treffen.

»Hey, Will.« Ich setzte mich zu ihm auf eine rote Vinylbank in einem Diner zwei Blocks vom Revier entfernt. »Hat Matthew Wests Alibi gehalten?«

»Definitiv.« Er biss in sein mit Bacon, Salat und Tomate belegtes Sandwich und sprach mit vollem Mund weiter. »Matthew West hat einen ausgezeichneten Frauengeschmack. Chelsea Marshal ist eine Granate. Übrigens mit seinem besten Freund verheiratet.«

»Sie bestätigt also, dass sie an dem Wochenende, an dem Laura West umgebracht wurde, mit ihm zusammen war?«

»Den ganzen Nachmittag und die ganze Nacht«, antwortete er, nachdem er geschluckt hatte. »Ihr Mann war auf einer anderen Konferenz im Ausland, in Shanghai. Und sie hat den größten Teil des Wochenendes mit West in Charlotte verbracht. Sie hat sich am Samstag nach dem Mittagessen mit ihm im Hotel getroffen und ist bis zum Frühstück am Sonntag geblieben. Sie sind die ganze Zeit im Bett geblieben, außer am Samstagabend, als er für ein paar Stunden zum Galadinner ging. Dann haben sie ihr Liebeswochenende fortgesetzt.«

»Also«, sagte ich, nachdem ich diese Informationen verarbeitet hatte. »Das klingt, als wäre Matthew West ein betrügerischer Weiberheld erster Klasse, aber seine sexuelle Indiskretion schließt ihn aus dem einfachen Grund, dass sie ihm ein hieb- und stichfestes Alibi gibt, wahrscheinlich als Mordverdächtigen aus. Was hast du noch?«

»Etwas sehr Interessantes«, sagte er, als der Kellner mein Sandwich mit Hühnchen und einen Caesar Salad brachte.

»Wie interessant?«

»Ich habe heute Morgen am Fall Henderson gearbeitet«, sagte er. »Ich bin zu seinem alten College, um einen Blick in seine Studentenakte zu werfen. Es hat sich herausgestellt, dass er sein Studium mit einem Job in einem Burgerimbiss finanzierte. Also bin ich auch da hin, und du wirst nicht glauben, was ich in seiner Personalakte gefunden habe.«

»Was?«

»Seine Exfreundin war keine andere als Matthew Wests zweite Frau. Julie West.«

»Verdammt, Will.« Ich schlug mit der Faust auf den Tisch. »Du weißt, wie sehr ich Zufälle hasse.«

JULIE

42

Ich habe eine Entscheidung getroffen. Ich werde nicht zulassen, dass Emily mein Leben zerstört. Wegen Emily hängt meine Ehe an einem seidenen Faden. Wegen Emily verliere ich womöglich Alice. Wegen Emily wankt alles, was ich mir aufgebaut habe, gefährlich nah am Abgrund.

Jetzt kommt der schwierige Teil: Wie bringe ich sie dazu, aus unserem Leben zu verschwinden? Schuldgefühle könnten funktionieren. Ich könnte ihr stecken, wie sehr eine Scheidung Alice schaden würde. Ich könnte sie davon überzeugen, zum Wohle des Kindes auf Matt zu verzichten. Allerdings kann es sein, dass das Emily schnurzegal ist. Sie kommt mir nicht vor wie eine, die nachts wach liegt, von Schuldgefühlen gequält, weil sie eine Familie zerstört.

Heute sieht Emily besonders zufrieden mit sich aus, wie sie, ihren Lederrucksack schwingend, zu ihrem Mittags-Yogakurs geht. Ich folge ihr in meinen Uniklamotten, Baseballmütze und Brille. Sie bemerkt mich nicht. Ich verschmelze mit meiner Umgebung. Ich schiebe die Hand in meine schwere Handtasche und fahre mit den Fingern über das kalte Metall des Laufs. Das Gewicht der Waffe ist beruhigend, besonders wenn ich das heimliche Lächeln im Gesicht dieses Flittchens sehe. Sie denkt an ihr morgendliches Rendezvous mit meinem Mann.

Matt hat sehr früh das Haus verlassen, noch bevor ich wach war. Er gibt sich keine Mühe, seine Affäre zu verhehlen. Es schert ihn nicht mehr, was ich denke; warum sollte es mich also scheren? Warum sollte ich diejenige sein, die auch nur einen Hauch von Anstand an den Tag legt, wenn kein anderer es tut?

Emilys Yogakurs dauert fünfzig Minuten. Ich sehe durchs Fenster in der Tür des Yogastudios zu, bis die Schülerinnen und Schüler die erste Haltung einnehmen. Dann gehe ich den Flur runter zum Umkleideraum. Mit der Zahlenkombination, die ich in einem Notizbuch festgehalten habe, als ich mit meiner Überwachung anfing, öffne ich Emilys Schließfach.

Ich schnappe mir ihre Handtasche und klaube ihren Wohnungsschlüssel heraus. Ich hätte es mir lieber leicht gemacht und den Schlüssel benutzt, den sie Matt gegeben hat, doch als ich in die Garage schlich und sein Auto noch einmal durchsuchte, konnte ich ihn nicht finden. Ich weiß nicht, wo er ihn jetzt versteckt.

Aber einen Schlüssel zu kopieren ist einfach, wenn man es richtig plant. Die Anleitung habe ich in einem Video auf YouTube gefunden; allerdings erklärt der kleine Klugscheißer darin nicht, was er mit den Schlüsseln macht, die er kopiert.

Ich gehe mit Emilys Schlüsselbund in eine Duschkabine. Dort schlinge ich einen Faden durch das Loch in dem Schlüssel und schiebe ihn tief in einen Block weiches Paraffinwachs, das ich in einem Geschäft für Künstlerbedarf gekauft habe. Ich lasse den Schlüssel fünf Minuten darin stecken, damit es fest wird, und packe den Paraffinblock dann zwischen Kühlakkus, die ich extra mitgebracht habe.

Es dauert ein Weilchen, bis das Paraffin so kalt ist, dass

ich den Schlüssel herausziehen kann, ohne den Abdruck im Wachs zu beschädigen. Da es nur noch wenige Minuten sind, bis Emily wieder auftaucht, schneide ich den Faden ab, wische den Schlüssel sauber und lege den Schlüsselbund zurück in Emilys Schließfach. Ich gehe im Flur direkt an ihr vorbei, als sie aus ihrem Kurs kommt.

Schritt zwei ist noch einfacher. Zu Hause drücke ich Dichtungskitt in den Hohlraum, den der Schlüssel im Paraffinblock zurückgelassen hat. Als der ausgehärtet ist, zerbreche ich den Block, indem ich mit einem Stein draufhaue. So kriege ich eine Schlüsselkopie aus Kitt mit einem perfekten Kamm. Ein zwielichtiger Schlosser auf der anderen Seite der Stadt nimmt ihn als Vorlage, um in zwei Minuten einen echten Schlüssel zu fertigen. Das kostet mich zehn Dollar und ist jeden Cent wert.

Am nächsten Morgen verlässt Matt wieder früh das Haus zu einem weiteren vormittäglichen Schäferstündchen bei Emily. Ich höre, wie er seinen Wagen kurz nach der Morgendämmerung aus der Einfahrt setzt. Nachdem er fort ist, döse ich wieder ein. Bilder von den beiden, wie sie sich in Emilys Bett wälzen, ziehen durch meinen Schlaf. Als mein Wecker klingelt, wecke ich Alice.

Nachdem ich sie an der Schule abgesetzt habe, fahre ich zur Universität und warte, bis Emily den Hörsaal zu ihrer ersten Vorlesung an diesem Tag betritt. Dann fahre ich rasch zu ihrer Wohnung, die, wie ich weiß, leer ist, denn Matt hält die Vorlesung, in der sie gerade sitzt. Ich stecke meinen Schlüssel in das Schloss an ihrer Wohnungstür und bete flüsternd, dass er funktioniert. Das Schloss öffnet sich mit einem Klicken.

Die Jalousien sind halb zugezogen. Die Wohnung ist ordentlich und wirkt feminin, genau wie ich es mir vorgestellt hatte. Auch wenn keine Fotografien von Balletttänzerinnen an den Wänden hängen. Das ganze Apartment riecht nach Emilys typischem Blumenduft, den ich so gut kenne, weil Matt ihn jeden Abend mit nach Hause bringt.

Auf der Arbeitsplatte stehen zwei Kaffeetassen, die noch warm sind, als ich den Handrücken daran lege. In der Spüle sehe ich zwei Müslischalen. Das Bett ist nicht gemacht. Keine große Überraschung. Matt überlässt es immer mir, das Bett zu machen. Die Laken sind zerknittert. Die Steppdecke liegt halb auf dem Bett, halb auf dem Boden. Ein Kissen ist runtergefallen. Ich ziehe Einmalhandschuhe über und hebe es auf. Die Kissen lege ich auf die Matratze, eines neben das andere. Ich streiche das untere Laken glatt, bevor ich die Steppdecke so darüberwerfe, dass alles hübsch und ordentlich ist.

Im Bad durchsuche ich den Schrank unter dem Waschbecken und finde darin eine Toilettentasche. Sie ist schwarz. Maskulin. Darin sind eine Zahnbürste, ein Rasierapparat und die gleiche Rasierlotion, die Matt benutzt.

Im Speiseschrank in der Küche stehen eine Dose von Matts Lieblingskaffee und die Frühstücksflocken, die er morgens bevorzugt. Es ist, als hätte Matt ein zweites Zuhause. Eine zweite Frau. Jetzt muss er mich nur noch rausschmeißen, dann kann sie bei uns einziehen. Alice ist noch so jung; sie würde sich irgendwann an eine neue Mutter gewöhnen. Mit der Zeit würde sie mich vergessen.

Ich ziehe die Schublade des Tisches im Flur auf. Darin finde ich einen Stapel Glückwunschkarten, die mit einem Gummiband zusammengehalten werden. Sie sind von Emilys Geburtstag im November. Vor fast fünf Monaten. Eine ist nicht unterschrieben. Die Glückwünsche darauf sind mit schwarzer Tinte in Matts charakteristischer zackiger Handschrift verfasst. Die Affäre läuft also schon seit Monaten.

Matt war ein paarmal auf Konferenzen. Er nimmt mich nicht mit. Ich habe ihn oft genug gefragt. Ich fand mich lässig, als ich ihn im Februar ohne Murren zu einem Golfwochenende mit den Jungs nach Florida fahren ließ. Jetzt stelle ich jeden Vorwand, den er mir je genannt hat, infrage. Jeden Ort, an dem er ohne mich über Nacht war. Er lügt mich seit Monaten an. Ich war leichtgläubig, dumm und unglaublich naiv.

Nein, Emily. Damit ist jetzt Schluss. Endgültig.

In der Küche nehme ich ein Glas aus dem Schrank und fülle es am Hahn mit Wasser. Als ich es ausgetrunken habe, donnere ich das Glas in die Spüle. Die Scherben tue ich in eine Plastiktüte, verknote sie und stopfe sie in meine Handtasche, um sie später wegzuwerfen. Ich sammele die winzigen Glassplitter, die noch in der Spüle liegen, mit der Hand auf und trage sie ins Schlafzimmer, wo ich die Steppdecke wegziehe und sie auf Emilys Matratze verteile. Anstelle von Rosenblättern. Die beiden kriegen, was sie verdienen. Die Steppdecke ziehe ich wieder ordentlich darüber.

Auf einem Ecktisch neben ihrer Frisierkommode steht ein gerahmtes Foto von Emily, auf dem sie vor dem Washington Monument die Arme um ihre Eltern gelegt hat. Sie lieben ihre Tochter offensichtlich sehr. Fast tun sie mir leid.

MEL 43

Als ich ins Büro zurückkam, erwartete mich die Auswertung der Fingerabdrücke in einem großen braunen Umschlag auf meinem Schreibtisch. Das Labor hatte die Sache für mich vorrangig behandelt.

Julie Wests Fingerabdrücke waren überall auf den Fotos, die sie sich angesehen hatte, als ich bei ihr zu Hause gewesen war. Nach dem Treffen hatte ich die Fotos im Auto in einen Asservatenbeutel gesteckt und direkt ins Labor gebracht. Es war pures Glück, dass sie sie so oft angefasst hatte. Ich konnte solche forensischen Spuren auf gar keinen Fall verschwenden. Wenn ich ehrlich bin, hatte ich gehofft, dass sie ihre Fingerabdrücke darauf hinterlassen würde. Eigentlich war ich deswegen zu ihr gefahren.

Die Gerüchte, die ich von Julies alten Kommilitonen gehört hatte – dass sie eine Affäre mit Matthew West gehabt hatte, als er noch mit Laura verheiratet gewesen war –, interessierten mich brennend. Julie war noch dazu einer der letzten Menschen, die Laura West lebend gesehen hatten, auf dem Reiterhof. Motiv und Gelegenheit in einer Person.

Sie hatte etwas Nervöses an sich, eine fast greifbare Angst, die sie bei unseren Treffen zu verbergen suchte. Ich vertraue Menschen nicht, die mir nicht in die Augen sehen können. Jedes Mal, wenn ich mit ihr sprach, hat Julie West den Blick überallhin gerichtet, nur nicht auf mich.

Ich zog den Bericht über die Analyse der Fingerabdrücke aus dem Umschlag und schlug ihn mit einem gewissen Maß an Erwartung auf; mit demselben Gefühl, das ich auch habe, wenn ich ein Puzzleteil auf eine freie Stelle lege, um zu sehen, ob es passt.

»Sie ist sauber«, sagte ich zu Will, nachdem ich den Bericht verdaut hatte. »Julie West ist absolut sauber. Eine Vorzeigebürgerin.«

»Ja. Das sind genau die, die mir am meisten Kopfschmerzen bereiten«, versetzte er abwesend. »Hey, hast du Lust, mit ins Labor zu kommen? Dennis will mit mir die forensischen Spuren im Fall Henderson durchgehen.«

»Warum nicht!«, sagte ich. »Danach muss ich zur Schule meiner Kinder. Ich habe versprochen, heute Abend beim Barbecue von Joes und Sammys Baseballclub zu helfen.«

Dennis wartete an der Garage des forensischen Gebäudes auf uns. Er kaute hektisch auf einem Kaugummi herum.

»Nikotin«, sagte er, unsere Frage vorwegnehmend, als wir näher kamen. »Ich versuche mal wieder aufzuhören. Kauen ist besser als rauchen. Richtig?«

Mit einer Fernbedienung öffnete Dennis das Garagentor. Darin stand der ramponierte silberne Wagen, den ich das letzte Mal vor einigen Wochen gesehen hatte, nachdem er gegen einen Baum im Kellers Way gekracht war. Ich hatte den Eindruck, dass Dennis etwas wusste, was wir nicht wussten, und den Augenblick der Überlegenheit genoss.

Im Neonlicht in der Garage waren die Flecken von getrocknetem Blut auf den Polstern der Sitze deutlich zu erkennen. Harte Krusten aus geronnenem Blut befanden sich auf dem Lenkrad und Blutspritzer an der Fensterscheibe auf der Fahrerseite, wo Alexander Hendersons Kopf gelehnt hatte, als er gefunden worden war.

»Lasst mich euch erläutern, was passiert ist«, sagte Dennis. »Der Fahrer ist beim Aufprall mit dem Kopf gegen das Seitenfenster gedonnert.« Mit einem Laserpointer zeigte Dennis auf die betreffende Stelle auf der Scheibe.

»Sein Kopf prallte ab und schlug auf das Lenkrad; deswegen haben wir ziemlich viel Blut auf dem Fenster und der Lenkradverkleidung. Hier. Und hier.« Dennis richtete den Laser auf die Blutspritzer.

»Das Blut da drüben stammt vermutlich aus der Nase. Die Obduktion hat ergeben, dass die Nasenscheidewand gebrochen war. Wir haben auch Blut auf der Kopfstütze und auf dem Sitz, vermutlich von der Verletzung am Arm, nachdem er sich an einer kaputten Whiskeyflasche, die durchs Auto flog, verletzt hatte.« Er zeigte mit dem Laser auf die dunklen Flecken auf dem Sitzbezug.

»Wahrscheinlich ist das alles ganz normal bei so einem Unfall?«, fragte ich.

»Ja.« Dennis nickte bekräftigend.

»Warum sind wir dann hier?«, fragte Will.

»Nicht normal sind die Blutstropfen, die wir hier gefunden haben.« Mit seinem behandschuhten Finger zeigte er auf die Kante des Beifahrersitzes. »Sie belegen, dass der Fahrer nicht bei dem Aufprall umgekommen ist. Sie weisen darauf hin, dass Henderson sich hinüberbeugte. Vielleicht hat er versucht, auf der Beifahrerseite aus dem Auto zu steigen. Doch er hatte zu starke Verletzungen, um den Wagen zu verlassen, und ist zurück in den Fahrersitz gesunken, wo er gestorben ist.« Er machte eine Pause, damit wir nachvollziehen konnten, was er sagte. Ich begriff immer noch nicht, warum das ein aufgeregtes Schimmern in Dennis' graue Augen zauberte.

»In dem geronnenen Blut hier drüben«, fuhr er fort und zeigte noch einmal auf die Blutstropfen auf dem Fahrersitz, »haben wir einen Teilfingerabdruck gefunden.«

»Das heißt, er stammt von nach dem Unfall?«, sagte ich.

»Richtig«, antwortete Dennis. Er zeigte auf die Tür. »Auch am Griff der Beifahrertür haben wir einen blutigen Teilabdruck gefunden. Auch dieser stammt von nach dem Unfall. Beide Abdrücke gehören nicht dem Fahrer. Beide Abdrücke waren *auf* der blutbeschmierten Oberfläche. Das heißt, dass jemand nach dem Unfall bei dem Fahrer im Wagen war.«

»Ist dir bekannt, dass der Tote von einem Radfahrer gefunden wurde?«, fragte ich. »Ich habe seine Aussage am Tatort aufgenommen. Wenn ich mich recht erinnere, sagte der Radfahrer, er habe die Wagentür aufgemacht und sich über den Beifahrersitz gebeugt. Das könnte die Fingerabdrücke erklären.«

»Das habe ich im Bericht gelesen«, sagte Dennis, »und ich habe den Radfahrer gestern hergebeten, um seine Fingerabdrücke mit denen vom Tatort zu vergleichen. Ich kann euch mit absoluter Sicherheit sagen, dass diese blutigen Teilabdrücke nicht von dem Radfahrer stammen.«

»Vielleicht von den Polizisten oder den Ersthelfern?« Will hockte sich hin, um einen besseren Blick auf die Stellen zu haben, wo die Abdrücke waren. Sie waren mit fluoreszierenden Aufklebern markiert.

»Wir haben alle Personen ausgeschlossen, die am Tatort waren«, sagte Dennis. »Heute Morgen waren in der Datenbank keine passenden Abdrücke. Aber am Mittag hat das System einen Treffer angezeigt. Also müssen wir nicht raten. Ich kann euch mit Sicherheit sagen, wer nach dem Unfall in dem Wagen war.«

»Wer?«, fragen Will und ich gleichzeitig.

»Das ist das Komische«, sagte Dennis. »Die Abdrücke stammen von Julie West.«

»Ähm, Matthew Wests Frau? Ich habe ihre Abdrücke gestern Abend zur Analyse gebracht.«

»Ja, und das war gut so. Das System hat signalisiert, dass Julie Wests Fingerabdrücke zu den blutigen Abdrücken in Alexander Hendersons Auto passen. Wir haben zwei Teilabdrücke, die mit circa neunzigprozentiger Sicherheit von Julie West stammen. Da die Abdrücke in Hendersons Blut sind, lautet die logische Schlussfolgerung, dass Julie West *nach* dem Unfall hier bei ihm in diesem Auto war.«

»Haben wir andere forensische Spuren, die sie mit dem Auto in Verbindung bringen?«, fragte Will.

»Nein«, antwortete Dennis. »Weder Haare noch Blut, nur vom Opfer. Keine weiteren Abdrücke.«

»Was ist mit Spuren des Medikaments? Wie heißt es?«

»Scopolamin«, sagte Dennis. »Wir haben das ganze Auto durchsucht. Keine Spuren davon im Wagen. Mike hat sich die Leiche noch einmal genauer angesehen und dabei einen frischen Einstich entdeckt. Henderson war anscheinend ein ehemaliger Drogenabhängiger. Die Einstichstellen an seinem Körper waren alt. Bis auf einen. Mike glaubt, dass ihm das Scopolamin gespritzt wurde.«

»Hast du im Wagen eine Spritze gefunden?«

»Nein. Wir haben Joints gefunden. In den Teppichen waren Spuren von Kokain und anderen Drogen, auch Heroin, wahrscheinlich aus seiner Zeit als Drogenabhängiger. Aber kein Scopolamin und nichts, was er benutzt haben könnte, um es sich zu verabreichen.«

»Glaubst du, Julie West hat ihm nach dem Unfall Scopolamin gespritzt, um sicherzugehen, dass er stirbt?«

»Ich habe den Verdacht, dass der Unfall überhaupt nur passiert ist, weil er das Zeug schon im Blut hatte«, sagte er vorsichtig. »Vielleicht hatte sie sich vorher mit ihm getroffen, ihm das Medikament gespritzt und ist ihm dann mit ihrem Auto hinterhergefahren. Als er den Unfall baute, stieg sie aus, um sich davon zu überzeugen, dass er verblutete, oder um seine Atemwege zu blockieren und die Sache zu beschleunigen.«

»Vielleicht«, sagte Will, der gern den Advocatus Diaboli spielte, »war aber auch alles ganz harmlos. Vielleicht hat Julie West auf dem Beifahrersitz gesessen und ist nach dem Unfall zu Fuß geflohen, weil sie Angst hatte, ihr Mann würde herausfinden, dass sie mit ihrem Exfreund zusammen war.«

»Das ist unwahrscheinlich«, erwiderte Dennis. »Wenn sie eine Weile in dem Wagen gesessen hätte, hätten wir mehr Fingerabdrücke gefunden. Zum Beispiel am Sicherheitsgurt. Ganz zu schweigen von Blutspuren. In Anbetracht der Geschwindigkeit, mit der das Auto gegen den Baum geprallt ist, wäre sie, wenn sie bei dem Unfall im Wagen gesessen hätte, schwer verletzt gewesen. Die forensischen Beweise, die wir sichergestellt haben, deuten nur darauf hin, dass Julie West am Unfallort war. Das ist alles. Ihr müsst jetzt herausfinden, was sie mit Hendersons Tod zu tun hatte. Und warum. Denn eines ist sicher – ein normaler Autounfall war das nicht.«

»Was meinst du?«, fragte Will und sah mich an. »Sollen wir sie zur Vernehmung herbestellen?«

»Dazu wissen wir noch viel zu wenig.« Ich schüttelte den Kopf. »Wir müssen mehr über ihre Beziehung zu Henderson herausfinden. Hatten sie kürzlich Kontakt? Und hatte sie Zugang zu Scopolamin? Wir sollten unsere Karten nicht zu früh auf den Tisch legen.«

»Komm schon, Mel«, versetzte Will. »Die Frau ist in den Tod von zwei Menschen verwickelt. Sie war die Letzte, die die erste Frau ihres Mannes lebend gesehen hat. Und jetzt finden wir heraus, dass sie an dem Ort war, wo ihr Exfreund einen Autounfall hatte, bei dem er unter Einfluss einer beinahe tödlichen Dosis eines seltenen Halluzinogens gegen einen Baum gefahren ist.«

»Mich musst du nicht überzeugen, Will«, sagte ich. »Aber so, wie die Dinge im Augenblick stehen, haben wir nur Indizien bezüglich Julie Wests Verwicklung in den Fall Henderson. Es dürfte uns verdammt schwerfallen, ihr einen Mord nachzuweisen; schließlich sieht es aus wie ein Autounfall. Da kommen begründete Zweifel ins Spiel.«

»Du hast recht«, lenkte Will ein. »Bei der Ermordung von Laura West haben wir mehr in der Hand. Allmählich wird Julie West mir bei diesem Fall richtig sympathisch. Sie hatte eine Affäre mit Matthew West. Sie wollte seine Frau aus dem Weg haben. Und sie wollte sein Geld. Also hat sie Laura West getötet. Ein Jahr später ist sie die zweite Mrs West, lebt in einem luxuriösen Haus und muss den Rest ihres Lebens keinen Finger mehr krumm machen. Die Geschworenen würden das in einer Sekunde kaufen.«

»Bis auf die Tatsache, dass es keinen einzigen Beweis dafür gibt, dass sie am Tatort von Laura Wests Ermordung war oder der Leiche je nah gekommen ist«, versetzte ich.

»Ganz schön paradox, was«, bemerkte Will, als wir die Garage verließen. »Wir haben Julie West am Ort von Alexander Hendersons verdächtigem Autounfall, aber wir haben kein Motiv und keine klare Mordmethode. In dem anderen Fall hätte Julie West ein Motiv gehabt und die Gelegenheit, Laura West zu töten, doch uns fehlen forensische Beweise.«

»Und dann ist da noch die Frage, warum sie ihrem Exfreund nach so vielen Jahren den Tod wünschte, einem Mann, mit dem sie ungefähr zu der Zeit liiert war, als Laura West ermordet wurde. Das führt mich zu der Vermutung, dass es eine Verbindung zwischen den beiden Todesfällen gibt«, sagte ich.

»Scopolamin ist nicht leicht zu bekommen. Nicht in solchen Mengen«, sagte Dennis. Er aktivierte die Alarmanlage und bückte sich, um das Garagentor zu schließen. »Es wird nicht auf der Straße als Modedroge verkauft. Der Mörder muss es sich im Internet besorgt haben, vielleicht über Monate in mehreren kleineren Dosen, um diese Menge anzusammeln. So etwas lässt sich zurückverfolgen.«

Er steckte sich einen frischen Nikotinkaugummi in den Mund.

»Damit deutest du an, dass bei Hendersons Tod Vorsatz im Spiel war«, sagte ich. Wir gingen die Einfahrt hinunter zu unserem Wagen. »Dass Julie West Alexander Hendersons Tod über einen langen Zeitraum geplant hat, dass sie das Scopolamin benutzen würde, um ihn bei einem Unfall zu töten, der nach einem gewöhnlichen Autounfall unter Drogeneinfluss aussehen würde. Wenn sie so gründlich war, dann war Laura Wests Ermordung wahrscheinlich genauso akribisch geplant.«

»Genau darauf will ich hinaus«, sagte Dennis. »Mir scheint, als würde Julie West minutiös planen. Wenn wir Beweise finden, dass sie den Mord an Laura West geplant hat, dann könnte das zusammen mit dem, was wir schon haben, ausreichen, um sie anzuklagen, selbst wenn wir keine forensischen Beweise haben, die sie mit Laura Wests Leiche in Verbindung bringen.«

»Vielleicht«, sagte ich, »reicht es auch aus, sie in ein Vernehmungszimmer zu zitieren und unter Druck zu setzen, damit sie es uns erzählt.«

JULIE

44

Die ersten Klänge von Tschaikowsky erfüllen das Studio. Die Mädchen stehen für ihre Aufwärmübung in einer Reihe an der Stange. Emily schreitet in einer pinkfarbenen Strumpfhose die Reihe der Miniaturballerinas ab und sagt jede Bewegung an. Ihre trällernde Stimme erhebt sich über die Musik.

Alice' Gesicht ist beinahe komisch, als sie in ein *grand plié* sinkt. Ich krame in meiner Handtasche nach meinem Handy, um sie zu fotografieren, doch als ich es endlich gefunden habe, ist der lustige Gesichtsausdruck verschwunden. Ich mache trotzdem ein Foto. Alice sieht so hübsch aus in ihrem Trikot.

»Und eins, zwei, drei«, ruft Emily. Sie trägt ein altrosa Trägerkleid, darunter ein Trikot. Ihre Haare sind zu einem hohen Dutt gebunden. Emily bewegt sich anmutig zwischen ihren Schülerinnen, richtet ihre Rücken auf und stellt ihre Füße in die korrekte Position, während sie ihnen unablässig gut zuredet. Sie hat dunkle Ringe unter den Augen vom Schlafmangel. Das sind all die spätabendlichen und frühmorgendlichen Schäferstündchen, in denen sie sich mit meinem Mann im Bett vergnügt. Sie hat versucht, die Augenringe mit Concealer zu verbergen, doch das grelle Studiolicht ist unbarmherzig.

Es kann nicht einfach sein, Psychologie zu studieren und

Ballett zu unterrichten und derweil noch eine Affäre mit einem verheirateten Mann zu haben.

Die Arme, denke ich bei mir. Eine ihrer Freizeitaktivitäten wird sie wohl aufgeben müssen. Ich schaue auf und sehe, wie sie ihr Bein zur Arabesque hebt und die Position hält. Die Mädchen tun es ihr mit unterschiedlichem Erfolg nach.

Leider ist es eine Tatsache, dass Emily selbst müde und ausgelaugt immer noch ausnehmend hübsch ist. Unter dem bewundernden Blick der Mädchen, in deren Gesichtern echte Ehrfurcht leuchtet, steht sie auf den Zehen, ein Bein nach hinten ausgestreckt.

Als Mutter weiß ich es sehr zu schätzen, was für eine gute Lehrerin Emily ist und dass sie eine Verbindung zu meiner Tochter aufgebaut hat. Als Ehefrau des Mannes, mit dem sie schläft, habe ich keinerlei Sympathie für sie.

Unter ihrem ätherischen Lächeln ist Emily ehrgeizig. Emily ist gierig. Emily begehrt. Emily muss eine Lektion lernen. Ich bin zu dem Schluss gekommen, dass eine Handvoll Glassplitter in ihrem Bett nicht reichen, um die Botschaft rüberzubringen.

Als die Ballettstunde zu Ende ist, warte ich mit den anderen Müttern an der Tür zum Studio darauf, dass die Mädchen herauskommen. Alice ist die Letzte, die den Raum verlässt. Emily bleibt im Saal und packt zusammen, während eine ungestüme Gruppe von Kindern in Karateanzügen an der Tür darauf wartet, dass ihr Unterricht beginnen kann.

»Du warst toll, Schatz«, sage ich zu Alice, als wir den Flur hinunter zum Empfang gehen.

Alice' weiße Jacke hängt an der Garderobe am Eingang. Ich gebe sie ihr und knie mich dann hin, um die Bänder ihrer Ballettschuhe zu lösen. Ich ziehe ihr die Schuhe von den Füßen, wickele die Satinbänder darum und stecke sie in meine Handtasche. Zu meiner Waffe.

Ich nehme mir bewusst Zeit, Alice beim Zuknöpfen ihres dicken Mantels zu helfen, damit wir zusammen mit Emily das Gebäude verlassen. Aus den Augenwinkeln sehe ich, dass sie hinter dem Empfangstresen steht und sich andere Schuhe anzieht. Als wir fertig sind, ist auch Emily fertig. Sie verlässt die Tanzschule direkt nach uns. Genau wie ich es geplant hatte.

»Soll ich Sie mitnehmen?«, frage ich Emily draußen auf der Straße. Ein Windstoß fegt Abfall über den Bürgersteig, direkt an unseren Füßen vorbei.

»Das ist sehr nett von Ihnen, aber ich komme zurecht«, antwortet sie und sieht dem Abfall hinterher, der davonrollt wie ein Steppenläufer.

»Es ist kein Problem. Wir fahren eh in die Richtung«, erwidere ich mit einem Lächeln. Mein Herz schlägt schnell. Ich will nicht zu aufdringlich sein, aber ich muss Emily in mein Auto bekommen.

»Das wäre toll«, lenkt sie nach kurzem Zögern ein. Sie hat sich einen langen Schal um den Hals gewickelt.

Im Auto gebe ich Alice einen heißen Kakao, den ich in einem Thermosbecher für sie warm gehalten habe. Es ist ein ganz normaler heißer Kakao, allerdings habe ich ein flüssiges Antihistaminikum für Kinder reingetan. Sie wird schlafen. Dem Apotheker habe ich erzählt, wir würden zu einer Hochzeit nach London fliegen und ich wollte, dass meine Tochter im Flugzeug schläft. Normalerweise gebe ich Alice nicht unnötig Medikamente, aber ich habe auch nur eine halbe Dosis reingetan, weniger als die empfohlene Menge. Heute Abend, nur heute Abend, ist es nötig, dass

Alice mir für eine kurze Weile aus den Füßen ist. Sie muss schlafen, während ich tue, was getan werden muss.

Alice trinkt den Kakao, während ich vom Parkplatz fahre. Der Berufsverkehr lässt schon nach, als wir die große Kreuzung überqueren und in Richtung Universitätsviertel fahren.

»Mom, der Kakao schmeckt komisch«, beschwert Alice sich von hinten.

»Das ist eine neue Geschmacksrichtung«, erkläre ich ihr. »Limited Edition. Trink ihn aus; wenn du ihn dann immer noch nicht magst, kaufe ich ihn nicht mehr.«

Ich drehe Musik auf. Leichter Jazz. Die Musik entspannt mich. Sorgt dafür, dass Emily nichts ahnt. Im Rückspiegel sehe ich, dass Alice tief und fest schläft, die Flasche noch in der Hand.

Ich frage Emily nach ihrem Studium, als wüsste ich nichts über sie. In Wirklichkeit kenne ich viele ihrer Geheimnisse. Zu viele. Sie sagt, sie macht einen Master in Psychologie.

»Warum Psychologie?«, frage ich. Ich blinke links. Das Ticken des Blinkers scheint meinen hektischen Herzschlag nachzuahmen. »Psychologie und Ballett sind so verschieden.«

»Ich hatte immer das Gefühl, um eine bessere Tänzerin zu sein, muss ich die Motivation hinter den verschiedenen Rollen verstehen, die ich tanze. Wie Odile aus *Schwanensee*«, erklärt sie. »Das Psychologiestudium hilft mir, meiner Darbietung mehr Tiefe zu geben. Und die inneren Mechanismen der menschlichen Seele haben mich immer schon fasziniert.«

»Witzig, dass Sie das sagen«, sage ich und nehme eine scharfe Rechtskurve ein wenig zu schnell, sodass sie zur

Seite geworfen wird. »Mein Mann Matt sagt das auch oft. Wortwörtlich. Er ist Psychologieprofessor an der Uni. Matthew West. Kennen Sie ihn?«

»Oh«, sagt sie und schluckt. Ihr Gesicht brennt. »Sie sind die Frau von Professor West. Das wusste ich nicht.« Sie spricht unbeholfen, als wäre ihre Zunge taub.

»Ja.« Eine Weile sage ich nichts. Soll sie doch zappeln. Ich spüre die Spannung in ihrem Körper, als ihr ihre missliche Lage bewusst wird. Es muss unerträglich sein, neben der Frau ihres Geliebten im Auto zu sitzen. Ich höre fast, wie sie die Sekunden zählt, bis wir an ihrer Wohnung sind. Ich habe beim Einsteigen die Autotüren verriegelt. Sie kann nur raus, wenn es mir passt.

Langsam fahre ich an einer Reihe von Häusern vorbei, die im Dunkeln nicht zu unterscheiden sind, außer durch das goldene Glühen eines erleuchteten Fensters hier und da. Ihre Anspannung lässt ein wenig nach, als ich in Richtung der Uniwohnblocks biege. Als wir uns ihrer Straße nähern, beschleunige ich und fahre daran vorbei.

»Oh, ich glaube, Sie haben meine Straße verpasst«, erklärt sie mir mit nervöser Stimme.

Ich ignoriere sie und fahre weiter, bis ich scharf in den Kellers Way einbiege. Hier ist es stockfinster. Der Baldachin aus Blättern fängt das matte Licht des Halbmonds ab. Ich schalte das Fernlicht ein und fahre langsam den steilen Hang hinab.

»Dann erzählen Sie doch mal, Emily«, sage ich, »wie lange schlafen Sie schon mit meinem Mann?«

»Ich weiß nicht, wovon Sie reden.« Ihre Stimme zittert.

»Schätzchen, er ist praktisch bei Ihnen eingezogen. Seine Sachen hängen in Ihrem Schrank. Er hat sein eigenes Fach in Ihrem Badzimmerschrank. Mein Gott, Sie haben sogar seine Lieblingsfrühstücksflocken gekauft.«

Sie zuckt zusammen, als hätte ich sie geschlagen. Aus den Augenwinkeln bekomme ich mit, dass ihre Finger zum Türgriff kriechen, bis sie heimlich versucht, die Tür zu öffnen. Dank der Zentralverriegelung jedoch vergeblich. Als ihr klar wird, dass sie im Auto eingesperrt ist, versucht sie es noch einmal. Diesmal verzweifelt.

»Schauen Sie, Mrs West. Julie.« Sie wendet sich mir zu. »Ich weiß nicht, wieso Sie glauben, ich hätte eine Affäre mit Ihrem Mann, aber es stimmt nicht. Er ist mein Professor. Nicht mehr.«

Sie klingt so ehrlich. Ich bewundere ihre Schauspielkünste. Sie ist eine wunderbare Lügnerin. Überzeugend. Charmant. Ich würde ihr vielleicht sogar glauben, wenn ich die Beweise nicht mit eigenen Augen gesehen hätte.

»Wenn das der Fall ist«, sage ich und blicke nach vorn auf die dunkle Straße, »warum war er dann heute Morgen in Ihrer Wohnung?«

»Professor West war nicht in meiner Wohnung«, sagt sie in einem weinerlichen Tonfall, für den ich ihr am liebsten eine runterhauen würde.

»Professor West«, äffe ich ihre überkorrekte Ausdrucksweise nach. »Ich wette, so nennen Sie ihn im Bett nicht. Lügen Sie mich nicht an, Emily. Ich beobachte Sie schon seit Wochen. Ich weiß alles über Sie, was es zu wissen gibt.«

Am Fuß des Hangs lenke ich den Jeep von der Straße in ein Dickicht aus Sträuchern. Wir halten an, und ich schalte den Motor aus. Hier irgendwo ist ein Hohlweg. Er wird manchmal überflutet, aber nicht um diese Jahreszeit. Alice schläft. Ich drehe mich um, nehme ihr den Thermosbecher aus den Händen und lege eine dicke Decke über ihre reglose Gestalt. Dann öffne ich das Beifahrerfenster einen winzigen Spalt, um frische Luft hereinzulassen.

»Sie und ich, Emily, wir müssen uns einmal in Ruhe unterhalten.« Ich löse meinen Sicherheitsgurt. Er öffnet sich mit einem Klicken. »Ich hoffe, Sie haben feste Schuhe an«, sage ich und steige aus.

Ich gehe um den Wagen herum zu ihrer Tür.

»Aussteigen.«

»Bitte«, fleht Emily. »Lassen Sie uns hier drin reden. Draußen ist es kalt.«

»Raus.« Sie rührt sich nicht vom Fleck. Ich hole die Pistole aus meiner Handtasche und richte sie auf ihre Brust. Sämtliches Blut weicht aus ihrem ohnehin schon blassen Gesicht.

»Gehen Sie los«, sage ich.

Zögernd steigt Emily aus und wendet sich mir mit ausgestreckten Händen zu. Flehend. Wie lange wünsche ich mir schon, sie um Verzeihung betteln zu sehen? Doch ich empfinde kein Vergnügen dabei. Das ist der pure Überlebensinstinkt. In Wirklichkeit tut es ihr gar nicht leid. Emily hat keine Gewissensbisse.

»Bitte, tun Sie das nicht«, schluchzt Emily. Das Rascheln des toten Laubs ist das Einzige, was zu hören ist, während wir tiefer in den Wald hineingehen.

MEL 45

Das Barbecue des Baseballclubs fand in der Nähe der nicht überdachten Tribüne am Baseballfeld der Schule statt, wo die Kinder gegen die Eltern spielten. Die Eltern, die nicht auf dem Spielfeld waren, halfen beim Getränkeausschank oder brieten Fleisch auf einem langen Gasgrill. Nach einer langatmigen Diskussion mit Will und dem Bezirksstaatsanwalt über unsere nächsten Schritte – da Julie West ja nun in beiden Fällen unter dringendem Tatverdacht stand – war ich spät gekommen.

Sammy strahlte, als er mich in einer grünen Schürze und mit einer riesigen Grillzange in der Hand am Grill stehen sah. Es war das erste Mannschaftsbarbecue seit ewigen Zeiten, an dem ich teilnahm. Folglich war ich nicht begeistert, als zehn Minuten später mein Handy in meiner Tasche wie verrückt anfing zu vibrieren. Ich nahm den Anruf entgegen und drückte das Handy mit der Schulter ans Ohr, während ich halb gebratene Würstchen umdrehte.

Es war Dennis aus dem Labor. Über dem Brutzeln von zweihundert Würstchen und Hamburgern auf dem Grill konnte ich ihn kaum verstehen. »Ich ruf dich gleich zurück, Dennis.« Ich bat jemanden, meinen Abschnitt des Grills zu übernehmen, und verdrückte mich in einen leeren Bereich der Tribüne, um ihn zurückzurufen.

»Ich bin beim Barbecue der Baseballmannschaft meiner Söhne. Was gibt's?«

»Tut mir leid«, sagte Dennis. Er klang nicht, als täte es ihm wirklich leid. Er klang, als wäre er in Hochstimmung. »Ein Objekt, das in Laura Wests Grab gefunden wurde, wurde zur weiteren Analyse an das FBI-Labor geschickt. Wir haben gerade die Ergebnisse bekommen. Du willst nicht bis morgen warten, bis du sie hörst.«

Ich hatte noch einen ganzen Berg Würstchen und Hamburger auf dem Grill und keine Zeit, »Zwanzig Fragen« zu spielen. Nicht nur, dass die Frau, die meinen Abschnitt des Grills übernommen hatte, mir böse Blicke zuwarf, auch Joe starrte mich vom Spielfeld an, wo er gerade auf der First Base spielte. Ich wollte meine Jungs nicht enttäuschen, indem ich den ganzen Abend am Handy hing.

»Ich habe dreißig Sekunden, Dennis. Spuck's aus.«

»Wir haben am Tatort in der Erde das Stück eines Einmalhandschuhs aus Latex gefunden«, sagte er schnell. »Auf der Innenseite war ein Teilfingerabdruck, der dem Zahn der Zeit unglaublicherweise standgehalten hat. Doch er war zu klein und zu verblasst, als dass wir eine anständige Analyse hätten durchführen können. Ich habe ihn vor drei Wochen an einen Freund im FBI-Labor geschickt. Er hat sich heute Abend bei mir gemeldet, um mir Bescheid zu sagen, dass er einer Person zugeordnet werden kann.«

»Wem?« Ich bedeutete Joe mit einem Fingerzeig, dass ich gleich wieder auflegen würde. Ich hatte meinen Söhnen nicht nur versprochen, mit ihnen zum Barbecue zu gehen, sondern auch, mitzuhelfen und mich mit den anderen Eltern zu unterhalten. Meine Jungs verdienten für zwei Stunden meine ungeteilte Aufmerksamkeit. Ich hatte schon viel zu viele Schul- und Sportveranstaltungen verpasst.

»Der Abdruck ist von Julie West. Mein Kumpel beim FBI hat mir versichert, dass daran kein Zweifel besteht. Das einzige Problem ist, dass die Spur vor Gericht wahrscheinlich nicht zugelassen wird. Die Technik ist noch zu neu. Ein Verteidiger würde sie im Zeugenstand zerpflücken. Aber mein Kumpel sagt, sie liefert absolut akkurate Ergebnisse.« Die Worte stürzten förmlich aus Dennis' Mund.

Kein Wunder, dass er so aufgeregt war. Es war der bisher größte Durchbruch in dem Fall. Wir hatten ein Motiv. Wir hatten eine Gelegenheit. Und jetzt hatten wir einen Beweis dafür, dass Julie West am Tatort gewesen war.

»Toll.« Ich bemühte mich, mich von Dennis' Begeisterung nicht zu sehr anstecken zu lassen. Bis Anklage erhoben werden konnte, lag noch ein langer, steiniger Weg vor uns. »Ich spreche mit Will über unseren nächsten Schritt.«

»Hey, Mom.« Sammy setzte sich neben mich auf die Tribüne, als ich das Gespräch beendete. Er neigte den Kopf auf die Art zur Seite, wie er es macht, wenn er enttäuscht ist, es aber nicht zeigen will.

»Es ist alles gut, Sam.« Ich drückte seine Schulter. »Lass uns ein paar Würstchen braten.«

Ich schickte Will eine SMS, während ich die restlichen Würstchen und sechs Dutzend Hamburger briet. Die Kinder verputzten sie innerhalb von fünf Minuten.

Will und ich verabredeten, direkt nach dem Barbecue zu den Wests zu fahren. Ich behielt es für mich, bis das Eis serviert worden war und die Leute anfingen, darüber zu sprechen, dass sie demnächst aufbrechen würden. Da erklärte ich den Jungs, dass ich sie zu Hause absetzen und noch einmal zur Arbeit fahren musste.

»Ach, Mom«, sagte Sammy. »Niemand geht jetzt schon. Die bleiben alle noch lange hier.«

Am Ende verabredete ich mit Jason Scotts Eltern, dass sie die Jungs mit nach Hause nehmen würden. Unsere Babysitterin würde sich dort mit ihnen treffen und dafür sorgen, dass sie zeitig ins Bett gingen, denn ich hatte keine Ahnung, wann ich zurückkommen würde. Die Scotts wohnten am Ende unserer Straße, also war es für sie kein Umweg. Ich hatte wirklich gehofft, ich könnte nach Hause fahren, mich umziehen und mir den Geruch von Grillwürstchen und Rauch aus den Haaren waschen, bevor ich zu den Wests fuhr, doch ich war spät dran, und so war dafür keine Zeit.

»Du riechst nach gebratenem Fleisch«, stellte Will fest, als ich ihn mit dem Polizeiwagen abholte.

»Das ist halt so«, sagte ich, »wenn man Abendessen für ungefähr sechzig hungrige Baseballspieler macht!«

Sobald wir vor Matthew Wests Haus geparkt hatten, sprühte ich mich mit Parfüm ein, um den Grillgeruch zu überdecken. Gegen das Gefühl, verschwitzt und schmutzig zu sein, konnte es nichts ausrichten.

»Packen wir es an«, sagte Will, und wir stiegen aus dem Wagen. Es war stockfinster, aber es war jemand zu Hause. Das Tor zur Einfahrt stand sperrangelweit offen, und vor der Garage parkte ein Auto.

Während ich am Grill gestanden hatte, hatte Will die Staatsanwaltschaft davon überzeugt, dass wir genügend Beweise für einen Haftbefehl und einen Durchsuchungsbeschluss hatten. Wir würden Julie West bitten, uns zum Revier zu begleiten, um etwas zu besprechen, doch wenn sie sich weigerte, würde der Richter die notwendigen Papiere spätestens um einundzwanzig Uhr unterzeichnet haben – nach seiner wöchentlichen Partie Squash. Die Staatsanwaltschaft würde einen Mitarbeiter mit den Dokumenten und einem schwarzen Stift zum Fitnessclub des Richters schicken, damit der unverzüglich seine Unterschrift daruntersetzen konnte.

Ich klopfte an die Buntglasscheibe neben der Haustür. Drinnen ging sofort ein Licht an, gefolgt von Schritten im Flur. Mit einem lauten Klacken wurde ein Riegel zur Seite geschoben. Matthew Wests Miene war erwartungsvoll und dann enttäuscht, als er uns erblickte.

Unter dem hellen Licht des Kronleuchters im Flur war sein Gesicht voller Sorge.

»Gott sei Dank sind Sie hier«, sagte er und fuhr sich nervös mit der Hand durch das Haar. »Julie und Alice sind nicht nach Hause gekommen. Julie geht nicht an ihr Handy. Ihr Handy und die GPS-Ortung des Autos sind ausgeschaltet.«

»Waren sie unterwegs?«, fragte Will.

»Ja, Julie sagte was von wegen, sie wolle eine neue Ballettschule ausprobieren. Aber sie müssten längst zu Hause sein. Ich habe das ungute Gefühl«, sagte er und schluckte schwer, »dass Julie Alice entführt hat.«

»Warum sollte sie Alice entführen?«, fragte ich.

»Julie hat Angststörungen. Es ist schlimmer geworden, seit Lauras Leiche gefunden wurde. Sie schläft nicht. Sie hat Erinnerungslücken. Sie ist dauernd eifersüchtig. Und sie ist sprunghaft. In der einen Minute ist sie aufgedreht. Eine Stunde später kann sie sich kaum rühren.« Er schaute auf seine Uhr. »Sie sind fast eine Stunde zu spät.« Er rieb sich den Nacken, während er uns in sein Arbeitszimmer führte.

»Ist Julie in Therapie?«, fragte ich, als wir auf der teuren Ledercouch in seinem spärlich beleuchteten Büro saßen. Mit zitternder Hand schenkte er sich einen Drink ein.

»Julie will nicht zum Therapeuten gehen«, sagte er. »Ich habe weiß Gott versucht, sie zu überreden. Ich habe alles in meiner Macht Stehende getan, um ihr zu helfen. Ich habe eine klinische Ausbildung. Unser Hausarzt hat ihr Medikamente verordnet, aber sie nimmt sie nicht regelmäßig. Ich bin nie davon ausgegangen, dass Julie Alice ein Haar krümmen könnte. Sie liebt sie. Aber in letzter Zeit war sie sehr irrational, manchmal sogar paranoid. Ich hätte Julie nicht mit Alice allein lassen sollen. Ich hätte die Zeichen erkennen müssen.« Seine Stimme war rau.

»Wir brauchen eine vollständige Liste der Medikamente, die Ihre Frau nimmt, und ärztliche Unterlagen«, sagte Will. »Aber vorher schreiben Sie mir bitte die Handynummer Ihrer Frau, das Autokennzeichen ihres Wagens und ihre Kreditkartennummern auf.« Will reichte ihm sein Notizbuch. »Wir geben die Nummern in unser System ein und spüren sie auf, falls sie ihr Handy einschaltet oder eine Kreditkarte benutzt.«

»Da ist noch etwas«, sagte Matt, während er die Handynummer seiner Frau notierte.

»Was?«

»Nach unserem Gespräch kürzlich über Versicherungen ging mir auf, dass es nicht gut war, die Dinge so schleifen zu lassen, also habe ich unseren ganzen Schmuck von meiner Versicherung bewerten lassen. Darunter war auch ein Diamantanhänger, den Julie von ihrer Großmutter geerbt hat. Jedenfalls bekam ich heute Nachmittag einen Brief von dem Schmuckgutachter, in dem er mich darauf hinwies, dass der Diamant in Julies Anhänger der Diamant von Lauras Verlobungsring ist. Laura trug diesen Ring, als sie verschwand. Ich habe den Gutachter sofort angerufen, um ihm zu sagen, dass er sich irren muss.«

»Was hat er gesagt?«, fragte Will.

»Er ist sich sicher, dass es derselbe Diamant ist. Nicht zu fassen, dass ich das sage«, meinte Matthew fast zu sich selbst und atmete tief durch. »Ich glaube, Julie könnte etwas mit Lauras Tod zu tun haben.«

JULIE

46

Im Gehen drücke ich Emily den Lauf meiner Waffe in den Rücken. Wir stolpern in den dunklen Wald hinein, nur ein schwacher Lichtstrahl von meiner Taschenlampe weist uns den Weg.

»Weitergehen«, befehle ich. Ihre Schultern beben, während sie leise weint.

Unsere Körper sind dicht beieinander, als wären wir *ein* Organismus. Mir steigt ein Hauch von Emilys vertrautem Geißblattduft in die Nase, der schon so lange durch meine Ehe zieht. Doch heute Abend ist der Duft anders, vermischt mit Angst und dem kräftigen, erdigen Aroma des Waldes.

Ich stoße die Waffe zwischen ihre Schulterblätter. Sie fährt zusammen. Ich könnte das hier mit einem sanften Drücken des Abzugs beenden. Ganz sachte. Dann wäre alles vorüber. Die Versuchung überwältigt mich schier.

Wir kommen auf eine Lichtung. Emily ist müde und kann sich kaum aufrecht halten. Ihre Beine zittern heftig. Vor Kälte? Vor Angst? Ich weiß es nicht. Und es könnte mir nicht gleichgültiger sein.

»Stehen bleiben.« Unsicher, aber gehorsam dreht sie sich zu mir um.

Emilys blasses, zerbrechliches Gesicht erinnert mich an ein Reh in dem Augenblick, nachdem es von der Kugel getroffen wurde, wenn die Erkenntnis, dass es sterben wird, seine Augen trübt und die Pupillen vor Angst vor dem Unbekannten flackern.

»Bitte, tun Sie mir nichts«, flüstert Emily. »Ich will nicht sterben.« Irgendwo im Wald schreit eine Eule. Emily fährt erschrocken zusammen.

Fast tut sie mir ein wenig leid, wie sie sich vor Furcht duckt und unkontrollierbar zittert. Sie ist mitleiderregend, jetzt da sie sich auf meinem Terrain befindet, unter meiner Kontrolle. Meine Sinne sind hellwach. Adrenalin durchströmt mich. Endlich nehme ich mein Leben wieder in Besitz. Hat Emily wirklich geglaubt, ich würde mich zurücklehnen und zulassen, dass sie alles zerstört?

Ich ziehe meine Jacke aus und werfe sie Emily zu. »Anziehen«, sagte ich. »Die hält Sie warm.«

Mit verdutzter Miene streift sie die Jacke über. Sie weiß nicht recht, wie sie meine Geste verstehen soll.

»Hinsetzen«, sage ich abrupt. Als sie nicht reagiert, schubse ich sie, sodass sie in einem Laubhaufen auf dem Boden landet. Ich setze mich ihr mit untergeschlagenen Beinen gegenüber wie in der Highschool beim Campen. Der Wald ist meine natürliche Umgebung. Ich habe keine Angst vor der Dunkelheit und den Schatten. Mein ganzes Leben mit Matt war voller Schatten und Betrug. Seines Betrugs. Und meines.

»Sagen Sie mir, Emily.« Ich höre ein Schluchzen und bin überrascht, als mir aufgeht, dass es von mir selbst kommt. »Warum Matt? Warum mussten Sie sich unbedingt ihn angeln?«

»Ich habe ihn mir nicht geangelt«, erwiderte sie. »Zwischen uns ist nichts. Bitte, glauben Sie mir.« Ihre Stimme schraubt sich hysterisch in die Höhe.

Ihre Worte versetzen mich zurück in die Zeit, als ich Studentin war. Zu Matts plötzlichem Interesse an meiner Arbeit. Zu zusätzlichen Studiensitzungen. Seinem warmen Atem an meinem Hals, als er sich über mich beugte, um auf eine Zeile in einem Lehrbuch zu zeigen. Sein Interesse schmeichelte mir. Ich war berauscht von ihm.

»Hören Sie auf, allen anderen die Schuld zu geben, nur nicht sich selbst, Emily!«, schreie ich so plötzlich, dass sie wieder zusammenfährt. »Sie haben mitgespielt. Es war nicht nur er.«

»Bitte, ich schwöre Ihnen.« Tränen laufen ihr übers Gesicht. »Zwischen uns ist nichts. Ich habe einen Freund, Charlie. Wir wollen heiraten. Ich habe keine Affäre mit Professor West. Ich schwöre es.«

»Ich habe keine Affäre mit Professor West«, äffe ich ihre weinerliche Reiche-Mädchen-Stimme nach. »Schluss mit den Spielchen, Emily.« Ich bin wieder gefasst. Ich spreche so leise, dass sie sich anstrengen muss, mich zu verstehen.

»Ich kann es beweisen«, sagt sie. »Sehen Sie auf meinem Handy nach.«

Ich richte die Waffe auf sie, als sie ihre Handtasche öffnet und mir ihr Handy herüberwirft. Sie nennt mir das Passwort, und ich entsperre das Display.

»Sehen Sie sich die Fotos von heute Morgen an. Von letzter Nacht.« Ihre Stimme ist voller Verzweiflung.

Ich scrolle durch ihren Foto-Ordner. Etliche Bilder von Emily mit einem Mann, Mitte zwanzig, hellbraune Haare, runde silberne Brille. Eindeutig nicht Matt. Die Fotos dokumentieren ihren Abend in einem Restaurant am vergangenen Tag, bis hin zur Aufnahme eines Desserts, das aus phosphoreszierenden bunten Schichten besteht.

Ich scrolle weiter, ein Selfie der beiden auf der Couch in Emilys Wohnung, eng umschlungen. Das nächste Foto zeigt Charlie, der mit nacktem Oberkörper neben ihr im Bett liegt. Ich erkenne die Blumenbettwäsche. Ich überprüfe das Datum der Aufnahme. Sie sagt die Wahrheit. Es ist von heute Morgen.

Ich scrolle durch ihre Nachrichten. Sie schickt Charlie den ganzen Tag sexy Botschaften mit Emojis.

»Wie lange sind Sie schon zusammen?« Ich denke an die Male, als ich nachts vor ihrer Wohnung parkte und durch die geschlossenen, beleuchteten Jalousien die Silhouette eines Mannes beobachtete, von dem ich dachte, es wäre Matt.

»Wir sind seit fast fünf Monaten zusammen, aber wir haben uns bedeckt gehalten, weil er seiner Freundin persönlich sagen will, dass es aus ist und er eine andere kennengelernt hat. Sie ist in Seattle. Er teilt sich eine Wohnung mit ein paar Freunden, aber meistens ist er nachts bei mir. Ich schwöre, ich habe keine Affäre mit Ihrem Mann. Er ist mein Professor, mein Studienberater. Ich würde so was nie machen. Professor West ...« Plötzlich wirkt sie verlegen. »Er ist viel älter als ich.«

Ich blicke mich um, als in den Sträuchern ein Rascheln zu hören ist. Das sind Eichhörnchen oder Waschbären, die auf der Suche nach Nahrung an Bäumen hochflitzen. »Bitte, lassen Sie mich gehen.« Sie folgt meinem Blick. »Ich nehme es Ihnen nicht übel, dass Sie außer sich sind. Ich wäre auch sauer, wenn ich denken würde, mein Mann würde mich betrügen.«

Sie schaut mich erwartungsvoll an, um zu prüfen, ob ihre Worte wirken, ganz die Psychologiestudentin.

»Bitte«, fleht sie, als ich stumm und reglos bleibe. »Ich habe wirklich Angst. Ich will nicht sterben.«

Ich betrachte uns, als sähe ich uns von oben. Zwei Frauen

auf einer Lichtung im Wald. Ich mit einer geladenen Waffe, die auf ihren Kopf gerichtet ist. Emily voller Panik, sterben zu müssen. Was hat Matthew mir angetan? Was hat er aus mir gemacht?

»Niemand wird sterben«, erkläre ich ihr. Ich weiß noch nicht, was ich machen soll. Oder wie ich dieses Versprechen halten will. Ich weiß, dass Matt eine Affäre mit jemandem hat. Wenn nicht mit Emily, mit wem dann?

Ich stehe auf und erhebe mich über Emilys hockende Gestalt. Ich habe die Macht, über ihr Schicksal zu bestimmen. Und über mein eigenes. Ich weiß jetzt, was ich tun muss.

»Sie können gehen«, sage ich. Sie sieht mich verständnislos an. »Gehen Sie.« Ich werfe ihr die Autoschlüssel zu. Sie landen auf dem Boden neben ihren Füßen. »Ich bitte Sie nur, sich um Alice zu kümmern. Passen Sie auf sie auf.«

Emily bückt sich, um die Schlüssel aufzuheben. Sie macht einen ersten zögerlichen Schritt in die Richtung, in die ich mit der Waffe zeige, zurück zum Auto. Sie macht noch einen Schritt und dann noch einen, bis sie zwischen den Bäumen verschwindet. Ich wende mich in die andere Richtung.

JULIE

47

Ich bewege mich durch den Wald, als wäre ich in der Wildnis geboren. Das nächtliche Summen von Tieren und Nachtvögeln auf Nahrungssuche steigt zu einem Crescendo an, das schließlich alles andere übertönt, selbst die Polizeisirenen, die in der Ferne heulen.

Mithilfe meines Instinkts und des Mondlichts, das gelegentlich durch das Laubdach fällt, bewege ich mich durch den Wald. Ich springe über Baumstämme und bahne mir einen Weg durch dichtes Gestrüpp. Ich stolpere öfter, als ich zählen mag. Meine Kleider werden zerrissen, Dornen kratzen meine Haut auf, bis ich blute. Als ein Hubschrauber tief über dem Wald schwebt, drücke ich mich an die raue Rinde einer Eiche, bis sein greller Suchscheinwerfer sich in die andere Richtung entfernt.

Ich arbeite mich bis zum Waldrand vor und betrete vertrautes Terrain. Von meinem Versteck im Unterholz aus kann ich bis in unser Haus sehen. Nackt und entblößt steht es da, mit weit offenen Vorhängen und hell erleuchteten Zimmern. Ich sehe zu, wie uniformierte Polizisten in meinen Schränken wühlen und Kartons aus dem Schlafzimmer runter in den Flur tragen. Eine Polizistin und ein Polizist treten hinaus auf die Veranda, wo sie eine Landkarte auf dem Tisch ausbreiten und in eine hitzige Diskussion geraten. Sie tragen beide marineblaue Bomberjacken, auf denen in gelben Buchstaben »Polizei« steht. Selbst in der Dunkelheit erkenne ich die Frau. Sie ist zu uns ins Haus gekommen, um mich zu vernehmen. Über der ohrenbetäubenden Kakofonie der Zikaden kann ich nicht verstehen, was sie und ihr Kollege sagen.

Ich setze mich mit dem Rücken an einen Baum und nicke ein. Als ich aufwache, ist das Haus dunkel und still. Ich bewege mich im Schatten zum hinteren Tor, das vom Wind aufgedrückt wurde. Matt sollte besser aufpassen. Bis zum Morgen hat das Wild die Blumenbeete verwüstet.

Unter einer Topfpflanze hole ich meinen Ersatzschlüssel hervor, schließe geräuschlos die Terrassentüren auf und husche hinein. Das Haus liegt im Dunkeln, bis auf einen Streifen Licht unter der Tür zu Matts Arbeitszimmer. Ich öffne sie. Er sitzt wie eine Statue auf dem braunen Ledersofa und trinkt einen doppelten Bourbon, pur, die offene Flasche auf dem Boden neben ihm. Sein gerötetes Gesicht verrät mir, dass es bei Weitem nicht sein erstes Glas ist.

»Setz dich«, sagt er unsicher und klopft mit der flachen Hand auf den Platz neben sich. Ich gehorche. Ich weiß nicht, warum. Die Macht der Gewohnheit, schätze ich.

»Die Polizei denkt, du hast es getan«, lallt er.

»Was?«, frage ich mit zittriger Stimme.

»Laura umgebracht.« Er sagt es so sachlich, dass ich zusammenzucke.

»Wieso sollten sie so etwas denken, Matt?« In meiner Kehle steigt Übelkeit auf. Wir sitzen so nah beieinander, dass ich den Alkoholgestank in seinem Atem riechen kann.

»Du stellst die falsche Frage, Julie.« Er spricht mit mir wie ein Grundschullehrer, der einer schlechten Schülerin eine Lektion erteilt. »Die korrekte Frage lautet: Wieso sollten sie so etwas *nicht* denken?«

Matt macht eine Pause, damit ich über die Bedeutung seiner Worte nachdenken kann.

»Julie, du hattest eine Affäre mit mir, als ich noch mit Laura verheiratet war. Damit hattest du ein ziemlich gutes Motiv, sie umzubringen. Meinst du nicht? Und als wäre das nicht genug, bist du der letzte Mensch, der Laura lebend gesehen hat. Und du hast kein Alibi.«

»Das ist noch kein Beweis für einen Mord, Matt«, verteidige ich mich in dem Versuch, das Irrationale zu rationalisieren.

»Mach dir keine Sorgen um Beweise, mein Schatz«, sagt er und tätschelt mir die Wange. »Beweise gibt es jede Menge.«

»Ich habe Laura nicht umgebracht!«, fahre ich auf. »Das musst du doch wissen, Matt.«

»Wie kannst du dir so sicher sein, Julie?«, hält er dagegen. »An den meisten Tagen erinnerst du dich kaum an deinen Namen.«

Ich schrecke zurück vor seiner Grausamkeit. »Ich weiß, dass ich Laura nicht umgebracht habe«, beharre ich.

»Komm schon, Julie«, sagt Matt. »Du steckst knietief drin in Lauras Ermordung.«

»Das ist nicht wahr, Matt.«

»Erinnere dich, Julie«, befiehlt er mir. »Dein Freund Alex hat Laura in ihrem Versteck im Bootshaus unten am See gefunden. Er hat sie in den Würgegriff genommen und ihre Halsschlagader zugedrückt, bis sie tot war. Du hast ihre Füße festgehalten, damit sie nicht um sich treten konnte.«

Er hebt mein Kinn, damit ich ihn ansehe, während er spricht.

»Hinterher hast du geweint, Julie. Du hattest noch nie

jemanden umgebracht. Ihr beide habt die tote Laura in den Kofferraum deines Wagens gepackt und seid zum Kellers Way gefahren, um sie zu vergraben. Alex und du hattet Mühe, die Schaufeln in die harte Erde zu stoßen. Als ihr vor der Morgendämmerung in deine Wohnung zurückgekehrt seid, um zu duschen, musstest du deine Hände schrubben, bis sie bluteten, um die Erde unter den Fingernägeln rauszukriegen.«

»Nein!«, unterbreche ich ihn und drücke die Hände auf die Ohren, um seine Stimme auszublenden. »Das war so nicht. Ich habe Laura *nicht* umgebracht. Hör auf, zu sagen, ich hätte sie umgebracht. Du machst mich konfus.«

»Julie.« Er neigt den Kopf, um mir in die Augen zu blicken. »Es ist Zeit, dir die Wahrheit einzugestehen.«

»Es ist aber nicht wahr«, protestiere ich. Tränen laufen über mein Gesicht. »Das kann nicht wahr sein. Ich würde nie jemanden töten. Du musst doch wissen, dass ich das nicht war, Matt.« Ich krame in meinem Gehirn nach Fakten, um meine Worte zu untermauern. »Du hättest mich nie in Alice' Nähe gelassen, wenn du mich eines Mordes für fähig hieltest.«

»Jeder ist eines Mordes fähig«, sagt er, »wenn er einen richtig guten Grund hat. Hattest du das, Julie? Hattest du einen richtig guten Grund?«

Ich denke an all das, was ich durch Lauras Tod gewonnen habe – ihren Mann, ihr Kind, ihr Haus. All das wurde mein.

Vielleicht hat Matt recht. Vielleicht habe ich Laura umgebracht. Ich beuge mich vor, stütze den Kopf in die Hände und zwinge mich, in meinen benebelten Geist vorzudringen und mich zu erinnern.

»Ich war an dem Abend mit Alex zusammen.« Ich spreche langsam, während die Erinnerungen zurückkehren. »Wir sind daheimgeblieben. Er hat sich einen Film angesehen. Ich habe für eine Prüfung gelernt.«

»Deine Geschichte ist kaum überzeugend angesichts der Tatsache, dass die Polizei überzeugt ist, du hast auch Alex auf dem Gewissen. Dein Alibi ist der Mann, von dem sie glauben, dass du ihn getötet hast.« Er lacht über mein Unbehagen.

»Du warst das?«, frage ich leise. Schweigend betrachtet er mich über den Rand seines Whiskeyglases. »Du hast dir an dem Wochenende mein Auto geliehen, um zu der Konferenz zu fahren. Du hast gesagt, dein Wagen wäre in der Werkstatt. Deswegen habe ich an dem Wochenende zu Hause festgesessen. Mitten in der Nacht bist du mit meinem Auto zum Seehaus gefahren, wo Laura war, hast sie umgebracht und sie im Wald beim Kellers Way vergraben. Genau wie du es eben beschrieben hast, als du mich glauben machen wolltest, ich hätte es getan.«

»Das kriegst du doch sicher besser hin, Julie«, sagt Matt. »Wer soll dir denn so eine absurde Geschichte glauben? Und ohne einen einzigen Beweis, um sie zu belegen. Du hast nicht das Geringste in der Hand. Außerdem habe ich ein Alibi. Ich war in der Nacht mit einer anderen Frau zusammen, einer verheirateten Frau, die keinen Grund hat, für mich zu lügen. Chelsea hat sich schon bei der Polizei für mich verbürgt.«

»Du hast Chelsea Medikamente gegeben, Matt. Genau wie mir. Chelsea hat wahrscheinlich keine Ahnung, ob du in der Nacht mit ihr im Bett gelegen hast oder nicht. Du hast mit ihr gespielt, mit ihrem Kopf und mit ihrem Körper.«

»Nein«, sagt er und betrachtet die bernsteinfarbene Flüssigkeit, die er im Glas schwenkt. »Chelsea war nie empfänglich für Beeinflussung. Nicht so wie du. Du warst fantastisch. Ich habe dir Erinnerungen eingepflanzt und gelöscht, wie man einen Blog redigieren würde. Zum Beispiel der Anhänger deiner Großmutter. Er war das Einzige von Wert, was du in unsere Ehe mitgebracht hast. Du hast ihn in Ehren gehalten. Es war peinlich, wie du jedem, der dir ein Kompliment dafür machte, erzählt hast, dass er deiner geliebten Großmutter gehörte, die starb, als du fünf warst.«

»Meine Großmutter hat mir erzählt, dass er seit Generationen in unserer Familie war«, versetze ich steif. »Es ist alles, was mir von ihr geblieben ist.«

»Das ist ja sehr süß, Julie. Aber es ist nicht wahr«, sagt Matt und legt mir den Arm um die Schultern, als hätten wir ein Date und säßen im Kino. »Deine Großmutter war eine Säuferin, die ein halbes Dutzend Mal dem Jugendamt gemeldet wurde. Ich bin überrascht, dass die Behörden dich so lange bei ihr bleiben ließen. Julie, ich habe dir diese warmen, nostalgischen Erinnerungen an deine Großmutter und ihren Diamantanhänger eingepflanzt. Es tut mir leid, dir sagen zu müssen, dass deine Großmutter dir gar nichts hinterlassen hat bis auf ein paar Narben auf der Seele, die dich anhänglich machen und dazu geführt haben, dass du große Angst davor hast, verlassen zu werden.«

Ich schloss die Augen und erinnerte mich daran, wie meine Großmutter mir einen selbst gebackenen Keks gab und mir eine Haarsträhne aus der Stirn strich, bevor sie mich zum Spielen in den Garten schickte. Da war ich drei oder vier gewesen. Hatte Matt recht? Hatte es diesen kostbaren Augenblick nie gegeben?

»Warum tust du mir so weh, Matt?«, frage ich. »Warum sagst du so schreckliche Sachen?«

»Ich sage dir die Wahrheit«, antwortet er. »Du solltest

dankbar sein, dass ich ehrlich bin. Ich erzähle dir noch etwas. Der Diamant deiner Großmutter ist identisch mit dem in Lauras Verlobungsring. Der Ring, der mit ihr verschwand. Und wenn ich identisch sage, meine ich, dass es derselbe Stein ist. Das wird übrigens einer der belastendsten Beweise bei deinem Mordprozess sein.«

»Du lässt die Polizei absichtlich glauben, ich wäre eine Mörderin, Matt?«

»Besser du als ich, Schatz«, flüstert er mir so leise ins Ohr, dass ich mich frage, ob ich es mir einbilde. Er fährt mit dem Daumen über mein Handgelenk. »Nimm es ihnen nicht übel. Sie machen nur ihre Arbeit. Sie folgen den Beweisen. Und die Spur führt direkt zu dir, Julie. Dafür habe ich gesorgt.«

JULIE

48

Langsam und genüsslich legt Matt den Arm enger um mich und zieht mich zu einer intimen Umarmung an sich. Verwirrung durchflutet mich, gefolgt von Erleichterung angesichts seiner plötzlichen Freundlichkeit nach dem ganzen Gift. Vielleicht hat er mich nur auf die Probe gestellt. Vielleicht hat der Alkohol ihn diese ganzen verletzenden Sachen sagen lassen.

Sein Arm gleitet über meinen Körper, bis seine Hand sanft in meinem Nacken ruht. Ich erlaube mir, mich seinem berauschenden Duft hinzugeben, schmerzlich vertraut nach so vielen Ehejahren. Meine Sinne sind erregt von seiner sanften Berührung und der Wärme seines Körpers, der sich an meinen schmiegt.

Ein erleichterter Seufzer entfährt mir. Zwischen uns wird alles gut. Doch dann schlingt Matt ohne Vorwarnung den Arm um meinen Hals und zieht mich in einem tödlichen Würgegriff an sich. Keuchend ringe ich nach Luft und trete mit den Beinen um mich. Vergeblich. Eine schwarze Welle schwappt über mich. Just als ich denke, jetzt sterbe ich, löst er den Druck, und die Dunkelheit weicht. Ich schlage die Augen auf und schaue direkt in seine Augen. Sein neugieriger Blick erinnert mich an ein Kind, das geduldig zusieht, wie lange ein Insekt braucht, um zu sterben.

»Als ich Laura umgebracht habe, war ich voller Bedauern. Ich war außer mir, dass sie mich überhaupt in diese Situation gebracht hatte.« Er spricht so leise, dass ich die Ohren spitzen muss, um ihn zu verstehen. »Bei dir sind meine Gefühle eher gemischter Natur.«

»Warum hättest du Laura umbringen sollen?«, frage ich fast unhörbar mit rauer Stimme. »Sie war die Liebe deines Lebens.«

»Sie hat mir leider keine Wahl gelassen.« Seine Lippen sind so nah, dass sie über meine Haut streichen, als er mir ins Ohr flüstert. »Laura und ich haben zusammen zum Thema Gedächtnis geforscht. Dann hat sie es sich plötzlich anders überlegt. Sie wollte beim Einpflanzen falscher Erinnerungen an Kindheitstraumata nicht so weit gehen wie ich. Sie fand, es wäre unethisch.

Also habe ich die Studie am örtlichen Community College ohne sie fortgeführt, und Studierende, die dort eingeschrieben waren, als Probanden benutzt. Einfache Menschen, die nicht viele Fragen stellten. Menschen wie dich. Laura fand heraus, dass ich immer noch an dem Thema forschte. Sie drohte, mich der Ethikkommission zu melden. Damit sie mich rausschmeißen. Mich, ihren Mann!«, wetterte er empört. »Deswegen ist sie an dem Wochenende ins Seehaus gefahren. Sie wollte sich von mir scheiden lassen und das Sorgerecht für Alice beantragen. Ich hätte alles verloren: meine Karriere, meinen Ruf, meine Tochter. Und warum? Weil Laura fand, sie wäre zu gut, um mit mir zu arbeiten. Meine Forschung wäre unter ihrem Niveau.«

Er greift nach der halb leeren Bourbonflasche auf dem Boden und trinkt einen Schluck daraus. Dann bietet er sie mir an. Die Geste kommt mir unter den gegebenen Umständen unangebracht vor.

»Laura dachte, sie wäre klüger als ich. Ich hab ihr gezeigt, dass sie sich täuschte.«

Mit der Zunge fahre ich nervös über meine trockenen Lippen. »Was ist mit mir?«, frage ich. »Warum tust du mir das an?«

»Aus demselben Grund wie bei Laura. Ich habe keine andere Wahl.« Während er spricht, streicht er mit den Fingern leicht über meinen Hals. Ein Knoten aus Angst zurrt sich in meinem Bauch fest, und ich mache mich auf einen weiteren Angriff gefasst. »Du warst die auserlesen schönste Frau, die mir je begegnet ist, Julie. Meine ganz persönliche Helena von Troja. Es gab Momente, da musste ich dich einfach haben, ungeachtet der Konsequenzen.«

Er senkt den Kopf, um meinen Hals zu küssen. Ich will mich aus seinem Griff winden, doch er hält mich fest, den Arm immer noch um meinen Hals gelegt. Ich erstarre unter dem Druck seines Körpers, während er mit den Lippen über meine Haut streicht.

»Wir hatten gute Zeiten, was, Julie? Du erinnerst dich an sie, nicht wahr? Unsere Flitterwochen in Antigua. Unsere Strandurlaube, als wir mit Alice Muscheln gesammelt haben und vor dem idyllischen kleinen Strandhaus auf Stelzen, das wir gemietet hatten, durch den Sand spaziert sind. Diese Erinnerungen waren echt. Also, die meisten davon waren echt.« Er zuckt die Achseln. »Und wenn nicht, spielt es wirklich eine Rolle? Für dich waren sie real. Und letzten Endes ist es doch das, was zählt.«

Er drückt mich hart gegen das Sofa und verstärkt den Würgegriff, bis ich in einen Strudel sinke. Er löst den Griff, und ich komme wieder zu Bewusstsein.

Ich schlage die Augen auf und sehe, dass er mich amüsiert beobachtet. Er genießt das Spiel, mich an die

Schwelle des Todes zu bringen und dann ins Leben zurückzuholen.

»Ich hoffe, du hältst mich nicht für gefühllos, wenn ich dir erkläre, dass ich alles so eingerichtet habe, dass die Polizei, falls Lauras Leiche je gefunden wird, genügend Beweise gegen dich entdeckt. Es ist nichts Persönliches. Irgendjemandem musste ich es in die Schuhe schieben. Ich dachte, du wärst die perfekte Verdächtige«, sagt Matt. »Du warst der letzte Mensch, der Laura lebend gesehen hat. Außer mir natürlich. Nach der Reitstunde ist Laura zum Seehaus gefahren. Ich habe dafür gesorgt, dass der Akku in ihrem Handy den Geist aufgibt, und ich habe ihr Ladegerät kaputt gemacht. Dank des Beruhigungsmittels, das ich in den Milchkarton im Kühlschrank im Seehaus getan hatte, ist sie auf der Couch eingeschlafen. Ich wusste, dass sie ein Gewohnheitstier ist und sich, sobald sie dort ankommt, einen Nachmittagskaffee machen würde. Die Scheinwerfer des Autos haben sie wahrscheinlich geweckt, als ich nach Mitternacht zum Seehaus kam. Ich fand sie schließlich im Bootshaus, wo sie sich im Ruderboot unter einer Segeltuchabdeckung versteckte. Sie zu töten war der einfachste Teil. Schwierig war es, danach ihre Leiche loszuwerden. Sie war noch warm, als ich sie in den Kofferraum deines kleinen Hyundai packte und runter zum Kellers Way fuhr. Der Boden dort war schwerer aufzugraben, als ich erwartet hatte. Der Winter war früh dran in dem Jahr. In das Loch warf ich noch ein Stück Einmalhandschuh mit deinem Fingerabdruck daran, den ich in deiner Küche aus dem Abfall gefischt hatte.«

»Du hast mir von Anfang an den Mord an Laura in die Schuhe schieben wollen?«, flüstere ich.

»Es erwies sich als überflüssig«, sagt er. »Ich hatte eine

Glückssträhne, als der Serienmörder Pitt den Mord an Laura gestand, weil er dachte, er könnte abkassieren. Damit war der Fall abgeschlossen. Der Coroner hat mir sogar eine bis zur Unkenntlichkeit verkohlte Leiche übergeben. Ich wusste zufällig, dass es die falsche Leiche war, aber ich habe sie trotzdem beerdigt und einen Grabstein aus italienischem Marmor draufgestellt. Der hätte Laura gefallen. Eine Weile habe ich den trauernden Witwer gespielt, damit kein Klatsch aufkommt. Und dann habe ich dich geheiratet. Ich wollte dich damals unbedingt, Julie. Ich war besessen von dir. Außerdem brauchte Alice eine Mutter, und in der Hinsicht warst du außergewöhnlich. Du kannst wunderbar mit Kindern umgehen, Julie. Schade, dass du nie eigene haben wirst.«

Er ohrfeigt mich, und mein Gesicht brennt.

»Dich zu heiraten war kein großes Opfer, Julie.« Er hebt noch einmal mein Kinn. »Du warst exquisit damals, makellos. Ich bereue unsere Heirat nicht. Das solltest du auch nicht.«

»Die ganzen Jahre. Alles, was wir geteilt haben, gründete auf Lügen und Betrug. Und Mord.« Ich zittere unkontrollierbar. »Unsere Ehe war ein einziger Schwindel.«

»Schwindel ist zu hart gesagt. Zugegeben, nach einer Weile wurde es langweilig. Ich habe natürlich jemanden kennengelernt. Nicht die dumme kleine Studentin, die du heute Abend entführt hast. Die Polizei hat es mir erzählt, als sie Alice nach Hause gebracht hat. Nein, ich habe mich in eine andere verliebt. Sie ist klug. Nicht so klug wie Laura, aber ziemlich klug. Und sehr schön, wenn auch vielleicht nicht so schön, wie du es damals warst. Sie ist jung. Wir werden Kinder zusammen haben. Ich will mehr Kinder. In der Hinsicht warst du nicht besonders hilfreich. Vor einer

Weile ist mir klar geworden, dass es Zeit ist, ein neues Kapitel aufzuschlagen. Aber etwas stand mir im Weg.«

»Ich«, führe ich seinen Gedanken zu Ende. »Du willst mich loswerden, damit du eine andere heiraten kannst.«

»Wenn die erste Frau eines Mannes ermordet wird, ist es höchst verdächtig, wenn auch seine zweite Frau eines unnatürlichen Todes stirbt. Man muss Geduld haben. Und wenn es irgendwann so weit ist, muss man dafür sorgen, dass es so aussieht, als wäre es etwas anderes. Ein Unfall vielleicht. Da ist dein alter Liebhaber Alex Henderson ins Spiel gekommen.«

»Du hast Alex auf mich angesetzt, damit er mich umbringt?« Meine Stimme stockt, als ich mir in Erinnerung rufe, wie sein Wagen plötzlich von der Straße abwich und auf mich zuschoss. Als hätte der Fahrer mich mit Absicht gejagt.

»Er war nicht der Erste«, sagt Matt. »Es hat sich herausgestellt, dass du sehr schwer umzubringen bist, meine süße Gattin.«

Er untermauert seine Worte damit, dass er den Griff um meinen Hals noch einmal verstärkt, bis mir schwindlig wird. Er hält den Druck, während er redet, sodass ich eine Weile kurz vor der Ohnmacht bin, während er mir wieder ins Ohr flüstert.

»Alex' Vorgänger hat vor Weihnachten die arme Roxy umgebracht, wo du doch eigentlich bei diesem Autounfall mit Fahrerflucht hättest sterben sollen. Hat mir leidgetan um Roxy. Ich mochte den Hund. Danach habe ich Alex aufgespürt. Er brauchte dringend Geld. Wie alle Exdrogis war es nicht schwer, ihn wieder an das Zeug zu bringen; allerdings war in der Spritze, die ich ihm an dem Morgen gab, ein Stoff, der ihn äußerst beeinflussbar machte.«

Ich keuche schockiert auf, als mir klar wird, dass der Unfall tatsächlich genauso passiert ist, wie ich ihn in Erinnerung habe. »Alex hat mich, als er im Sterben lag, gewarnt, dass ich in Gefahr sei und weggehen solle. Ich hätte auf ihn hören sollen.«

»Das Scopolamin konnte wohl sein Gefühl für Anstand nicht ganz außer Kraft setzen«, murmelt Matt. »Wenn Alex den Aufprall überlebt hätte, hätte er sich an nichts erinnert. Genau wie du dich die halbe Zeit an nichts erinnerst. Nicht deine Schuld. Ich habe sämtliche psychoaktiven Substanzen an dir ausprobiert. Sogar ab und zu eine Dosis Scopolamin, um deine Erinnerungen auszulöschen und dir Wahnvorstellungen einzugeben.«

»Du hast zweimal versucht, mich umzubringen!«, sage ich mit rauer Stimme, erschüttert über das, was er mir da gerade erzählt hat. »Das erste Mal, als Roxy überfahren wurde, und dann, als Alex versuchte, mich im Kellers Way zu totzufahren.«

»Genau genommen dreimal«, sagt Matt und fährt drohend mit der Hand über meinen Hals. Ich habe viel zu viel Angst, um mich zu rühren. »Auf meinen dritten Versuch bin ich besonders stolz. Es war einfallsreich. An dem Morgen, an dem du zum Seehaus fuhrst, habe ich dein Asthmaspray aus deiner Handtasche genommen und deinen Medikamenten ein Mittel zur Atemsuppression hinzugefügt, um einen Asthmaanfall auszulösen. An dem Morgen habe ich auch dafür gesorgt, dass der Akku deines Handys leer war, damit du keine Hilfe herbeiholen konntest. Wenn du einen Asthmaanfall bekämst, würdest du eines ganz normalen, natürlichen Todes sterben. Kein bisschen verdächtig. Nur eine weitere schreckliche Tragödie für den armen Matthew West, der schon so viele Tragödien erlitten hat.«

Er drückt mir wieder den Hals zu. Ich spüre die Wärme seines Körpers. Ich kämpfe, um mich zu befreien, doch er hat mich fest im Griff. Ich kann mich nicht rühren. Der Druck auf meine Kehle ist immens. Als die Dunkelheit mich einhüllt und meine Glieder schlaff werden, löst er den Griff, und ich blicke wieder in seine makellos blauen Augen. Er ist wie eine Katze, die grausam mit einer halb toten Maus spielt, bevor sie das Interesse verliert und sie tötet.

»Warum?«, frage ich. »Warum willst du meinen Tod? Warum nicht die Scheidung?«

»Warum?« Eine rhetorische Frage. »Scheidung stand nie zur Debatte. Abgesehen von lästigen Unterhaltszahlungen; wer weiß, wozu eine verschmähte Ehefrau noch fähig ist.«

»Ich hätte doch nichts getan, um dir zu schaden, Matt«, schluchze ich. »Ich habe dich geliebt.«

»Unsere Ehe hat mit Liebe nichts zu tun«, schnaubt er. »Mit Sex, ja. Die Chemie zwischen uns war fantastisch. Aber sobald die Sache lief, wollte ich mein Leben nicht damit vergeuden, mit dir verheiratet zu bleiben. Du hattest die Vitalität verloren, die mich ursprünglich an dir angezogen hat, die atemberaubende Schönheit. Und sehen wir den Tatsachen ins Auge, intellektuell warst du nie mit mir auf einer Höhe. Außerdem wusstest du zu viel, Julie, auch wenn es dir nicht klar war.«

Ich will mich aus seinem Griff befreien, doch er zieht mich wieder an sich und erhöht den Druck auf meinen Hals wie eine stumme Warnung.

»Die Polizei war die halbe Nacht hier und hat nach Beweisen gesucht, die ich sorgfältig platziert hatte. Wie den Beutel mit Scopolamin, das Zeug, das Alex umgebracht hat. Du hättest das Gesicht des Detectives sehen sollen, als er heute Abend den wiederverschließbaren Plastikbeutel mit weißem Pulver in deiner Unterwäscheschublade gefunden hat«, sagt er mit leiser, seidiger Stimme. »Es war fast so unbezahlbar wie Lauras Gesicht, als ihr klar wurde, dass sie sterben würde.«

Die Lähmung, die mich gepackt hat, wird von einer gewaltigen Wut verdrängt. Ich drehe den Kopf und schlage die Zähne in seinen Arm, bis ich Blut schmecke. Er stöhnt auf vor Schmerz und lockert den Griff. Fest ramme ich ihm den Ellbogen in die Magengrube. Zischend entweicht sein Atem, und er klappt zusammen vor Schmerz. Ich löse mich von ihm und hole rasch meine Waffe aus meiner Handtasche auf dem Boden. Ich trete zurück und richte den Lauf mit zitternden Händen auf seine Brust.

»Ich sag der Polizei alles, was ich weiß«, warne ich ihn. »Du wirst den Rest deiner Tage im Gefängnis verbringen.«

»Die werden dir nicht glauben«, flüstert er mit gequältem Gesichtsausdruck. »Du hast keinen einzigen Beweis. Alle Beweise führen zu dir.«

Bei seinen Worten gefriert mir das Blut in den Adern.

»Die Polizei hält mich für einen Heiligen. Die wollen dich, Julie. Du bist diejenige mit einer dokumentierten Geschichte psychischer Instabilität. Du hast in einem Anfall von Eifersucht eine Studentin von mir entführt und zu töten versucht. Die werden dir nicht glauben. Ausgeschlossen.«

Ich entsichere die Waffe, konzentriere mich und ziele auf seine Brust. Meine Arme sind ausgestreckt, wie ich es gelernt habe. Ich erinnere mich an die Worte des Lehrers: Betätigen Sie den Abzug behutsam und drücken Sie die Hände beim Schießen zusammen.

»Du hattest recht, als du sagtest, du wärst nicht zu einem

Mord fähig«, sagt er. »Vor allem aber würdest du Alice nicht ihren Daddy rauben. Es würde ihr kleines Herz brechen.«

Ich zähle bis drei und schließe die Augen. Als ich sie wieder öffne, betrachtet Matt mich mit unbekümmerter Miene. Ich senke die Waffe. Durch die Tränen kann ich kaum noch etwas erkennen.

»Geh«, befiehlt er mir. »Verschwinde von hier. Erzähl der Polizei von deinem schrecklichen, mörderischen Ehemann und seinen grausigen Verbrechen. Wir werden ja sehen, ob sie dir glauben.«

Ich laufe in den Flur und löse den Riegel an der Haustür. Ich trete hinaus auf die Veranda und gehe den Weg hinunter, bis ich von einem Scheinwerfer geblendet werde, der mir direkt in die Augen scheint. Rufe. Durch das Summen in meinen Ohren kann ich die Worte nicht verstehen.

Inmitten des roten und blauen Aufblitzens der Polizeilichter sehe ich das vertraute Gesicht der Polizistin. Sie hat eine Waffe auf mich gerichtet. Ich gehe auf sie zu, meine Hand mit der Glock baumelt kraftlos neben meinem Körper. Ich möchte ihr erklären, dass das alles ein schreckliches Missverständnis ist. Dass ich Laura nicht getötet habe. Oder Alex. Ein zweiter Scheinwerfer wird auf mich gerichtet. Die Helligkeit ist qualvoll. Ich hebe die Hand mit der Glock, um meine Augen vor dem blendenden Licht abzuschirmen.

Die Polizistin ruft etwas. Ich achte nicht darauf. Ich bin den Lärm so satt.

Ein lautes Knallen. Gefolgt von einem heftigen Schlag. Ich blicke zu Boden und sehe die Glock neben meinen Füßen liegen. Auf meiner Brust breitet sich ein roter Fleck aus. Blut hat so eine schöne Farbe, denke ich bei mir, während sich meine Bluse karmesinrot färbt.

MEL 49

Das Ticken einer Uhr hoch oben an der Wand hallte durch das spartanische, fensterlose Vernehmungszimmer. Ich blickte einen langen, leeren Flur hinunter auf eine Stahltür. Die Tür ging mit einem Dröhnen auf. In einem orangefarbenen Gefängnisoverall kam Julie West den Flur herunter auf mich zu, die Hände vor dem Körper mit Handschellen gefesselt.

Eine Vollzugsbeamtin mit stoppelkurzem Haar und humorlosem Gesicht begleitete sie in den Raum. Ich saß am Ende eines ramponierten Tisches. Die Wärterin schloss Julies Handschellen an Metallringe an, die am anderen Ende in den Tisch geschraubt waren. Dann bezog sie breitbeinig ihren Posten hinter Julie, die Hände im Rücken verschränkt.

Ich bedeutete der Beamtin mit einer Kopfbewegung, den Raum zu verlassen. Es passte ihr nicht, doch sie ging widerwillig hinaus. Julie straffte augenblicklich die Schultern. Ihre Unterwürfigkeit war bloß der Überlebensinstinkt der Inhaftierten. Ich schob ihr einen Becher Wasser hin.

»Danke.« Julie griff mit ihren gefesselten Händen nach dem Becher und beugte sich vor, um gierig zu trinken. Als sie fertig war, sah sie mich erwartungsvoll an. Ihr Gesicht war schmal und bleich von zu wenig Sonne in den vielen Monaten, die sie schon hier eingesperrt war. Ihr Blick war misstrauisch, in ihren Augen lag mehr Angst als Trotz.

»Ich habe die Abschriften der Protokolle Ihrer Sitzungen mit Ihrem Psychiater gelesen, die Sie mir geschickt haben«, erklärte ich ihr.

»Und, glauben Sie mir?«

Ich zuckte die Achseln. Ich war aus Neugier hergekommen. Um zu hören, was sie zu sagen hatte. Mehr nicht.

»Matt meinte, alle Beweise würden zu mir führen. Es war das perfekte Verbrechen, wissen Sie.«

»Er hat recht«, erwiderte ich. »Alle Beweise führen zu Ihnen.«

Auf der Fahrt hierher hatte ich versucht, den Fall aus ihrer Perspektive zusehen. Seit der Nacht, in der ich auf Julie geschossen hatte, hatte ich ein mulmiges Gefühl gehabt. Mein Bauch sagte mir, dass da noch etwas Unerledigtes war. Es war lächerlich. Das sagte auch Will. Die Beweislage war erdrückend. Wir hatten selten so eine eindeutige Beweislage gehabt.

»Und das ist genau das, was mich daran stört«, hatte ich Will erklärt.

Will meinte, meine Zweifel wären ein Rest meines Schuldgefühls, weil ich sie beinahe umgebracht hatte. Ich war als Erste bei Julie gewesen, nachdem ich auf sie geschossen hatte. Sie lag auf dem gepflasterten Gehweg, und aus ihrer Brust quoll Blut. Ich drückte mit meinem ganzen Körpergewicht auf die Wunden, um die Blutung zu stoppen.

Als sie sie in den Krankenwagen schoben, war ihr Puls kaum noch vorhanden. Meine Hände und Unterarme waren voll von ihrem Blut. Will sagte, ich hätte mich von A bis Z vorschriftsmäßig verhalten. Niemand konnte mir die Schuld geben. Ich war mir da nicht so sicher. Vielleicht war es tatsächlich das, was mich hergeführt hatte.

»Was genau wollen Sie von mir, Julie?«, fragte ich. »Ich bin weder Strafverteidigerin noch Privatdetektivin. Mein Job ist es, Sie hinter Gitter zu bringen und dafür zu sorgen, dass die Geschworenen den Schlüssel wegwerfen.«

»Das weiß ich«, sagte Julie und senkte den Blick auf ihre Hände. »Aber Sie wären nicht hier, wenn Sie nicht glauben würden, dass an meiner Geschichte wenigstens ein Körnchen Wahrheit ist. Oder?«

Ich blickte in ihre dunkel umschatteten himmelblauen Augen und sagte nichts. Sie hatte recht. Ich wäre nicht quer durch den ganzen Staat gefahren, um sie zu besuchen, wenn ich keine Zweifel an ihrer Schuld hätte. Dieselben Zweifel hatte ich auch gehabt, als ich mich in die hinterste Kirchenbank schob, um zuzusehen, wie Matthew West seine ehemalige wissenschaftliche Mitarbeiterin Kate heiratete. Ihr elfenbeinfarbenes Brautkleid verbarg ihre Schwangerschaft nur unzureichend. Er neigte den Kopf ein wenig in meine Richtung, als sie die Kapelle verließen. Es war weniger ein aufrichtiger Gruß als eine herablassende Geste, die bei mir ein gewisses Unbehagen weckte.

»Sie behaupten, in der Nacht, in der Laura ermordet wurde, mit Ihrem Freund Alex zusammen gewesen zu sein«, sagte ich zu Julie. »War an dem Abend sonst niemand dabei? Eine Freundin, die auf einen Kaffee vorbeischaute? Irgendjemand, der Ihre Version der Geschichte bestätigen kann?«

Sie schüttelte den Kopf. »Alex und ich waren allein. Alex hätte es bestätigt, wenn er noch leben würde.«

»Aber er lebt nicht mehr«, führte ich an. »Ein Toter kann kein Alibi bestätigen.«

Bevor ich ins Gefängnis gefahren war, hatte ich am Morgen einen Bericht gelesen, den der vom Gericht bestellte

Psychiater nach einer Sitzung mit Julie kurz nach ihrer Festnahme geschrieben hatte. »Die Patientin legt wahnhafte und paranoide Neigungen an den Tag, die sich in Zeiten von starkem emotionalem Stress verschlimmern«, hatte er geschrieben. Der Bericht des Psychiaters, den ihr Pflichtverteidiger beauftragt hatte, widersprach dem und beschrieb ihre geistige Gesundheit als normal. Ich fragte mich, welcher Psychoonkel recht hatte.

»Was Sie in dem Brief, den Sie mir geschickt haben, nicht erklären, ist, warum Sie Emily hinterherspioniert haben.«

»Das verstehe ich selbst nicht«, erklärte Julie. »Es war wie ein Zwang. Die Pillen, die mein Mann mir verabreichte, haben mich manisch gemacht. Die haben dafür gesorgt, dass ich total auf Emily fixiert war. Ich glaube nicht, dass ich Emily entführt hätte, wenn Matt mir nicht dauernd diese Pillen eingeflößt hätte.«

»Vielleicht«, sagte ich. »Aber es gibt keinen Beweis dafür, dass er Ihnen etwas anderes gegeben hat als die Ihnen verordneten Medikamente. Die Arzneien, die wir in Ihrem Badschränkchen und an Ihrem Bett gefunden haben, führen nicht zu so einer Manie.«

»Matt hat meine Medikamenteneinnahme überwacht. Er hat mit allen möglichen Pillen meine Stimmung kontrolliert, mein Gedächtnis, sogar meine Persönlichkeit«, sagte Julie. »Er hat mich jahrelang manipuliert.«

»Er sagt, Sie seien diejenige gewesen, die ihn manipuliert hat, Julie. Er bezeichnet Sie als pathologische Lügnerin und Soziopathin.« Ich seufzte. »Also, die Beweise sprechen gegen Sie. Schlimmer noch, Sie sind nicht glaubwürdig.«

»Was meinen Sie damit?« Sie wirkte gekränkt.

»Sie haben Emily mit vorgehaltener Waffe entführt und sind anschließend mit ihr in den Wald gefahren. Ob Sie mit ihr sprechen oder sie umbringen wollten, ist eine rein akademische Frage. Lassen Sie mich realistisch sein: Ich sehe einfach nicht, wie irgendein Anwalt Sie da raushauen soll. Ganz zu schweigen davon, Matt allein auf Grundlage Ihrer Aussage und ohne jeden erhärtenden Beweis des Mordes an Laura anzuklagen.«

»Mir geht es gut, seit ich keine Medikamente mehr nehme.« Julie kämpfte gegen die Tränen. »Ich erinnere mich an Sachen, die Ihnen helfen könnten, falls Sie gegen ihn ermitteln. Die ihn belasten könnten.«

»Und dann der Mord an Laura West selbst«, fuhr ich fort. »Es gibt erdrückende Beweise dafür, dass Sie etwas damit zu tun haben. Ihr Fingerabdruck wurde auf einem Stück Einmalhandschuh am Tatort gefunden. Sie behaupten, Ihr Mann habe es dort platziert, doch das lässt sich nicht beweisen. Ihr Alibi, ein Exfreund, der eventuell Komplize bei der Ermordung von Laura West war, ist unter verdächtigen Umständen ums Leben gekommen. Und es gibt erhebliche Beweise dafür, dass Sie ihn womöglich getötet haben. Ihr Mann, von dem Sie behaupten, er habe Laura umgebracht, war zwei Autostunden entfernt und hatte Sex mit einer verheirateten Frau. Die Frau hat inzwischen eine beeidigte Erklärung abgegeben, die seine Aussage bestätigt, obwohl sie das in Schwierigkeiten mit ihrem Mann bringen könnte.« Ich machte eine Pause, damit sie begriff, wie überwältigend die Faktenlage gegen sie war. »Es tut mir leid, aber es gibt keinen Beweis für Ihre Version der Ereignisse.«

»Und doch sind Sie hier«, sagte Julie.

»Und doch bin ich hier«, gestand ich.

»Es gibt Beweise, Sie müssen nur ganz genau hinschauen«, sagte sie leise.

»Welche Beweise?«

»Matt dachte, er hätte alle Unterlagen zu dem Forschungsprojekt über das Gedächtnis, das er hinter Lauras Rücken fortgeführt hat, vernichtet, aber das hatte er nicht. Alex hat im Haus seiner Tante Kopien aufbewahrt. Diese Unterlagen beweisen, dass Matthew mein Gedächtnis manipuliert hat. Und dass Laura gegen seine Forschungsmethoden war. Damit hatte er ein Motiv. Oder etwa nicht?«, sagte Julie voller Hoffnung.

»Vielleicht.« Ich zuckte die Achseln. »Ich sehe sie mir an.« Ich wollte ihr keine falschen Hoffnungen machen. Ich hätte gar nicht zu ihr fahren sollen. Wider besseres Wissen war ich hier, weil mich irgendetwas an diesem Fall Nacht für Nacht wach gehalten hatte, seit ich Julie West zwei Kugeln in die Brust geschossen hatte.

»Ich habe eine Frage an Sie, Julie.«

»Raus damit.«

»Haben Sie Laura West umgebracht?«

»Nein.« In ihrer Stimme lag mehr Überdruss als Nachdruck. Sie sah mir unverwandt in die Augen. Ich hatte mein halbes Leben lang in die Augen von Mördern geblickt. Als ich an diesem Nachmittag in ihr gequältes Gesicht blickte, war ich nicht überzeugt, dass Julie West eine Mörderin war.

Die Wächterin öffnete die Tür. »Zeit ist um«, bellte sie. Mit einem lauten metallenen Scheppern löste sie Julies Handschellen vom Tisch.

»Danke«, sagte Julie und wandte mir den Kopf zu, als die Wächterin sie aus dem Raum führte.

»Wofür?«, sagte ich. »Noch habe ich nichts getan.«

»Dafür, dass Sie an mich glauben.«

Ich wollte ihr sagen, das sei vorschnell. Doch die Wärterin führte sie schon in Richtung ihrer Zelle, als wäre sie ein verloren gegangenes Schaf, das zurück in den Pferch gebracht wurde. Als sie die Stahltür am Ende des Flurs erreichten, drehte Julie sich um, um mich ein letztes Mal anzusehen, als wäre da noch etwas, was sie mir mitteilen wollte. Die Wärterin schob sie durch die Tür, bevor sie auch nur ein Wort sagen konnte.

In einem Punkt hat sie recht, dachte ich, als ich über die Autobahn nach Hause fuhr. Wenn Matthew West seine Frau umgebracht hat, dann hat er das perfekte Verbrechen begangen.

DANK

Ich hätte dieses Buch unmöglich schreiben können, wenn meine Familie nicht gewesen wäre, die mir die Zeit und den Raum gab, ganz ins Schreiben abzutauchen und die Kraft, Selbstzweifel und Hindernisse zu überwinden. *The Wrong Girl* würde mit großer Wahrscheinlichkeit immer noch in meiner Schreibtischschublade liegen, wenn Sarah Fairhall nicht gewesen wäre, die zu einem Zeitpunkt, als ich kurz davor war aufzugeben, so freundlich war, mein Manuskript zu lesen, und mir anbot, den Roman zu veröffentlichen. Meine tiefe Dankbarkeit gilt auch den fantastischen Lektoren und Verlagsmitarbeitern für ihre akribische Arbeit, ihre Ermutigung und ihren Rat. Vielen Dank, Chloe Davies, Louise Ryan und allen anderen bei Penguin Random House Australia dafür, dass Sie sich für meine Arbeit eingesetzt haben. Während ich dieses Buch geschrieben habe, bin ich tief in die Forschung über das Gedächtnis eingetaucht, die faszinierend und gleichzeitig manchmal beunruhigend ist. Bedeutsam war vor allem die Arbeit über die Formbarkeit von Erinnerungen von Dr. Elizabeth F. Loftus, seit Jahrzehnten führend auf dem Gebiet der Gedächtnisforschung.